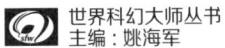世界科幻大师丛书
主编：姚海军

造星主

[英] 威廉·奥拉夫·斯特普尔顿 著

宝树 译

四川科学技术出版社

图书在版编目（CIP）数据

造星主/〔英〕威廉·奥拉夫·斯特普尔顿　著；宝树　翻译.
-- 成都：四川科学技术出版社，2021.9
（世界科幻大师丛书/姚海军　主编）
ISBN 978-7-5727-0260-0

Ⅰ.①造… Ⅱ.①威…②宝… Ⅲ.①幻想小说—英国—现代 Ⅳ.① I561.45

中国版本图书馆 CIP 数据核字（2021）第 179946 号

世界科幻大师丛书

造星主

出 品 人　程佳月
丛书主编　姚海军
著　　者　〔英〕威廉·奥拉夫·斯特普尔顿
译　　者　宝树
责任编辑　宋齐　姚海军
特邀编辑　拉兹　陈曜
封面设计　李鑫
版面设计　李鑫　姚佳
插图作者　刘逍
责任出版　欧晓春
出版发行　四川科学技术出版社
　　　　　四川省成都市槐树街 2 号出版大厦　邮政编码：610031
成品尺寸　147mm×208mm
印　　张　12.75
字　　数　257 千
插　　页　2
印　　刷　成都市金雅迪彩色印刷有限公司
版　　次　2021 年 11 月成都第一版
印　　次　2021 年 11 月成都第一次印刷
定　　价　64.00 元

英雄游戏

总　　裁　吴旦
制 作 人　成明
策划统筹　聂子英
海报设计　王磊

ISBN 978-7-5727-0260-0

威廉·奥拉夫·斯特普尔顿

William Olaf Stapledon

1886–1950

目录

译序:

斯特普尔顿及其《造星主》

　　《造星主》（*Star Maker*）是英国科幻作家和思想家奥拉夫·斯特普尔顿的代表作，出版于1937年。这是一部形式和内容都极为奇特的作品，作者在自序中称"如果用小说的标准来判断，它是相当的糟糕。事实上，它也根本不是小说"。这个说法无疑过于谦卑，但这部作品的确可谓远离一般小说的类型：故事线极为单薄，几乎没有人物可言，整章整章恣意狂野的想象和描绘，间杂着对社会与人性的大段讽喻与政论，最后是不知为狂想抑或是哲学论文的晦涩描写。

　　然而这样一部古怪的作品，却一出版就受到了知识界的瞩目，得到了维吉尼亚·伍尔夫、罗素和博尔赫斯等文化巨擘的盛赞。在科幻领域更是高山仰止，著名科幻作家布莱恩·奥尔迪斯（Brian Aldiss）称其为"远远高翔于科幻小说的标准之上""科幻小说伟大的灰色圣典"①，科幻史家亚当·罗伯茨（Adam Roberts）也以一种超越研究者客观冷静态度的热情赞美，称之为"即使以最溢美、最高级的词汇来形容也还嫌不够的一部小说""一部史无前例也无法超越的卓绝之作"②。

但《造星主》的命途也是大起大落，虽然出版时得到广泛赞誉，但又相对地被遗忘了很长时间，直到二十世纪最后几十年才重新被"发现"，成为公认的一代经典。而因种种原因，八十余年后的今天，中国读者与相关学界对斯特普尔顿及《造星主》仍较为生疏，许多资深科幻迷几乎未曾听过斯特普尔顿的名字，《造星主》也从未在华语世界正式出版。因此在这一中文版面世之际，对于本书作者及这部科幻史上的绝世奇书的基本情况，在这里或有必要稍做介绍，以供读者参考。

一、奥拉夫·斯特普尔顿的早年生活

威廉·奥拉夫·斯特普尔顿（William Olaf Stapledon，1886—1950）于1886年5月10日生于英国柴郡的沃勒西镇（Wallasey，

---

① Brian W.Aldiss with David Wingrove, *Trillion Year Spree: The History of Science Fiction*, Atheneum, New York, 1986, 198, 199. 本书注释无特殊说明皆为译注。

② Adam Roberts, *The History of Science Fiction*, 2nd Edition, Palgrave Macmillan, 245,246.

Cheshire), 毗邻大港利物浦, 他父母的家庭数代都从事海运业, 家境优渥。他能够呱呱坠地, 和中国有一点难以形容的渊源: 他的祖父和外祖父因在鸦片战争后负责对华运兵事宜相识, 成为世交。1878年, 他的父亲威廉·斯特普尔顿拜访他的外祖父, 对其女儿艾米琳·米勒(Emmeline Miller)一见钟情。艾米琳比威廉大八岁, 是一名具有宗教热情、热衷讨论社会问题的知识女性, 师从大思想家约翰·拉斯金。因年龄差距等问题, 二人的感情进展不无磕绊, 但终于在1884年完婚。翌年, 艾米琳怀孕, 当时她正在读卡莱尔的《古代挪威诸王传》, 儿子出生后, 便以挪威人常用的"奥拉夫"作为中名。后来大概为了避免和父亲混淆, 这个孩子一直被叫成"奥拉夫", 正式的名字"威廉"反而不用, 以至于很多人误以为他是北欧人。

因为父亲工作的缘故, 奥拉夫五岁以前主要居住在埃及苏伊士运河河口的塞德港。他的父亲威廉虽未受过高等教育, 但酷爱读书, 尤其关注科学新知, 颇具理工男的气质, 在奥拉夫小时候就孜孜不倦地对他进行科学启蒙。在人生的最早期, 有两件事深刻地影响了他的一生, 一是父亲教他用天文望远镜观看星空, 引起了他对于天文学和宇宙星辰的浓厚兴趣, 并保持终生; 二是当时家里养了一条狺犬, 幼年奥拉夫不懂得人和动物的区别, 把它当成和自己一样的同伴, 从心底接受了不同的生命形式同样具有智慧的观念。塞德港处于东西方交通枢要, 运河上千帆竞航, 街上可以看到各色人种往来, 也培养了他的世界主义精神。这些都在他后来的作品中留下了深刻印记。

因为不适应埃及的生活和健康问题，1891年，艾米琳带奥拉夫回到英国，和威廉长期分居，奥拉夫也就成为二人唯一的孩子。奥拉夫一直思念着远在埃及、难得回国的父亲。和父亲的书信交流成为他童年和少年时的一大精神寄托。1901年，威廉回到英国定居，但第二年，奥拉夫就奉母命进入阿伯茨霍尔摩学校（Abbotsholme School）寄宿读书，这是按照她导师拉斯金的理念建立的一所实验性学校，重视自由思考和手工实践，对奥拉夫的影响也很深。

1905年，奥拉夫被牛津大学贝利奥尔学院（Balliol College）录取，主修近现代历史。在牛津时，奥拉夫深受他的一位老师，左翼历史学家亚瑟·利奥奈尔·史密斯（Arthur Lionel Smith）教授的影响。史密斯教授主张社会改革和关注底层民众，创办了一个旨在帮助当地穷人孩子的社团。牛津大部分学生对此反应冷淡，但奥拉夫积极投身其中，做了不少工作。对于底层人民的同情和对现实社会问题的关心成为奥拉夫终身的志业。另一方面，他读书广博，思想也天马行空，现存最早的几篇文章就是在牛津时期写作的，一篇是讨论对人进行基因改造的可能性，还有一篇是论证圣女贞德听到上帝召唤背后的心理动因。这些文字视角奇特，已略展露出科学、幻想与哲思结合的怪才，但并不符合学院派路数。奥拉夫最终以二等生的成绩毕业。

1909年，奥拉夫毕业后，短暂地进入曼彻斯特一所文法学校教书，但他对管教儿童束手无策，一年后辞职。此后，他一度接受了家庭安排，回利物浦进入父亲的航运公司工作，主要负责记账。虽然收入理想，靠父亲的荫庇升迁也不是问题，但他厌恶账房工作，屡屡出错，心情十分苦闷。

此时，英国工人运动正风起云涌，奥拉夫早有对社会事务的关心，在生活中也感受到了尖锐的阶级矛盾，更通过广泛的阅读接受了左翼思想。他在业余时间加入了工人教育协会（Workers Educational Association），为工人们传授文化知识，竟感到如鱼得水。1913年，奥拉夫不顾家人的反对毅然辞职，专职在工人教育协会担任讲师，虽然薪水缩减了不少，但他颇为适合这项工作，充满干劲。他也走访了许多工人家庭，了解了不少下层民众的疾苦。奥拉夫一直以来对文学很感兴趣，此时也将对社会的关注投射在文学追求上，写了许多自由体诗歌。在父亲的资助下，他在1914年出版了自己的第一本书，一部薄薄的《当代诗篇》（Latter-day Psalms）。不过，奥拉夫的诗才只能说平平无奇，这部诗集并没有引起文学界的任何反响。

同一时期，奥拉夫的感情生活有了重大的突破。他的表妹艾格尼斯·泽娜·米勒（Agnes Zena Miller），比他小八岁，住在澳大利亚的悉尼，在1903、1908和1913年数次回英国探亲。奥拉夫渐渐喜欢上了这位恬美文静、颇具艺术造诣的小表妹。1913—1914年间，刚满二十岁的艾格尼斯在英国和欧洲游历，奥拉夫也常常陪同在侧，二人情好日密。不久，第一次世界大战爆发，艾格尼斯被迫和家人一同返回澳洲，只能靠书信与奥拉夫维持联系。但别离却增加了二人之间的情意。1915年，艾格尼斯在书信中接受了奥拉夫的求婚，但因为战争影响，二人只能远隔重洋鸿雁传书。

奥拉夫鸳盟虽订，但眼前的战争却提出了更严峻的考验。他的许多同学和友人都已入伍参战，作为和平主义者，奥拉夫反对战争，不愿拿起武器去欧洲杀戮。但他也并非贪图后方的安逸，更不愿被人看成是懦夫，而希望在战乱中做些什么。最后他选择加入了贵格会建立的友人救护车队（Friends' Ambulance Unit），这是一个旨在救死扶伤的和平组织，负责在战场上运送和救治受伤的士兵与平民，虽然不需要拿起武器，但危险程度比起军人来不遑多让。奥拉夫奔赴法国和比利时前线，穿梭于枪林弹雨中，同事中有数人牺牲，但他有惊无险，还获得了法国政府颁发的十字勋章，以表彰其勇敢。

比起之前的和平环境，战场的血腥与残酷给了奥拉夫莫大的刺激。他从未对子女谈起过一战的经历，但将这些体验投射到了几部代表作里，在《造星主》中就不难看到一战留下的阴影，"另一个地球"上的大战就是一战的折射，连毒气战都是奥拉夫亲自经历过的。对奥拉夫来说，更为深层的思想冲击是看到各国数以百万计的年轻人——包括他的许多同学和朋友——因为莫名的国族仇杀而陨落沙场，这一切到底是为什么？如果有神的话，为什么会允许这种事情发生？如果没有，那么人与文明的生生死死又有什么意义？这种灵魂中的伤痛之问，一直回荡在《造星主》的宇宙中。

战后,奥拉夫回到英国,搬到利物浦边上的西科尔比小镇居住,生活似乎回到了正轨。他重返工人教育协会当教师。1919年,阔别五年的未婚妻艾格尼斯前来英国和他完婚,新婚宴尔,感情十分甜蜜。翌年,艾格尼斯生下了一个女儿,后来又生了一个儿子。娇妻爱儿,一家其乐融融。

但是在内心深处,奥拉夫又遇到了更深的危机。他曾经梦想战后世界会变得更好,并寄希望于十月革命的成功和国际联盟的成立。然而,苏俄被各国所敌视和干涉,其他国家也乱局频仍,政客各怀私心,国联一盘散沙。《巴黎和约》对德国掠夺过甚,埋下了下一场战争的种子……他工作的工人教育协会宗旨是让工人受到高雅文化的熏陶,但莎士比亚也改善不了工人的贫苦生活。奥拉夫越来越怀疑,这种教育真的能建立一个更好的世界吗?

在精神苦闷中,奥拉夫三十多岁时又回到了学校。从1921年开始,他在利物浦大学哲学系攻读在职博士,一边继续在工人教育协会工作养家,一边深入研究哲学和心理学。读博期间,奥拉夫和一个中国留学生张国杰(音译)很谈得来,对中国文化也产生了敬意。在《最后和最初的人》(Last and First Men)中,中国以世界古老智慧的守护者形象出现,成为未来世界的领导者之一,并与美国所代表的资本力量对峙。

1925年,奥拉夫获得博士学位,但利物浦毕竟不比牛津剑桥,他的年纪也不占优势,想在大学申请教职,却屡屡碰壁。有个别偏远的学校发来邀请，但拖家带口实在不便，只好窝在利物浦大学给导师当助教。奥拉夫寄希望于靠自己的学术专著打出一片天下。1929年，基于他博士论文的专著《现代伦理学理论》由梅休因（Methuen）出版社出版。奥拉夫在书中试图将心理学、生物学等现代科学的发展成果引入伦理学，提出新的理论，令学界颇有耳目一新之感，不过成也萧何败也萧何，奥拉夫走的并非正统的哲学分析路数，杂糅过甚，引不起太多重视。虽然受到一些好评，但一本影响有限的专著和几篇二三流期刊的论文并没有让他在哲学界打开局面。时至今日，哲学史上也很难找到斯特普尔顿之名。

在二十世纪二十年代，奥拉夫也在继续战前对文学的探索。他写了很多诗歌，投去各文学刊物。虽然在地方刊物上发表了不少，也受到个别文坛大腕的欣赏，但和他的学术生涯类似，始终不成气候。在哲学和文学上发展受限，一方面是因为奥拉夫僻处外省，又拙于社交，打不进相关的核心文化圈；另一方面，他的禀赋偏奇，也的确不易适应这些领域的许多要求。所以到了四十多岁，奥拉夫还只是无名之辈，眼看人生大概也就如此而已了。

正是在这样的背景下，奥拉夫忽然找到了，或者说创造了自己真正的发展方向，创造力猛然间如山洪迸发。

二、斯特普尔顿的创作生涯与主要作品

至少从一战时期开始，奥拉夫就想写一本书，囊括宗教、科学、

哲学等诸多领域的思考,并且与沉重的社会现实问题结合起来。只是他一直没有找到表达自己思想的途径,最初是想写一篇长诗,后来又想写一部学术论著,都没有成功,只留下一些晦涩难懂的废稿。

1928年夏(一说1926年),奥拉夫和艾格尼斯在威尔士的一处海岬度假,当他登上一座山头、回望山下时,看到海边水中的一些礁石上有许多海豹栖息,远远看去,动作有些像是畸形的人。忽然间无数念头纷至沓来,奥拉夫灵感乍现:在山顶俯视山下,犹如回顾人类发展的历史,站在制高点才能看得分明。奥拉夫想到,可以写一部从遥远未来回望人类发展历程的作品,其中将演变出千奇百怪的人类,就像远处的那些"海豹人"一样奇特。

奥拉夫花了一年左右时间,完成了这本书,题为《最后和最初的人》,以二十亿年后"最后的人"回顾历史的形式,讲述人类未来千变万化、但终归毁灭的发展历程,于1930年由梅休因出版。这部作品出版之后,很快以其新颖性引起了社会各界的注意,著名文学批评家普利斯特利(J.B.Priestley)和班内特(Arnold Bennett)都对其赞誉有加,未来的首相丘吉尔也十分称道。更有许多小读者一拿起来就放不下,一口气读完,其中就包括若干年后的科幻大师、当时才十几岁的学童阿瑟·克拉克(Arthur C.Clarke),克拉克多年后甚至还记得这本书当时在图书馆里所放的位置,是斯特普尔顿让他走进了科幻的殿堂。①

① Neil McAleer, *Sir Arthur C.Clarke: Odyssey of a Visionary*, Rosetta Books, 2013, 28.

这部作品的成功，用好评如潮都不足以形容，确切地说，大部分读者感到的是从未有过的震撼。既从未有过这样的形式，也从未有过这样的内容。吸引读者去看的，首先大概是关于未来几百年政治与社会发展的预测，但他们很快发现，这部书时空跨度的宏伟远超过之前的一切科学预测和科幻小说，而人类在太阳系各个星球上演变出十几个人种和许多种社会形式的细节，不仅想象丰富瑰丽，而且综合运用了天文学、地理学、化学、生物学、心理学、哲学、历史学等许多学科的知识，就当时的认识来看，新颖奇妙而不失真实，令人读后几乎分不清现实与虚构。

引起轰动之后，许多读者不免都拿奥拉夫和当时的科幻巨擘H.G.威尔斯相提并论，甚至有人说奥拉夫的想象力要胜过威尔斯。这一论断部分是因为《最后和最初的人》中专门有两章讲述对火星人的想象和火星人入侵地球的情节，似乎是有和威尔斯相比拼的意思。书中的火星人是细微病毒状生物组成的云团，奇诡怪诞之处，的确要胜过《世界之战》中操纵三足机器的小怪物。当然，奥拉夫很明白自己是站在巨人的肩膀上，除去《世界之战》外，《最后和最初的人》在灵感上也受到威尔斯《世界史纲》的巨大影响。他给威尔斯写了一封极恭谨客气的信，表达仰慕之情。威尔斯刚读过此书，也极为看重，立刻热情地回信，两位科幻作家自此订交，书信不绝达十年之久。威尔斯甚至一度将奥拉夫视为自己的衣钵传人。但奥拉夫为人很有主见，不愿处处附和威尔斯的观点，对威尔斯的新作也常在赞美之余给出直言批评,最终因见解不合,二人在二十世纪四十年代关系转为冷淡。

奥拉夫一举成名后,受邀到各地演讲,还上了BBC,在公众眼中几乎成为未来的代言人,奥拉夫也开始宣传自己理念中的理想社会。利物浦大学本来根本没考虑聘请这位自己的博士,此时看奥拉夫炙手可热,又打算给他终身教职。这本来是奥拉夫一直渴望的,但他此时已经拟订了许多创作计划,感觉两头无法兼顾,为了专心创作,还是谢绝了,从此放弃了学院生涯,走上职业作家的道路。

奥拉夫的第二部幻想作品,是《最后和最初的人》的续篇,这也是出版社的建议。但是二十亿年的历史都讲完了,还怎么写呢?奥拉夫还是想出了一个主意,这部出版于1933年的小说题为《最后的人在伦敦》(*The Last Man in London*),沿用了前作的设定,讲述了一个二十亿年后的未来人附身在一个当代男人保罗(原型就是奥拉夫自己)身上,用未来的眼光去看当代社会。但这部作品并不如前作成功。大概《最后和最初的人》的读者想要看到的是未来世界的震撼奇观,也期待续作中提供更多惊奇,结果大部分内容只是当代一个知识分子的生活经历,不免失望。

奥拉夫之后的一部科幻作品是1935年的《怪杰约翰》(*Odd John*),讲述一个智力超常的天才少年约翰和同伴们在一座岛屿上创造了一个理想的乌托邦,但最后被人类联合的力量所绞杀。这部作品要成功得多。后世的许多名作,如西奥多·斯特金的《超人类》

（*More than Human*）和阿瑟·克拉克的《童年的终结》（*Childhood's End*），都受到《怪杰约翰》的深刻影响。它也被视为"超人"科幻小说的鼻祖。

奥拉夫的第四部科幻作品即是《造星主》，出版于1937年。其具体内容，我们留到下一节再详述。但可以说，《造星主》是奥拉夫写作最为艰难的一部作品，从1933年写到1937年，中间数易其稿。这既有内容和思考本身的艰深，也有家庭变迁的影响（奥拉夫的父母此时先后去世），更牵涉到当时动荡的世界局势。随着法西斯主义在意大利、德国和西班牙先后上台，世界再一次被大战的阴云笼罩。奥拉夫并非在书斋中不问世事，此时也积极参与了很多社会政治活动。他一边坚持和平主义理念，一边反对法西斯，同时又反对大英帝国的殖民政策，号召殖民地独立。这给他招致了许多论敌，奥拉夫也花了不少力气投入到这种政治论战中，耽误了创作。

《造星主》于1937年6月出版后，受到了知识界几乎一致的好评。《泰晤士报》预言，它必将成为这一时代的经典。著名文学家维吉尼亚·伍尔夫予以盛赞，说这是自己一直想写却写不出来的作品。大哲学家伯特兰·罗素——此前哲学界对奥拉夫从未有过注意——也十分赞许其中宗教观念的通达高明。当然也有反对的声音，信仰虔诚的C.S.刘易斯就抨击《造星主》表达了"邪恶"的宇宙观，并随即撰写了著名的"空间"三部曲弘扬基督教精神——其实，这也表明了《造星主》的思想冲击力。

但另一方面,《造星主》的销量却至多只能说是平平。首印2500册虽然售罄,后面也小规模加印几次,但终奥拉夫有生之年,也没有超过5000册。这种口碑和销量的反差十分耐人寻味。笔者以为,原因首先是时机问题。世界大战在即,国际局势瞬息万变,小说出版后不到一个月,日本即发起侵华战争;1937年年底,德、意、日通过《反共产国际协定》确立三国轴心。这种局势下,一般读者恐怕没有闲情逸致关注关于宇宙遥远未来的奇想。当年,《最后和最初的人》通过对近未来的详细预测吸引了大量读者,但在《造星主》的千亿年宇宙史中,却几乎没有人类的故事,正如世界文明史不会包括某个丛林角落里一窝蚂蚁的历史。

另一方面,这部书不仅远离通常小说的故事套路,而且许多概念和理论都过于超前:科学上,涉及从宇宙大爆炸到时空曲率等当时一般读者毫无所知的奇异新知;哲学上,它吸纳和融合了斯宾诺莎、柏格森和怀特海等人的形而上学观念,甚至有很多神学的思考,虽然能为知识分子所激赏,但一般读者却是望而生畏的。

相当讽刺的是,《造星主》之后,奥拉夫在1939年又出版了一部通俗的哲学读物《哲学与生活》(*Philosophy and Living*)。这本书完全没引起评论界的注意,但在读者中倒是很受欢迎,几年内卖出了将近十万册,超过他的任何一部小说。

1939年,二战全面爆发。奥拉夫放弃了长期的和平主义思想,主张对纳粹德国予以坚决还击。他参加了当地防范德军轰炸的守夜工作，还想报名参加民兵组织，不过因为年纪太大而被谢绝。虽然战事紧张，伦敦等地连连遭遇轰炸，但西科尔比地方僻远，未被直接波及，奥拉夫的处境还算安全，有条件继续埋头著书。但他在战争中也义务担任教师，参加了军队组织的为士兵开办的文化课程。战时条件艰苦，士兵们士气低落，觉得朝不保夕也无心学习，奥拉夫设法说服他们，要明白为什么而战，作战与牺牲才有意义。他认为，战争既是磨难，也是契机，也许他所追求的理想社会能够在这场战争中孕育出来。

二战期间，奥拉夫出版了三部幻想作品。1941 年的《黑暗与光》（ _Darkness and the Light_ ），这是一部较早涉及平行宇宙概念的作品。在小说中，世界的未来分成了两个，一个纳粹统治的黑暗未来，一个东方思想拯救世界的光明未来。1944 年的《老人在新世界》（ _Old Man in A New World_ ），讲述二十世纪末一位老人游历已建成的乌托邦的故事。

而最具长久价值的一部小说，是同样出版于 1944 年的《天狼星》（ _Sirius_ ）。这是奥拉夫作品中情节和人物最强、最为"小说"的一部。故事讲述一条小狗"天狼星"经过智力提升，具有人类级别的智商，在人类社会中的种种经历和思想。这部作品的灵感来源之一，正是上面说到的奥拉夫幼年时在埃及养的猈犬，他让自己幼年的伙伴在小说中复活了。但这部作品远不是一个孩子的童话，而具有令人争议的先锋性——他描绘了天狼星和一个人类女孩之间跨物种的禁忌之恋，因此遭到长期合作的梅休因出版社退稿。奥拉夫加以删改后，才在其他出版社出版。后来，在科幻文学史上，《天狼星》和《最后和最初的人》《怪杰约翰》《造星主》并列，被认为是奥拉夫的四大杰作之一。

二战结束后，世界方百废待兴，未来冷战的序幕又徐徐拉开。尤其是美国在广岛、长崎投下的原子弹，宣告了一个人类具备自我毁灭能力的时代到来。奥拉夫因为《最后和最初的人》及《造星主》中都预言过恐怖的原子能武器而又被报章提起，但对他来说却无丝毫得意。他预计原子弹的性能还将大为提升，很快就能够毁灭地球，并且各大阵营都会拥有，因此更加忧心未来。战后几年，奥拉夫的生活重点逐渐转向社会活动，他和一些知识分子一起，奔走于东西方两大阵营之间，在各国举行会议和演讲，宣传和平理念，希望能够为挽救人类的未来尽一份力。当然，这并没有多少实际作用。

这一时期，奥拉夫主要的作品包括1946年的《死亡进入生命》（*Death into Life*），讲述二战期间一个士兵死后，精神进入某种宇宙的心灵感应的故事；1947年的《火焰》（*The Flames*），设想一种热核反应中生存的火蝾螈生物（曾在《造星主》中出场）在核武器时代来到地球；以及1950年的《分裂之人》（*A Man Divided*），在书中一个人分成两个，追寻不同人生，反映出此时奥拉夫在写作与社会活动之间的摇摆。这些作品相对短小，成就不能和上述四部杰作相比。另外，在二十世纪三四十年代，奥拉夫还写了多部政论和大众哲学书籍，本文不过多介绍。不过，其中的主题大都和建立乌托邦或理想社会息息相关，这也是《造星主》中最为关注的核心问题之一。

奥拉夫留下的笔记表明，他还有很多创作计划，不过他没有更多的机会了。1950年9月6日，奥拉夫·斯特普尔顿在和家人共进晚餐后，因突发心脏病，极其意外地猝死于卡尔迪山的居所，终年64岁。

虽然在三十年代奥拉夫曾名噪英国，其代表作也得到知识界的很高评价。但因为剑走偏锋，无法被纳入主流文学的话语体系，加上大战对文学活动的摧残，他渐渐远离了文学圈。奥拉夫虽然和威尔斯交好，对早期科幻作品也涉猎颇多，但和同期美国"黄金时代"的科幻作家群互不了解，也没有读过美国科幻杂志。总体上，他也未进入当时美国科幻圈的视野，而后者才是未来数十年世界科幻发展的重心。因此去世后，他竟一度为世人所遗忘。

不过，奥拉夫直接影响了下一代的英国科幻作家，如阿瑟·克拉克和布莱恩·奥尔迪斯都是读着他的作品长大的忠实追随者——1948年，已经三十出头的克拉克担任英国行星宇航协会主席，邀请过童年偶像前去演讲，两代科幻大师有过珍贵的一面之缘。克拉克成名后，也在许多场合提到过奥拉夫对他的影响。奥尔迪斯在二战期间接触到奥拉夫的作品，是他去世后最热心的门徒之一，直接促成了他一系列作品的再版。另外，美国作家詹姆斯·布利什（James Blish）也受到奥拉夫的深刻影响。

奥拉夫去世十余年后,随着科幻文学的蓬勃发展,其作品逐渐再版,也被翻译成多种语言,受到越来越多关注。他那丰富瑰丽的想象在新一代读者的脑海中复生,影响了之后的几代人。如斯蒂芬·巴克斯特(Stephen Baxter)和布鲁斯·斯特林(Bruce Sterling)等一些二十世纪七八十年代之后登场的科幻作家,作品中也明显打上了奥拉夫的精神印记。至于普遍和间接的影响,就更不可胜计了。《科幻百科全书》中指出,奥拉夫"提供了很多原创的和开拓性的思想,为平行世界、外星殖民、宇宙学、赛博格、群体意识、永生、怪兽、变异和时间旅行等许多主题做出了贡献……直接和间接影响了许多现在已经渗透到整个科幻类型的概念的发展,这种影响可能仅次于H.G.威尔斯"[1]。这一评价的分量不言而喻。[2]

三、《造星主》中的科学、幻想与哲学

在奥拉夫·斯特普尔顿的所有作品中,最为著名的曾是《最后和最初的人》,但公认成就最高的是《造星主》。

《造星主》的渊源至少可以追溯到其出版的二十多年前,可以说,

---

[1] http://www.sf-encyclopedia.com/entry/stapledon_olaf,2018-08-31/2020-06-06.

[2] 1980年以来,陆续有三部斯特普尔顿的长篇传记问世,其中最晚出的罗伯特·克劳斯利(Robert Crossley)的《奥拉夫·斯特普尔顿:未来代言人》(*Stapledon : Speaking for the Future*, Syracuse,1994)访谈了斯特普尔顿还在世的亲友,征引大量私人信件,内容最为详明,本文中大部分奥拉夫生平事迹皆取自该书。

奥拉夫一战期间梦想的那部囊括宇宙、生命和一切的作品,与其说是《最后和最初的人》,不如说是《造星主》。二者在最初的设想中或许其实是一体的,《造星主》和《最后和最初的人》在同一个世界观下,可以说既是续作,又是前传——当然阅读本书并不需要先阅读《最后和最初的人》,他在书中只是随手一提后者,因为按奥拉夫的设定,人类的历史对宇宙其他部分来说,没有任何影响。

但实际上,《造星主》不可能早二十年写成,只有在二十世纪三十年代之后,人类知识的土壤才成熟到可以孕育这样一部作品。

在十九世纪末,人类对于宇宙还缺乏完整的概念,只是模糊地知道太阳系位于巨大的银河系中,至于银河系的大小、群星的远近、太阳的位置等都没有正确的知识,更不用说宇宙本身的性质和起源了。二十世纪的到来掀起了天文学和宇宙学中继哥白尼之后最伟大的革命:1905年,爱因斯坦提出狭义相对论;1916年,他提出更奇异的广义相对论,以革命性的时空观念,为理解宇宙奠定了物理学基础。

也是这一时期,亨利埃塔·勒维特在1908年发现了造父变星的周光关系,指出从其周期长短可以推算出绝对星等,因此能够作为"标准烛光"测算天体的距离。哈罗·沙普利和赫伯·寇提斯等人开始测算银河系的大小和其他星系的远近,经过二人在1920年的"大辩论"和后来加入论战的爱德温·哈勃的研究成果,到了二十世纪二十年代中叶,人们已经公认,银河系只是诸多星系之一,在银河系外还有许多相距数百万光年的河外星系存在。哈勃随即发现了河外星系的红移,证明各星系在相互分离。据此,乔治·勒梅特在二十年代末提出了一个惊人的理论:宇宙在持续的膨胀中。宇宙大爆炸的概念也闪亮登场,结合哈勃同时提出的星系演化学说,整个宇宙的发展历程开始变得清晰可辨。

另外,二十世纪初,皮克林主导的哈佛天文台提出了对恒星的正确分类,令E.赫茨普龙和亨利·罗素于二十世纪一零年代提出赫罗图,展示出恒星演化历程,也令人们开始明白,似乎大同小异的恒星,其实彼此年龄和大小相去甚远,并且每颗恒星从生到死都要经历若干阶段。1920年,赫茨普龙量出了参宿四硕大无朋的直径;1926年,爱丁顿发表了《恒星的内部结构》,基本正确地揭示出恒星的构造和内部核反应机理,这样群星的本质终为人类所知晓。

奥拉夫的少年到青壮年时期见证了科学史上最激动人心的一系列发现以及整个现代宇宙观的建立,作为资深的天文学爱好者,他的想象力被极大地激发了。在二十世纪二十年代末,他曾尝试写作一组"宇宙组诗",但很快发现,诗歌的句法并没有足够的力量去表达这个新宇宙的浩瀚磅礴。《最后和最初的人》之后,奥拉夫找到了方向。1937年,历经四年写作的《造星主》问世了,它融上述天文新知于一炉,并和对宇宙的终极拷问结合起来,虽没有诗歌的形式,但在精神上却更像是一部科学版的《神曲》。虽然近一个世纪后,《造星主》中大部分科学内容已经为一般有科学素养的读者所了解,但阅读时仍会感到震撼。只因作品中所蕴含的力量，来自宇宙的浩瀚与神秘本身。

（注意！本节以下内容涉及剧透）在《造星主》的开篇，一天夜里，"我"感到心中"苦闷"，登上家附近的一座小山散心，乌云散去，露出星空——这的确是千万年来，第一次向人类充分展现的星空本身。"我"仰观宇宙，思索生命与宇宙的奥秘，竟被不可思议的精神力量推动，飞升到太空之间。从此，作为没有身体的心灵，"我"遍游银河，观亿万种族的兴衰，看宇宙星河的生灭，经历了无尽洪荒岁月。

这种梦幻旅行的形式，在今天的科幻小说中很少见，但却是更古老的幻想文学经常采用的手法，比如《圣经》中的先知经常在梦境中被招引而前往天国，见到上帝。在最早的科幻小说之一，开普勒的《梦》（1634）中，人们被由意念推动的"精灵"带到月球上。可能与《造星主》直接相关的，是威尔斯一部不太为人所知的短篇小说《手术刀下》（1896）：主人公在手术中濒临死亡，也在某种幻觉中灵魂离体，游历了宇宙。当然，此时的宇宙图景还十分模糊。

像同时代的科幻作家一样，奥拉夫当然明白火箭和宇宙飞船能够进行太空旅行，在书中他不仅讨论了火箭旅行，甚至谈到了更为宏伟雄奇的实体旅行方式：让整颗的行星或恒星飞向其他星系。但精神旅行令主角能够更加快捷自在地在大宇宙的浩瀚时空中移动，见闻种种不可思议，并以想象踵事增华，提供极具画面美感的诗意

描写:

当我们进行无身体飞行的技巧越来越精进时,我们也就发现在星空间自在遨游有着无尽的欢乐。我们同时体验到了滑行与飞翔的乐趣。一次又一次,我们在双星之间沿着"8"字形轨道来来回回,纯粹只是为了好玩。有时候,我们长久伫留不动,在近处观看一颗变星的明暗交替。我们经常冲入一片拥挤的星团,在其千万恒星之间滑行,恰如行驶在城市的灯火之间。我们也经常掠过星际气团白光淡淡、云气翻腾的表面,或者穿梭于羽毛般的细条和云柱之林;又或者深入迷雾内部,发现周围除了些许光辉外,一无所有。有时候,毫无预警之下,黑暗的尘埃团会一口吞掉我们,把整个宇宙遮挡起来。有一次,当我们穿行于一片星辰密集的所在时,一颗恒星忽然爆发出强光,成了一颗"新星"。这颗星的周围是一片无光的气体,因此我们实际上看到了恒星爆炸所辐射出的光球在不断扩展。我们既然是以超光速飞行,这光球通过周围气体中的反射变得可见,看上去就像是一个膨胀的明亮气球,随着变大而逐渐暗淡下来。(第四章)

毫无疑问,这种想象的画卷中,有着科幻精神根基处最本真、最原发的惊异与自由。它令刚刚被发现的陌生广袤的宇宙,成为人类精神驰骋冒险的草原。

在这个崭新宇宙中,"我"遇到的不只是群星,也是千奇百怪的生命形式、制度奇特的文明社会、难以理解的神级技术……这里有数不胜数的奇思妙想，相关的描述虽简洁，但极为丰富密集，堪称科幻想象的宝藏。

《造星主》中的科幻想象对后世有着深远的影响。对C.S.刘易斯的反面影响姑且不论，最为著名的例子之一，是物理学家弗里曼·戴森少年时读到了一本破旧的《造星主》，其中一段话吸引了他的注意力：

> 与此同时，它设想出千奇百怪的实践计划，以之前无法想象的规模利用能量来满足自己。现在，每一颗恒星身周都披上了纱网，那是捕获光能的装置，将散射的恒星能量用来为智慧的目的服务，因此整个银河系反而暗淡了下去。（第十章）

这令戴森灵感大发。多年后，戴森正式提出在恒星外建造球壳以充分吸收恒星能量的设想，也就是所谓的戴森球。但戴森承认，这一设想实则应该归功于《造星主》的作者。① 因此戴森球也被称为斯特普尔顿–戴森球。

其实，戴森球只是本书中如星海般璀璨的无数创意之一。影响，或至少远远领先于后世的，还有许多数不胜数的例子：另种人的全感官广播，如同预演了《黑客帝国》的基本剧情；各种奇特的生物形态，可能启发了《星船伞兵》《重力使命》《深渊上的火》中令人印象深刻的外星人形象；"帝国"用原子武器远程摧毁行星，想必会令读者

---

① 戴森：《宇宙波澜：科技与人类前途的自省》，王一操、左立华译，重庆大学出版社，2015，第266页。

想到《星球大战》中恐怖的死星……《科幻百科全书》认为斯特普尔顿对后世科幻的影响仅次于威尔斯,并不夸张。

即使在二十世纪七八十年代之后,其中的科幻创意也未成为老皇历。许多精彩设定放在今天也绝不逊色,以当代中国科幻作品为例:本书中提出能够通过一系列火箭推动,让一颗行星脱离自然轨道,以高速被发射到外层空间,令人想起刘慈欣《流浪地球》中的基本设定(本书更周到的是,行星还带了一颗小太阳);《三体》中极为高概念,只是惊鸿一瞥的"二维时间",在本书中已有过更详细的构想;而设想宇宙有一个四维空间中的"球心",在其中宇宙之至高秘密存焉,和王晋康2019年的力作《宇宙晶卵》若合符节……这里当然不是主张这些作品都曾受到《造星主》的启发,但足以证明本书中的科幻想象具有超越时代的深邃和活力。

不过,想象上的海量创意只是《造星主》的成就之一,遍布全书的社会关怀和哲学思考是另一个不可忽略的亮点。

来自古老宗教文学的精神旅行方式,并非只是为了方便游历宇宙的设置,而是关乎作品的内在主旨。《造星主》中设定,宇宙中有一种泛精神的心灵感应,能够让不同星球甚至星系之中的智慧生命产生交感。但是最初,"我"所受到的感应只能来自同样处于"精神危机"中的世界,而"我"也几乎只能造访这些世界。虽然诸星球千奇百怪,但都处于和人类相似的危机中。

这就涉及《造星主》更为黑暗凝重的另一半内涵:人类正面临着

前所未有的危机。

故事开头,"我"内心的苦闷,一方面来自刚刚被全面揭示的广袤而冰冷的宇宙图景对于个人生命意义的冲击;另一方面,是日趋严酷和危险的现实地球——二十世纪上半叶,不仅是科学大发现的时代,也是人类苦难最多的时代。蓬勃发展的科技,并没有明显地改善大部分人的生活;相反却便利了帝国主义列强的殖民和资本主义的剥削,令贫富差距更加悬殊,民族和阶级矛盾日益尖锐。

广大亚非拉殖民地人民遭受的苦痛毋庸多言,奥拉夫生活的西方世界也同样难逃大劫。1914年,空前惨烈的第一次世界大战将和平了半个世纪的西方世界撕得粉碎,令欧洲堕入几乎毁灭的深渊。战后仍然长期动荡不安,1929年开始的大萧条更令整个资本主义生产体系再次蒙受重创,在所谓的文明核心地带,一个又一个军国主义和法西斯政权建立起来,谋求扩张。到了本书创作的时期,奥拉夫看得非常清楚——至少远比张伯伦和达拉第清楚——另一场毁灭性的世界大战已经不可避免。

正如文中一再提示的,"我"对一个又一个奇特的异星世界的造访和探研,并非将地球所面临的危机抛诸脑后,而是在宇宙层面的叙事中,重新阐释了今日地球所面临危机的意义:这是一个正在觉醒的种族从蒙昧时代到乌托邦时代所必经的瓶颈和门槛,必须摆正个人、阶级与种族之间的关系,建立友爱的共同体,才能拥有美好的未来。

但奥拉夫并不是以肤浅的乐观主义为读者打气,他反复重申,一切都不是必然的。无数经历这种试炼的文明世界都因各种原因陨落,没有什么能够保证地球不是其中之一。事实上,按照《最后和最初的人》以及《造星主》本身的残酷设定,人类经历百般轮回,最终仍将陨落在太阳系边缘,甚至无法与宇宙文明建立实质联系。人类自身的命运绝非《造星主》关注的中心,但它仍然体现了宇宙精神发展的一个必经阶段。

奥拉夫非常机智地设定,他只能通过人类心灵的滤镜去了解其他文明,因此所见所闻多可以与人类社会相通。书中大段对近现代西方社会的讽喻文字,并不能推导出其对宇宙精神的思考只是某种关注二十世纪三十年代西方社会现状的"科幻现实主义"寓言。相反,是通过深思与推想,令特定时空的问题具有了宇宙层面的普遍性和精神深度。

书中视为理想社会出发点和典范的"共同体(community)",来自十九世纪的诸多思潮,比如拉斯金对于工业时代的反思,比如德国浪漫主义,而最为重要的可能是社会主义理论——共同体与共产主义(communism)的相似绝非字面上的。如果说作者是在想象未来的共产主义社会远景,也绝不是牵强附会。书中明确地提到,未来的乌托邦是广义上的共产主义,生产资料应当公有(参见第九章第一节)。在英国知识界,奥拉夫也明确地站在左翼一边,同情和维护苏联的社会主义实践,因此常被视为危险的共产分子。

不过，这种共同体并非以斯大林式的整齐划一为楷模。个体的自由与人格也必须得到尊重，人是目的，而非手段。实际上，共同体的意义也正在于其丰富多元（diversity）。如何实现这种同与异的协调，是本书所思考的一大问题。奥拉夫认为，夫妻关系正是共同体的缩影。夫妻之间因差异而相敬相爱，构成了一种"原子"共同体。这种共同体也绝非要抹去夫妇之间的男女差异，而是要在其中成就。

但将这种模式推向更广的层面，就不是情感或道德的修养能够解决的，这需要精神的某种重大转化，他称为"觉醒"。在觉醒中，不同的个体能够打通彼此的意识层面，既保持其个性，又汇集成更博大深沉的共同心灵。其效果是一种"澄明"。它既是一种差异分明的心灵明晰状态，又是一种因差序而成就的统一。爱在其中起到了极为关键的作用。《造星主》中，类似恋人的两大种族组成的共生体成为银河文明的领头羊，最终成为宇宙心灵的基石，绝非偶然。可谓"君子之道，造端乎夫妇；及其至也，察乎天地"。

当然，即便通过共同体的建立和扩大，到达乌托邦阶段、星系之灵阶段，甚至统一的宇宙心灵，宇宙中精神的发展仍然面临着一个又一个陷阱和危机，而亦有无穷无尽的生命与智慧受苦受难，平白牺牲。即使最后，最高阶段的宇宙共同体，也敌不过热力学第二定律的力量，最终又会退化和颓废，化为死寂。那么"生命、宇宙和一切"的意义到底何在？这些痛苦与牺牲的意义又何在？

在此可以看到，追寻造星主的精神旅行，并不只是出于对万物本源的好奇,也非单纯的宗教虔敬,而是一次思辨之旅,去理解生命的短暂美好与宇宙的亘古沉寂,理解对幸福生活的正当追求与永远无法消弭的生存苦难之间不可调和的矛盾。在某种意义上,这是一个神义论(Theodicy)的问题,需要"神"本身来回答。

终于,在群星熄灭之际,通过整个宇宙的普遍觉醒,宇宙心灵超越了自身所处的时空,找到了造星主本主。这似乎是一个《神曲》式的结尾,但又是对《神曲》的颠覆。"我"怀抱期待飞向造星主,但却被打落云端。在随后的迷梦中,我发现了骇人的真相:广袤无边的宇宙,不过是造星主所创造的无数作品之一。造星主也并不爱这个宇宙,这只是他无尽创造能力中的一个碎片。

第十三到十五章是《造星主》的"至高时刻",在这里,故事更多转向了哲学与神学的维度。如果要对其进行学理上的解析,不能不说是相当艰难的任务。第一,《造星主》毕竟是虚构作品,其中哪些是作者本身宗教和哲学观念的表达,哪些是为了故事效果而进行的叙述,是无法明确区分的;第二,即便在小说中,造星主的故事也是其内部嵌套的一个"梦境",一个神话。奥拉夫清楚地表示,造星主本身并非是人的智能能够理解的,这只是为了便于思考能力有限的人类理解而编出的某种隐喻或寓言。

不过,为了让读者有一些直观印象,笔者仍尝试对这位"造星主"的思想源流和深层奥义略加管窥。在造星主神话中,造星主如上帝创造世界那样创造出我们的宇宙。如果说有什么不同,那就是造星主创造的不止一个宇宙，而是许多个，并且造星主对宇宙中的子民也绝无一般意义上的慈爱。但表面看，造星主似乎仍然接近传统的上帝形象。

然而，细读之下，可能揭示出另一个迥然不同的宇宙观。新提出的大爆炸理论，令奥拉夫能够比较容易地采用创世模型。而无法回避的问题是，创世的物质基础从何而来？正统基督教认为宇宙是上帝从虚空中创造出来（ex nihilo），但奥拉夫清楚地指出，这个宇宙是造星主从"自身存在的深处"所取出的"实体"（substance），兼具物质与精神两面。造星主本身既是无限的物质，也是无限的精神，他的创造，也不是随意为之，而要根据实体自身的性质进行。这接近于斯宾诺莎式的泛神论。从本书附录中可以看到，奥拉夫对斯宾诺莎非常熟悉和敬仰。斯宾诺莎主义有助于奥拉夫解决神义论的问题：神与物质宇宙是合一的，神的心灵与宇宙规律也是合一的。

但是，奥拉夫在一个主要方面远离斯宾诺莎，而采用了更为当代的哲学理论。我们看到，造星主是"绝对精神"，它既是完美的永恒，又是在时间中的自我发展，这一基本思想框架无疑来自黑格尔。不过，在黑格尔那里时间只是逻辑的展开，而非创造。就创造思想而言，明显可以看到昂利·柏格森（Henry Bergson）的印记，无论是从整体叙述，还是从许多具体的文字上，比如"超越宇宙的实在、喷涌的创造之泉以及喷射出的一个个世界……"（第十六章）。熟悉柏格森哲学的读者无疑会想到柏格森的著名论述：

……若干世界从一个中心喷射出来，就好像晚会中的焰火表演一样。尽管如此，我并不把这个中心当成一个物体，而是一种进行喷射的连续性。神，在此界定下，不拥有任何现成之物；他就是永不停息的生命、运动以及自由。[①]

柏格森认为生命本身就是神，它以其绵延的流动，对物质进行切割，不停地创造出一个又一个世界。奥拉夫不同意其中生命/物质的二分法预设，但无论如何，造星主无疑是不停创造的精神，令一个个实体质点化为广袤时空。拜新的宇宙学视野所赐，奥拉夫发现它创造的甚至不是以星球为模式的"世界"，而是宇宙本身。

不过，柏格森的生命创造并没有人格，造星主却并非如此。诚然它并非一开始便全知全能，智慧无限，而是从婴儿般的蒙昧中随着诸多宇宙的进化一起成长，在创造我们的宇宙时，造星主也并不比我们的宇宙意识聪明多少。每一个宇宙将自身的成就和心灵反馈给造星主，促成了造星主自己的进化。这一构思可能来自另一位与奥拉夫同时代的哲学家: 阿尔弗雷德·怀特海（Alfred Whitehead）——当然，怀特海本身也受到柏格森的深刻影响。

奥拉夫十分熟悉怀特海，他在《哲学与生活》中盛赞过怀特海艰深的形而上学体系，说阅读怀特海的作品仿佛是在观念的丛林中冒险，但最终探险者"登上了光秃秃的山顶，得到了回报，他一览无余地看到了似乎是整块处女地的大陆，而这也许是未来文明的家

---

① Henri Bergson, Œuvres, 6 é dition, Presses Universitaire de France, 2001, 706.

园"①。这与本书第十四章的开头有惊人的对应,暗示出造星主的宇宙论模型或许直接来自怀特海哲学。

在1929年出版的《过程与实在:宇宙论研究》中,怀特海曾指出:

神的本性不仅是原初的,还是继生的。神既是开端又是终结,说神是开端并不是说他存在于世界上所有成分的过去,而是说他是概念性活动以之为前提的现实,与每一种其他的创造性活动处于共同的生成之中。因此,由于所有事物的相关性,世界对神也有反作用。神本性的完满性可进入充分的物质性感受之中,这是由世界在神中的客体化所引起的。神与每一种新的创造分享着自己的现实世界;而在神将这个现实世界客体化的过程中,合生的创造物则被客体化为神中的新生要素。神对每一种创造物的这种摄入既是以主体性目的为指导,又赋予这种创造物以主体性形式,这完全源于神的包罗万象的原初性评价。神的概念性本质因其终极的完满性是不变的,但是神的继生本性则是世界的创造性进展的产物。②

从这段的许多论点上,我们都可能找到恰当理解造星主的钥匙。造星主的创世,与其说是在时间的开端进行的活动,不如说是令可能性限定为现实性的某种形而上学法则。因此,宇宙的生成,也即是成为客体化的对象,其对应的主观极,就是神或造星主。客体化的宇宙被神摄入自身后,也对其产生了反作用。在这种互动中,最

① Crossley, *Stapledon: Speaking for the Future,* Syracuse, 1994, 256.

②《过程与实在:宇宙论研究》,杨福斌译,中国人民大学出版社,2013年,第439页。

终产生出了完满的神。怀特海写道:

> 在神的本性中,恒定性是原初的,流动性是从世界中派生的;而在世界的本性中,流动性是原初的,而恒定性则是从神中派生的。而且世界在本性上乃是神的原初材料,而神在本性上则是世界的原初材料。当创造活动达到自己最终的阶段,永久持续世界的神圣顶峰时,便获得了恒定性与流动性的协调一致。①

奥拉夫将此与黑格尔主义结合,并采用了多元宇宙和双重时间的设定,使恒定性与流动性的关系更加复杂而精微。我们的宇宙不过是造星主所创造的许多宇宙中的一个,而远远超越我们的最终的宇宙才能令造星主成就自身的永恒的精神。这样一来,造星主即渗透在我们的宇宙之中,又远比斯宾诺莎或怀特海的设想更为悬绝地超越于其外。但奥拉夫并未深入探讨其中许多问题,譬如,倘若我们的宇宙是完美的最终宇宙的一个关键环节,那么它在某种意义上也仍然是它的一部分。

对于《造星主》中的哲学观念,在此只能挂一漏万地略加探讨,有待学者们更深入地研究。但无论对造星主的形而上学性质如何理解,有一点毋庸置疑,奥拉夫决然地反对人类中心的立场。人类无非是亿万宇宙、亿万族群中的一个,无论在宇宙中,还是造星主的心灵中,都没有特殊的地位,造星主绝不会多费一根指头来拯救人类,甚至人类的毁灭已成定局。那么,人类的努力和奋斗意义又何在呢?

---

① 同上,第444页。

……即使最热烈的爱也被最冷静地审视，而即便我们这半觉醒的世界可能会就此一蹶不振，在那沉思中也仍会加以褒奖，但人类的危机并没有失去意义，反而赢得了意义。奇妙的是，想到这不过是一群微生物短暂的挣扎，这并没有减弱斗争的紧迫性，反而催促我们多尽自己的一份力，要在最终的黑暗降临前，为自己的种族多赢得一些澄明的辉光。

这里的沉思（contemplation）活动，可能会令人想起亚里士多德的神。不过，亚里士多德的神仅仅是沉思完美的思想对象，而非渺小且充满缺陷的凡间生命。在我看来，奥拉夫在不无矛盾地综合了一系列思想立场后，最终达到更接近斯宾诺莎的位置。人类，无论多么微不足道，宇宙，无论多么看似只是造星主的无数作品之一，从永恒的视角来看，仍然是成为神或造星主的无限实体的一部分，人类的喜怒哀乐、理想与堕落，仍然在自身仍在成长的造星主博大渊深的心灵中，拥有被铭刻入永恒的存在样式。

四、关于本书的翻译

在中文世界中，Olaf Stapledon 的译名曾有多种，本书按商务印书馆《英语姓名译名手册》（第四版）统一译为奥拉夫·斯特普尔顿，其他姓名翻译也以此为准。

在中文世界，对于斯特普尔顿的译介多年来一直非常稀少，姚海军在《科幻世界》1999 年第 6 期发表的《科幻小说界的哲学家奥拉夫·斯特普里顿》一文，可能是第一篇中国人撰写的对其的介绍。但多年间斯特普尔顿的作品一直没有被译为中文，直到近年，情况才有所改变。斯特普尔顿的代表作之一《最后和最初的人》，在本书翻译期间有两个译本几乎同时出版。。

本书于2012年曾有冯舒奕、熊亭玉的翻译，为译言古登堡计划的一个项目，但只有电子版，未以实体书出版。该译本也不包括时间图表和术语释义部分。这一译本有出彩处，但也有颇多疏漏讹误，许多地方甚至无法索解。其中得失不能详论，有兴趣的读者可以与本译本对照阅读。

本书的标题，直译当为"造星者"，在一些相关科幻文献中曾被译为"造星人""星辰创造者"等，冯、熊译本译为"造星主"。译者一度想用直译，但反复咀嚼，感觉此译名恢宏大气而不失精简，且深符本书内旨，故此仍然沿用。

本书根据企鹅丛书1972年版 *Star Maker* 译出，并参阅 Gollancz "科幻名著丛书"（*SF Masterworks*）1999年版。后者前有奥尔迪斯序言，附录中有晚近发现的一份"术语释义"，解释本书中许多词汇的确切内涵，也译出供读者参阅。其中一些晦涩难解之处，参照了上述冯、熊译本以及 Brigitte André 的法译本 *Créateur d'étoiles*（Éditions Planète, 1966），在此谨致谢意。

《造星主》的语言虽不甚艰涩，但不少段落文风古雅，受到《圣经》《神曲》《失乐园》等宗教文学的熏陶，奥拉夫虽然在诗艺上成就有限，但散文善于譬喻，饶有诗意，同时又运用了相当多的哲学和科学术语，不少今日读者已经很陌生了，对译者在"信、达、雅"方面提出了相当的要求。考虑到大部分读者并非专业人士，也并非作为学术专著来研读，在许多直译必然会冗长晦涩的地方，我采取了相对灵活的拆分和意译方式，以便于理解。原书中长达整页的长段落亦有不少，为便于阅读，我也根据文意将一些段落酌情分为小段。

翻译过程中还有许多技术性的问题。如一个常见的问题是人称代词的用法：本书中涉及大量非人类的物种以及类似神明的超级智能，其代词似乎两可。当作者用they来指代时，并不清楚是"他们"还是"它们"，而用it/he的时候，用法也有一些混乱之处。在一些模糊的地方，笔者只能根据上下文以及表意重点灵活处理。但由于语言本身的局限性，虽几经修订，大概仍然难免有不完善之处，还请读者原宥。

本书写于八十多年前，时代、国别、创作背景以及书中所采用的许多哲学、科学理论都和今天的中国读者有一定距离。为帮助读者更好的理解，译者不揣浅陋，撰写了百余条简注，附于原文之下，以供读者在需要或感兴趣的时候参考。原书中未有注释，所有注解皆为译者撰写，其中谬误或遗漏之处，还请指正。

另外，由于时代限制，本书故事所依据的宇宙学和天文学理论虽然总体框架仍然牢固，但一部分作为科学事实采用的观点不免有些过时，甚至已被证明为错误。为免焚琴煮鹤之扰，译者在注解中仅说明相关理论的内容与渊源,恕不一一讨论辩正,有兴趣的读者请参阅最新的科学进展。

宝　树

最后改定于2020年7月29日

自 序

　　欧洲正面临着比1914年那次更为恶劣的灾难。在这一危急时刻，出版这样一本书也许会受到谴责，会被视为分散人心之举，无助于保卫文明和对抗现代野蛮暴行的紧迫需求。

　　一年接一年，一月接一月，我们那支离破碎、岌岌可危的文明处于越来越严重的困境之中。在国外，法西斯主义变得愈发猖狂和残酷，不断地对外扩张，因其全然蔑视精神生活，对自己的公民也愈发暴虐和野蛮。即便在我们自己的国家，我们也有理由害怕出现一种日益军事化并压迫公民自由的趋势。不仅如此，在数十年间，没有人采取决然的手段去缓解社会秩序中的不公正。我们陈旧破落的经济体系，让千百万人一败涂地。

　　在这些形势下，要让作家们去追求其事业，既要有勇气，又要有能够平衡的判断力，实在困难重重。有一些人仅仅是耸耸肩膀，便从我们时代核心的斗争中撤离。这些人的心灵既然封闭起来，不接受世界上最为重要的主题，势必也只能写出对同时代人来说不仅毫无深度，而且在细微处也缺乏真诚的作品。因为这些作家必然会有意无意地设法说服自己：人类的处境中并不存在危机，或者这些危机还不如自己的作品重要，又或者这些危机不关他们的事。但是危机确然存在，也极其重要，并且和我们每个人都息息相关。一个稍有智力和知识的人怎能不自欺欺人地去反对这一点呢？

但是我仍然对一些知识分子感到真挚的同情：他们宣称，自己对于这一斗争既然无法贡献什么有用的东西，因此也就最好不要涉足其中。事实上，我就是其中之一。为了给我们辩护，我要说一句，尽管我们无法行动或无法有效地行动以直接支持斗争的事业，但我们也没有视而不见。实际上，它一直让我们不能不密切关注。但是长期以来，我们从一系列尝试和失误中也认识到，对我们来说，所能提供的最有效服务是间接的。①

对于有些作家来说并非如此。他们如骑士般英勇地投入斗争，运用他们的力量去传播紧急的宣传，甚至拿起武器去为这事业而战斗。如果他们具有合适的能力，并且他们所服务的具体斗争事实上

---

① 在1937年初，作者所说的斗争，具体是指当时的西班牙内战（1936—1939）。斯特普尔顿是明确站在左翼共和国政府一边而反对佛朗哥的法西斯政权的。他也并非如序言中所自责的那样置身事外，而是协助做了一些工作，包括向马德里运送物资、安置西班牙难民等。

是保卫（或创造）文明的伟大事业的一部分，他们当然是在从事有价值的工作。此外，他们也可能赢得丰富的经验和人道的同情心，因此也能大大提升其文学能力。但是他们工作的迫切意义也可能蒙蔽他们，让他们看不到即便在危机时代保持和拓展那种也许可以在形而上学上称为"人类种族自我批判的自我意识"者，也就是在与其他万物的联系中，将人类生活视为一个整体的努力，也是十分重要的。

这就需要一种意志，尽可能放下一切人类的偏见，去看待人的一切事务、理想以及理论。那些陷入斗争之中的人，虽有伟大和正义的事业，却难以避免党派的偏向。他们以高贵的方式放弃了某种超脱的立场，某种冷静评估的力量，而这正是人类最为宝贵的能力之一。在他们看来，这也许正是理所当然的，竭尽全力的斗争更需要投入，而不是超脱。但是一个人若把这一事业放在心中，在对人的忠诚之外，也必须努力保持一种更加冷静的精神。也许尝试将我们动荡的世界放在浩瀚群星的背景下去看待，最终可能会增强——而不是减弱——目前人类所面临的危机的意义。它也可能增强我们对于彼此的博爱。

怀着这样的信念，我尝试画出一幅草图，描绘想象中万物的整体，它森严可畏而又充满活力。我知道，这是一种极为潦草简略的草图，宛如孩子气的荒唐漫画，即便以当代人类的经验来看也是如此。在一个更为冷静和智慧的时代，也许这本书看起来就是胡言乱语。但它尽管简陋粗糙且远离实际，但或许并非与现实全然无干。

冒着同时激怒左翼与右翼的危险，我时而会使用一些来自宗教的特定概念和词汇，并且尝试根据现代的需要进行诠释。诸如"精神的"和"敬拜"这类虽说遭到曲解但仍有价值的词汇，对左翼来说几乎像是右翼眼中老式的色情用语那样淫邪，它们意在提示一种体验，容易被右翼滥用，也容易被左翼误解。这一体验应该说包含一种超脱，从一切个人、社会和种族的目标中超脱出来。当然并不是说，它会让人去反对这些目标，而只是能够让他以一种新的方式去评价它们。这种"精神生活"看上去本质上是一种努力，要去发现以及运用与我们的经验整体事实上相适应的态度，正如看到一个身材健美的人，自然会令人感到倾慕。这一事业能够让意识变得更澄明、更精细，因此对行为也大有裨益。的确，如果这种高尚的人性化经验除了某种对于命运的诚敬之外，并不产生出决断的意志以服务于我们苏醒的人性，那也不过是暗藏陷阱的镜花水月而已。

在这篇序言的最后，我必须对L.C.马丁教授[1]、L.H.迈尔斯先生[2]及E.V.里乌先生[3]表示感谢，他们提供了许多切实中肯而有益的批评，我据此重写了许多章节。即便是现在，我也犹豫要不要把他

---

[1] L.C.Martin，利物浦大学英文系教授，主攻十七世纪玄学派诗人，他也是斯特普尔顿的邻居和朋友，斯特普尔顿的几乎所有作品发表前都会请他过目。

[2] L.H.Myers，英国小说家，主要作品为描写印度的《根与花》（*The Root and the Flower*）三部曲。他是这一时期斯特普尔顿最为交好的文友之一，他非常关注《造星主》的写作进程并提出许多修改意见。1944年自杀身亡。

[3] E.V.Rieu，斯特普尔顿在牛津时的同班同学，后任职于梅休因出版社，也是其大部分作品的编辑。

们的名字和这样一部离经叛道的作品联系起来。如果用小说的标准来判断，它是相当的糟糕。事实上，它也根本不是小说。

关于人工行星的一些创意来自J.D.贝尔纳引人入胜的小书《世界、肉身与魔鬼》[①]。希望他不至于太反对我对这些观念的处理。

还有我的妻子，我必须感谢她对书稿的校对，以及感谢她的存在本身。

在本书的最后，我附上了关于量级的注解，这也许能帮助那些对天文学不太熟悉的读者阅读此书。那几张非常简略的时间图表也许能供读者们一笑。

O.S.

1937年3月

[①] John Desmond Bernal(1901—1971)，英国著名物理学家、生物化学家和科普作家，爱尔兰裔，1929年出版《世界、肉身与魔鬼：探询理性灵魂三个敌人的未来》。在书中，他提出了可以在太空建立中空球体作为人类永久居所的设想，后来被称为贝尔纳球(Bernal Sphere)，斯特普尔顿在本书中吸收和改编了这一点子，见第九章。

第一章 地 球

1. 出发点

一天夜里,我心情苦闷,出门登上山丘。深色的石楠挡在我的脚前。山下蜿蜒着城郊的街灯。扇扇帘布低垂的窗户,宛如闭上的眼睛,向内看着梦中的生活。远隔漆黑的海平面,闪烁着一座灯塔。头顶,一片幽暗。[①]

我认出了我们自己的房子,屹立在世界汹涌又苦楚的浪涛中的我们的小岛。在那里,有十五年之久,我们二人,虽然性情迥异,却

[①] 作者于书中所写的环境与家庭背景,皆取自他自身的生活。他居住在威勒尔(Wirral)半岛滨海的西科尔比(West Kirby)镇,毗邻利物浦。此处所登之山丘为卡尔迪山(Caldy Hill),在小镇边上,距离海边仅数百米,今山上有"斯特普尔顿之林"(Stapledon Wood),以纪念这位作家。

越来越深地融入彼此，相互支持，相互温暖，成了缠绕的共生态。在那里，我们每日计划着人生的诸多事项，讲述着这一天的趣事或烦恼。在那里，有摞起的信函待回复，有袜子待缝补。在那里，孩子降生，新生命突然到来。在那里，在那屋檐下，我们两个独立的生命，虽然时有抵牾，却融为一个比任何一人的生命都更大，也更自觉的生命。①

这一切，当然都是美好的。但是仍有苦闷。这苦闷不只是从外部世界入侵到我们之中，亦是自我们美妙的小家庭自身涌出。有一股恐惧，不只是对这世界之疯狂的恐惧，亦是对我们之无用的恐惧，对我们自身之虚无的恐惧，驱使我离家，登上山丘。

我们总是忙碌于看似紧要的琐事，结局却如镜花水月。或许，我们是否错解了我们的整个存在？我们是否一直以来依托错误的前提生活？特别是，我们这种伴侣关系，这个供我们在世间活动的、看起来如此牢靠的支点，是否只是一个沉溺于舒适家庭生活的小小旋涡，在万有之洪流的表面无效地盘旋，自身毫无存在的深度，也无意义？我们是否一直在欺骗自己？在这些专心过日子的窗户后面，我们是否如芸芸众生一般，只是在梦中生活？在一个病态的世界里，即使是健康人也会有疾病。而我们两个，大部分时间墨守成规地过着小日子，既缺乏明晰的认识，亦罕有坚定的意向，不过是一个病态

---

① 斯特普尔顿于1919年与表妹艾格尼斯·米勒结婚，翌年搬至西科尔比一处住宅，至本书撰写时期（1933—1937）已历十五年左右。他们的女儿玛丽和儿子约翰，分别诞生于1920和1923年。

世界的产物。

然而我们的生活也并不完全是纯粹的、沉闷的虚空幻境。我们出门入户，与郊区、城市、更遥远的城市乃至地球尽头发生联系，从中采来现实的真实纤维，难道我们的生活不是由此编织而成的吗？难道这种编织不也是我们自己本性真诚的表达吗？我们不是每天都在或多或少地吐出活泼生命的丝线，并将自己嵌入那个不断成长的网络，即那勾连交错、生生不息的人类图景之中吗？

我沉默而饶有兴趣地思考着"我们"一词，时感愉悦，而终归于敬畏。我如何能够描述我们的关系——哪怕是对我自己——既不以轻蔑之态度，亦不以庸俗浮夸的感伤之情？因为我们之间这种既独立又依赖的微妙平衡，这种时而冷静批判，时而刁钻讽刺，却又带着爱意彼此联系的方式，是真正共同体的缩影，虽形式简单，却无论如何是一种高远鹄的之真实鲜活的例证，而这一鹄的正是这世界所追求的。①

整个世界？整个宇宙？头顶上②，一颗星自幽暗中出现。不知几千年前便已射出的一束颤动光箭，而今扎入我的神经，也将畏惧扎入我的心间。在这样一个宇宙中，我们那偶然、脆弱又短暂的共同

---

① 本书中的"世界"基本都是有人居住的行星或人造行星的代称，行星系也被称为世界系统（一般译为行星系统），星际文明被称为多世界共同体等。参见"附录三 术语释义"的"World"条。

② 原文作overheard（偷听），无法索解，当为overhead（头顶）之误。

体又有什么意义呢？

但此刻，我被一股奇特的、非理性的崇拜之情攫住——当然不是崇拜那颗星，那星只是个火炉，因相隔遥远才被错认为神圣，而崇拜的是别的什么，是星辰与我们之间的霄壤之别向心灵指示出的那种东西。然而能指示出什么？到底是什么呢？理智已勘破星辰之上，并未发现有创造星辰之主（Star Maker），而唯有黑暗；没有爱，甚至没有力量，而只有虚无。但是心灵仍赞颂。

我不耐烦地抖落这愚蠢的思绪，将注意力从不可捉摸的存在转移到熟悉具体的事物上。我把崇拜之情推到一边，也平抑住畏惧和苦闷，决定更加冷静地审察这个非同一般的"我们"。这一基点令人惊讶，难以忘怀，它对我们来说是宇宙中最为基本的存在，但与群星相较，却又轻如鸿毛。

即使不论那令一切显得渺小的宇宙背景，我们归根到底也无足轻重，或许还是滑稽可笑的。我们是如此常见的凡人，如此琐屑，如此碌碌。我们只是一对夫妇，并非强迫，而是自愿选择在一起生活。在我们的时代，婚姻是可疑的。然而我们的婚姻又竟是起源于琐碎的罗曼蒂克情事，则更是双倍的可疑。

我们第一次相遇时，她还是个孩子。我们的目光相碰。她注视了我片刻，没有说话，我曾浪漫地想象，注视中或许还带着某种朦胧而深沉的认知。无论如何，我在那目光中认出了我的命运（在青春的冲动中，我是这么说服自己的）。是的，我们的结合看起来是如此因缘前定，然而如今回顾，又是何等的偶然萍聚！[①]诚然，作为长年的夫妇我们已琴瑟和谐，恰如两棵紧挨的树，树干同时向上成长，如连为一体，一起弯曲而又相互支撑。但现在我冷静地评估，她只是我个人生活一个有用的助手，但有时也令人烦躁。整体上来说，我们是理智的同伴。我们给彼此以一定的自由，如此才能忍受彼此的靠近。

这就是我们的关系。如此道来，似乎对我们关于宇宙的理解无足轻重。然而在我心中，我知道是有的。我们所珍视的这个原子共同体，虽然不无缺陷且短暂易逝，但纵然是冷漠的群星，纵然是整个宇宙以其空荡荡的广袤，也无法说服我承认它是毫无意义的。

但是，我们这种难以描述的结合除了对我们自身之外，真的有任何意义吗？它是否能证明全人类本质上的天性是相爱，而不是仇恨和畏惧呢？它是否能够确证，全世界的男人和女人，虽然有环境的阻碍，但在内心仍能够建立一种全世界范围的用爱打造的共同体呢？进而言之，既然它自身就是这宇宙的产物，是否证明了爱在某种意义上也是宇宙的基本存在呢？它内在的超凡被我们所体验，通过这一点，它是否承载了某种担保，担保其脆弱的支撑者——我们

---

① 斯特普尔顿于1903年第一次见到从澳洲来的表妹和未来的妻子艾格尼斯，其时他十七岁，艾格尼斯九岁。斯特普尔顿多年后回忆，自己第一次见到表妹，就爱上了她。不过其传记作者克劳斯利发现，斯特普尔顿当年在日记中并无任何相关记述，推断这只是后来的浪漫想象。1913年，斯特普尔顿向十九岁的艾格尼斯求爱，艾格尼斯未答允，但二人仍情意绵绵，后在通信中订婚。因为大战阻隔，二人多年间未能相见，每日以通信保持联系，达洋洋数百万字，终于在战后完婚。

二人——必然在某种意义上也有永恒的生命呢？它是否用事实证明了，爱就是上帝，而上帝在天堂等待我们呢？[①]

不！我们那家庭的、友爱的、令人恼火又发笑的、朴实无华却备受珍爱的精神共同体，证明不了任何这类事情。除了自身那不完美的正当，它也担保不了任何东西。它虽明亮却细微，只不过是存在的诸多潜能之一种的例证。我想起了难睹的星群，想起组成人类世界的那些憎恨、恐惧与苦楚的波涛。我也想起我们生活中绝非罕见的不和谐处。我提醒自己，我们正如微风在静水上吹起的涟漪一样，很快便会消逝。

我心中再次涌起对群星和我们之间奇异对比的认知。宇宙不可计量的伟力神秘地加强了我们这个电光石火般的共同体的正当意义，也加强了人类短暂而不确定的事业的意义。而这一切，又加速了宇宙的运行。

我坐在石楠丛中。头顶，幽暗正在散去。在那后面，获得自由的天空居民们自隐藏中跃出，一颗星接着一颗星。

在我前后左右，阴影中的山丘或模糊不清的大海伸展至视野之外。但想象如飞鹰高翔，跟随着它们蜿蜒到地平线之下。我凝神观照，发现我身下是一颗岩石与金属的滚圆微粒，上面笼罩着水和空

---

① 爱与上帝／神（God）的等同是基督教的传统，参见《新约·约翰一书》4:8:"没有爱的，就不认识神，因为神就是爱。" 4:16:"神就是爱；住在爱里面的，就是住在神里面，神也住在他里面。"本书中，一般将 God 译为"神"，但有明确的基督教典故指涉之处，则译为"上帝"。

气，在阳光与黑暗之间旋转着。在那小小的微粒表面，所有的人群，一代接一代，在劳苦与盲目中生活着，只是间或有喜乐，有精神的澄明。他们的历史，包括民族迁徙、帝国兴亡、哲学思潮、科学振兴、社会革命，以及对于共同体日益强烈的渴求，亦不过是群星无尽生命中某日的微光一闪罢了。

谁能够知晓，在那灿烂的群星之间，在此处或彼处，是否有其他生灵居住于其他岩石与金属构成的微粒上；而人类对智慧与爱磕磕绊绊的寻觅，是孤立而微不足道的死水微澜，抑或是宇宙伟大运动的一部分呢？

2. 群星间的地球

头顶，幽暗已尽退去。从地平线的一端到另一端，群星连绵不断地铺陈开来。两颗行星一眨不眨地注视着我。星座的组合在群星间一一凸显。猎户座四方的肩膀和双足、它的腰带和剑、北斗七星、仙后座的"W"形、紧密的昴星团，一切都在黑暗中有条不紊地排列着。银河是一道模糊的光环，跨过天际。

肉眼所看不到的，由想象来完成。我往下看，仿佛在看一颗透明的行星：我的目光穿过了石楠、岩石、已灭绝生物的化石、融化岩石的洪流，直到地球的铁心；然后再一次，似乎仍然在往下，穿过南方的地层以及南方的大洋与陆地,越过橡胶树的根和地球对面居民形如倒立的双足,从他们悬挂着太阳的蔚蓝天幕穿出去,到达太阳和群星同在的永恒之夜。在那里,在我下方令人眩晕的遥远之所,铺展着底下的星座,如湖水深处的鱼群。天空的两个穹顶被融为一个空心球,黑暗中群星汇聚,甚至就在灼目的太阳之侧。新月是一弯白亮的曲线。银河的光环完整了,包围着整个宇宙。

在一阵奇异的头晕目眩中,我望向我们家那亮灯的小窗,想抓住救命稻草。窗子仍在那里,城郊和山丘也在那里。但是星星正透过它们照射过来。就好像地上的一切都是用玻璃或者某种更加透亮和轻盈的晶体打造的。教堂午夜的钟声轻鸣,模糊而遥远地敲响了第一下。

我的想象受到激发,产生出一种奇异的新感知模式。我从一颗星望向另一颗星,发现天球不再是镶嵌珠宝的天花板和地面,而是一个深渊,其深处远远超越了众多恒星闪烁的层次。天上大多数明亮而熟悉的光点因是我们近处的邻居才得以突出,但一些亮星却悬于远方,因光焰之奇伟我们才能够得睹,另一些暗淡的灯盏却仅仅因为是在极近处方才可见。而在每一边的距离适中之处,都充斥着浩荡的星群洪流。但即使这些,现在看来也属近邻。因为银河位于无可比拟的更遥远处。透过其较近处的裂隙可窥见一片片遥远的风景:朦胧的光雾,细看皆是无穷无尽的星辰。

命运将我置入的宇宙并不是一个点缀着闪亮饰片的厅堂。可以看到，它是一个星辰流淌的旋涡。不！还有更多。从星辰之间的空隙望向更外在的黑暗，我看到了一些光点和光斑，那是其他此类的旋涡，其他的星系，稀疏地散落在虚空中，深远无极，这是如此广袤的空间，乃至于想象的眼睛也望不到这个全宇宙诸星系之总和的边界。现在的宇宙（universe），在我看来就是一个飘浮着若干片雪花的虚空，而每一片雪花都是一个宇宙。①

我凝望向无数星系中最遥远、最暗弱的一个，通过想象中的超级望远镜，似乎看到它也是由一群恒星组成。在其中某颗恒星边上是一颗行星，在行星黑暗的一面有一座山丘，站在山丘上的是我自己。因为我们的天文学家告诉我们，在这一我们称为宇宙的无边界而有限度的空间中，光的直线并不会飞向无限遥远处，而会回到自己的起点。②然后我想起来，若我的所见并非是想象之光，而是"环绕"宇宙的物理光线，我所看到的光影就不会是我自己的形象，而是地球甚至太阳尚未出现之前便已消逝的事物。

但是现在，我又一次躲开宇宙的广袤，再次寻找我们家那被帘

---

① 十九世纪的主流科学观点认为银河系是唯一的星系，囊括整个宇宙，望远镜所见的其他星系不过是银河系中的小星云。至二十世纪二十年代，哈勃计算出仙女座大星云远在银河系外，指出银河系之外还有无数星系，被称为"岛宇宙（island universe）"理论。本书采用了这一正确的理论，但受旧习惯影响，有时仍将星系称为宇宙（universe），而统摄众多星系的大宇宙则更多称为cosmos。参见"附录三 术语释义"中"Universe"条。

② 此系采用爱因斯坦1915年提出的广义相对论宇宙模型：由于质量决定空间曲率，宇宙或为一四维超球面，有限而无界。1919年，英国天文学家阿瑟·爱丁顿观测到毕星团的光线被太阳质量所弯曲，符合爱氏预测，这一模型得到普遍认同。

幕遮挡的窗户。即便为星光所穿透，它对于我仍然比一切星系更加真实。但是我们的家消失了，整个街区、山丘乃至大海也是一样。我一直所坐的地面不见了。取而代之的，是在我下方遥远处一种非实体的暗影。我自己看起来也摆脱了身体，因为我既看不到也触碰不到我自己的肌肉。我试图运动四肢，但什么也没有发生。我没有四肢。我对自己身体熟悉的内在感知以及从早上就折磨我的头疼，让位于一种模糊的轻盈与振奋。

当我完全意识到我身上的变化后，便惊讶地想知道自己是否已经死去，并且进入了某种完全意想不到的全新存在。一开始，这种老套的可能性只是令我懊恼。然后我忽然明白，心中一沉：如果我真的已经死去，就不会再回到那个所珍爱的、具体而微的原子共同体。我所感到的激烈悲恸，让我自己都觉得震惊。但我很快安慰自己，无论如何，或许我并未死去，只是迷幻一梦，随时可以再醒来。因此我决定，不要为这种神秘的变化而担惊受怕，而应带着科学的兴趣，观察在我身上发生的一切。

我看到那代替了地面的暗影正在收缩，变得紧密。它下面的星星已经看不见了。很快，我身下的大地就像是一张巨大的圆形桌面，一个被群星包围着的黑色圆盘。看上去，我正在以不可思议的速度飞离我所生长的星球。太阳，之前在想象中位于下方的天穹上，如今再一次出现，一半被地球遮蔽，仿佛是日食。虽然现在我必然已经高于地面数百英里①了，但我并未感到失去氧气和大气压的苦恼，而只体验到了不断变强的兴奋感和快乐的思想泉涌。群星的无比灿烂令我激动。无论是由于模糊视线的大气层消失了，或是因为我自己增强的感官能力，又或者是二者兼有，天空出现了一种不寻常的面貌。每一颗星星看起来都燃烧得更为明亮。诸天光耀，主要的星体如远处汽车的前灯。银河，不再被黑暗所遮掩，而是一条由点点星光构成的环绕着我的大河。

现在，沿着行星的东缘——它如今已远在我下方——出现了一道微弱的光边。当我继续上升时，那道光又将周边染得橙红一片。显然我并不只是向上前行，也是在向东飞，绕着地球转入白昼中。很快，太阳跃入眼帘，以其耀眼光芒吞掉黎明的长长弧光。但当我加速时，太阳和行星看起来彼此飘离，而拂晓的晨曦强化为灼目的日光。光明增长着，好像渐满的月轮，直到半个行星都被照亮。在黑夜与白昼的地带之间有一条暖色的阴影带，像一片次大陆般宽广，标识出黎明所在的地域。当我继续上升和东行时，我看到大陆和白昼一起向西伸展，直到我来到正午的太平洋上。

现在，大地看起来是一个比满月大数百倍的明亮而巨大的球体。在它的中央有一个炫目的光点，那是太阳在大洋中的倒影。行星的边缘是一圈朦胧的光晕，消散入周围太空的黑暗中。北半球略微倾向我，一大部分是冰雪和云层的延展。我能够看到日本和中国

---

① 1 英里 = 1609.344 米。

的部分轮廓, 它们的棕绿色突入大洋模糊的蓝灰色。接近赤道一边, 大气较为澄清, 但海洋是暗色的。有一个小而明亮的云涡, 或许是飓风的上表面。菲律宾和新几内亚如在地图中一样呈现, 澳大利亚则隐没入南缘的光晕之中。

眼前的景观奇妙地令我感动。个人的焦虑早已让位于惊异和赞叹, 我们的行星那纯粹的美令我震撼。它是一颗硕大的珍珠, 镶嵌在银屑点缀的黑檀木上。它如明珠, 如宝石——不, 它比任何珠宝都迷人得多! 它那色彩的布局更为微妙, 更为优雅, 展现出生命的精致与光亮, 复杂与和谐。奇哉! 于远离地球之际, 我却空前地感受到了地球那生机勃勃的存在, 它如同一个沉睡在迷梦中却又朦胧地渴望醒来的生命体。

我想到, 这块天宇之中的活宝石, 上面没有任何可见特征能够显示出有人类的存在。虽说看不见, 但在我面前铺展的是若干人口最密集的中心。我下面是庞大的工业地带, 正以浓烟染黑空气。然而, 所有这些拥挤的人群以及人类的事业, 却没有在行星上留下任何可见的印记。在这一高度上, 地球看起来应当与人类出现之前毫无区别。若天使或其他行星的探险家前来拜访, 绝猜不到这个平淡的球体上充满了寄生虫——这些统治世界却又折磨自己的兽类, 其生之初乃宛如天使。

第二章　星际之旅

当我思索着故乡行星时,仍然在继续穿越太空而高翔。地球在视野中越来越缩小远去,当我东向而行,它看起来就像在我下方旋转起来。地表特征向西伸展,此时位于大西洋中部的黄昏在其东缘出现,然后便是夜晚。在我看来,几分钟之内,整颗行星就变成了一个巨大的半月。很快,它就是一弯模糊而不断缩小的弦月了,旁边是其卫星那更小巧分明的月牙。

我惊讶地意识到,自己一定是在以一种梦幻般超现实的高速旅行。我的速度是如此之快,甚至闯入了一片流星雨中。直到相遇,我才看到它们。因为它们只是通过反射阳光才发光,只闪烁一瞬间,就好像从特快列车上看到的铁路灯。许多流星与我当头撞上,但对我没有影响。其中一块巨大而不规则的石头,像房子一样大,让我心惊胆战。这块发亮的物体在我眼前变大,刹那间展露出粗糙起伏的表面,然后就吞掉了我。或者说,我推断出它曾经吞掉过我,但我极快地穿过了它。我刚发现自己穿过它,它就已经远去了。

很快,地球就只是一颗星了。虽然我说"很快",但是我对于时间流逝的感觉现在已经非常混乱。是几分钟、几小时,甚至几天、几星期,现在都已茫然难辨。

我还在设法理清头绪,却发现自己已越过火星轨道,并驰过小行星带的大道。其中一些迷你行星现在离我如此之近,看起来仿佛是一群亮星,正在星座中穿梭。其中一两颗小行星一度光轮盈满,却又变为月牙,最后在我身后陷入黑暗。[①]

此时,木星仍远在我前方,却已变得越来越亮,在不变的星座中逐渐移动位置。稍后,木星的星体如同一个圆盘,很快就变得比正在缩小的太阳更大。它的四颗主要卫星像在边上悬浮的小小珍珠。这颗行星的表面现在看起来像是培根,布满肥瘦相间的条纹,这些条纹乃是其云带。云层覆盖了它全部的表面。我先是与木星平行,然后超过了它。因为木星大气浓密,日与夜之间相互交融,边界不清。我注意到,在其东部尚未被光照亮的半球上,有一些朦胧的区域放出红光,可能是火山喷发的光芒,向上穿过密云透了出来。

几分钟后,又或许是几年后,木星再度变成了一颗星星,然后便

---

① 当"我"从接近太阳的方向越过小行星时,首先看到被太阳照亮的一面,然后是其侧面,最后是其背对太阳的一面,因此会出现这一景象。

隐没在太阳那虽已减弱却仍耀目的光辉中。我的飞行轨道附近已没有其他的外行星了，但我很快意识到，我肯定已经远远越过了哪怕是冥王星的轨道。现在，太阳仍是群星中最明亮的一颗，却也在我身后渐渐地暗下去。

这时候我开始感到忧虑。此时除了遍布群星的天空，已经无物可见。熟悉的北斗七星、仙后座、猎户座、昴星团，远远地嘲弄着我。太阳如今只是诸多亮星中的一颗。再无变化。我注定将没有身体，空有此视角地永远悬挂在太空中吗？我是否已经死去？这是否是对我的惩罚，成为一个孤单无力的生命？我曾想要远离人类的俗务、激情和偏见，这是在惩戒我顽固的意志吗？

想象中，我设法返回到了城郊的山顶。我看到了我们的家。门已打开，廊灯勾勒出一个人影，从门里出来，走进花园。她在那里伫立片刻，眺望着道路前后，然后回到屋里。但这一切只是想象。事实上，除了群星，一无所有。

过了一会儿，我发现太阳和周围的星星都开始泛红。而在天空另一极的诸星却呈现出冰蓝色。这一奇怪的现象当有解释，我想了一下：我仍在前行，速度是如此之快，乃至和光本身的运动比起来也无法忽略不计。身后的光波花了很长时间才赶上我，对我而言其波动频率就比正常时变缓，因此我看到的是红色；而迎面而来的光波却被压缩和变短，所以看起来是蓝色的。

很快，诸天的景象变得更加奇妙非凡。现在，所有在我正后方的星星都变成了深红色，而在我正前方的则变成了紫色。身后是红宝石，眼前是紫水晶。环绕着红宝石星座的，是黄玉般的群星；环绕着紫水晶星座的，是一圈蓝宝石。在我上下左右，群星的颜色淡化为熟悉的皓白色，如天空中的钻石。因为我基本上是在银道面上飞行，银河的巨环也是左右发白，前方凝紫，后方泛红。

现在，在我正前方和正后方的群星变得暗淡，然后消失了，天空中出现了两个没有星星的黑洞，每个黑洞都被一圈色彩绚丽的星群围绕。很明显我仍然在加速。来自前后方诸星体的光芒，在抵达我肉眼之时，其波长已经超越了我所能看到的范围。

随着我的加速，我身前身后的无星区域，带着其缤纷的光圈，也一直在扩大，蚕食着与我平行的正常星空的中间带。我运动的效应，使得较近的星体看起来在星空的背景上向着远处飘移。这一飘移也在加速，直到某一刹那，整个可见的天空中飞星如雨。然后一切都消失了。大概是因为我的速度相对于群星来说已经太大，任何一颗星的光线都无法以正常的波长被我接收。

尽管我现在也许已经在以超越光本身的速度旅行，但我看起来却像是漂浮在一口漆黑的深井中。毫无区别的黑暗，一切感觉的消失，都令我恐惧。我所说的"恐惧"，虽有厌恶和不祥之感，但却并不伴随着任何身体的体验，没有颤抖、出汗、喘气和心跳加速等感觉。我孤独无依，自怜自伤，开始想家，特别是想要再次看到那张最熟悉的面容。用心灵之眼，我看到她坐在炉火边做针线活儿，眉心紧锁，郁郁寡欢。莫非我已在石楠丛边倒下死去？人们是否已在早上发现了我的尸体？她如何能面对这生平惨变？她会勇敢面对，但仍然饱受折磨。

虽然我绝不愿看到我们那珍爱的原子共同体陷入瓦解，但我意识到，在我身上有某种东西，我最内在的精神，并不愿退却，而想继续坚持这次奇妙的旅行。这倒并非单纯是因为对冒险的兴致暂且抵消了我对熟悉的人类世界的思念。我是一个太恋家的人，不会去主动寻求危险和不适。但是命运给了我一个机会，不仅能去探索物质宇宙的深处，也能去揭示生命与心智在群星间到底扮演何种角色，这让我战胜了畏惧。我被一种强烈的渴求攫住，不是渴求冒险本身，而是渴求洞察人类——或宇宙中任何类似于人类的造物——到底有何意义。我们珍贵又平凡的家庭，如同开在现代生活干旱道路之畔朴素又象征春天的雏菊丛，驱使着我欣然接受了奇怪的冒险；我或许将发现，整个宇宙不只是尘埃与灰烬的国度，仅在某些地方育有一二尚未成熟的生命，而是在干旱的大地废土之外，还别有一个万紫千红的世界。

人类是否如有时自己所期许的那样，是宇宙精神的增长点，至少是在其时间方面？或者是否只是其亿万个增长点之一？又或者宇宙中的人类，就像大教堂里的老鼠一样毫不重要？人类真正的功能是力量，是智慧，是爱，是敬拜，还是这一切的一切？或者说功能、目的这些观念，对于宇宙来说是毫无意义的？我将会回答这些严肃的问题。我也必须学习看得再清楚一点，并以更正确一点的方式去对待那种我们只需惊鸿一瞥，便必会敬拜的存在——我是如此对自己说的。

现在，对于我那自我肯定的自我来说，我不再是孤立的个人，只追求自己的壮大，而是作为人类的使者——不，作为负责探索的一个器官，一个感受体——被有生命的人类世界发送出来，与其宇宙空间中的友伴进行接触。我必须不惜一切代价前进，即便我琐碎的尘世生活将戛然而止，即便我的妻子和孩子们将被抛下不顾。我必须前进；而某一天，即便在几个世纪的星际旅行后，我又必须回来。

如今，在一系列令人头晕目眩的冒险之后，我也的确回到了地球，回头去看那段欣喜若狂的阶段，我曾渴望献给人类同胞们以丰富的精神财富，但实际上的贡献却乏善可陈，这一反差令我沮丧。这一失败大概是因为我虽然的确接受了冒险的挑战，但暗中却仍有保留。我如今承认，当时仍心存疑惧，渴求舒适，磨去了意志的锐气。我匆忙做出的决定，最后证明是脆弱不堪。我那犹犹豫豫的勇气，经常被思乡的情愁所压倒。在旅行过程中，我一再感到，因为本性中的怯懦和墨守成规，我错过了诸多事件中一些最为重要的关键节点。

我旅行中所见所闻的一切，即便在当时也只有一小部分是能够确切明白的，而正如下文将会记述的，那时候我的内在力量曾得到了发展超越人类的生灵之助。现在，当我再一次回到故乡行星上，这种协助已不再可能，我甚至不可能再捕捉到之前曾获得过的深刻洞见。因此，我的记录虽讲述了人类一切探险中旅程最为遥远的经历，但最终，就像一个人的心灵被超越自身理解的体验所击中，说出的无非是连篇废话，岂足置信。

回到我的故事吧。我不记得自己在反复思忖中过了多久，但我一旦做出决定，绝对的黑暗中就再次出现了点点星光。看来我是停下了步伐，因为群星在每一个方向都清晰可见，颜色也属正常。

但在我身上发生了一种神秘的变化。我很快就发现，我只需要意想朝向哪颗星星，就能让自己朝它移动，速度还远远超过光速。我自然清楚地知道，这一点在物理上是不可能的。科学家令我确信，说速度比光还快是没有意义的。因而我推断，我的运动一定是某种精神运动，而非物理现象，也就是说，我无须借助身体上的位移，就能够获得连续的视点转换。对我来说同样明显的是，现在我看到的星光也不再是正常的物理光线；因为我注意到，我新颖迅捷的旅行方式对于星辰的可见色彩并没有影响。无论我运动得多么快，它们都保持着钻石般的色彩，虽然所有的星辰看起来都比在正常的情况下来得更为光亮和鲜明。

我一旦搞明白自己新得的位移能力，便立刻欣喜若狂地加以利用。我告诉自己，我正在开展一次天文学和形而上学的远游；然而对于地球的渴念却扭曲了我的目标,它把我的注意力不合适地转向对行星的搜寻,尤其是对于外表仿佛地球的行星。

我随机地将路线指向附近一颗较为明亮的星体。我的前进是如此之快,以至于一些较为接近但略暗的光源如流星般从我身边划过。我一跃而接近那轮伟大的太阳,却没有感到其热力。在它斑驳的表面上,虽然处处光芒万丈,但我还是能够以神奇的目力看到一组巨大的黑子,每一个都是大坑,能装进去一打地球。围绕着恒星的周边,是色球层的衍生物,看起来像是火树、火鸟或者史前怪兽,似踮脚行走,或振翅飞翔,令恒星表面显得十分拥挤。[1]在这些之上,苍白的日冕将其光晕伸展到黑暗之间。我以双曲线围绕着这颗恒星飞行,焦急地寻找着行星,但是一个也没有看到。我再次仔细寻找,远远近近,高飞低转。在宽广的轨道上,像地球一样的小目标很容易被忽略掉。但我只找到了流星和一些缺乏实体的彗星。[2]这就更令人失望了,因为这颗星看起来和我们熟悉的太阳基本属于同一类型。我暗中希望发现的不仅是行星,而就是地球。

我再一次跃入星辰大海。飞向另一颗接近的恒星。我也再一次失望了。我又接近另一个火炉,而这一个也没有携带荫庇生命的微粒。

现在,我急着从一颗星赶往另一颗星,好似走失的狗在寻找主

---

① 指日珥。

② 彗星的本体很小,绝大部分为慧发,系被恒星辐射激发的气体,故云。

人。我东奔西跑，想找到一个带着诸多行星的太阳，而我的家园就在其中。我搜索了一颗又一颗恒星，对更多的星体则不耐烦地一掠而过，因为一眼就能发现它们要么太大，要么太小，要么太年轻，不可能是照耀地球的明灯。有一些是发红的巨人，体型比木星的轨道还要宽；有一些虽较小而有限，但光芒比一千个太阳还要强烈，其颜色是蓝色的①。据我所知，我们的太阳是中等类型，但是我现在发现了多得多的大型年轻恒星，而只有很少较小的、黄色的中年恒星。看起来，我一定是闯进了一片晚近的恒星形成区。

我注意到并避开了巨大的尘云，它们大如星座，挡住了旋臂。我还看到发着暗淡白光的气体束，它们有时候是靠自己发光，有时候是反射恒星的光线。这些贝壳般的云体内部藏着一颗颗朦胧发光的珍珠，这是未来恒星的胚胎。

我漫不经心地扫过许多的双星、三合星和四合星，这些大致同体积的伙伴们相互间亲密地跳着华尔兹。有一次——也仅有一次——我遇到了一种罕见的双星，其中的一颗星不比地球大，但质量却如一颗巨型恒星，且极为明亮。在银河系的这一区域，我随处都能见到濒死的恒星，闷烧着暗淡的光芒；处处也都有结壳的、熄灭的死星。这种星球我直到差点儿撞上才能发现，它们只是靠反射诸天的星光才有一点点微芒。只要能躲开，我就不会太靠近它们，我

---

①指红巨星与蓝巨星。虽然红巨星体积巨大，但蓝巨星因质量更大，故而是最明亮的恒星。

正在疯狂地寻找地球，对这种星体丝毫不感兴趣。并且它们预兆了宇宙的死亡，令我心内栗然。不过我发现目前它们还只占少数，令我稍感安慰。[①]

我没有发现行星。我非常清楚，行星的诞生有赖于两颗或更多恒星的靠近，这种事件必然极不寻常[②]。我提醒自己，在银河系中带着行星的恒星，必然如海边沙滩上的宝石一样罕见。我能够遇到一个的概率又有多少呢？我开始失去信心。这骇人的黑暗荒漠，空有不育的火焰，浩渺虚空里间或微光闪烁，整个宇宙虽宏大却无益，这令我倍感厌憎与窒息。

而此时我又多了一分苦恼：我的位移能力开始不灵了。我使尽力气才能在群星间稍加移动，而速度也极为缓慢，甚至越来越慢。很快，我发现自己被牢牢钉死在太空里，就好像一只苍蝇被钉死在标本册上。但却是孤独的一只，永远孤独。是的，这一定就是给我准备的地狱吧！

我收拢心神，对自己说，即便这就是我的命运，也没什么大不

---

① 系指白矮星和黑矮星。黑矮星处于恒星演化的最后阶段，不会再发出辐射，但演化所需时间大于目前宇宙的年龄，目前宇宙中据推测尚无黑矮星存在。

② 斯特普尔顿在此引用了二十世纪初提出的钱柏林－莫尔顿假说（Chamberlin-Moulton Hypothesis），该假说认为，行星形成是通过恒星接近或碰撞导致内部气团溢出，这些物质再因引力结合后，成为行星。这一假说可以解决传统星云假说无法解释的恒星角动量过小问题，二十世纪上半叶一度占据统治地位。这一理论也是本书中许多重要设想的依据。

了。地球没有我，也过得很好。即便宇宙中再没有其他的生命世界，地球依然有生命存在，并且可能觉醒，成为完美得多的生命。虽然我失去了我的行星故土，但那可爱的世界仍真实不虚。此外，我的整个冒险乃是一个奇迹，或许还有进一步的奇迹发生，让我再碰上另一个地球呢？我记起来，我进行的是一次朝圣，我是人类派往群星的使者。

我的勇气复归了，位移的能力也复归了。很明显，它依赖于一种充满动力和自我超拔的精神力量。我适才的自怜自伤和对地球的思念阻碍了其运行。

我决定去探索银河系的一个新区域，在那里也许会有更多的年老恒星，找到行星的希望也大一些。我飞向一处遥远而繁密的星团。它是一个模糊斑点组成的光球，看不清楚单个的恒星，所以我猜想它一定在极遥远处。[1]

我在黑暗中前进又前进。我心无旁骛，没有去两边搜索，所以虽然穿越了星辰之海，但从未靠近任何星体，让它变大成圆盘状。诸天星流远远越过了我，就好像远处船上的灯光。我丧失了时间感，只投身于飞行，最后发现自己处身于一片没有恒星的荒漠中，这是两条旋臂之间的鸿沟，是银河系的裂隙。银河包围着我，各个

---

[1] 球状星团由一些最为古老的恒星组成，银河系有一百多个球状星团，大部分位于银晕中而远离银道面。哈罗·沙普利在二十世纪一零年代对球状星团进行了深入研究，指出其距离的遥远。斯特普尔顿对此很感兴趣，在下文中，球状星团被称为亚星系，又被比喻为远离银河大陆的岛屿。

方向都是遥远恒星汇成的光云，但是没有明显的星光，除了我的目标——远处那蒲公英般的星团。

我看着陌生的星空，想到离家愈远，不免悲从中来。但当我看到在我们星系最遥远的星体之外，还有一些模糊的斑点，即河外星系时，又找到了一些慰藉：它们比银河系最深邃的渊薮还要遥远无数倍，这令我想到，无论我多么神奇地一气远游太虚，却仍然在我的故乡星系中。她，我那终身的爱侣，仍与我生活在大宇宙的同一个微小细胞中。同时，我也感到惊讶，这么多的河外星系现在都已肉眼可见，最大的如一朵苍白的云，比地球上看到的月亮还要硕大。①

这些遥远的星系，在我的旅程中外观几乎没有变化，与之相比，我前方的星团很快就明显地变大了。我一旦穿越了旋臂间的大片虚空，那星团便如一片灿烂光云迎接了我。此时，我正在穿过星光稍多的区域，那星团自身在我前面打开，以密集的光点覆盖了前方的整个天空。如一艘入港的船，遇到了其他的船舶，我也越过了一颗又一颗的恒星。当我进入星团的中心时，我处在一个星辰比任何曾经探索过的区域都更为繁多的地方。每一个方向上，都有万千太阳在天空燃烧，其中许多看起来都比地球上的金星还要明亮。我欣喜万分，正如一个远渡重洋的旅行者，在夜里进入一个港口，发现自己被大都会的万家灯火所围绕。我告诉自己，在这一星辰繁密的区域，

①指仙女座星系（M31），其面积本来相当于七个满月，只是在地球上看，其区域大部分都暗不可见。

一定发生过很多次恒星的密切接触，一定形成过许多个行星系统。

我再一次寻找太阳这一类的中年恒星。迄今我所见到的都是年轻的巨星，有的如整个太阳系那么大。进一步的探索下，我发现了几颗疑似的恒星，但是都没有行星。我也发现了许多双星和三合星，围绕着它们复杂难明的轨道运动；还有巨大的气体团块，其中有新的恒星正在凝结。

最后，我总算是找到了一个行星系统。我怀着无法压抑的雀跃希望，围绕着这些世界观察。但它们都比木星还要巨大，且都是液态的。我再次从一颗星赶到另一颗星，至少去了几千颗恒星，但一切都是徒劳。我沮丧无力地从那星团飞出来。它在我身后缩成一个落下的小球，闪着露珠般的光。在我前方，一大束黑暗挡住了银河的一部分以及附近的恒星区域，在我和这片模糊的黑暗之间，只有几颗较近的星。这片气体或尘埃的巨云，边缘如波浪起伏，被它背后的亮星之光勾勒出来。这一奇景令我黯然神伤，多少个夜晚，我在家中曾见到月光给黑云披上银边，恰如此景。不过这片挡住我的云，不仅能吞掉整个的行星和许许多多个太阳系，甚至能吞掉整个星座。

我鼓起的勇气再次泄掉了。我悲哀地试图闭上眼睛，不想去看这浩瀚奇景。但我既没有眼睛也没有眼皮。我没有身体，只是一个移动的视点。我试图想象家里的窄小空间，窗帘低垂，炉火燃烧。我试图说服自己，这无边暗夜的恐怖，这毫无生命孕育的星辰火焰，一切都只是一个梦。我只是在炉火边打盹，随时可能醒来。她会停下缝补，拍拍我，投以微笑——但群星仍然监禁着我。

我感到力气衰弱，但仍然再次搜寻起来，从一颗星到另一颗星，可能过去了几天、几年，也可能是亿兆斯年。终于，或者是幸运，或者是某个守护我的精灵指引我前往一颗如太阳般的特定恒星；从这一中心向外张望，我看到了一个小小的光点，随着我的运动而在星辰罗列的天空下移动着[①]。当我跃向它时，我看到了另一颗行星，然后是第三颗。这的确是一个和太阳系类似的行星系统。我被人类的标准所左右，便立刻寻找起这些世界中最像地球的一个。

与地球惊人相似的行星出现了，其球形在我面前——或者说在我下方——逐渐扩大。它的空气肯定比地球的稀薄，因为陌生大陆和海洋的轮廓极其清晰可见。就像在地球上一样，深暗的海洋反射着太阳耀眼的倒影。在海陆各处，都飘浮着白色的云带，陆地如地球一样错杂着绿色和棕色。但是即使在这个高度，我也能看到植被比起地球植物来更为鲜艳，而且要偏蓝色得多。我也注意到，这颗行星上的海洋比陆地要少，而主要大陆的中心都被奶油般洁白而闪闪发光的沙漠所占据。

---

①这里并不是指行星的公转运动，而是视差，当"我"在恒星附近进行移动时，远处的恒星位置不可能发生明显改变，但较近的行星则很容易被发现在星空背景下开始有位置变化。

第三章　另一个地球 [①]

1. 初临异星

我缓慢地向着这颗小小行星的表面降落,下意识地寻找一片多少有点儿像英国的土地。但我很快就意识到这一点,提醒自己这里的条件和地球上的完全不同,几乎不太可能找到任何智慧生命。如果有这样的生命存在,它们也可能是我完全无法理解的。也许是巨型的蜘蛛或者爬行的水母之类,我又怎么可能和这样的怪物有所交流呢?

我在行星上空随意转了几圈,从稀薄的云层到森林地区,从错

① 这颗星球被称为另一个地球(The Other Earth),与之相应,其母星被称为另一个太阳(The Other Sun),其智慧生命被称为另一种人类(The Other Man),为表达方便,文中简称为"另种人"。

杂的平原和草地到耀眼的沙漠带，最后选择了温带的一处滨海之地，一个明亮的绿色半岛。当我降到地面之际，不禁为满地的青翠之色而惊讶。这些无疑都是植物，大体上和我们的植物差不多，但细节又完全不同。叶子肥大，甚至鼓起如球，就像我们的沙漠植物一样，但是其茎秆又细长笔挺。也许这种植被最明显的特征是其颜色——一种鲜艳的蓝绿色，就像是被施过铜盐①的葡萄园。后来我才发现，微生物和类似昆虫的害虫曾经蹂躏过这颗干燥的行星，因此这个世界的植物确实学会了分泌硫酸铜，以保护自己免受侵害。

　　我掠过一片鲜亮的草地，上面散长着普鲁士蓝的灌木丛。天空也呈深蓝色，在地球上除了高海拔地区难得一睹。天上飘浮着几朵卷须状的低云，类似羽毛，我想这是大气稀薄所致。还有一些事也说明大气的确稀薄：虽然我是在夏日的上午降临此间，却有好几颗星星在深暗的天空中闪耀。星球暴露出来的表面都被强光照得通明，但近处灌木丛的阴影却几乎是黑暗的。一些遥远的物体——像是建筑，也可能仅是石头——轮廓也是黑白分明②。整个地表的风景，全然不似地球，却别有一番奇幻之美。

　　我虽无羽翼，却如滑翔般飞过行星的表面，穿过沼泽地，越过断石带，沿着溪岸前进。此时，我来到一处开阔地区，地上覆盖了一排排整齐的似蕨类植物，其叶子的背面结着许多坚果。如果这片植物

---

　　① 指硫酸铜，呈宝蓝色，常被用作杀菌的农药。

　　② 因为大气稀薄，缺乏散射，故而亮处虽亮，但阴影处近乎黑暗不可见，产生这种黑白效应。

的阵列不是智能生物所安排的，那真令人难以置信。但这是否只是一种在地球上未见过的自然现象呢？我惊讶之下，位移能力也像上次那样受到情绪影响，又开始出毛病了。我在空中像醉汉一样东倒西歪，忙收敛心神，在整齐的庄稼上空趔趄而行，飞向空地边上离我稍远的一个较大物体。

忽然，我发现这个物体是一只犁，不由得惊讶万分。这是种奇特的工具，但是其尖刃显然是铁制的，还有些生锈，形状绝错不了。它有两个铁把手，以及拴在耕畜身上的铁链。难以置信，我可是在距离英格兰许多光年之外。但在周围，我还看到了确切无疑的一行车辙，灌木上还挂着一些肮脏的破布。但头顶却不是地球的天空，即使中午也有星光照耀。

我沿着小道前进，穿过了几丛古怪的灌木。灌木肥叶低垂，边缘上结着类似樱桃的累累果实。忽然间，在小道的拐角处，我遇见了一个人。或者说，此时我的视觉因刺眼的星光而疲劳，加上一惊之下，看起来以为是个人。将来我会说明，暗中有一股力量让我首先去发现那些和我自己的世界不无相似的星球。如果在这早期阶段，我就理解了这种左右我探索的力量，我也就不会因为这个生物出奇酷似人类的特征而那么惊讶了。但此时，读者可以想象，我因这次诡异的相遇所感到的震惊。

我一直以为，人类是一种独一无二的存在。各种环境不可思议的复杂结合才产生了人，而这些条件在宇宙中任何地方都不可能原样重复。但是在这里,在我探索的第一个星球上,就出现了一个明显的农夫。我逐渐接近他,发现他倒也并非如远远看上去那样完全是地球人的模样。但无论如何他是一个"人"。是否神在整个宇宙中都放满了和我们相似的人类呢?或许,他真是根据自己的形象创造了我们?①难以置信。问这种问题,证明我已经失去了头脑的明智。

既然我只是一个无身体的视点,我就能在他看不见我的情况下观察他。他大步走在路上,我悬浮于他左右。他是一个直立的二足动物,就一般构造来说,肯定和人差不多。我没有办法判断他的身高,但是他一定是大致与地球人身形相当,不会比巨人高也不会比俾格米人矮②。他身形纤瘦,双腿几乎是鸟腿状,收拢于粗糙的窄裤中。他的腰部以上赤裸,展现出大得不成比例的胸部,上面长着蓬松的绿色毛发。他有两条短而有力的胳膊,肩膀肌肉发达。他的皮肤黑里透红,长着浓密的碧绿汗毛。他的整个轮廓都是陌生的,因为肌肉、筋腱、关节的细节很明显和我们不同。

他的脖子出奇地长而灵活。至于他的头,我最多只能这么描写:头部大部分覆盖着绿色的乱发,看起来是向后和向下生长,一直垂到脖子后面。他有两只非常像人类的眼睛,从头发下向外瞥着。一只几乎像喷嘴般古怪凸出的吻部,让他看起来像是在吹口哨。在两眼之间,或者毋宁说是在其上面,是一对马一样的巨大鼻孔,总是在

---

① 此处暗指《旧约·创世纪》1:27:"于是神照着自己的形象创造人……"
② 俾格米人是非洲中部的人类种族,平均身高不到1.5米。

一动一动的。鼻梁是头发下的一处隆起，从鼻孔一直向后延伸到头顶。没有明显可见的耳朵，后来我才发现，它的听觉器官隐藏在鼻孔里。

很明显，虽然整体看来，这颗如地球般的行星上所发生的进化神奇地类似于我们人类的进化历程，但一定也有许多差异。

这个怪人不仅穿着靴子，而且戴着手套，看起来是用粗革制成的。他的靴子非常短。稍后我又发现，这一种族——我称为"另种人"——的脚，非常像是鸵鸟或者骆驼的。三个大脚趾长在一起，就是脚掌；没有脚后跟，而另有一根附加的粗短脚趾。他们的手也没有手掌，就是三根吓人的手指加一根拇指长成一束而已。

本书的宗旨并不是讲述我自己的冒险，而是告诉读者，我访问的世界是什么概念。因此我就不再详细介绍自己是如何在另种人中扎下根基的。关于我自己的经历，只需再说几句。

当我研究了这个农夫一段时间后，就开始因为他对我全然不知而感到古怪的压抑。我痛苦地意识到，我这一次朝圣之旅的目的，并非仅仅是科学观察，也需要和其他的世界达成一些心智和精神的交流，才能丰富彼此，建立共识。我若不尽快发现某种交流方式，又如何能达成这一目的呢？直到我跟随此人回到他的家中——那是一个小小的石头圆屋，屋顶是用泥和树枝搭成——才发现一种方法，进入他的头脑中，通过他的眼睛看，通过他所有的感官去感知，像他那样去观察他的世界，并跟上他大部分的思维和情感去生活。直到很久以后，当我已经被动地"居住"在这一种族的许多个体身上后，我才找到方法，让我的存在被他们知晓，甚至在我的宿主内心与之交流。

这种内在的"心灵感应"过程将在我整个漫游中起作用，最初极为艰难，效率低下，十分痛苦，但随着时间的推移，我渐渐能够清晰、鲜活地生活在我的宿主的体验之中，而同时保留我的个体性，我自己的批判思想，我自己的欲望与恐惧。只有当宿主意识到我在其体内存在后，他才能执行一种特殊的意志，对我封锁一些特定的思想。

一开始我发现这些外星人的心智非常难以理解。这很好明白，他们的感觉在各个重要方面都和我熟悉的感觉大相径庭。他们的思想和一切情感对我来说都是陌生的。这些心智的传统基础，即他们最熟悉的概念，都来自我陌生的历史，并用一种对地球人来说微妙而不无误导性的语言表达。

我在"另一个地球"上消磨了许多"另一种年"，从一个头脑到另一个头脑，从一个邦国到另一个邦国。但我从未清楚地理解"另种人"的心理以及他们历史的意义，直到我遇到了他们的一位哲学家，一位富有活力的老人，他的观点离经叛道，招人厌烦，所以一直没有成名。当我大部分的宿主意识到我在他们体内存在时，不是把我当成恶灵就是当成神使。而比较有思想的人却认定我仅仅是一种疾病，一种他们自己发疯时的症状。因此，他们立即去向本地的

"心理健康官"报告。根据本地的历法,我在那些拒绝把我当成人类的外星人中孤独地度过了一年,最后我幸运地被这位哲学家注意到了。我的一个宿主哭诉,因为听到"声音",看到"另一个世界"的幻象而受尽折磨,请求这位老人帮助。布瓦赫尔图(Bvalltu)——这位哲学家的名字发音大概如此,"ll"有点像威尔士语中的念法[①]——邀请我去他的头脑中居住,说将在那里款待我,以此"治愈"了那人。最后,我和一个发现我具有人格的生灵建立了联系,这令我欣喜无限。

2. 繁忙的世界

这个星球的社会尚有千头万绪攸需讲述,对于其行星和种族的一些明显特征,我就不多费笔墨了。它的文明发展程度与我熟悉的地球文明相当。其中各种异同混杂,每每令我惊讶不已。我在整颗行星上旅行,发现农业已经扩展到了绝大多数适合的地域,而工业在许多国家也极发达了。草场上,大群仿佛是哺乳类的动物在奔走吃草。大型哺乳类——或者准哺乳类——作为食物和皮革的来源,在所有上等的牧场上被放牧。我说"准哺乳类",因为虽然这些动物

[①] 威尔士语中 ll 组合发音接近"hl",但英语中并无此音,作者以此提示外星人发音的怪诞。

是胎生的，却并不吮吸乳汁。母亲先将食物咀嚼反刍，在其胃中进行一番化学处理，再将预先消化过的流质吐到幼崽的嘴里。另种人的母亲也是这样喂养幼儿的。

在另一个地球上，最重要的交通工具是蒸汽火车。但是这个世界的火车非常巨大，看起来像是一整片梯田般的房屋在整体移动。这种惊人的铁路交通发展大概是因为经常要出入沙漠，每次耗时漫长。我偶尔乘坐蒸汽船在不多且狭小的海洋中旅行，但是海上交通整体来说比较落后。他们不知道螺旋桨，唯有桨轮[①]。内燃机被用以道路和沙漠交通。因大气稀薄之故，没有发明飞机，但是火箭推进已经被用于长途的信件运输，也被用于战争中的远程轰炸。也许某天就会被用于航空。

我首次去游览另一个地球上某个大帝国的都会，是一次非凡的经历。一切既是那么陌生，又是那么熟悉。城市有街道，有多窗的商店和官署。在这座古老的城市里，街道狭窄，机动车十分拥挤，故而沿着一楼窗边以及横跨过街道配有特殊的高架道路，供行人使用。

在这些人行道上穿行的人流多种多样，恰似我们的人民。男性穿着短布袍和裤子，后者与欧洲的裤子惊人地相似，不过皱褶处在腿的外侧。女性没有乳房，像男人一样鼻孔很高，但嘴唇更接近管

---

① 桨轮是早期轮船所应用的推进工具，在1829年后，逐渐被推进效率更高的螺旋桨取代。

状，其生物学功能是便于为婴儿注入食物，可以此分辨性别。在裙子的位置，她们穿着光滑的绿色丝袜，以及花花绿绿的小灯笼裤。大概是我未习惯他们的文化，看来总觉得俗气得难以言喻。夏天，街上的男男女女都赤裸上身，但总是戴着手套。

这一种族看似怪里怪气，但本质上极具人性，和伦敦市民也无甚区别。他们从容自在，忙于自己的事务，压根儿不知道有个从另一个世界来的旁观者在感受着他们的奇形怪状：没有前额，鼻高于眼还在不断地颤动，双目出奇似人，而嘴巴又像是喷管！但他们就在那里，富有生气，忙忙碌碌，购物、闲逛、聊天。孩子抓着母亲的手；老人长着白色的面毛，弯腰拄着拐杖；年轻男人盯着年轻女人；飞黄腾达的人衣裳崭新华丽，仪态自信甚至跋扈，很容易和落魄潦倒之人区分开来。

我如何能在几页纸间，特点突出地写出一个丰富而复杂、与地球如此迥异又如此近似的世界呢？在这里，就像在我自己的行星上，婴儿每时每刻都在出生。在这里，就像在地球，他们哭号着索要食物，很快又会索要陪伴。他们发现了何为痛苦，何为恐惧，何为孤独以及——爱。他们长大后，被身边的人或软或硬的压力所塑造，或者教养良好、慷慨大度、身心健全，或者心智有限、性情乖戾、心怀怨念。但他们都不顾一切地渴求真正共同体中的幸福，只有极少数人——在这里或许比在我的世界中还要少——除了这转瞬即逝的滋味，还追求其他。他们跟随群体号叫，跟随群体狩猎。他们的肉体与心灵都十分饥渴，因猎物而大打出手，将彼此撕成碎片；因饥饿而发疯，无论是肉体还是心灵。有时候，他们中的一些人停下来，询问这一切都是为了什么，便有各种说法出现并彼此交战，让他们去信仰，但没有清楚的答案。忽然之间，他们老去，完结。从生到死，不过是宇宙时间中难以察觉的一瞬，然后他们消失了。

　　这颗行星，本质上既属于地球一类，也产生出了一个本质上人性化的种族，虽然这种人性和地球人在关键之处又完全不同。这里的大陆也和我们的一样多种多样，居住着一个像智人（Homo Sapiens）一样内部差异巨大的种族[1]。我们历史上一切的精神模式和面相，在另种人的历史上都找得到对应。就像地球一样，他们有黑暗时期和光明时期；有进步阶段和衰落阶段；有专注物质的文化，有理性的、感性的和精神的文化；有"东方"也有"西方"之种族；有帝国、共和国和独裁者。然而一切又都和地球不同。自然有许多不同只是表面差异，但也有一种深藏不露的差异性，我花了很长时间才能理解它，这一点稍后再说。

　　先从另种人的生理构造说起吧。其基础动物本能和我们很像，他们的愤怒、恐惧、仇恨、亲切、好奇等诸多反应都与我们一样。在感官上他们和我们也大同小异，不过在视觉上，他们较之于我们对

---

　　[1] Homo Sapiens是人类作为生物物种的拉丁文学名，斯特普尔顿以此指称生物学意义上的地球人。

于颜色的感应较少,而对于形状则更敏锐。另一个地球上强烈的色彩通过本地居民的眼睛去看就要柔和得多。在听觉上,他们也并不灵敏。对于微弱的声音,虽然他们的听觉器官和我们一样可以感知,但却拙于分辨。我们所知道的音乐在这个世界从未发展起来。

作为补偿,他们的嗅觉和味觉发达得惊人。这些生灵不仅用嘴巴去品尝味道,也用黑色的手和脚去品尝,此时其手脚会变得湿润。因此,他们对于其行星拥有一种极为丰富和亲密的体验。他们品尝得到金属的味道、木头的味道、酸涩和甘甜的土壤的味道、各种石头的味道、赤脚奔跑时脚底不计其数的植物浓淡不一的味道,这些构建起一个地球人全然无知的世界。

他们的生殖器上也长着味觉器官。有许多独特的男性和女性的化学特征组合,每一种都对另一性别构成强烈的吸引。当手脚接触彼此身体任一部位时,便能隐约品味到这种味道;但当交媾时则会品尝到强烈的五味调和,精妙难言。

这种丰富得惊人的味觉体验令我极其难以进入另种人的思维。味觉在其意象和概念中扮演了重要角色,就像我们文化中的视觉一样。许多地球人通过视觉达到的概念,即便在其最抽象形式中仍带着来自视觉的痕迹,另种人却是以味觉范畴去构想的。比如说我们将"出色的"用于形容人或者观念,他们会用一个原始意义是"有味的"的词语来翻译。他们会用一个词表示"清晰",这个词在原始时代是猎人用来表示容易追踪的一条味觉踪迹。拥有"宗教领悟"对他们来说是"尝到天堂里草地的味道"。许多我们非视觉的概念,他们也一样借助味觉表达。"复杂"是"五味杂陈",这个词本来用于形容许多动物常去喝水的池塘中混揉的滋味。"臭味不投"这个词的本义是一些人感到另一些人的味道恶心难忍。

在我们的世界,种族的不同主要是根据身体外貌来划分的。但在另种人这里,几乎总是依据味觉和嗅觉的不同来划分。因为另种人的种族很少像我们的种族那样在不同地域分开居住,那些味道相互排斥的群体之间的斗争,就在历史上有很大影响。每一个种族都倾向于相信,它自身的味道是一切优美精神品质的表征,是精神价值的一种绝对可靠的标签。在过去,味觉和嗅觉的不同毫无疑问是种族差异的真实表现,但是到了现代,在发达地区有了很大变化。不仅种族不再限于特定地域,工业文明也令人群的基因发生变化,抹去了旧式种族区别的意义。然而,古代的味道现在虽然再也没有种族的意义,而同个家庭的成员也可能有彼此排斥的味道,它却仍然拥有传统的情感效应。在每一个国家,都有某种特殊的味道被视为此国此民真正的标志,其他一切味道即便不被痛斥,也会被鄙视。

在我最为熟悉的国家,正统的种族之味是一种地球人难以想象的咸。我的宿主们认为他们自己就是地上的盐①。但事实上,我第一次"上身"的那个农民是我所遇到的唯一一个确属纯正的、拥有正统

---

① 此处暗用《新约·马太福音》5:13-16:"主耶稣对门徒说:'你们是世上的盐……'"

咸性的盐人。这个国家大部分的公民是通过人工手段获得其正确的味道和气息的。那些普通的盐人或多或少有点儿咸味，虽然自己也并非正统之味，却总爱揭穿他们那些假装有咸味，实则为酸味、甜味或苦味的邻居们。不幸的是，虽然肢体上的滋味可以很好地隐藏，却没有发现有效的办法能改变交媾时的味道。因此，新婚夫妇在洞房时，容易在彼此身上发现最令人惊骇的真相。绝大部分的夫妇彼此都没有正统的味道，故而双方都愿意对外界假装一切都好。但经常会出现不同味觉类型之间彼此恶心得难以相容。这些婚姻的隐秘悲剧，令所有人的神经都受到腐蚀。偶尔，当一方或多或少拥有正统味道的时候，这个真正的盐人会义愤填膺，痛斥对方是骗子。法庭、新闻公告和公众都会加入自认为正义的抗议中来。

一些种族的味道过于浓烈而难以掩饰。特别是一种苦甜相间的味道，谁拥有它就会在绝大多数国家被严厉迫害，只除了最宽容的几个。在过去，苦甜族有着奸诈和自私的名声，周期性地被其不太开化的邻居们屠杀。但是现代的一般生物酵素能够让苦甜味的孩子出现在任何家庭。悲夫，这被诅咒的婴儿及其所有的亲人！被迫害是不可避免的了，除非这个家庭足够富有，能够从政府手上买来一种"荣誉化咸药"（如果在邻国，就是买"荣誉化甜药"），才能将此烙印去除。

在更为开化的国家里，整个种族迷信都受到了怀疑。在知识界有一种运动，要令婴儿习惯任何一种人的味道，要去掉除味剂和香料,甚至去掉靴子和手套,这是文明的风俗所强加上去的。

不幸,这一宽容运动受到某种工业化后果的阻碍。在拥挤而不健康的工业中心,一种新的味觉和嗅觉类型出现了,看起来是一种生物突变。在几代人的时间里,这种酸臭难掩的味道就充斥了所有最为肮脏破烂的工人区。对于上等人挑剔的味蕾来说,这种味道会令人感到无法忍受的恶心和恐惧。事实上,对他们来说,这种味道成了一种无意识的象征,象征着压迫者对被压迫者隐秘的罪恶感和恐惧感,以及仇恨。

在这个世界上,就像在我们自己的星球一样,几乎所有主要的生产工具,几乎所有的土地、矿产、工厂、铁路和船舶,都被人口中的一小部分人因为私利而控制了。这些特权者可以迫使大部分人为自己工作,否则他们就会饿死。这样一种系统所衍生的悲惨荒诞剧即将到来。有产者压榨工人的能量,去生产出更多的生产工具,而不是生活用品。因为机器会带给有产者以利润,而面包不会。随着机器与机器竞争的加剧,利润下降,薪水同然,对于商品的有效需求也下降了。没有市场的产品被销毁,纵然人们已经吃不上饭,穿不上衣服。经济体系一旦瓦解,失业率上升,社会混乱就会加剧,镇压也越发严厉。多么熟悉的故事!

境况恶化后,国家慈善机构和民间慈善运动越来越难以应付暴增的失业和贫困人口,富豪们虽然惊恐,却仍然拥有力量,他们发现新的贱民一族越来越适合制造心理上的仇恨之用。一种说法被散布开来：这些卑鄙可悲的家伙是垃圾移民为暗中有系统地污染种族而产生的结果，所以完全不需要考虑他们的福祉。因此，他们只能忍受着最严酷的工作条件，干最底层的工作。当失业成为严重的社会问题，整个贱民一族实际上都没有了工作，贫困不堪。当然，人们很容易相信贱民失业并不是资本主义的衰退导致的，而是因为贱民本来就毫无价值。

在我访问这里的时候，工人阶级已经被贱民渗透了。富人和官员正大力展开一个运动，要为贱民和半贱民正式建立奴隶制度，如此这些人就能被公然地当成牲畜，反正他们本来也差不多是了。考虑到种族有进一步被污染的危险，一些政客要求将贱民们屠杀净尽，或者至少也要给他们普遍绝育。其他人则指出，贱民是社会所需要的廉价劳动力补充，更聪明的办法是让他们去干"纯种人"绝不会干的苦累工作，让他们早点死掉，这样就可以将其人数降下来。不过这一策略只能够在繁荣时期使用；在萧条时期，多余的人口可以放任其饿死，或者在生理实验室里当炮灰。

第一批敢于提出这种政策的人们被义愤填膺的广大人民狠狠鞭笞了一番。但实际上他们的政策被采用了，虽然没有明说，但暗中已经默认，反正也没有更具有建设性的方案。

我第一次经过这座城市的贫民区时，惊讶地看到，尽管这里有大片比英格兰任何地方都要肮脏破烂的贫民窟，但也有许多干净的公寓，比得上维也纳。这些公寓边上环绕着花园，花园中却挤满了可怜巴巴的帐篷和棚屋。草皮早就被磨没了，灌木丛也被损毁，花朵被踩得稀烂。肮脏褴褛的男人、女人和小孩在四处游荡。

我打听到，这些高雅的建筑是在世界-经济-危机（好熟悉的说法！）之前一个百万富翁建造的，此人通过贩卖类似鸦片的毒品发了大财。他把这些建筑送给市政厅，通过贵族的门路跻身上层。比较过得去的、不令人讨厌的穷人被安置进来，但是又设法让房租高到一定程度，以便将贱民排斥在外。然后，经济危机来了。一个个居住者付不起房租，被踢出门外，一年之内，这些建筑差不多就都空了。

随后发生了一系列古怪事件，我后来发现，这些事正符合这个古怪世界的特点。可敬的公众意见，虽然对失业者感到憎恨，对于病人却是充满情怀的。一个人生病之后，便拥有了一种特殊的神圣性，能够对所有的健康人提出要求。所以一旦这些可怜的帐篷民众生了重病，就会被立刻抬去接受一切医学资源的治疗。穷苦绝望的人们很快发现了这个规则，于是想方设法让自己染病。就此而言，他们极为成功，把医院都塞满了。所以空着的公寓就急忙被改造，用来接收不断暴增的病人。

看着这林林总总的滑稽剧，我想起自己的种族。虽然另种人在很多方面酷似我们，我却越来越怀疑某种我仍然没有发觉的因素令他们注定衰败，而我那更为高贵的种族却不用担心。情感机制，在我们那里通过常识和道德感加以调和，在这个世界上却过分发达了。不过，也不能说另种人比我们人类拥有较少道德感或者较为愚钝。在抽象思维和实践发明中，他们至少可以与我们匹敌。他们许多新近的物理和天文成就已经超越了我们目前达到的阶段。但是我注意到，他们的心理比我们还要混乱，社会思想也发生了奇怪的倒错。

比如说，在广播和电视方面，另种人的技术比我们领先很多，但他们却把这些惊人的发明用于一些灾难性的方面。在文明国家，除了贱民之外，人人都带着一个口袋收音机。这看上去有点儿奇怪，因为另种人并没有音乐；但是因为他们缺乏报纸，只能通过广播才能知道彩票和体育比赛结果，这可是他们的精神食粮。另外，音乐的位置被味觉和嗅觉的组合所取代，它们被编译为无线电波，被各国电台转播出来，在大众的口袋接收器和味觉电池中还原成原始形式。这些工具为手上的味觉和嗅觉器官提供了复杂的刺激。这种娱乐极为诱人，以至于无论男人还是女人出来时，总有一只手放在口袋里。人们还专门分配了一种特殊波段来安抚婴儿。

市场上还出售一种性体验接收器，许多国家都广播相关的节目，虽然不是所有国家。这种极致的发明集触觉、味觉、气味和声音广播于一体。它不是通过感觉器官进行工作，而是直接刺激相关大脑中枢。接收者穿戴一种特殊制造的头盔，这个头盔从一个远程演播室把和某个滋味十足又热烈配合的女子交缠的感觉转播给他，这种感觉实际上是被一个男性"性爱广播员"所体验到的，或者早先在钢磁带上以电磁形式记录下来。

性体验广播的道德与否，引起了许多争议。一些国家允许提供给男人这样的节目，但不允许给女人，以冀保护这一较纯洁性别的童真。在别的国家，神职人员成功地排斥了整个计划，因为他们宣称，电波性爱，即便只是给男人准备的，也是恶魔的阴谋，用来替代一种人们非常渴求并被小心翼翼守护的宗教体验，它被称为"神圣结合"，我下面会说到。教士们非常清楚，他们的力量主要依赖于能否在信众中通过仪式和其他心理技术引入神圣结合这种甜美的神游状态。①

军界也强烈反对这种新发明，他们发现，便宜有效的虚拟性爱产品有一种甚至比耽误怀孕更可怕的危险：没什么人愿意参军当炮灰了。

因为在所有较为可敬的国家中，都是由退伍军人或者善心的神职人员掌管广播，这种新发明最初只是在唯利是图或声名狼藉的国家才被采用。他们的广播台中播放着受人欢迎的"电波性爱明星"，甚至是没落贵族小姐的体感，伴随着各种广告，如专利药物、去味觉手套、彩票结果、增味剂和除味剂等。

---

① Ecstasy，这是本书经常使用的一个富有宗教性的概念，来自古希腊语ekstasis。本义指在宗教仪式中仿佛灵魂出窍的体验，虽然包含欢愉、喜悦的衍生意义，但斯特普尔顿更多是在本义上使用，因此多翻译成"神游"或"出神"。

以电波刺激大脑的原理很快就获得了进一步的发展。在所有国家，一切最为甜美或鲜香的体验都被广播出来，只需谁都买得起（除了贱民）的简单接收器就能收到。甚至劳工和苦力也能享受宴会的美味，而无须丝毫花费，之后也不会因吃得过多而饱胀；人们也能娴熟地跳舞，而无须刻苦地学习这种技艺；能享受赛车的刺激而不冒任何危险。人们待在北方冰天雪地的房屋里就可以在热带沙滩上晒太阳，或者在热带地区享受冬季运动之乐。政府很快发现，这种新发明给了他们一种便宜而高效的力量去管理臣民。如果能持续供应虚幻的奢侈品，那么贫民窟也可以忍受。当局所厌恶的改革，只要被说成是不利于国家广播系统，就会被搁置。只需威胁关闭广播演播室，又或者在关键时刻提供一种甜美的新节目，罢工和暴动很快就会消于无形。

政治左翼反对进一步发展广播娱乐，但这一点却让政府和有产阶级更乐意接受它。公有派——历史的辩证法的确也在这个类似地球的奇妙行星上产生了一个堪当此名的派系——强烈谴责这一计划。对他们来说，这纯粹是资本主义的毒品，是精心设计来阻止几乎势不可挡的理想社会的。

公有派既然对广播娱乐日益反对，广播局也就能够反过来收买他们的天然敌人——教士和军人了。宗教活动被安排占据广播时间中的一大块，全部授权费的十分之一将拨给教会。不过，教士们反对广播神圣结合。作为一种附带的让步，广播局同意一切已婚员工必须证明他们每天晚上都和自己的妻子（或丈夫）在一起，否则就会惨遭解雇。广播局也同意，若其员工被怀疑同情和平主义、言论自由等臭名昭著的理念，即被清退。国家对生育予以补贴，对单身汉课以重税，并且日常广播军事宣传，这也安抚了军方。

我在另一个地球的最后几年，一种系统问世了，它能够让一个人一生都躺在床上，一直收听广播。广播局雇有医生和护士，照看他的营养和身体功能。他无须锻炼，只需要定期接受按摩。最初，接入此系统是一种昂贵的享受，不过发明者希望在不久的将来人人都能享有。据预测，用了多久就不再需要医护和服务人员了。只需一个巨型自动食物生产系统，通过管道将流质食物输进躺倒的接收者嘴里，再加上一个复杂的排泄物处理系统即可。只要按下一个按钮，便可随时享受电子按摩。一种自动的内分泌调整系统将取代医学监护。该系统会让病人的血液从公共药物管道中汲取任何一种生理平衡所需要的化学成分，从而自动调节。

即便是广播本身，也不再需要活人演出了。从最为优美的个人身上，一切可能的愉悦经验都会事先被录制好，并将在大量不同的节目中反复播放。

为了管理这个系统，还是需要一小部分技术人员和组织者。不过只要分配合理，世界广播局的每一名员工每周最多只需要工作几个小时，也极其轻松愉快。

如果未来的世代还需要孩子的话,他们将在体外生殖。世界广播局局长需要提交一些心理和生理上的具体要求,以培养出理想的"倾听种"。通过这种方式培养出来的婴儿将接受特殊的广播节目教育,以准备成年后的接收电波生活。他们将再也不会离开自己的小床,直到成年时才走上几步,去成人的大床上躺着。如果医学还没有克服衰老和死亡,在生命的尽头,人们至少能按下一个适合的按钮,保证自己无痛苦地死去。

在所有文明国家里,这个惊人的计划都迅速赢得了广泛的热情支持,不过也有一些保守力量激烈地反对。旧式的宗教信徒和好战的民族主义者都坚信,人的荣耀在于其活动。宗教家认为,只有通过自我规训、肉体的禁欲以及持续的祈祷,人的灵魂才配得到永生。而各国的民族主义者宣称,自己的民族被神明所委托,去统治较低下的种族。无论何时,只有武士的美德才能确保灵魂进入英灵殿。[1]

许多经济巨头,虽然最初喜欢把电波带来的极乐当作麻痹不满工人的鸦片,现在却反对它了。他们渴求的是权力,因此需要听从他们指挥的奴隶,去为他们的大型工厂企业劳动。为此他们设计了一种工具,既是鸦片,也是马刺。他们试图通过各种宣传手法唤起民族主义和种族仇恨。事实上,他们创造了"另一种法西斯主义",其中包括谎言、对种族和国家的神秘膜拜、对理性的唾弃、对主人残

---

[1] Valhalla,为北欧神话中勇士死后得到奥丁犒赏进入的神殿,此处是类比另种人的相似信仰。

酷统治的歌颂。他们既要被欺骗的年轻人无私奉献，也要唤起他们心中最邪恶的念头。

在每个国家，都有一个困惑的小党派，既反对这些电波极乐的对头，也同样反对电波极乐本身。他们主张：人类活动的真正目标，是创造一个世界范围内的共同体，由觉醒的、智力上有创造力的人类组成。联结他们的是共同的洞察和尊重，是在人间实现人类精神之潜能的共同任务。他们的许多主张，只是重述古往今来宗教先知们的教诲，但也被当代科学所深刻影响。然而这个党派却被科学家误解，被教士诅咒，被军国主义者嘲讽，更被电波极乐的鼓吹者视而不见。

现在，在这一时期，经济的混乱已经迫使另一个地球上诸多商业帝国间进行更不顾一切的市场争夺战。这些经济的斗争，加之古代部落民的恐惧、仇恨、骄傲等，带来了一系列没完没了的战争恐慌，其中每一起都可能引发末日之战。①

在这一形势下，广播拥护者指出，如果采纳他们的政策，就不会发生战争；而另一方面，如果世界大战爆发，他们的政策就会被无限期耽搁。他们组织了世界范围内的和平运动；人们非常渴望得到电波极乐，以至对和平的要求顿时席卷所有国家，最终成立了国际广播局，以宣传电波福音，平息帝国之间的争端，最终夺得了全世界的

---

① Armageddon，为《圣经》中预言世界末日之战将发生的地点。

统治权。

与此同时，虔敬的"宗教家"和坦诚的军国主义者，自有理由厌恨这种新国际主义背后的堕落动机，但其自身行径也是同样错误的。他们决意通过让人民卷入战争来拯救另种人，不管人民自己想不想被拯救。这些"英雄"利用一切宣传力量和金融腐败来燃起民族主义激情。即便如此，广大人民也已经极渴求电波极乐，要不是靠军火巨头们的资金和酝酿战争的经验，主战派是绝不可能胜利的。

他们成功地在一个老商业帝国和另一个强国之间挑起了纷争，后者最近才开始工业化，因此急需市场。广播之前还是推动世界主义的主要动力，此时却突然成了民族主义的主要刺激手段。从早到晚，两国受教育的人民都被告知，那些味道腐臭昭著、有如禽兽的敌人正在策划毁灭自己。军备恐慌、间谍传闻、邻国人野蛮暴虐的谣言，在两国都产生出了毫无理性的怀疑与仇恨，战争也就不可避免了。一个边境省份的归属产生了争议。在那些关键的时日里，布瓦赫尔图和我正好在该省一个大城市里。我永远也不会忘记，民众是如何陷入那种几乎疯狂的仇恨中的。

一切人类的博爱，甚至个人安全的考虑，都被一种野蛮的嗜血推到一边。被恐慌笼罩的政府开始朝着危险的邻居发射远程火箭弹。几周之内，行星上的好几个大都会都被夷为平地。每个民族都紧绷每一根神经，要加倍报复受到的伤害。

关于这场战争的恐怖，关于一个又一个城市的毁灭，关于被恐慌席卷又陷入饥馑而逃到乡间的民众，关于劫掠和杀戮，关于饥荒和瘟疫，关于社会服务的解体，关于残忍的军事独裁者的崛起，关于文化或缓慢或崩溃式的衰败，关于人际关系中一切温柔体面的消亡，关于这一切，也无须详述细节了。

不过，我要说一下这场毁灭另种人之劫难的最终结局。在同样的情况下，我们人类一定不会让自己被毁灭得如此彻底。无疑，我们自己也可能面临毁灭性相差无几的战争，但无论等着我们的是何等的艰辛困苦，我们也一定能恢复元气。我们或许愚蠢，但总是能够避免堕入彻底疯狂的深渊。在最后时刻，理智总会蹒跚着重新振作。另种人却未能做到。

3. 种族的前景

我在另一个地球上停留得越久，就越感到在另种人与我们地球人中间，必然有潜藏的重要区别。某种意义上，这个区别明显是在平衡性的方面。智人整体来说心智更为统一，更具有常识感，不容易因为精神崩溃而走极端。

关于另种人的极端性，最令人惊讶的例子或许是宗教在他们的发达国家中所起的作用。比起地球来，宗教在此拥有更为强大的力量,古老先知的宗教教诲,甚至能点燃我这外星人那迟钝的心灵,让它热情似火。但是当代地球社会的宗教,就并没有什么启迪性可言。

首先我必须说明,在另一个地球的宗教发展中,味觉起到了非常重要的作用。部落的神祇自然被赋予了这个部落成员最为沉迷的味道特征。后来,当一神教兴起后,对于神的力量、智慧、正义、慈悲等的形容,也都伴之以对其味道的描述。在神话文学中,神经常被比作醇香的陈酿酒;而一些宗教体验的报告令我感到,这种味觉上的神游状态,在很多方面像是我们的品酒师在尝到某种稀有红酒时的那种虔诚享受。

不幸的是,因为另种人的口味多种多样,关于神的味道,几乎没有什么广泛共识。为了神主要是甜味、咸味抑或是许多种地球人无法想象的味道,爆发过好几次宗教战争。一些上师坚持认为,只有用脚才能品味到神,另一些人认为要用手或者嘴,还有一些上师认为,只有在神圣结合这一诸多味道的复杂细腻组合中才能体验到神。通过想象与神体的交配,才能够获得这种感性的——主要是性感的——神游状态。

还有上师宣称,虽然神的确是美味无比,但并不是通过任何身体器官体验到的,而是通过揭示其本质的纯粹精神本身;其味道是一种比爱人之味更为精细鲜美的味道,因为这种味道包括了人身上的一切最为芬芳和灵性的味道,而且多到无限。

一些人走得更远,宣称神不能被设想为一个人,而应该设想为这种味道本身。布瓦赫尔图曾说:"或者神就是宇宙,或者他是充满万物的创造力之味。"

据我所知,大概一千年或一千五百年前,当宗教处于鼎盛时,并没有教堂或教会;但是每个人的生活都被宗教观念所左右,其主导的程度之高令我难以置信。稍后,教堂和教会出现了,对于保存现在看来明显进入衰落的宗教意识起到了重要作用。再晚一点,工业革命前几个世纪,体制化的宗教牢牢地控制了最为文明开化的人民,令他们上交四分之三的总收入以维持宗教机构。劳工阶级被有产者所奴役,工钱极为微薄,却仍将其辛酸收入的一大部分给了教士,生活在极可怜的肮脏邋遢中,而他们本来是可以过得更好的。

科学与工业带来了一次迅速而极端的思想革命——经常进行极端革命也是另种人的特点。几乎所有的教堂都被毁掉,或者变成工厂和工业博物馆等。之前还被迫害的无神论在当时十分流行。世界上最聪明的人都成了不可知论者。不过近来,因为其追求物质的文化比地球上的还要犬儒主义和肆无忌惮,其后果令人恐惧,最为工业化的民族又一次转向了宗教。自然科学有了一种精神性的根基。古教堂又被当成神圣之所,并造起了许多新的宗教大楼,很快就和我们身边的电影院数量差不多了。实际上,新教堂逐渐吸收了电影院,他们也提供影片放映,巧妙地混合了感官刺激和宗教宣传。

在我造访的时期,教会已经夺回了所有曾失去的权柄。广播的确曾与之竞争,但却被成功收编。教会仍然拒绝广播神圣结合,这让公众相信神圣结合一定极为灵性，绝不可能通过电波转播，从而为教会赢得了新的声望。不过，比较开明的教士曾同意，一旦普遍的电波极乐系统建立起来，这一困难也将被克服。同时，公有派仍然保有其反宗教的特质，它有其建制、教职、仪式、道德、赦免体系以及形而上学信念——这种信念虽然是虔诚的唯物论，但迷信程度并不逊色。而神体的味道被公有思想的味道取而代之。

因此，宗教在所有这些民族的生活中都是一种真实的力量。但他们的虔诚中却有一些令人迷惑之处。在某种意义上这是真挚的，甚至是博爱的；因为在一些非常小的个人诱惑和一些明显僵化的道德信条中，另种人都远比人类更讲原则。但是我发现，一个典型的现代另种人只有在有现成规矩的场合下才讲原则，他们奇怪地缺乏一种真正对道德的感性。因此，虽然比我们这里更多实践中的慷慨大度以及浮于表面的同志友爱，他们却以一种道德原则去实行最恐怖的精神迫害。他们总是对于保持警惕更为敏感。较为深刻的亲密关系和彼此依赖是危险和罕见的。在这个充满激情的社交世界里，孤独却尾随着精神。人们总是"在一起"，却又从未真正靠近。每个人都害怕独自一人，但是在同伴中，虽说应该有着同志友爱，这些奇怪的生灵仍然保持着和彼此之间的距离，如同群星之间一样。每个人都在邻居的眼中寻找自己的影子，却看不到其他东西，如果看到了什么，反而会愤怒和惊恐。

在我造访时期，另种人在宗教生活方面还有另一种令人费解的情况。尽管所有人都很虔诚，渎神也被视为骇人听闻，但对于神体的普遍态度却显然是一种带有渎神意味的商业主义。人们相信用钱或者仪式能够买到神体的味道，从而成就永生。进一步来说，他们昔日曾以华丽或虔信的语言敬拜的神，现在却被想成是一个公正但猜疑的雇主，或者是一个放纵子女的家长，或者仅仅是一种物理能量。最粗俗的一点是，人们还确信这是宗教最为广泛传播和得到启蒙的时代。人们几乎都同意，先知时代的深刻教诲，只有在今天才按照先知们的本来意图得到理解。当代的作家和广播者宣称在重新诠释圣卷，以适应已启蒙宗教之需求，因为这一时代，自称为科学宗教时代。

所以，在大战前另种人文明表面上一切心满意足的背后，我总是察觉到一种模糊的不安与焦虑。当然，大部分情况下，人们心无旁骛地追逐私利，忙于各自的事务，就像在我自己的星球上一样。他们太过于忙着赚钱、结婚、生儿育女、攀比谁过得好，而没有时间去有意识地思考人生的目的。他们常常表现得像是忘记了某件非常重要事情的人，正在绞尽脑汁回想，或者像是一个年老的牧师，背诵着曾激发人心的古老格言，却已经记不清楚其真实意义了。

我越来越怀疑，这一种族尽管取得了各种成就，现在却依靠着过去的伟大观念而生活，把各种已经因缺乏感受而无法理解的概念挂在嘴边，口头上对已经不再追求的理想表示敬意，在由各种机构组建的体系中打转,但这些机构中,很多是只有拥有高雅性情的心灵才能将其充分运用好的。我怀疑这些机构可能是另一个种族发明的,他们不仅拥有更高的聪明才智,而且拥有一种比现在的另种人更加强大而包容的能力去构建共同体。这些机构似乎建立在如下假设上:人们整体来说是善良、理性和自律的。

我经常问布瓦赫尔图这方面的问题,但他总是避而不答。请记住,尽管我能够读取他一切愿意袒露的思维,但只要他采用一种特殊的意念,就总是能在私下思考。我一直怀疑,他对我有所隐瞒,直到最后,他告诉了我一些奇特的悲剧。

那是他祖国的大都会被轰炸之后的几天。通过布瓦赫尔图的眼睛和防毒面具上的护目镜,我看到了轰炸的后果。我们躲过了轰炸的恐怖,然后尝试回到城里做一些援救工作,但已经无力回天。城市的中心在燃烧,释放出炽热的辐射,我们最多只能抵达城区外围。即便在那里,街道也被坍塌的建筑堵死。从倒塌的建筑中掉出来的人散落四处,血肉模糊,一团焦黑,而大部分人还在废墟底下埋着。在开阔的地方,也有许多人中了毒气而倒毙。救援队伍无力地游荡着。在弥漫的烟云间,偶尔能看见"另一个太阳",甚至还有一颗白昼的星。

布瓦赫尔图在废墟上攀爬了一会儿,想救人却徒劳无功,然后坐下了。周围的满目疮痍让他"露出口风"——请允许我用这个短语来形容他在思维中忽然对我进行的坦白。我曾对他说过诸如"当未来的岁月回首这些疯狂与毁灭时将惊愕不已"这一类的话。他在防毒面具中长叹一声，说："我这不幸的种族可能现在已经是注定毁灭、无可挽回了。"我劝慰了几句，说尽管我们这里大概已是被毁灭的第四十座大城市，但总归也有恢复的一天，整个种族最终能多难兴邦，更加壮大。然后布瓦赫尔图告诉了我一些奇怪的事，他说一直想要告诉我这些事，但心中又想回避。当代世界已经有许多科学家及其学生隐约猜到了一些，但是只有包括他在内的少数几个人才明白真相所在。

他说，他的种族似乎受控于一种奇特的自然波动，其周期极为漫长，持续两万年左右。各族群在各种气候条件下似乎都表现出这种精神的漫长律动，同时也饱受折磨，但其缘故未知。尽管它看起来同时影响整颗行星，但也许实际上只是来自某个单一点，而迅速蔓延到所有大陆。最近，一位杰出的科学家提出，这可能是"宇宙射线"强度上的变化所致。地质学的证据表明，这一宇宙辐射的波动的确发生过，可能源自附近一个充满年轻恒星的星团中的辐射变化。仍然尚未确定心理律动和天文律动是否重合，不过许多事实指向这一结论：当射线变得更强烈时，另种人的精神就开始衰落。

布瓦赫尔图并不信服此说。整体来说，他倾向于认为另种人心灵周期性的一起一落应当来自某种更为切近的原因。无论确切解释为何，几乎可以肯定，过去曾多次出现高度发达的文明，但某种潜在的影响却一再地削弱另种人的精神活力。在这些漫长波动的波谷期，另种人沉沦到了一种心智和精神的愚钝状态，其境况的低下是其从猿猴中觉醒之后就从未遇到过的。但是在其波峰期，另种人的理智力、道德融贯性和精神的洞察力达到顶点，在地球人看来简直是超人。

一次又一次，这个种族从原始状态中崛起，经由野蛮的文化，进入一种全世界范围的辉煌与共情阶段。所有人都能同时感受到一种不断增长的能力，去达到慷慨、自知、自律、理性深入的思考以及纯真的宗教感受。

接下来的几个世纪，整个世界将遍布自由而快乐的氛围，社会繁荣昌盛。普通人也能够得到一种前所未有的清澈心灵，共同行动去消除一切严重的社会不公和私下的暴虐霸凌。接下去的几代人，拥有健全的天性，处于良好的环境中，将会创造出一个世界范围的、由觉醒者组成的乌托邦。

此时，会出现一种普遍的松懈。黄金时代后面是白银时代。思想领袖们靠着过去的伟大成就，不是在细微考证的丛林中迷失方向，就是因筋疲力尽而懈怠。同时，道德的共情也会衰落。人们整体上将会略少真诚，略少自省，对他人的需求也略少体察。实际上也就略少能力难以建立共同体了。社会机器，当公民们拥有一定层次的人道思想时可以运转良好，此时却将因不公和腐败而有所错位。僭主和僭主般的寡头开始破坏自由[①]，底层阶级的仇恨与疯狂会给他们提供绝佳的借口。虽然文明的物质积蓄还可能消耗几个世纪，但一点点地，精神之火焰将熄灭，独留下几个孤立个体身上的一点点火花。然后，纯粹的野蛮就会到来，继之以低谷期中几乎算不上人的原始状态了。

总体来说，比起那些"地质学"中的往昔，在最近的波峰处出现了更高的成就。至少一些人类学家自己是这么相信的。他们确信，目前文明的高峰是一切高峰中最为辉煌的，而其顶峰尚未到来，通过前所未有的科学知识，人们可以发现如何避免循环的退化，保存种族的心智。

另种人目前的状况的确超乎以往。在之前被记录的循环中，科学和技术从未发展到如此程度。就上一个循环留下的遗迹来说，机械发明从未超越地球十九世纪中期的粗糙工艺水平。那些更早的循环则停留在工业革命的更早阶段。

尽管在知识界，人们普遍认为最好的阶段还没有到来，布瓦赫尔图和他的朋友们却相信，波峰在好几个世纪以前已经过去了。当然，对大多数人来说，战前的十年看起来比之前任何时代都要更美好，更文明。在他们眼中，文明与机械化差不多是一个意思，而在此

---

①　Tyrant，通常译为"暴君"，但此处斯特普尔顿是在古典政治哲学的意义上使用的，即指并非通过君主制的合法传承，而是通过暴力或其他非法手段"僭越"以夺取政权的个人。其统治缺乏合法性，但为人不一定是残忍暴虐的；相反，很可能受到崇拜和爱戴。下文将有更多例证。

之前从未有过如此机械化的成功。科技文明的好处是显而易见的。对于有产阶级来说，就是更为舒适、更为健康，身材变高、青春变长，还有一个极为庞大复杂的技术知识体系，人们只能大概地了解一些边角的知识细节，而无法全面把握。

进一步来说，通信的加强将所有民族联系起来。各地区独有的习性在广播、电影和留声机面前日趋衰落。在这些充满希望的征兆面前，人们很容易忽略，人体结构虽然因为条件改善而获得加强，但内在方面却不如之前稳定。某些令身体衰变的疾病正在缓慢而稳定地蔓延着，特别是神经系统的疾病变得更常见也更凶险。愤世嫉俗的人曾说，精神医院的数量很快就会超过教堂了，但这只是被当成小丑的笑话。人们几乎普遍同意，虽然有战争、经济危机和社会动荡，但现在一切都运行良好，未来将会更好。

布瓦赫尔图说，真相恰恰相反。正如我曾经怀疑的，有千真万确的证据表明智力和道德素质的平均水平正在世界范围内下降，而且还将进一步跌落。这个种族已经在吃过去的老本了。一切现代世界伟大而关键的观念，在几个世纪以前都已被设想出来。在那之后，人们的确应用这些观念改变了世界。但这些哗众取宠的发明中从未包括那种深刻、广泛、最大限度的洞见，在更早的时代，这种洞见曾改变过整个思想史的轨迹。布瓦赫尔图承认，最近曾有一串革命性的科学发现和理论，但是其中没有一个能包括任何真正新颖的原则。一切都是将已熟知的旧原则再排列组合一番。几个世纪前发明的科学方法极为多产，即便在毫无高级原创能力的工人手中，也能够很好地生产出之后几个世纪的丰富成果。

不过比起科学领域，道德和实践活动中精神力量的退化才最为明显。我本人在布瓦赫尔图的协助下，曾学习在一定程度上理解几个世纪之前黄金时代的文献。那时候，每个国家看起来都在艺术、哲学和宗教方面欣欣向荣；那时候，一个接一个的民族改变了整个社会和政治秩序，以确保让所有人得到一定程度的自由与繁荣；那时候，一个又一个国家勇敢地解除武装，冒着毁灭的危险收获和平与繁荣；那时候，警察部队被遣散，监狱变成了图书馆和学院；那时候，不仅武器，甚至锁和钥匙都被送进了博物馆；那时候，世界上四个大的宗教组织袒露了自己的秘密，将其财富送给穷人，引导人们奋斗，成功地缔造共同体；这种世界共同体的新宗教没有祭司，没有教义，没有神，而是融入农业、手工业和教育之中，以适应其平民的支持者们。

大概五百年后，锁和钥匙、武器与教条都回来了。黄金时代只留下一个美好而不可思议的传说以及一组原则，后者现在虽然已经被悲哀地误解了，但仍然是这个喧哗浮躁世界中最好的存在。

那些认为精神退化是宇宙射线增强所致的科学家断言，如果另种人在多个世纪之前，在他们处于生命力最强盛的时期就发现了科学，一切都会好得多。他们将很快解决工业文明带来的问题。他们创造出的将不仅是一个中世纪水平的乌托邦，而更是一个高度机械化的乌托邦。他们几乎肯定可以找到对付过量宇宙射线的方法以阻止退化，但是科学来得太迟了。

另一方面，布瓦赫尔图却怀疑退化源自人性本身中的某种因素。他倾向于相信，这是文明本身的后果：科学改变了另种人种族的整个环境，看似一切变得更好，却无意中带来了一系列妨害精神活力的事态。他承认自己不知道，灾难来自越来越多的人工食品、现代社会越来越大的精神压力、对自然选择的干预、太宠溺的儿童教育，或者其他某种原因。

也许与这些相对近期的影响都没有关系。因为有证据表明，在科学时代甫一开始甚至更早，退化就发生了。也许，黄金时代本身具有的条件中的某种神秘因素在一开始就开启了腐蚀进程。他提示说，这甚至可能因为真正的共同体本身就产生了毒素，因为年轻人既然是在一个完美的社会，一个人间的、真正的"上帝之城"[①]中被抚养长大，他们也就必然逆反，倾向道德和心智的懒散、浪漫个人主义以及纯粹的邪恶；这一倾向性一旦扎根，精神层面的朽坏就更被科学与工业文明所放大。

就在我离开另一个地球之前，一位地质学家发现了一个非常复杂的电波接收装置的印痕化石，看起来是一个刻印的石盘，至少有

[①] 指乌托邦，本指真正的基督徒所建立的共同体，源自古罗马神学家奥古斯丁的《上帝之城》。

一千万年的历史了。生产它的文明高度发达的社会没有留下其他痕迹。对于知识界来说，这个发现是一次巨大冲击。但是很快，一种安慰人心的观点被广泛接受：是某种非人的、较孱弱的物种于很久之前偶尔获得了文明的闪光。他们普遍认为，人一旦达到了这么高水平的文化，是绝不会退化到无影无踪的。

但在布瓦赫尔图看来，另种人大概在一个又一个时代攀登到同样的高度，最后却总是因为其自身成就中的某些隐藏弊病，又从云端坠落。

当布瓦赫尔图在他故乡城市的废墟上提出这番理论时，我表示即便这次还是失败，但总有一天，另种人可以成功逾越这一征途上的险关。然后，布瓦赫尔图又说了一件事，似乎表明我们所看到的，就是这出漫长而反复的戏剧的大结局：科学家已经知道，因为他们的世界引力较弱，大气已经很匮乏，而且仍在不断减少。很快，另种人将面对如何阻止珍贵的氧气持续泄露的难题。到目前为止，生命已经成功适应了大气的不断稀薄化，但是此时人体已经达到了适应的极限。如果不尽快制止氧气的损失，这一种族将无可避免地衰亡。唯一的希望，就是在下一轮野蛮时代开启之前，找到某种解决大气问题的方法。但这种可能微乎其微。这一微薄的希望已经被战争毁灭：科学研究后退了整整一个世纪，而此时人性也在不断退化，也许再也无力处理如此困难的问题。

等待着另种人的，几乎必然是毁灭。想到这一点，我感到一股深深的恐惧,怀疑这个宇宙为什么会让这种事情发生。一个充满智慧生命的世界被毁灭,这个概念我并非一无所知。但是在抽象的可能性与具体而无法逃避的危险之间总有一道鸿沟。

在我自己的行星上,每当我因个体的无力和痛苦而沮丧时,我就安慰自己说,至少我们一切盲目的奋斗,总体效果会是人类精神缓慢但光荣的觉醒。这一希望,这一确定性,曾是一种理所当然的慰藉。但现在我发现,没有什么能够保证这种胜利一定会发生。看起来,这个宇宙或者宇宙的创造者,对于诸世界的命运必是漠然无情的。当然,我不是不懂世上总会有无止无尽的挣扎、受苦、荒废,如果这些是精神生长的土壤,对它们就必须欣然接受。但是,如果说一切挣扎最终是绝对的徒劳,整个充满敏锐精神的世界迟早会崩溃和死去,这就是纯粹的恶。我恐惧地想到,那造星之主,必是憎恨之神。

但布瓦赫尔图不这么想。他说:"即便那些力量要毁灭我们,我们是谁?岂能谴责他们?正如岂能凭一句说出的话论断那说话的人呢?或许他们将我们用于自身高深的目的,将我们的力量和软弱、我们的欢乐和痛苦,用在某种我们无法想象的卓越目的上。"

但我抗议:"何等目的能够让这种荒废、这种白折腾变得有理?我们又怎能停止论断?论断时如果不用我们用来判断自己内心的标准,还能用什么呢?如果知道造星主对他创造的诸世界的命运漠不关心,还要去赞颂他,那不是太卑贱了吗?"

布瓦赫尔图沉默地思索了片刻，然后抬起头，在烟云间搜索着一颗白昼的星，并在心灵中对我说道："如果他拯救了所有的世界，但是只让一个人吃苦，你会原谅他吗？或者，如果他只是对一个愚笨的小孩有一点残酷呢？我们的痛苦或者失败，与之又有何异？造星主！这是一个很好的词，尽管我们对它的意义还一无所知。哦，造星主！即便你毁灭我，我也必须赞颂你。即便你折磨我最爱的人，即便你折磨和毁坏你所有那些可爱的世界，我仍必须赞颂你——这些世界本是你想象中的虚构。因为如果你这么做，就一定是对的。对我而言，这可能是错的；但对你来说，这一定是对的。"

他再一次低下头，看着城市的废墟，然后继续说："如果说到底群星并没有造星主，如果诸星系的伟大集群是自己形成的，甚至如果我们这个又小又脏的世界是群星之间唯一栖居着精神之力的地方，而它注定要毁灭，即便如此，即便如此，我也一定要赞颂。但是如果没有造星主，我又能赞颂什么呢？我不知道。我只能称呼它为存在感最鲜明而强烈的味道。但如此称呼，等于什么也没有说啊。"

第四章　重启旅程

　　我一定已经在另一个地球上淹留许多岁月，第一次遇到那个在田间大步行走的农民时，我压根儿没想到会逗留这么久。我经常渴望回家。我痛苦焦灼，想要知道那些最亲爱的人如今生活得如何，如果我有朝一日能够回去，会发现多少沧桑变迁！很奇怪，虽然在另一个地球上有那么多新奇忙碌的经验，思乡之情却仍然在我心中挥之不去。我坐在山头，望着城郊灯火的场景似乎不过是片刻之前，但转眼已是多年过去。孩子们怕是早已长大，我都认不出了。他们的母亲呢？她过得好吗？

　　布瓦赫尔图要为我在另一个地球上的长期停留负部分责任。在我们都对彼此的世界真正了解之前，他不肯放我走。我持之以恒地激发他的想象，尽可能清晰地描绘地球上的生活，他在其中感受到了辉煌与荒诞的混合，正如我在他的行星上发现的一样。事实上，我认为整体来说他的世界比我的更怪诞，但他压根儿不同意。

我并不只是因为灌输信息的需要才和布瓦赫尔图绑在一起的，而是感到和他有着深厚的友谊。我们在一起的最初几日，有时候会关系紧张。虽然我们都受过文明熏陶，总是想表现得礼貌和大度，但我们的关系实在太过"亲密"，有时候令我们感到疲倦。比如，他对于他的世界那些味觉的精美艺术充满激情，但我却觉得这事十分乏味。他曾经坐上几个时辰，用敏感的手指在浸润着各种味道的绳索上拂动，以把握味觉的序列，这对于他来说充满了形式主义和象征主义的精妙意味。我最初还很感兴趣，也的确被激起了审美上的兴致；虽然他非常耐心地指导我，但是我在这一阶段却总是无法完全自发地进入味之美学中；渐渐地，我也疲惫了，厌倦了。另外我也很难忍受他周期性地需要睡眠。因为我没有身体，自己感受不到这样的需求。当然，我也能够脱离布瓦赫尔图，自己在世界上漫游；但仅仅为了让我宿主的身体休息恢复，就要打断白天的有趣体验，这常常令我十分恼火。

布瓦赫尔图那边，至少是在我们关系的初期，很讨厌我能够窥视他的梦境这一点。因为虽然当他清醒时能够隐藏他的思维不被我观察到，但在睡眠中就无能为力了。当然，我很快也学会了克制使用这种能力，而他那，当我们的亲密关系发展到相互尊重时，也就不再如此严格地保护这点隐私了。到后来，我们都感觉到，如果不让对方也分享自己体验到的生活滋味，那也就减少了一半的丰富和美妙。我们都不再能够完全信任自己的判断或者动机，除非另一方也在场，提出友好而直率的批评。

我们想出了一个计划，既能延续我们的友谊，也能满足他对我的世界的兴趣，还能慰藉我的思乡之苦。为什么我们不能想个办法一起去造访我的行星呢？我是从那里来的，为什么我们不能一起回去？在地球上待上一段时间后，我们可以继续一起进行更远的探险。

为了这个目的，我们着手进行两个非常困难的任务。我不懂星际旅行的技术，只是通过偶然的奇怪方式才得以穿梭星际①，如今需要完全掌握。而且我们还必须设法在另种人的星图上标出我的故乡太阳系的位置。

我们发现，这种地理——或者说"宇理（cosmography）"——问题是无法解决的。无论我如何绞尽脑汁，也找不出定位的资料。但这一努力，却产生了一个对我来说十分可怕的意外发现。我不仅仅是在空间中旅行，也是在时间中。

首先，另种人发达的天文学认为，像另种人的太阳和地球的太阳这种成熟的恒星是很少见的。但是在地球的天文学中，这种星体却被认为是整个银河系中最普通的一款。这怎么可能呢？然后我发

---

① 此处及下文所指的技术仍是意念式空间旅行。推测"我"与布瓦赫尔图结成心灵共同体后，他即分享了这一能力。

现了另一件令人费解之事。另种人的天文学家所了解的银河系和我记忆中我们的天文学家所了解的银河系相比，差距极为显著。在另种人看来，伟大的银河系并不像我们所观察到的那样是扁平状的。我们的天文学家告诉我们，银河系像是一块圆形饼干，宽度为厚度的五倍。而在另种人眼中，它更像是一块圆面包。我自己就经常在另一个地球的夜空中，为银河的宽度和不定形状而震惊。我也非常奇怪，另种人的天文学家会认为，银河系拥有许多尚未凝结为恒星的气体物质，对我们的天文学家来说，银河系基本上都是恒星组成的。

我是否在无意中行进得比自以为的距离远得多，实际上进入另一个更年轻的星系中了？或许在我处于黑暗中的时候，当天上的红宝石、紫水晶和钻石都消失之际，我实际上已经穿过了星系之间的太空。初看起来，这似乎是唯一的解释，但一些特定的事实让我放弃了这个假设，而倾向于相信另一种更怪异的解释。

我比较了另种人的天文学和我残存记忆中地球的天文学，发现他们所知道的整个宇宙的星系结构和我们所知道的宇宙中的星系大相径庭。对他们来说，星系的平均形状比我们所知的要圆胖得多，更多是气体，事实上可以说更为原始。

进而言之，在另一个地球的天空中，有许多近邻的星系，即便用裸眼也可以看到许多明亮的光斑。天文学家发现，许多宇宙岛都紧挨着银河系的宇宙岛，距离比地球天文学中所知的最近星系还要小得多。

真相跃入布瓦赫尔图和我的脑海，却是那么令人迷惑。每一点都指出这件事实：我以某种方式逆时间之流而上，出现在遥远过去的某一时间点上，那时候绝大部分的恒星仍然年轻。在另种人的天空中，如此多的星系骇人地挤在一起，可以用"宇宙膨胀"理论来解释。当然，我知道这个奇特的理论只是一种假想，问题还很多，不过至少多了一点证据，表明它在某种程度上必是正确的[1]。在宇宙早期，诸星系必然挤在一起。毫无疑问，我已经被传送到了这样一个世界，远在我的故乡行星自太阳的子宫中诞生出来之前，它已经产生出了智慧人类。[2]

当我完全明白了自己在时间上也距离故乡亿兆斯年之后，想起了一件我奇怪地早已忘记的事，或者至少是一种可能性：我大概是已经死了。此时我急切地渴望再次回到家里。家始终都是那么生动，那么切近。即便其距离要用秒差距计算，用亿万年计算，它也一直是触手可及的。当然，如果我是睡着了，只要肯醒来，就会发现自己再度处于那座山丘之巅。但是我无法醒来。

我通过布瓦赫尔图的眼睛，研究着星图和外星文字。当他抬头

---

[1] 根据爱因斯坦广义相对论，宇宙无法保持静态，而处于膨胀或收缩中，但爱因斯坦当时相信静态宇宙学说，错误地引入宇宙常数令宇宙静止。稍后，哈勃等科学家发现红移现象，比利时科学家乔治·勒梅特（Georges Lemaitre）据此在1927年提出宇宙膨胀学说，并于1930年代初获得重视，不过，当时学界仍有颇多争议。

[2] 根据"附录二 时间图表"图表一，另种人大约出现在地球人之前一百亿年。

时，我看到一个漫画般的人形站在我们面前，长着青蛙一样、几乎算不上是脸的脸，以及一面凸胸鸽般的胸膛，胸部赤裸，只覆盖着绿色的汗毛。红线短裤下面，绿色丝袜裹着细长的小腿。这个生物，对地球人来说纯粹是个怪物，但在另一个地球上，却是一名年轻貌美的女士。我既然是通过布瓦赫尔图那亲切的目光去看她，就得承认她确实美貌。对于另种人的心灵来说，她的容貌和每一个动作，都显得聪明机灵。显然，如果我连这样一个"女人"都能爱慕，我自己一定已经改变了。

要讲述我们为了获得和改进在星际空间中进行受控飞行的技艺所做的那些实验，未免太过冗长。这么说就足够了，在许多次实验后，我们学会了只要愿意就可以随时从行星上升起，只通过意想便能指定方向，在群星间纵横驰骋。看起来我们通力合作，其便捷和准确程度远胜过单独闯荡太空。我们心灵的共同体似乎即使在空间位移方面也让我们变得更强。

发现自己在宇宙深处，周围除了黑暗只有群星，而同时却和一个看不见的同伴有着紧密的个体关联，这种体验极为奇特。耀眼的诸天灯火从我们身边不住闪过时，我们彼此用思想交流各自的体验，或者争论我们的计划，又或者分享我们对自己故乡星球的记忆。我们时而使用我的语言，时而使用他的。有时候我们根本不需要用语言，只是分享着脑海中的意象之流。

在群星之间，进行无身体的飞行必然是最为舒爽的运动。它并非没有危险，但我们很快发现，这危险是心理上而非生理上的。在我们的无身体状态中，与天体对撞毫不要紧。在我们冒险的早期，有时候会意外地一头坠入某颗星辰。其内部毫无疑问热得无法想象，但我们只能看到灼目的光明。

这一运动的心理风险却是十分严重的。我们很快发现，只要感到沮丧、疲惫和恐惧，都会减损我们的移动能力。我们不止一次发现自己在太空里动弹不得，好像是大洋中一艘无人的船。这一困境令我们恐惧不已，就更没有移动的可能了，直到体会过彻底的绝望，经过心如死灰，获得了哲人的恬淡，我们才能再度移动。

心灵的冲突是一种更大的危险，不过只发生过一次。有一次，我们对未来旅行的目的产生了严重分歧，这不仅让我们动弹不得，也让心灵中产生了可怕的混乱。我们的感知开始混淆，幻觉欺骗着我们。达到一致思想的力量消失了。我们的精神开始错乱，强烈地感到毁灭即将到来。过了一阵子，我们发现自己回到了另一个地球上。布瓦赫尔图在他自己的身体里，躺在床上，和他离开时一模一样；我则再次变成一个无身体的视点，在行星表面某处飘着。我们都处于一种发疯的恐慌中，花了很久才恢复。又过了几个月，我们才重新结伴，再度出发去历险。

很久之后，我们才弄明白这次痛苦事件的缘由。看起来，我们已达成了极其深刻的精神和谐，以至于产生冲突时，更像是一个心灵内部的分裂,而不是两个人之间的不和。因此后果也极为严重。

当我们进行无身体飞行的技巧越来越精进时,我们也就发现在星空间自在遨游有着无尽的欢乐。我们同时体验到了滑行与飞翔的乐趣。一次又一次,我们在双星之间沿着"8"字形轨道来来回回,纯粹只是为了好玩。有时候,我们长久伫留不动,在近处观看一颗变星的明暗交替。我们经常冲入一片拥挤的星团,在其千万恒星之间滑行,恰如行驶在城市的灯火之间。我们也经常掠过星际气团白光淡淡、云气翻腾的表面,或者穿梭于羽毛般的细条和云柱之林;又或者深入迷雾内部,发现周围除了些许光辉外,一无所有。有时候,毫无预警之下,黑暗的尘埃团会一口吞掉我们,把整个宇宙遮挡起来。有一次,当我们穿行于一片星辰密集的所在时,一颗恒星忽然爆发出强光,成了一颗"新星"。这颗星的周围是一片无光的气体,因此我们实际上看到了恒星爆炸所辐射出的光球在不断扩展。我们既然是以超光速飞行,这光球通过周围气体中的反射变得可见,看上去就像是一个膨胀的明亮气球,随着变大而逐渐暗淡下来。

这只是几个例子,当我们如燕子般轻盈地在另一个太阳周围的星空间翻飞时,所见到的赏心悦目的星际奇观还有许多。这是我们在学习星际飞行的学徒期所发生的事。当我们精通此道后,便飞得更远,学会了急速前进,就像在我上一次歪打正着的飞行中那样,前面和身后的星星带上了颜色,而猛然间一切又都变得漆黑。不仅如此,我们还达到了那种我上一次也体验过的更为灵性的视觉,看到了物理光线上的异变又回归正常。

一次，我们的飞行让我们飞向银河系的边缘，进入外部的虚空中。有一段时间，近处的星星变得越来越稀少。此时我们身后那半星空挤满了细密的光点，面前却是一片无星的暗夜，只有几个孤立的光斑，这是一些从银河系中脱落的碎片，或者说如行星般的"亚星系"①。除此之外就是漫无边际的黑暗，其中只有五六个模糊的斑点，我们知道那是最近的河外星系。

我们被这奇观所震撼，长久地、静静地驻留在这片虚空中。这的确是激动人心的体验，看着整个"宇宙"在我们面前伸展，包含着十亿颗星辰，或许有成千上万个、有生命居住的世界；并且我们知道，在黑暗中的每一个细小的斑点本身就是这样一个"宇宙"，还有几百万个"宇宙"因为太过遥远而不可见。

这种物理上的宏大与复杂有何意义？很明显，其自身只是纯粹的荒芜无用。但我们带着敬畏与希望对自己说，它承诺了一种属于心灵的，比物理性更为伟大的复杂、精妙和多样性。这本身就赋予它以意义。但这种伟大的承诺，虽极为激发想象，却也是令人战栗的。

正如一只幼鸟从鸟巢边第一次伸头往下看，然后又从广大世界缩回到自己狭小的巢里，我们也是第一次探出这星辰的小巢——长

---

① 指远离银盘、位于银晕中的球状星团。

久以来，人们错误地把它叫作"宇宙"。现在我们又沉下去，将自己重新埋进故乡星系亲切的大小街区之间。

我们在游历中遇到了许多理论问题，如果不进一步学习天文学是无法解决的。所以我们决意重返另一个地球，但找了很久都徒劳无功，我们这才意识到，自己已经完全失去了方位。众星大同小异，只不过在早期阶段，很少有像另一个太阳那样成熟而温和的恒星。我们以高速随机寻找，但既没有发现布瓦赫尔图的星球，也没有发现我的地球，甚至没有发现其他的行星系统。我们深感沮丧，只好再次停留在虚空中，思考自己的困境。在各个方向上，乌木般的深空都点缀着密布的钻石，如放在我们面前的谜题：这些星点中，哪一簇火花是另一个太阳呢？就像这一早期阶段的星空中常见的那样，各方向上条状的星云物质都清晰可见，但它们的形状很陌生，无法用来定位。

我们虽在群星中迷失了方向，但也并不太懊恼。我们正为这次冒险而振奋，更因为对方而打起精神。我们最近的经历让思维变得高速，进一步将我们两人的心智合为一体。我和他，每个人在大部分时候都意识到对方与自己是相互独立的存在，但我们的记忆与性情的融合或已经统一到了经常忘记彼此区别的地步。两个无身体的心灵，占据同样的视点位置，拥有同样的记忆和愿望，经常同时做出同样的行为，也的确很难将对方当成彼此有别的存在吧？但很奇怪，这个成长中的同一身份，恰是越来越强烈的相互承认和同志情谊所造就的。

我们能看透彼此的心灵，这不仅仅让我们精神的丰富程度加倍，而且是其乘方，因为每一个人在心中不仅知道自己与对方的存在，而且知道自己与对方处于一种对位的和谐关系中。的确，虽然我不能确切描述，但我们心灵的融合以某种方式催生了第三个心灵，目前只是时有时无，但比起常态下我们中的任何一个的意识都更为神妙。我们中的每个人，或者说我们一起，现在都"觉醒"了，成了这个更高的精神。在对方的观照下，每个人的一切经验都拥有了新的意义；我们两个心灵放在一起，成了一个更具洞察力、更有自我意识的新心灵。在这一提升的澄明之中，我们，或者说新的"我"，开始有意识地去探索其他类型的生命和智能世界的诸多精神可能性。利用这种新的洞察力，我在我自己和布瓦赫尔图身上分析出了精神的本质属性和特殊世界所加上去的偶然特点。这种想象的做法很快就变成了一种探索宇宙的方式，而且是一种非常有效的方式。

长期以来，我们曾有个猜想，现在则认识得更加清楚了。在之前抵达另一个地球的星际旅行中，我无意识中运用了两种不同的旅行方式，无身体的飞行方式和一种我应该称为"心灵吸引（psychical attraction）"的方式。这种方式能让心灵直接远程投射到某个外星世界，也许在时间和空间上都极为遥远，但与正在冒险的探索者自己的心灵则会在精神上"合拍"。很明显，这就是把我导向另一个地球的起主要作用的方式。我们两个种族引人瞩目的相同之处引发了一种强烈的"心灵吸引"，这可比那些随意的星际漫游要有力得多。布瓦赫尔图和我现在就在实践和改进这种方法。

现在我们注意到，我们不是在休息，而是在缓慢地漂流着。我们也有一种古怪的感觉：虽然看起来被隔绝在群星和星云的广袤荒漠中，但实际上我们与看不见的智能体在精神上有某种接近。我们集中注意力在这种智能体在场的感知中，发现漂流加速了；而且，如果我们使用强烈的意志行为去改变漂流方向，只要我们的努力一停下，就必然会被摆回原来的方向上。很快我们的漂流变成了一种猛冲式飞行。前方的星辰再次变成了紫色，身后的星辰再次变成了红色，又再次消失了。

在绝对的黑暗和寂静中，我们争论着目前的位置所在。很明显，我们已经以比光还快的速度跨越了空间。也许我们还以某种无法理解的方式跨越了时间。与此同时，与其他生灵接近的感觉变得越来越明显，虽然我们的困惑并没有减少。然后群星再次出现。尽管它们如飘飞的火花掠过我们，但却是没有色移的正常星辰。我们正前方有一个明亮的光源。它渐渐圆满，成为一盏耀眼的明灯，然后变成了可见的圆盘状。我们以意志减缓了速度后，便小心地围绕着这个太阳搜寻起来。我们很高兴地发现，有好几颗微小的沙粒围绕着它，上面孕育了生命。我们被头脑中明确无误的精神在场感所指引，选择了其中一颗行星，慢慢地降落下去。

第五章　无数个世界

1. 千奇百怪的世界

经过在群星间的漫长飞行后，我们此时所降落的行星，只是许多将要造访的行星中的第一个。在一些行星上，我们（按照当地历法）只停留了几个星期；另一些行星上，我们则寄宿在某个本地人身上，一起居住了许多年。当我们要离开时，我们的宿主也往往跟着我们，加入后面的探险。我们从一个世界飞向另一个世界，不同的经验如地质岩层一样积累起来，看起来这种奇异的诸世界之旅持续了许多世代的时光。但我们总是怀念着自己的故乡之星。的确，就我而言，直到发现自己这样被放逐到异时空中，才充分意识到抛在身后的家庭是何等的珍宝。每次，为了最好地理解我所造访的世界，我必须把曾生活过的遥远世界作为参照，而最重要的试金石，就是她和我一起缔造的共同生活。

在尝试描述——其实只是挂一漏万地提示——我所造访的三千大千世界的多样性之前，我要先略加说明这次壮游的前进方式。我刚才记录下来的一系列经验已经很清楚地表明，无身体飞行的方式用处并不大。它的确给了我们极为清晰鲜明的感知，去观看银河系的可见景观，当我们用心灵吸引的方式发现了一些新事物的时候，也经常用它来定位，但是它只给我们以空间的自由，而没有时间的自由，并且，因为行星系统十分稀少，纯粹随机的物理飞行几乎没有可能找到什么结果。但是我们一旦熟练掌握了心灵吸引，就发现这种方式非常有效。它依赖于我们自己心灵的想象极限。一开始，当我们的想象力严格被自己世界的经验所限制的时候，我们只能够和那些极为类似于故乡的行星建立联系。并且，在这一见习期，我们总是一直遇到那些和今天的人类一样面临困境，正在度过精神危机的世界。看起来，要进入任何一个世界，在我们自己和此地的主人之间，必须要有一种深层的相似性或者同一性。

我们从一个世界遨游到另一个世界，对于这种壮游的基本原理已得到彻悟，而我们加以运用的力量也无远弗届。进而，在每一个访问过的世界，我们都寻找到一个新的同伴，既能给我们游览他的世界的指导，也能拓展我们想象力的范围，以便进一步探索银河系。这种"滚雪球"的方法极为重要，让我们的能力随着队伍逐渐壮大而一起变强。在这场运动的最后阶段，我们获得了一些发现，而任何个人的心智在没有帮助的情况下都是不可能得到这些发现的。

一开始，布瓦赫尔图和我以为我们进行的是一场纯粹私人的探险；后来，当伙伴云集，我们也仍然以为我们这些人就是宇宙探索唯一的开路先锋了。但是过了一阵子，我们和另一批宇宙探索者进行了心灵接触，他们来自一些我们还不知道的世界。在经过艰难和沮丧的实验之后，我们和这些探险家联合起来行动，首先建立了亲密无间的共同体，然后进入了奇怪的心灵融合，某种程度上就是我和布瓦赫尔图在第一次星际旅行时一起体验过的那种。

当遇到许多这样的团队后，我们意识到，虽然每一批小的探险队都各自孤独地开始，但所有人注定迟早将会合到一起。因为不论在开始时是多么风马牛不相及，每一个探险队都会逐渐获得一种无远弗届的想象能力，迟早会让他们彼此建立联系的。

随着时间推移，有一点逐渐明朗：我们这些来自许多世界的个体居民，在一场伟大的运动中只起了一点儿很小的作用。而宇宙是通过许多场这样的运动去了解自身，甚至去窥见自身之上的东西的。

话虽如此，但我绝不是宣称，因为我参与了这一宇宙本身自我发现的伟大进程，我所要讲的故事就是在字面上完全真实的。坦白地讲，这故事并不配作为宇宙的绝对客观真理的一部分。我，一个个体的凡人，只能够以最肤浅和最扭曲的方式参与到无数探险者所构成的、共同之"大我"的超人类体验中。本书也只能是我们真实历程的一幅荒唐错谬的速写涂鸦。进而，虽然我们过去曾是、现在也正是来自多个星球的群体，但我们也只能代表整个宇宙中无数文明的沧海一粟。所以，即便是我们经验中的至高时刻，当我们以为已经洞见实在的核心之时，实际上不过只得到真理的一些碎屑，而且并非实打实的，只是一种象征。

有些智慧生命多少与人类相似的世界，我与之进行接触的游历记载，基本上还是准确的；但那些更陌生怪异的外星球，我的记载就定然远离真理了。我所描述的另一个地球，相比起我们的历史学家讲述智人的过往历史，也不算离谱太多。但那些更远离人类的世界，那些我们在银河上下、甚至宇宙内外所遇到的奇幻存在，我所做的陈述就字面意义来说，几乎必然是全错的。我只希望它们能像神话一样，拥有某种我们有时候会发现的真理。

因为我们现在已经不受空间束缚，要去银河系的近处或远方游历是同样轻松的。虽然直到很久之后，我们才和其他星系的心灵发生联系，但那并非是因为空间本身的限制，而应归咎于根深蒂固的乡土观念奇怪地限制了我们的兴趣，让我们常常在听到银河系以外世界的召唤时，便顿觉太过僻远。对这种奇怪的限制，后面说到我们如何最后战胜它时，再加详述。

我们不仅获得了空间上的自由，也拥有了时间上的自由。在这一游历的早期阶段，我们所探索的一些世界早在地球形成之前就已不复存在；另一些与地球同龄；还有一些当银河系垂垂老矣，地球早已毁灭，海量的星辰也已熄灭后，方才诞生。

我们在无垠时空中上下求索，发现了越来越多被称为行星的稀有微粒，观看着一个又一个种族挣扎着达到某种程度的澄明意识，但每每又因外在的灾难——更多是因其本性中的缺陷——而最终夭折，我们也越来越因宇宙的漫无目的、白白荒废而倍感压抑。有几个世界的确获得觉醒，其澄明远远超出了我们的视野。但其中最为辉煌者又发生在银河系形成的最早阶段。在宇宙的晚近时期，我们还没发现有什么东西能够表明，任何星系——更不用说宇宙整体——已经（或者说将会[1]）比这些早期光辉的世界更多地被觉醒的精神所掌控。直到我们探索的晚期，我们才能够发现，这种诸多世界海量的衍生仅仅是一出序曲，而某种光荣而反讽的、令人心碎的高潮还在后头。

如我曾说过的，在我们历险的初期，当我们心灵感应探索的力量还不够完备时，我们来到的每一个世界都处于和我们所熟知的地球上的精神危机相同的阵痛之中。我注意到，这一危机有两个方面：它既是精神挣扎着要在世界范围内成为一个真正共同体的时刻，也

---

[1] 就地球时间来说，这是遥远未来的事件，所以应该用将来时；但对"我"来说，是已经发生的事件，应该用过去时。斯特普尔顿在本书中经常使用这种矛盾写法。

是精神对宇宙达到一种正确的、最终适当的态度这一历史性任务的关键阶段。

在每个这样如"蛹"一般的世界里，亿万人在转瞬间来到世上，一个接一个，随波逐流又盲目摸索，在宇宙时间的几个刹那后，便灰飞烟灭。至少在某个较低的程度上，大部分人可以通过个人情爱建立亲密的共同体；但对几乎所有人来说，陌生人总是令人恐惧和憎恨的。即便是他们的亲密之爱也善变而无知。他们几乎总是集中一切精力，设法让自己能暂缓疲劳、厌倦、恐惧或者饥饿之苦。就像我自己的种族一样，他们从未从这场半兽类的原始睡梦中完全醒来。只有那么一小撮人，在时空的某一角落，被真正的觉醒时刻所慰藉、激励，抑或折磨。对此拥有清晰长久的体察乃至少部分真理的人则为数更少。而他们又每每将自己的部分真理视为绝对。他们宣讲着自己那渺小的局部真理，虽帮助了那些凡人同伴，但迷惑和误导他们的程度，也是同样之深。

在几乎所有这些世界里，每一个个体精神，在生命中的某一点都能攀上某种较低矮的精神觉醒和融会贯通之巅峰，但最后总是或急速或缓慢地沦为虚无，至少看似如此。像在地球上一样，在所有这些世界里，生命只追寻近在眼前的虚幻目的。厌倦与挫折如苦海无边，只是间或有一些珍稀的欢乐之光。其中包括个人成功的狂喜、性与爱的欢愉、智力发现的欣快以及艺术创造的酣畅，自然还有宗教的出神入定。但这些就像世界上的其他各种快乐一样，被错误的解释搞得面目全非了。更有在与个人或群体的敌对中才能感到的仇恨与残忍的变态快意。在我们探索的早期阶段，有时候我们会被那些世界上难以置信的苦难和残忍的重负所压倒，我们的勇气会消失，心灵感应力会紊乱，从而几乎坠入疯癫中。

不过，绝大部分世界倒也不比我们自己的世界更糟糕。正如我们的世界一样，它们已经达到了这一阶段：精神从野蛮中苏醒未半，距离成熟还遥不可及，所受的痛苦既能极惨烈，而所行之事也能极残忍。像我们的世界一样，这些我们早期造访的、生机勃勃而又充满悲剧的世界，苦恼于他们的心灵跟不上剧变的周围环境。他们总是慢了一拍，总将旧概念与旧理想套用在全新的形势下。像我们一样，他们总是痛苦地渴求更紧密的共同体，这是其处境所需的，却因其精神的贫瘠、懦弱和自私而毫无可能达成。只有在配偶间和一些密友的小圈子间，他们才能组成真正的共同体，这是彼此的深知、尊重与爱的融合无间。但在其部落和国家中，他们缔造的却是赝品共同体，只是群氓狂吠着共同的恐惧与仇恨。

特别是在某个方面，这些种族明显是我们的近亲。每个种族都是通过一种暴力和仁爱的古怪混合而崛起的。暴力和仁爱的使徒们通过种种方式支配着他们。在我们造访的时期，许多这样的世界都在这种冲突的危机中饱受折磨。在不久以前，人们在口头上大谈特谈仁爱、宽容、自由。但这种方法失败了，因为在其中没有真诚的目的，没有精神的信仰，也没有对个体人格真正的尊重。各种追逐私利和打击异己的行径滋生起来，最初还偷偷摸摸；然后作为毫无廉耻的个人主义公然出现；最后在狂怒中，各民族又抛开了个人主义，沉浸到对集体的崇拜中。

因为恶心于仁爱的失败，他们开始公然赞美暴力，赞美神赐英雄和部落武士的残酷无情。那些认为自己信仰仁爱的人，为其部落扩军备战，以对付那些他们认为是信仰暴力的外族部落。高度发达的军事技术成了摧毁文明的威胁，一年年过去，仁爱失去了基础。很少有人能够明白，要拯救他们的世界，不能靠短期的暴力，而必须靠长期的仁爱。更少有人能够看到，仁爱必须作为一种宗教才能够有效；除非大众觉醒了，拥有了意识的澄明，否则和平永远不会到来。但在目前这些世界里，只有极少数人才能拥有这种澄明。

如果详细描述我们所探索过的每一个世界，就算满世界的图书馆也装不下这部书。关于在漫游的早期阶段，走遍整个银河系的各时空区域，我们所遇到的多种多样的世界，我只能略写上几页。有一些类型的世界只有几个例子，其他的则有几十到几百个不等。

各类别的智慧生命世界中，数量最多的一种恰包含某颗本书的读者十分熟悉的行星。近来，智人自命不凡而又自我恐吓地想，尽管也许自己不是宇宙中唯一的智慧生命，但他至少也独一无二，而且适合于产生智慧生命的世界也必极为稀罕。这种观点被证明是荒谬可笑的。若与恒河沙数的星星相比，智能世界的确非常稀少；但我们也发现了成千上万个类似地球的世界，为本质上和人类差不多的生灵所统治，虽然外表上他们通常与人类大相径庭。另种人就是最明显的人类一型。在我们游历的后期阶段，当我们的探索不再限定于达到类似今日地球精神危机的世界时，我们无意中发现了几颗行星，上面居住着几乎和智人一模一样的种族，不过是处于最原始阶段的智人。我们很晚才遇到这些最像地球人的种族，因为他们在达到我们的精神阶段之前，就已经被这样或那样的灾难毁灭了。

我们成功地将探索从位于同一阶段的种族拓展到精神层次更为低下的种族，但此后很久，我们还是无法与完全超越智人水平的存在建立任何联系。因此，虽然我们追踪了许多世界，并跨越许多时代的历史，看到诸多星球被灾难毁灭，或者陷入停滞而难逃衰亡，但也有几个世界，一旦看起来已成熟到将要跃入某种更为高级的精神境界时，就与我们失去了联系，哪怕我们想方设法也无济于事。直到这次壮游进入很晚期的阶段，当我们的一体化存在因注入了许多更超卓的精神而令自身变丰富之后，我们才能够再次拾起线索，为这些至为高贵的世界写下传记。

2. 奇形怪状的"人"

虽然我们在早期游历中拜访的所有世界都处于与地球相似的危机之阵痛中，但其中只有一些世界的种族在生物学上是和人类相似的，另一些世界的种族就是完全的异类了。与人类更显著相似的种族一般居住在和地球或另一个地球的大小等性质相似的行星上。所有的人形种族，不论其进化史多么千变万化，最后都被环境塑造成直立行走的形式，因为这明显是最适合这些世界的方式。这些种族几乎总是两条下肢用来移动，上肢用来操纵物体。一般来说有某种头部，装着大脑和远程感知器官，也许还有用来进食和呼吸的孔腔。在体型上，这些人形生物的类型很少比我们最大的大猩猩大，也很少比猴子小。不过，我们无法准确估计他们的体型，因为缺乏熟悉的度量标准。

在人形种族的类型中，也有许多变化。我们遇见过长羽毛的外星人，类似于企鹅，他们是真正的飞行动物的后裔；在一些较小的行星上，我们还见过鸟人，他们保留了飞行的能力，却还能长出一个合适的人类式大脑。甚至在一些大型行星上，因为其空气浮力特别大，人们也能以自己的翅膀飞起来[①]。还有一种外星人从类似于鼻涕虫的祖先发展而来，其进化的途径并非脊椎动物的，也就更远离哺乳动物了。这种人的体内有一种精致的细丝状骨头构成的"编篮结构"，因此其肢体兼具坚硬性和灵活性。

在一个很小却很像地球的行星上，我们发现了一个种族，虽与

---

① 在地球上因为引力的缘故，鸟类要进行飞翔，一般无法长到人类的大小，大脑发育更受限制。但是斯特普尔顿设想，在较小而引力较弱的行星以及空气稠密而浮力较大的行星上，可以打破这一限制。后者的一个范例，是《最后和最初的人》（第十三章第二节）中详细描述的、在金星上生活的第七代会飞的人类。

人类酷似，却又可能是独一无二的。在这里，尽管生命的进化与地球有许多类似之处，但一切高等动物都和常见的类型在某一显著方面有着重大差异。他们缺乏我们所有脊椎动物都有的特征：大部分身体器官的对称性。因此这个世界上的一个人就像是半个地球人。他用一只强健的、趾头分开的脚跳跃，用一条类似袋鼠的尾巴实现平衡。他的胸口伸出单独一只胳膊，但是分成三条前臂，长着适于抓握的手指。他的嘴巴上面只有一个鼻孔，上面又只有一只耳朵。他的头顶长着一个灵活的象鼻般的器官，末端分成三叉，各装着一只眼睛。

一些比地球大的行星上有时也产生出某种完全不同但也很常见的人形生物。因为引力更大，首先出现的并非熟悉的四足类，而是六足类。原始六足动物繁衍分化为六足的挖掘动物、迅捷优雅的六足食草动物、同样有长牙的六足长毛象，还有许多种类的六足食肉动物。这些世界中的人通常源自某种像负鼠一样的小动物，这种动物用它三对足中的第一对筑巢或者攀爬。后来，其身体的前半部分直立起来了，它也逐渐长得像是某种四足动物，但在本来的脖颈处则代之以人类的躯干。实际上它变成了一种人马形，四腿而二臂。置身于这样一个世界会感觉很奇怪，因为一切文明的舒适和便利设施都是为了适应这种形体的人而打造的。

在其中一个最小的世界上，人类倒并非像是人马，虽然其遥远的祖先是人马形的。在前人类的进化阶段，环境的压力将身体横平

的部分压缩起来,后腿和前腿被拉得越来越近,直到最后合为了一双健壮的腿。所以这种人及其较近的祖先都是双足行走,但拥有非常巨大的臀部——让我想起维多利亚时代的裙撑①——以及内部结构仍然显示出"人马"形态的腿部。

有一种非常普遍的人形族世界我要详细地讲讲,因为它在银河系的历史上起到了重要作用。在这些世界中,人虽然在形体和命运上依照不同的具体星球环境千变万化,但总是从一种伸出五肢、颇似海星的海生动物演变而来。在演变中,这种动物会将一肢用于感知,另外四肢用于移动。稍后,它会生出呼吸的肺、复杂的消化器官,以及一套整合完备的神经系统。再往后,感知肢会产生出一个大脑,其他的四肢能够适应奔跑和攀登。覆盖着海星状祖先身体的软刺②,经常会发展为一种尖刺状皮毛。

待到时机成熟,会有一种直立的智慧二足生物崛起,眼、鼻、耳及味觉器官俱全,有时候还有感知电流的器官。虽然其面部怪异可笑,而实际上嘴巴长在肚皮上。这些造物看起来也颇似人类,但他们的身体经常覆盖着软刺或油腻的毛发,这是这些世界的特征。在这里,衣服闻所未闻,除非是在极地作御寒之用。当然,他们的面部一般是迥异于人类的。高高的头顶上常常长着王冠状的五只眼睛。眼睛下面有一个小圈,是巨大的单个鼻孔,用以呼吸、嗅闻甚至是

---

① 指十九世纪贵妇穿在裙子里面、用鲸骨等硬质材料制成的架子,令裙子撑起,轮廓几为半球。

② 原文为 spine,当为 spike 之误。

说话。

这些"棘皮人"的外表颇有欺骗性,虽然其面部完全非人,但其心灵的基本模式却与我们十分接近。他们的感官很像我们,不过在一些世界里他们更多发展出了对色彩的感知。那些拥有电感知的种族给我们造成了一些困难,为了理解他们的思想,我们必须学会整套全新的感性区域和一种庞大而陌生的符号系统。其电感官能够检测到与身体相关的电压的细微变化。最初,这种感觉被用来寻找装备了攻击性放电器官的敌人。但在人的身上,它主要用于社交。它传达了周围人情绪状态的信息。除此之外,它还能感知到天气变化。

这类世界中的一个例子可以清楚地说明这一类型,同时也展现出一些有趣的特点,值得仔细道来。

我相信,理解这一种族的关键在于其奇特的繁殖方式,这种繁殖本质上是公共性的。每个人都可以繁殖出一个新的个体,但只有在特定的季节才行。那时候整个种族会释放出一种"花粉",在空气中飘浮。这种细微的粉尘颗粒并不是生殖细胞,而是"基因"——遗传的基本要素。部落的各个区域在任何时候都飘溢着这种公共花粉的淡淡幽香,但只有在群体激烈的发情中,花粉之云才能变得浓烈,甚至可以像雾霾一样被看到。只有在这种少见的情况下,个体才可能怀孕。每个人都呼出花粉,那些成熟到能够生育的人则吸入花粉受孕。所有人都能闻到一种浓郁而微妙的香气,每个人都将自己特别的气味贡献于其中。通过一种神奇的心理学和生理学机制，发情的个体被催动，渴求整个部落全体或者至少是大部分成员的气味。而如果花粉云的完备程度不够，怀孕也不会发生。部落之间还有异族受精，发生于他们进行战争的时候，或者现代社会中不同部落持续的往来之间。

因此，在这个种族里，每个人都可能生孩子。虽然每个孩子的"母亲"只是个体成员，但"父亲"却是部落整体。怀孕的母亲被视为神圣之人，受到整个部落的照料。小棘皮婴儿最终从母体脱落之后，部落里其他的年轻人会来共同照料它。在文明社会里，这孩子就被交给职业的护士和教师。

我无暇停下来讲述这种繁殖方式在心理上的重要效应。他们不知晓我们与同类的肉体接触时所感到的欢愉和恶心；而另一方面，这种不断变化的部落气味深深地刺激着个人的行为。每个人周期性地感到对部落的浪漫爱情，其中有诸多怪诞的变体，在此无法细说。对这种激情的阻挠、压抑和转换让这个种族做出了许多最高尚的成就，也干出了许多最卑鄙的行径。共同充当父母，令这个种族拥有那些更为个人化的种族所无法企及的团结和强韧，其原始部落只是几百到几千人的群体，而在现代社会中它们的规模大为扩张了。但如果要使忠于部落的情感是健康的，就必须基于与部落成员的个人交往。即便在较大的部落里，每个人对其他某个成员来说，至少也都是"朋友的朋友的朋友"。电话、广播和电视令那些和我们的小城市差不多大的部落能够保持成员间足够的人际交往。

但是总有一个极点，超过它之后，部落的进一步增长就不够健全了。即便在最小和最聪明的部落里，在个人对部落的天然情感和其对自身及同胞个体性的尊重之间，也一直有一种张力。在小部落和比较健康的大型部落里，通过个人之间的彼此尊重和自重，能够保持部落精神的甜美和健康；在最大型和不太健康的部落里，部落气息的催眠效果就太容易淹没个体性了。其中的成员可能会失去把自己和同胞当人看的意识，而仅仅变成部落的某个器官，毫无心智，因此共同体也会退化成某种被本能主宰的动物群。

整个历史中，这一种族中的智慧头脑都认识到，为了部落而牺牲个体性是最大的诱惑。先知们一再训诫人们，要忠于自己，但他们的布道几乎也总是完全白费。这个怪异世界上最伟大的一些教派，不是爱的宗教，而是自我的宗教。在我们的世界，人们渴望着乌托邦，在其中人人都应该相爱。棘皮人则倾向于赞颂这种宗教信念：坚持"做自己"，不能把一切献给部落。我们通过对共同体的宗教敬拜补偿根深蒂固的自私本性，而这一种族却通过对个体的宗教敬拜去补偿根深蒂固的"集体主义"。

当然，在最纯粹和最发达的形式中，自我的宗教几乎等同于最高形态的爱的宗教。去爱，也就是希望被爱者能够自我实现，并在去爱的行动中发现，而自我也附带得到了激发生命的提升。另一方面，对自己诚实，去实现自我的完全潜能，也必然涉及爱的行动。它要求规训个人的自我，为一个更伟大的自我服务，这个更伟大的自我包括了共同体以及种族精神的实现。

但在棘皮人那里，自我的宗教也并不比我们的爱的宗教更为有效。"要爱邻如己"①这句诫命经常让我们觉得，邻居仅仅是自己的拙劣仿制品，若他和我们不太一样，我们反要恨他了。对他们来说，"忠实于自我"这句诫命也经常让他们感觉仅仅是要忠实于部落的精神时尚。现代工业文明让许多部落膨胀到超越整体的限制。他们也引进了人造的"超级部落"或者"部落之部落"，相当于我们的国家或阶级的概念。因为基本经济单位是内部实行共产经济的部落而非个人，因此雇主阶级是少数小而繁荣的部落，而劳动阶级则是许多大而贫穷的部落。超级部落的意识形态行使绝对权力，将所有个人的心灵都置于其控制之下。

在文明地区，超级部落以及过于膨胀的自然部落创造出了一种骇人的精神僭政（tyranny）。在和小而真正开化的自然部落的关系中，个人可能仍然拥有智慧和想象力。和真正的部落同胞在一起，人们可能缔造出一种地球望尘莫及的真正共同体。这也无妨他成为一个具有批判意识的、尊重自己和他人的人物。但一旦和超级部落发生联系，无论是国家的还是经济的超级部落，他的行为都会完全不同。

---

① 出自《旧约·利未记》19:18。更广为人知的是耶稣对此的引用，参见《新约·马可福音》12:31。

凡是国家或阶级所认可的观念，只要到他那里，都会被毫无批判地接受，且带着自己和族人的狂热。他一旦接触到自己超级部落的某种象征或者口号，马上就没有了个人的人格，而变成了某种无脑动物，只能进行刻板的反应。在一些极端情况下，如果感到某些批评有悖于超级部落的指示，他的大脑会彻底关闭。那些批评不是被盲目的愤怒所抵制，就是根本被置若罔闻。人们在本土小部落的亲密共同体中，本来能够深刻地相互了解和同情，但一旦接触到超级部落的象征，就立刻被转化为某种容器，装满了对国家或阶级之敌疯狂的狭隘与仇恨。在这种情绪下，他们会为了超级部落所谓的荣耀，做出任何极端的自我牺牲。不过他们也会显示出创造力，去设法发明一种对敌人展开血腥报复的方法，虽然在比较友好的环境下可以发现那些敌人其实是和他们自己一样善良和聪明的。

在我们访问这个世界的时期，群氓的狂热看起来将要完全毁灭文明，无可挽回。广泛传播的超级部落主义狂热越来越操控着全世界的各种事务。不是用理性去处理这些事务，而是根据几乎毫无意义的口号引起的相关情绪冲动去行事。但在一段时间的混乱之后，一种新的生活方式终于在这个忧患深重的世界上传播开来，具体过程我就不详细描述了。总之，这要到机械化工业的经济力量以及内部的激烈冲突让超级部落瓦解之后才会出现。最后，个人的心灵再次获得了自由。该种族的整个前景发生了改变。

正是在这个世界上，我们第一次体验到了与当地人失去感应的百爪挠心。这发生在他们建立起一个遍布全球的类似乌托邦的社会，刚刚感到精神蜕皮重生的痛苦之时，然后他们就进入了一个新的精神层面，超越了我们所能触及的范围，至少超越了我们所能理解的范围。

至于银河系中其他的棘皮人世界，有一个倒是比一般的发展水平更高，很早就达到了文明的辉煌，但却被一次天体对撞毁灭了。其整个星系与一大片浓密的星云相遇，所有的行星表面都被熔化。在另一些这类世界上，我们目睹了让精神更为觉醒的努力归于失败。充斥着仇恨与迷信的群体膜拜除掉了种族中最聪明的头脑，并用破坏力极强的习惯和规则去毒害剩下的人，以至于一切精神发展所依赖的、产生敏锐性和适应性的活力源泉都被永久毁灭了。

除了那些棘皮人的世界，还有成千上万个其他的人形族世界也过早就夭折了。其中一个毁灭于一场奇特的灾难，或许值得简略一提。我们发现了一种非常像人类的种族。当其文明达到类似地球文明的阶段时，也拥有了类似的特征：在这个阶段，大众的理想不再受悠久传统的指导，自然科学成了私人企业的奴隶，此时生物学家发现了人工授精的技术。

这时候，有一种非理性主义崇拜广泛传播，人们崇拜本能，崇拜冷酷，崇拜"神圣的"原始"硬汉"（brute-man）。当这种人结合了蛮横无理与控制群氓的力量，就尤其受崇拜。许多国家都屈服于这样的僭主之下，而在所谓的民主国家里，这种类型也是流行的偶像。

在这两种国家里，女人都渴望这种"硬汉"当自己的情人或孩子的父亲。因为在民主国家里，女人有更大的经济独立性，她们希望和"硬汉"生孩子的需求就把整件事变成了生意。这种受欢迎的男性被垄断财团掌握，并分成五个吸引力不同的等级。只需根据男人等级的不同付上一笔恰当的费用，任何女人都能够拥有"硬汉"的基因。第五等级极其便宜，只有最底层的穷人才无法享有。但若要真的和这些被选中的男性享受鱼水之欢，即便是最低等级的要价也会高得多，因为供给有限。

在非民主国家，事情又完全不同。在每个这样的邦国，受欢迎的僭主集所有人民的崇拜于一身。他就是神赐的英雄，他自身就是神圣的。每个女人都激情似火，想要拥有他，即便不能做真正的情人，做孩子的父亲也好。在一些国家，只有自身完美的女人才能得到来自"主上"的人工授精。不过，各阶级的一般女人也有资格从被批准的贵族"硬汉"种马那里获得精子。而在其他国家，主上自己则纤尊降贵，充当所有孩子的父亲。

这种让所谓"硬汉"授精的极端习俗，在所有国家毫无保留地流行了一代人的时间，稍加限制之后则流行更久。它改变了这整个人形种族的构成。为了在不断变化的环境面前持续地维系其适应性，一个种族必须不惜代价地让自身保有少量但有力的敏感性和原发性，以为调剂。但在这个世界，这种珍贵的要素已被大为稀释，很快就无效了。因此这个世界上诸多令人绝望的复杂问题总是被一再搞砸。文明衰颓了，种族进入一个阶段，或许可以称为"伪装文明的野蛮"，它本质上已低于人类的水平，也难以再改变。这种事态持续了几百万年，最后这个种族在一种类似老鼠的小动物的蹂躏下毁灭了，对付这种敌人它甚至想不出一点儿自保的办法。

恕我不能停下来讲述其他许许多多人形族世界的奇特命运了。我只需提到一点：在一些世界上，虽然文明被一系列野蛮的战争所毁灭，但仍然保留下恢复的火种。在某个世界上，新势力与旧势力看起来形成了痛苦的僵局，并将永久延续下去；在另一个世界上，科学发展得太快，而种族尚未成熟，一次事故便将整个星球及种族炸得灰飞烟灭。在不少星球上，历史的辩证发展被其他行星居民的入侵和征服所打断。这些灾难以及我稍后会讲述的其他灾难，毁灭了恒河沙数之多的世界。

最后我要提到，在这些人形族世界中，有一两个在经历了典型的世界危机后，出现了一种新的、更为优越的生物种族，单单通过智力和同理心便获得了权力，接管了整个星球。他们说服了原来的种族不再生育，让自己更优秀的类型繁衍生息，遍布全球，并且创造出一种拥有共同精神的种族，迅速发展到超越我们的探索极限的程度，令我们即使绞尽脑汁也无法理解。

在联系中断之前，我们惊奇地看到，当新种族取代旧种族接管了全世界纷繁复杂的政治和经济活动时，他们发现了之前那些东奔西跑而毫无目标的生命是何等盲目，何等徒劳，不由得付诸大笑。在我们的关注下，旧秩序让位给了新的、更简化的秩序。此时，世界上只有一小群机器所服侍的"贵族"人口，他们无须艰辛劳作，也不要奢华享受，只专注于探索宇宙和心灵。

在其他好几个星球上，这种向着更简单生活的演变并非是由新种族的干预引起的，而仅仅是因为新精神对旧精神开战并取得了胜利。

3. 航海船族①

随着我们的探索不断进行，从拜访的诸多世界集聚了越来越多的帮手，我们对于外星生命的想象洞察力也与日俱增。尽管我们的探究仍然限制在处于类似的精神危机阵痛之中的种族，但也逐渐获得能力，可以和那些心灵质地上全然不似人类的生灵打交道。现在我必须略介绍一下这些"非人类"智能世界的主要类型。在这些事例中，虽然其与人类的不同在生理上极为惊人，在心灵上也十分显

---

① Nautiloids，一般译为鹦鹉螺，但此处并非指这种生命与鹦鹉螺外表相似，实际上这种生命也并无螺形，而是利用其词根 Naut-（船只）之意，因为鹦鹉螺也以其在海上漂浮而被命名。下面多处称为"活船"，故在此灵活译为航海船族。文中则视语境翻译略有差别。

著,但还远不如下面将要描述的一些例子那么天壤之别。

　　一般而言,智慧生命的生理和心理形式表现了其所居住行星的特点。比如说,在一些非常巨型而多水的行星上,我们发现水生有机体发展出了文明。在这些巨大的星球上,像人一样大的陆地生物很难繁盛,因为引力会把它们牢牢地钉在地上。但在水中,体型就没有多少限制了。这些大型世界的一个特征是,在星球表面几乎没有什么大的凹凸地貌,有也会被巨大的引力压垮。它们通常被浅海覆盖着,只是在四处点缀着一些小而低矮的群岛。

　　在此略举一例。事情发生在某颗活动剧烈的恒星的最大行星上。如果我没有记错,这颗恒星靠近银河系拥挤的中心地带,是在银河系历史的后期诞生的。它产生出行星的时候,许多古老的恒星表面已经结上了暗红的熔岩壳。由于其太阳辐射异常狂暴,离它较近的行星都有(或者将有)风暴天气。在其中一颗行星上有一种软体动物般的生物,生活在海边的浅滩地带,获得了一种能力,能够靠着船形的外壳在海面上漂浮,以此获得同样漂浮的藻类食物。随着时间推移,其外壳变得更适于远航。它不再仅仅是漂浮,而通过从背部长出的一种膜,获得了一面粗糙的帆来辅助航行。后来,这种像是鹦鹉螺的生物繁衍出了许多物种。其中一些仍保持细小,但另一些发现了体型大的优势,演变成了活的船。其中一种成了这个巨大世界中拥有智慧的主人。

　　他们的外壳是一种坚硬的、流线型的船体,形状非常像十九世纪发展鼎盛的快速帆船(clipper),但体型比我们最大的鲸鱼还要大。在身体后部,一只触手或者尾巴进化成了舵,有时候也被用作推进器,就像鱼的尾巴一样。尽管这些种族都能够以自己的动力在一定程度上航行,但长途移动的主要方式是展开巨大的肉帆。其远祖简单的薄膜变成了由骨头的桅杆和桁架,还有羊皮纸一样的帆所组成的复杂体系,以意志驱使肌肉控制。在"船头"的两边各有一只往下看的眼睛,这就更像是一条船了。主桅杆构成头部,也长着眼睛,用来在天海线上搜索。脑部有一种磁力感应器官,提供了可靠的定向手段。船状身体的前面是两只长长的抓握触手,在移动时折叠贴在两舷边上。当使用时,它们就成了一对很有用的手臂。

这样一种生物居然能发展出人的智能,或许看起来很奇怪。不过在不止一个这样的世界里,一系列事件的综合作用产生出了这个结果:从植食转为肉食,需要追逐快得多的海中动物,因此增长了其动物性的灵活。为了用水底下的耳朵听清楚远处鱼群的活动,听觉也大为增强。船底两边,各有一排味觉器官,以感知海水不断变化的成分,让猎手得以追踪它的食物。听觉和味觉的越发精细、杂食的习惯、行为的多样性,再加上很强的社会性,也令智力得以增长。

语言,高等心智最关键的媒介,在这个世界上有两种模式。短距离交流,他们从身体后面的一个开口有节奏地在水下释放气体,对方则通过水下的耳朵收听和分析;长距离交流则通过在桅杆头顶的一只触手快速地摆动来打出旗语。

他们还组织集体捕鱼远征，发明陷阱，制造线和网，在海里和海滨发展农业，建造石头的港湾和作坊，运用火山的热力融化金属，用风力推动磨坊，在低矮的岛屿中开凿运河以寻找矿产和肥沃土地，逐步探索和测绘广大的世界，将太阳辐射转化为机械能……这些以及其他许多成就既是智能的产物，又是其进一步发展的契机。

进入智慧船只的心灵是一种奇怪的体验：当船体在波涛中前进时，能看到自己鼻子底下有泡沫旋转；水流冲过自己的两边时尝到或甜或苦的滋味；顶着微风前进时，感到空气在帆上的压力。在水线下能听到远处鱼群的窜动或低语，通过水下耳朵接收到的回声，真实地听到海底的地形。被困在飓风中则是一种怪异而恐怖的体验，会感到桅杆拉紧，风帆快要被撕开，同时外壳则感到这颗巨大行星上小而有力的波浪不住地冲击。同样，看到其他的巨大活船乘风破浪，船体倾侧，根据风力的变化调整黄色或褐色的帆也很奇怪。更怪异的则是意识到这些不是人造工具，而是本身就有意识和目的的生命体。

有时候，我们看到两条活船打架，用蛇一样的触手去撕开对方的风帆，用金属刀具去刺对方柔软的"甲板"，或者远远地隔开，用大炮对彼此开火。而当一名修长的女性快船出现时，他们又会感到迷茫而喜悦，渴望去接触她，和她一同在远洋遨游，顶风前进，或偏转航线，如海盗般追逐和超越彼此，用触手快速轻柔地相互抚摸——这些都是这一种族的求偶嬉戏。奇妙啊，能与她并肩而行，把她抱

过来,拉到身边,然后以性的侵入"上船"。同样迷人的是,看到一群小船围绕在母船身边——顺便说一句,幼船在出生时是像小艇一样从母船的甲板上弹出去的,一个从左舷,一个从右舷。以后他们就在她的两舷边上吸奶。嬉戏时,他们像小鸭子一样在母亲身边划水,或者张开幼嫩的帆。若天气不好或者需要长途航行,他们就被母亲放在甲板上。在我们造访的时候,船族发明了一种供能装置以及螺旋桨,安在船尾部分以辅助天然的风帆。许多海岸地带伸展着混凝土船坞,或者从内陆挖掘出港湾,以设置船坞,形成了大城市。我们愉悦地看到,这些城市中,宽广的水道就是大街。街上,风帆林立,机轮往来,孩子在大人身边,就好像小拖船和鱼艇在巨舰边上一样。

在这个世界,我们发现了一种社会疾病最为极致的表现形式。这种社会疾病也许是所有世界中最常见的问题,也就是其人口在经济力量的影响下,被分为两个无法相互理解的等级。这两个等级的差异是如此巨大,以至于最初我们还以为是两个物种,并且猜想这种现象是一种新的更优秀的生物变种战胜了之前的旧种族。但这远远不是真相。

在外形上,主人和工人就完全不同,就好像蚁后和工蚁或蜂后和工蜂完全不同一样。他们更为优雅美观,完全是流线型的。他们的帆面积要大得多,天气好的时候航速也更快。因为线条过于精细,就不太适合在波涛汹涌的海洋上航行了。不过另一方面,他们是更有技巧和更敢于冒险的航海家。他们的操作触手肌肉较少，但是适于进行更细微的调整。他们的感官更为敏锐。他们中的一小部分也许在耐力和勇气上要超过大部分的工人，但大多数没有那么强韧，无论是身体上还是精神上。他们容易患上许多种崩溃性的疾病，主要是神经系统的，而工人绝不会感染。另外，如果某个主人得了一种工人身上的传染病，即便这种病对工人并不致死，主人也几乎熬不过去。他们也很容易精神失调，特别是精神过敏般妄自尊大。他们拥有整个世界的组织和控制权。另一方面，工人们虽然因为环境压抑也被滋生的疾病和神经问题所折磨，但整体来说，心理上更为强健。但他们有一种非常有害的自卑感。虽然在手工和一些小规模的操作上他们并不缺乏智力和技巧，但当面对庞大复杂的任务时，头脑就会奇怪地陷入停顿了。

这两个等级的精神真是大差地别！主人更富有个体的主动性，但也易滋生自私之恶。工人更沉迷于集体主义，听从群体催眠般的影响，滋生服从之恶。总体来说，主人更为审慎、有远见、独立和自信；工人则更为鲁莽冲动，容易为群体牺牲自我，经常更清楚地意识到社会活动的正确目的，对于贫苦的个人更为慷慨。在这些方面，主人压根儿无法企及。

我们造访时，这个世界正因一些新发现陷入一片混乱中。此前，人们以为这两个等级的区别是天生固有、无法改变的，无论是通过神圣的律法还是生物学的遗传都是这样。但他们现在已经清楚并非如此，生理和心理的区别完全是抚养方式所导致的。自从记不清的远古以来，两大等级就以一种十分奇特的方式确定下一代。在断奶以后，所有在母亲的左舷出生的孩子，不论其父母是何等级，都被作为主人等级的成员去抚养，而那些在右舷出生的孩子则被作为工人抚养。当然，因为主人阶级比工人阶级人数要少得多，这种体系就造成了潜在的主人会极大地过剩。这一困难是这么解决的：右舷出生的工人后代与左舷出生的主人后代被各自的父母带去抚养；而左舷出生的工人后代，虽然是潜在的贵族，却大部分被当成婴儿祭品处理掉了。只有一些被拿去和主人在右舷出生的孩子交换。

随着工业的发展，对于廉价劳动力的需求不断增长，科学观念开始普及，宗教也逐渐式微，此时爆出了一个惊人的发现，两个阶级在左舷出生的孩子，如果被当成工人抚养，那么在生理上和心理上都和工人一般无二。工业巨头们需要大量的廉价劳动力，现在便对拿婴儿当祭品表现得义愤填膺。要求把多余的左舷出生的婴儿慈悲地当作工人养大。但此时，一些误打误撞的科学家又做出了更具有颠覆性的发现：右舷出生的孩子，如果被当成主人抚养，也会长出优美的线条、巨大的帆、精细的构造，以及拥有主人等级的贵族精神。主人们想方设法，不让这些知识传播到工人那里去。但是他们中某些富有同情心的人已经进行了广泛的传播，宣扬一种新奇而具有煽动性的社会平等学说。

在我们访问期间，这个世界正处于混乱中。在落后的诸海洋里，旧体系仍未被质疑；但在星球上更加发达的区域，一场你死我活的斗争正在进行着。在一座巨大的群岛附近，一场社会革命让工人们掌握了权力，实行奉献自我而铁血无情的专政、他们试图对共同体的生活做出计划，规定下一代人将整齐划一地归属于一个新的种类，它将结合工人和主人们最优秀的特征。其他一些地方，主人们说服自己的工人，说新的理念是错误而卑劣的，只能导致普遍的贫困和悲惨。他们含糊而巧妙的暗示引起了越来越多的猜想，令人觉得"唯物主义科学"肤浅而具有误导性，机械文明正在毁灭该种族更为精神性的潜能。他们有技巧地宣传和散布一种公司国家的理想，说"左舷和右舷"将被一位受欢迎的独裁者统一起来，据说这位大人将得到"神圣正义和人民意志"所授予的权力。

我无暇停下来细说这场在两个社会组织之间爆发的殊死斗争。在世界范围内的战役中，许许多多的港口、许许多多的洋流都被染成了血海。在至死方休的战争压力下，两边一切最美好的、最为人道和仁爱的事物都被军事需要碾得粉碎。工人一边充斥着统一世界的激情，希望世上每个人都过上自由和完满的生活，去服务于世界共同体，但这激情被惩治间谍、叛徒和异端分子的仇恨所压倒；主人一边则渴望着一种更高贵、更为精神性的生活，但这种含糊的渴望不幸受到误导，被反动的领导人转化为对革命人士的仇视。

很快，文明的物质层面就破碎不堪了。这一种族几乎把自己摧毁到了动物性的野蛮状态，这病态文明的一切疯狂传统，连带真正的文化都被清除干净。在那之后，这些"船人"的精神才又再次出发，踏上伟大的历程。好几千年后，它实现了突破，进入存在的一个更高层面。关于这一存在层面，我后面会尽力加以说明。

第六章　寻觅造星主

请不要以为，银河系中智能种族的命运一般都能获得成功。至此，我主要讨论了幸运的棘皮人和航海船族，他们最终成功地进入一种更为觉醒的状态中，但我还没怎么提到那成百上千个以灾难告终的世界。因为篇幅有限，我不能不有所取舍，也因为这两个世界，加上我将在下一章讲述的其他几个甚至更奇怪的世界，将对整个银河系的命运有重要的影响。但是其他许多达到"人类"等级的星球也有和上面提到的世界同样丰富的历史，个体的生活也同样丰富多元，悲欢交集。其中有一些世界成功了，另一些却在最后阶段崩溃，或早或晚，都披上了凄美的悲剧色彩；不过，这些世界在银河系的主要历史中无关紧要，在此就略过不提了；还有更多的世界甚至没有达到"人类"级别，就更不必提及。如果我停下来讨论这些世界的命运,就和某些历史学家犯了一样的错误,他们尝试记下每个人的生活,却忽略了整个共同体的发展模式。

我之前说过,当我们看到越来越多的世界毁灭,也就越来越为宇宙的浪费和看起来的毫无目的而感到沮丧。那么多的世界,承受了那么多的苦难,已经那么接近社会的和平与幸福,却只能永远失去机会!灾难常常是因为一些性情和生理特性上的微小缺陷引起的。有一些种族不够聪明,另一些缺乏社会共识,解决不了建立统一世界共同体的问题;有一些在医学成熟之前,就被突然爆发的病菌毁灭了;另一些被气候变化所打倒,其中许多是因为大气流失。

有时候世界因为与密集尘云或气团相撞而告终,有时候是因为撞上了流星群。被掉下来的卫星摧毁的世界也不在少数。卫星这种较小的天体,在星际空间中年复一年穿过极为稀薄但极广大的分子云,会丧失动量。它的轨道将被压缩,一开始轨道缩小的速度很慢,然后越来越快。它将在母星的海洋上掀起巨浪,让其文明大半葬身于海啸。然后,在行星不断增加的强大引力下,巨大的月亮将会解体。首先它将把自己的海洋如天降洪流般倾泻到人们头上,然后山脉倒栽下来,最后它那宏伟而炽热的核心碎块也会落下。

如果上面这些方式还不能毁灭一个世界,那么它也会不可避免地迎来另一个结局,虽然大概直到银河系的晚期才会发生:行星自己的轨道也会被致命地压缩,让这个世界极为接近其太阳,环境条件将超越生命所能适应的极限。年复一年,所有活着的生物都将被烤死和烧焦。

当我们看到这些恐怖灾难时,多少次被沮丧、恐惧和惊骇所攫住。对于这些星球上最后的幸存者,我们在怜悯中心碎不已,但这也是我们需要学习的一部分。

这些被屠戮的世界中,有些最为发达的倒无须我们的怜悯,因为它们的居民看起来能够平静地面对自己珍视的一切归于消亡,甚至带着一种奇特而坚定不移的欢欣,对此我们在游历的早期是无法理解的。不过能达到这一境界的世界也是少数,只有寥若晨星的几个。在大量的世界里,也只有少数一些能够得到社会的和平和富足,虽然所有的世界都在朝这个方向摸索。进一步来说,在更为低下的世界里,只有极少数个体能够得到生活的满足,而且这种满足还要被他们自身有缺陷本性的狭隘处所限制。无疑,在每一个世界里,此处或彼处,总有那么一两个人,不仅找到了世俗的幸福,而且找到了超越一切理解的欢乐。但我们现在已经被上千个种族的苦难和荒废压垮,在我们看来,这种欢乐,这种神游状态,无论是单独个体的还是整个世界的,最终也只能被贬为虚假;那些感受到这种欢乐的生灵,最终也只能是被其自身私有的、没有典型意义的精神舒适所麻醉而已。一定是这种原因,让他们对周围的恐怖视而不见。

驱使我们进行朝圣之旅的持续动力是一种渴望,正是这种渴望曾令地球上的人们去寻找神。是的,我们在内心模糊地知道,也犹犹豫豫地肯定一种精神,在地球上有时候称之为"人性"(humane)。如今我们每个人都离开了自己的母星,为的就是去发现,就宇宙作为整体而言,这种精神是宇宙的主宰还是外来者,是拥有无限的力量还是被钉死在十字架上。现在对我们来说已经很清楚了,如果宇宙有任何主宰,也不会是那种精神,而是另外一种精神:他创造出喷射无数世界的源泉,并不是要庇护自己所创造的存在,而是带着陌生、幽暗、非人性的目的。

虽然我们感觉沮丧,却又感到越来越大的渴望,要去无畏地面对这个宇宙的精神,无论它是哪一种。我们继续着自己的朝圣,一次又一次从悲剧看到闹剧,从闹剧看到喜剧,从喜剧经常又再次回到悲剧。此时我们也越来越感到,某种骇人、神圣,与此同时又是无法想象的可恶与致命的秘密,就在我们探索的前方不远处。我们一次又一次被撕裂,在恐怖和迷人之间,在对宇宙(或者造星主)的道德义愤和非理性的敬拜之间。

在和我们的精神层次相当的所有那些世界里,都可以看到同样的冲突。我们观察这些世界及其过去的发展阶段,尽可能去摸索精神发展的下一层级,最后能够清楚地看到每个世界的朝圣是怎么开始的。

在每一个正常的智能世界里,即便是在最原始的时代,一些人的心灵中也出现了一种冲动,去寻找和赞颂某种普遍的存在。最初,这种冲动经常和一种寻求某个强大力量保护的渴望混淆起来。智能生物们也顺理成章地发明出理论,说那种被崇敬的东西必然是力量,对它的敬拜也仅仅是一种讨好。然后他们设想出统治整个宇宙的强大君王,而他们自己就是君王最喜爱的孩子们。但是随着时间的推移,他们的先知明白了,若单纯只是力量并不是赞颂的心所崇敬的东西。理论家又把智慧、律法,或者正义等抬上王座。人们也在一段岁月中服从某种幻觉中的律法颁布者或者神圣律法本身,然后这些生灵发现,此等概念也不足以描绘那种无法形容的荣光,虽然心灵在所有的事物中都遇到并且默默地珍爱着这种荣光。

但是现在,在我们拜访的每一个世界,敬拜者们都发现了不同的道路。一些人希望通过向内寻觅的沉思,去和他们隐藏的神直面相见:他们净化自身,去除一切琐屑欲念,努力冷静超脱,仅仅带着普遍的同情心去观照万物,希望因此与宇宙之精神合为一体。他们经常在自我完善和觉醒的道路上走得很远。但因为太关注自己内心,他们大部分人对于尚未觉醒的同胞的痛苦就不甚敏感,对种族共同的事业也漠不关心。在不少世界里,这种精神道路上聚集了大部分最有活力的头脑。

因为种族的大部分注意力都给了内在生活,物质和社会发展就被阻碍了。物理科学和生命科学从未获得发展。机械力不为人所知,药物和生物的力量也是一样。因此这些世界都陷入停滞,在灾难中毁灭也就只是早晚问题,而这些本来是完全可以避免的。

还有另一种虔心投入的方式,适合于更喜欢进行实践的生灵。在这些世界里,这些生灵充满喜悦地留心自己周围,并主要在其同胞的人格、相互了解的共同纽带和人际之爱中发现了可敬拜之物。他们认为在自己和他人身上,比一切东西更有价值的——就是爱。

因此,他们的先知告诉他们,他们一向敬拜的东西,所谓全宇宙的精神、造物主、全能者、全智者,也就是对一切的爱。让他们在彼此的爱之实践中进行崇拜,侍奉爱之神(Love-God)。所以有一个时期,或长或短,他们心有余而力不足地去为了爱而努力,想要成为对方的一部分。他们编造出种种理论,来补充爱之神的神学。他们设置了侍奉爱的神职和神庙。他们渴望得到永生,因此也被告知,奉献爱就是获得永生的方式。就这样,本来并不寻求回报的爱被误解了。

在大部分世界里,这些倾向于实践的心灵胜过了冥思者而居于统治地位。或早或晚,实践中的好奇心和经济的需求会产生出物质的科学。诸生灵们通过科学而上下求索,发现无论在原子里,还是在银河中,抑或在"人"的内心深处,都找不到爱之神的任何踪迹。伴随着对机械化的热衷,伴随着主人对奴隶的剥削,伴随着发动族群间战争的狂热,伴随着对精神觉醒活动的日益忽略和鄙俗对待,他们心中那赞颂的微小火苗比之前的任何一个时代都更为暗淡,几乎都认不出来了。而那爱的火焰,长期以来曾因教义强加的鼓风而热力熊熊,现在却因生灵们对彼此的迟钝而缺乏空气,再无明光,仅剩灰烬余热，还经常被误解为仅仅是性欲的表现。这些不幸的生灵们抱着嘲笑与愤怒，将心中爱之神的形象拉下神坛。

如今没有爱，也没有敬拜，这些抑郁的生灵们只得面对一个机械化而仇恨滋生的世界中越来越多的棘手问题。

这种危机，与我们在自己的世界上所经历的相去无几。遍银河上下，多少个世界从未能够克服它。但在少数世界里，出现了一种我们尚未能清楚明白的奇迹，令这些世界中普通人的心灵也进入一个更高的精神层面。这一点容我后面再说。我现在只能说，在这种奇迹所发生的那少数几个世界上，我们总是注意到同样的现象，即在那个世界的诸心灵一跃而超出我们的感应范围之前，总有一种关于宇宙的全新感觉涌现，这种感觉我们却极其难以分享。直到我们学会在心中思拟出一些这种感觉的痕迹，才能够继续追寻这些世界的命运。

但是，当我们继续朝圣之旅时，我们自己的欲望也发生了变化。我们开始怀疑，虽然我们本人和我们各个世界的同胞们身上神圣的人道精神，是我们自己认为最有价值的，但认为这就是宇宙的主宰之灵，也许就过于僭越不诚了。我们也越来越少地感到，爱应当在群星中被加冕，而越来越多地只想继续下去，让内心保持开放，无畏地接受任何一种我们可能理解的真理。

在朝圣的早期阶段临近结尾时，有一次当我们相互间的思维与感受合一，我们对彼此说："如果造星主是爱，我们知道这一定是正确的；但如果他不是，而是某种其他的东西，某种非人性的精神，这也一定是正确的；而如果他是虚无，如果群星和一切不是他创造的，而是自身存在的，如果这种我们敬爱的精神只是一种心灵的精致创造，这也一定是正确的，没有别的可能。因为我们不知道，爱的最高位置是在王座上，还是在十字架上。我们不知道是何种精神统御宇宙，因为在王座上只有黑暗。我们知道，我们曾经见过，在群星的废墟间，爱的确已被钉上十字架，而这是正确的，为了它的自我证明，为了王座的荣光。我们在自己心中珍藏着爱和一切人性的东西，但我们也向王座和王座上的黑暗致敬。无论它是不是爱，我们的内心都赞颂他，超越于理性之外。"

　　但在我们的心灵能够恰当地习惯于这种全新的古怪感觉之前，我们还有很长一段路要走，去继续理解多种多样人类等级的世界。现在，我必须尝试着勾勒出一些世界，它们和我们的世界完全不同，但本质上也并不更为成熟。

第七章　更奇特的世界

1. 共生种族

有一些巨大的行星，因为太靠近狂暴的恒星，气候比我们的热带地区还要酷热得多。在这些行星上，我们偶尔能发现一种鱼形的智慧种族。一个水下的世界能够达到人类的精神等级，并且也会发生我们现在常常碰到的精神危机，这令我们十分困惑。

这些巨大行星上的浅海沐浴在阳光中，提供了极其丰富多样的栖息地以及海量生物。绿色植物在明亮的海床上晒着太阳，可以分为热带、亚热带、温带和寒带各种类型。这些是水下的草原与森林。在一些海域，巨型海草从海底一直生长到海波间。在这些丛林中，看不到蓝色的天空和太阳的灼目光芒，几乎是一片黑暗。还有巨大的珊瑚礁状构造,中间有蜂巢般的小孔,各种生物在其中穿梭出入,塔楼般的尖顶直冲海面。种类无法胜计的鱼形生物,从小鲱鱼到大鲸鱼的各种大小鱼类都有,生活在海水的不同层级中。有一些在底部巡游,有一些偶尔能跳出水面,跃入炽热的空气。在最深和最黑暗的区域生活着一些海怪,或没有眼睛,或自己发光,享用着从上层落下来的动物尸骸,它们不停地坠下,有如雨点。在这个幽深的世界上方,明亮和色彩逐层增加,艳丽的诸多物种或晒着太阳,或张嘴进食,或跟踪猎物,或者如飞箭般游动,进行捕猎。

这些行星上,得登智能之堂的通常是某种形象鄙陋的社会性动物。这种动物不是鱼,不是章鱼,也不是甲壳类,但三种的特征兼有。它装备有灵敏的触手、锐利的眼睛和精细的大脑。它会在珊瑚的裂缝中铺上海草做窝,或者以珊瑚为石材建造堡垒。随着时光推移,会出现陷阱、武器、工具、海底农业、原始艺术的繁荣以及原始宗教仪式。然后就是按照精神发展的典型波浪式历程,从野蛮进入文明。

在这些海底世界中,有一个是特别有趣的。它出现在银河系历史的早期,那时候还很少有恒星从"巨星"坍缩成太阳的类型,也很少有行星诞生。这时,在一个密集的星团中,一对双星和一颗单独的恒星开始彼此靠近,从彼此身上暴烈地拉出一根根发光的丝线,以这些物质产生出了一窝行星。在这些世界中,有一颗巨大而多水的行星,随着时间流逝产生出一个统治星球的种族,但它不是一个单一物种，而是两种非常不同的生物所结成的密切的共生体。其中一种来自类似鱼的族系，另一种看起来像是一种甲壳动物。在外形上是一种桨足的螃蟹或者海生蜘蛛。和我们的甲壳动物不同，它并没有覆盖着一层脆硬的外壳，而是长着一层粗糙的厚皮革。在长成后，这一层有用的外套是比较坚硬的，只有在关节处较柔软；但在幼年时期，它却是非常柔软易曲的，不会束缚正在发育的大脑。这种生物生活在行星上许多岛屿的海滩和近海中。

　　这两种生物在精神上都达到了人类等级，但每一种都有自己特殊的性情和能力。在原始时代，每个物种各占半个星球，以各自进化出的方式，达到最为接近人类层级的精神阶段。然后这两个物种开始接触，拼命厮杀起来。它们的战场就是海边的浅水区。"甲壳类"虽然粗略来说是水陆两栖，但不能在海底待太长时间；"鱼类"则不能离开海水。

　　这两个族群并不是因为争夺经济资源之故而进行激烈的竞争。因为"鱼类"主要是植食的，而"甲壳类"主要是肉食的，但是二者都不能容忍对方出现在自己面前。二者都相当具有人性，能够明白彼此在一个野蛮世界里都算得上是对立面的天之骄子，但人性的程度又不足以认识到对自己的种族来说，生活的道路就在于和对方合作。似鱼的生灵，我称为"鱼形族"（ichthyoids），它们速度很快，旅行的范围也很广，并且身形较大，可以保护自己。而似蟹或者似蜘蛛的"甲壳类"，我叫作"蛛形族"（arachnoids），它们的手更加灵活，而且能够登上陆地。合作对二者来说将是互惠互利的，因为鱼形族身上的某种寄生虫，正是蛛形族的一种主要食物。

但两大种族却不顾相互帮助的可能，都努力要灭绝对方，而且几乎成功了。在一段时间盲目地相互屠杀后，两大物种之中出现了不太好斗而更灵活通达的变种，他们渐渐发现与敌人化敌为友，实在大有裨益。

这就开始了一段非常令人瞩目的合作关系。很快，蛛形族便乘在迅捷的鱼形族背上，能够去往更遥远的狩猎场所了。

随着时代的变迁，这两个物种在形体上相互贴合，融为一个协调的整体。小小的蛛形族和黑猩猩差不多大小，舒服地骑在巨"鱼"头部后面的一个凹陷处，其背部也和下面巨大坐骑的轮廓整合为统一的流线型。鱼形族的触手特化了，适于进行大的操作，而蛛形族的触手则适于精细的调整。他们还进化出了一种生物化学上的相互依赖。鱼形族的育儿袋中有一层薄膜，双方可以通过它交换分泌的激素。这种机制让蛛形族人能够完全生活在水中。只要他一直和宿主进行接触，就能在水里待上任意长的时间，并且潜到任意的深度。两个物种之间还发生了一种惊人的精神适应。整体来说，鱼形族变得更加内向，而蛛形族更加外向。

在青春期之前，二者的幼儿是自由生活的个体，但是随着其共生性组织的发展，每一个都会寻找另一物种中的伴侣；接下来发生的融合是终身的，只是偶然被短暂的交配活动打断。共生本身构成了一种对位的性关系；当然，这种性关系是纯粹精神的，因为为了性爱和繁衍，每个个体都会去寻找自己种族中的对象。但是我们发现，即便是共生的伴侣，也毫无例外是一个物种的雄性和另一个物种的雌性所构成的；而雄性无论属于哪一个种族，都会对他共生伴侣的子女奉献父爱。

篇幅有限，我无法在此详细记述这些奇特伴侣之间极其深入的精神互慰。我只能说，尽管这两个物种在感觉器官和性情上区别很大，而在一些反常案例中也的确发生过悲剧性的冲突，但是一般的伴侣关系既比人类婚姻更亲密，又比不同人类种族之间的友谊更能开阔个体的见识。在文明发展的某些阶段，有一些邪恶的头脑企图煽起广泛的种族冲突，也取得过一时的成功，但是其问题甚至还没有我们的"性别战争"来得严重，因为每一个物种对于对方都太重要了。双方都平等地为这个世界的文化贡献力量，虽然并不是时时刻刻都绝对平等。在任何一种创造性工作中，其中一个伴侣提供了大部分的创意，而另一个主要负责进行批评和约束。很少有什么工作是其中一个伴侣完全沉默被动接受的。书籍，或者不如说是卷轴，是把海草打成浆制成，几乎总是一对伴侣一起写的。整体而言，蛛形族一方擅长手工制作、实验科学、造型艺术和实践性的社会组织；而鱼形族则在理论思考、文艺创作、奇妙的海底音乐发展以及更为神秘的宗教方面表现卓越。当然，这种概括也并不是死板的区分。

看起来，这种共生关系令这二元的种族比我们的精神适应性要大得多,也就能更快地融入共同体。二元种族很快渡过了部落冲突的阶段,那时候共生伴侣所组成的游牧族群间相互进攻,仿佛是一群水下骑兵在冲锋,因为蛛形族骑在鱼形伴侣的背上,用骨制的矛和剑攻击敌人,而他们的坐骑则用触手相互搏斗。但部落战争的时期极为短暂。当他们采用了定居生活,学会了发展海底农业和建立珊瑚礁城市后,城市联盟之间的冲突就不是常态,而只是一种例外了。无疑,凭借灵活的移动性,加上交流的便捷之助,二元种族很快建立起一个世界范围内的城市联邦,并放弃了武装。我们也惊讶地发现,在这一星球的前机械文明发展的高峰期,亦即在我们的那些世界上主人和经济奴隶的分裂判若云泥的时期,城市的共同精神战胜了一切个人主义的企业。很快,这个世界就变成了一个由相互依赖但又保持独立的城市公社组成的网络。

此时,社会冲突已经看似永远烟消云散了。但是这一种族最严重的危机还尚未到来。

水下环境给共生种族提供的发展空间是有限的。人们已利用和管理一切财富的资源。人口被控制在最佳规模上,让整个世界上的工作都充满欢乐。所有的阶级都对社会秩序感到满意,它看上去也不会再有改变。个人生活丰富多彩而又千差万别。他们的文化建立在一个伟大的传统上,据说很久以前,可敬的祖先们在共生之神的直接启示下,已经开拓过那些伟大的思想领域,现在只需进一步细致地探索。

　　我们在这个水下世界的朋友们——或者说思维的宿主——生活在更为动荡的时代，回首那段岁月时，他们有时候会向往，但更多的是后怕。因为在回顾时，他们发现这一时代已经出现了第一波种族败坏的微弱征兆。这一种族是如此完美地适应了其不变的环境，乃至其智慧和敏锐已经不再被珍视，很快就会开始衰落。但是此时，命运似乎提供了另一种安排。

　　在一个水下世界，要获得机械动力实在是千难万难。但是请注意，蛛形族是能够离开水面生活的。在实现共生之前的时代，其祖先定期登陆岛屿，或者是为了求偶，或者是为了产卵，或者是为了寻找猎物。从那之后，呼吸空气的能力就退化了，但又从未完全废弃。每个蛛形族，为了交配，或者为了一些礼仪性的体育活动，仍然要到岸上来。正是在后一种活动中，有了改变历史进程的惊人发现：某次竞技比赛中，石头的武器相互摩擦，彼此碰撞，生出了火花，把被太阳晒干的草点燃了。

　　接下来，金属冶炼、蒸汽机和电流如雨后春笋般惊人地涌现。首先是通过燃烧一种密集的海洋植物在海滨地带形成的泥煤[1]来获得动力，然后从持续的大风中也获得了动力，最后是从吸收了太阳

---

　　[1] 泥煤又称草炭或泥炭，是在浸水环境中分解不完全的植物残体、腐殖质和矿物质等组成的松散有机物质堆积物，类似污泥，属于煤在成岩作用之前的早期形态。许多欧洲国家自中世纪以来就使用泥煤作为燃料。

丰富辐射的光化学陷阱中得到动力①。这些发明自然是蛛形族的工作成果。虽然鱼形族仍然在知识的系统化中扮演重要角色，但却被挡在陆地上的科学实验和机械发明的实践工作之外。很快，蛛形族就把电线从陆地发电站连到了水下的城市。在这一工作中，鱼形族终于能够参与进来，但也不过是打打下手而已。不仅仅是对于发电机的经验，而且对于水下的实践能力，他们也远不如其蛛形伴侣。

有几个世纪，这两个种族仍然继续合作，但是关系日益紧张。人工照明、海床上的机械货物运输和大型制造业令海底城市的舒适度与日俱增。岛屿上也盖满了各种进行科研和工业生产的建筑。物理学、化学和生物学突飞猛进。天文学家开始丈量银河系。他们还发现了一颗邻近的行星，很适合蛛形族去殖民。他们认为，蛛形族可能会比较容易和共生伴侣分开来，并适应外星的气候。最初进行火箭飞行的努力交织着成功与失败。负责海洋外活动的理事会要求大大提升蛛形族人口的数量。

这无可避免地引起了两个物种之间的冲突。在每一种族的每个人的心中都感受到了这种冲突。在这一冲突的高峰时期出现了精神危机，因为这种危机，我们才能在壮游的早期阶段接触和进入这个世界。鱼形族在生理上并不是不如蛛形族，但心理上已经展现出了深层精神败坏的迹象。他们既感深深的沮丧，又复无比的疲懒，就

---

① 指太阳能电池，最初的太阳能电池在1883年问世，但只是实验性的。实用性的太阳能电池直到1954年才出现。

像地球上的原始人群发现自己被欧洲文明包围了之后所感到的精神崩溃。但是，因为在共生中两个种族的关系是极为亲密的，比起关系最密切的人类个体还要亲近，鱼形族的困境也就深深地影响了蛛形族。在鱼形族的心灵中，对于其伴侣的成功，很长时间都是混合着沮丧和欢喜的。

两大物种中的每个个体都被对立的情结折磨着。当一个健康的蛛形族渴望去参与新的探险生活时，通过纯粹的交感或者共生纠缠，他或她也渴望让自己的鱼形伴侣同样参与到这种生活中来。进而言之，所有的蛛形族人都意识到对自己伴侣的微妙依赖关系，这种依赖既是生理的也是心理的。恰是鱼形族更多地贡献给这种精神共生关系以力量，去进行自我了解、相互体察以及沉思，这些能够让行动保持柔和与理智。从事实来看，这一点已经很明显了：在蛛形族之间出现了严重的内讧。不同的岛屿彼此竞赛，巨型工业组织相互争斗。

我不得不说，如果这种深层的利益割裂发生在我自己的星球上，比如说是两性之间，那么占优势的性别将会统一认识，将另一性践踏为奴隶。这种"胜利"在蛛形族身上也几乎就要发生了。越来越多的伴侣关系解体了，其中的每个个体都尝试通过药物手段获得本来通过共生获得的化学物质，以支撑各自的生理系统。但是精神的依赖就没有替代品了，分离的伴侣们遭到了严重精神紊乱的打击，或隐或显。但是也出现了一大群族民，能够无须共生融合就生活下去。冲突因此变得越发激烈。两大种族中的强硬派彼此攻击，在温和派中也挑起了各种麻烦。然后便是一个绝望和混乱的战争时期。只有一个被两派双方共同憎恶的少数派，他们宣传"现代共生"的理念，认为即使在机械文明时代，每个物种仍然能够一起投入共同生活。许多这样的改革者因其信念而牺牲了。

长期来看，胜利本来应该属于蛛形族，因为他们控制着能源。但是很快就看出来，想要切断共生联结，并不是最初看起来那么容易。即便在真正的战争中，指挥官们也无法阻止两军之间广泛存在的深厚情谊。已经解散的伴侣们常会幽会，彼此换取几个小时的温存。伴侣死去或离去的个体，则会羞怯但饥渴地踏入敌人的军营，寻找新的配偶。为了这种目的，有时整个连队都会投降。蛛形族因为神经方面的原因所失去的兵力，比因为敌人的武器损失的更多。并且，在岛屿上，内战和社会革命使得军火制造几乎停滞了。

蛛形族中最为死硬的派系往海水中下毒，试图终结这场斗争。但几百万具腐败的尸体浮上海面，冲到岸边，也毒害了诸多岛屿。毒药、瘟疫以及最重要的神经症状，让战争陷入僵局，文明化为废墟，两个物种都几乎灭绝。曾在岛上林立的摩天大楼被废弃了，开始坍塌，化为一堆堆断壁残垣。海底城市被水下丛林所侵染，鱼形族好几种类似鲨鱼的原始远亲占领了这里。精细的知识体系四分五裂，变成迷信的碎片。

直到最后，呼吁建立现代共生种群的机会才姗姗来迟。在行星最为遥远和不宜居住的角落里，他们艰难地维持着秘密的存在及其伴侣关系。现在他们勇敢地四处传播他们的福音，去说服那些困苦的孑遗人口。因此物种间的配对和再配对又成了潮流。原始海底农业和狩猎养活了流散的族群，一些珊瑚城市也得以清理和重建。一种贫困却有希望的文明及其诸多措施和设备得以再造。这是一个暂时没有机械动力的文明，但是它一旦建立起改革后共生关系的基本原则，就承诺要在"上面的世界"开展伟大的事业。

我们本以为，这种事业大概注定要毁灭——很明显，只有陆地生物才能有未来，而海洋生物则前途暗淡。但是我们错了。这一种族是如何重塑其共生的天性以适应前方征途的英雄壮举，我在这里只能粗举大意。第一阶段是在岛屿上恢复电站，以及细致地再组建起使用电力的海底社会。但如果不同时对两个物种的生理和心理关系再做一番细致研究，这种重建也不会有什么用处。共生关系必须加以强化，让物种间的冲突再无可能。通过在婴儿期采用一种生化处理，令这两种生物更深地彼此依赖，其伴侣关系也更加牢不可摧。通过一种特殊的心理仪式，一种相互的催眠，所有刚刚缔结关系的伴侣都将产生一种无法解体的精神交互性。个体通过直接的家庭生活经验了解到跨物种的融合，随着时间推移，这成为一切文化和宗教的经验基石。在一切原始神话中都构想过的共生之神，被重新建立为宇宙双重人格的象征。据说，这是一种智慧力和创造力的二元论，又融贯于爱的神圣精神。他们确认，社会生活的唯一合理目标正是建立这样一个世界,在其中,觉醒的、敏锐的、智慧的和相互理解的诸多人格联合在一起,共同致力于探索宇宙和发展"人性"精神的多重潜能。青年被潜移默化地引导着,让他们自己去发现这个目标。

逐渐地,并且小心翼翼地,上一个时代的所有工业生产和科学研究都恢复了,但是有一个区别——工业服从于有意识的社会目标。科学之前曾是工业的奴隶,现在却成了智慧的自由盟友。

诸岛屿上再次建筑林立,充斥着蛛形族工人。但是海边的浅水区域布满了蜂窝状的宿舍,以供共生伴侣们在这里休息,并和他们的配偶团聚。在海洋深处,旧日的城市变成了学校、大学、博物馆、寺庙、艺术和欢乐的宫殿。在那里,两族的下一代一起长大,而成年人常常在那里聚会,休闲娱乐,激发精神。在那里,当蛛形族在岛屿上忙碌时,鱼形族则进行教育工作,并重新思考这个世界的理论文化。因为现在人们已经清楚知道,在这一领域,鱼形族的性情和才干能够对共同生活做出重要的贡献,故而文学、哲学和非科学的教育主要是在海里进行的。在岛屿上,则更多开展工业和科学的研究,还有造型艺术。

虽然每一对伴侣都如此密切地结合在一起,但是随着时光流逝,这种奇特的劳动分工也许还是有可能导致新的冲突。但此时两个新发现问世了。首先是心灵感应的发展。大战时代之后几个世纪,人们发现在每一对伴侣之间有可能建立起完全的心灵感应交流。后来,这种交流被拓展到整个二元种族。该变化的第一个结果就是全世界人与人之间的通信设施大为增长，因此相互理解和为了社会目的的团结也大大增加。但是，在我们和这个快速发展的种族失去联系之前，我们发现了证据，表明普遍的心灵感应还有一种更为深远的效应。他们说，有时候整个种族心灵感应构造的共同体产生了某种东西，类似于一个所有个体都参与其中的、共同的世界心灵（world-mind），但还是时醒时睡。

第二项重要的革新来自基因研究。蛛形族既然需要在一颗巨大行星的陆地上保持活动能力，大脑的重量和复杂度就不能有太大提高；但是鱼形族依靠水的浮力，本身已经很大了，就不受这一限制的束缚。经过长期实验，虽然事故频仍，但最终产生出了一种"超级鱼形族"。过了一段时期，整个鱼形族就都由这些新种组成了。同时，蛛形族已经开始探索和殖民其星系中的其他行星，在基因上也获得了改进，但不是在大脑一般的复杂度方面，而是在进行心灵感应的特殊大脑中枢部位。因此，虽然其大脑结构相对简单，但是凭借心灵感应，他们还是能够和远在母星海洋中，大脑增容的配偶一起构成完整的共同体。简单的和复杂的大脑现在形成了一个单一系统，在其中的每一个单元，无论其贡献多么细微，都能够感知到整体。

正是在这一时刻，也就是原始的鱼形族让位给超级鱼形族的时候，我们最终失去了联系。这一二元种族的经验完全超出了我们的

理解范围。但在我们游历的后期，在存在的一个更高层次上，我们
又遇到了他们。他们那时候已经加入了一桩伟大的共同事业，这是
由我后面会说到的银河世界联合体（Galactic Society of Worlds）[1]发
起的。此时，这一共生族由散落在许多行星上的无数蛛形探险家和
大约五百亿超级鱼形族组成，后者仍然生活在其巨大母星的海洋中，
一边悠游自在，一边过着丰富的精神生活。即便在此阶段，共生伴
侣间的身体接触仍然必须保持，尽管可以间隔很长时间。在母星与
殖民地之间，宇宙飞船持续流动着。鱼形族和在二十多个行星上的
无数同伴一起，支撑起一个种族的心灵。尽管共同经验的丝线是由
整个共生种族所编织，却是被家乡原始海洋中的鱼形族整合为一个
整全的网络，再由两个种族的所有成员共享。

2. 多身体生物

在我们的壮游历程中，有时候会遇到一些世界，其中的智能生
物虽具有发达的人格性，但却并不是单一有机体的表达，而是一群
有机体共同呈现的。大部分案例中，出现这种情况是因为个体的身
体轻小，故而有必要联合形成智能。一颗巨大的行星，若是靠近其

---

① Society有协会和社会的双重意义，就银河系诸多觉醒世界的关系来说，双重意
义皆有，每个世界既是加入society的一个成员，也是这一母体中的一分子。在斯
特普尔顿这里，society和community基本是同义词，故译为联合体。

恒星，或者有一颗很大的卫星，会被巨大的海洋潮汐扫过。其表面的很多地区会出现周期性的淹没和露出。在这样一个世界，飞行就是一种要紧的需求了，但因为引力太大，只有一种很小的生物、一团相对很小的分子组合才可能飞行。如果其大脑足够大，能够开展复杂的"人性"活动，那根本飞不起来。

在这样一个世界，智能的有机基础常常是一大群鸟形的生灵，每只都不比麻雀大。一大群单体加起来才形成一个人类水平的个体心灵。一个心灵具有许多个身体，但这心灵本身却是和人的心灵一样结构牢固的。正如我们的鹬鸟成群结队，在河口处浩荡飞过，或不住盘旋，或一飞冲天，或摇摆上下，在这些星球被潮汐淹没的农耕地带上方，一团团活着的鸟云也不住移形换位，每一片云朵都是一个意识的中心。潮水退去之时，像我们地球世界的涉禽一样，这些小小的鸟儿就要落下栖息，体积巨大的鸟云缩小为地上的一层薄雾，鸟儿纷纷沿着退潮的边缘落下。

这些世界的生命依照潮水有节律地生活着。在夜潮的时候，鸟云们在波涛上睡眠；在日潮的时候，他们沉浸于空中运动和宗教祈祷。但是一天有两次，当大地干涸时，他们就耕耘湿润的软泥，或者在混凝土房舍的城市里进行各种工业生产和文化活动。对我们来说，看着他们在潮汐复返之前，如何施展天才将文明的各种设备封存起来以防被水破坏，是十分有趣的事。

我们最初曾以为,这些小鸟的精神融合之关键在于心灵感应,但实际上并不是。它基于一种复杂的统一电磁场,事实上是渗透整个群体的"广播"波。每个单独的有机体都发出和接收广播,这对应于令人类神经系统保持统一性的化学神经冲动。每一个大脑都回应着周围环境中的电磁波动,而又贡献自己独特的内容给整体的复杂模式。当鸟群处于大约一立方英里的范围内时,其中个体在精神上是统一的,每个个体都相当于其共同的"大脑"中一个特殊的中枢。但是如果其中一些和群体分离——在暴风雨天气中有时就会发生这种事——它们就失去了精神的连接,而变成了非常低等的头脑。事实上,它们就暂时退化为一种非常简单的动物,只剩下一种本能,或者说不过是一个反射系统,其唯一的任务就是设法和鸟群恢复联系。

读者很容易想象,这种多身体生物的精神生活和我们之前接触过的任何生灵都不同。但虽不同,却又一致。像一个人一样,鸟云也会生气和害怕,会有食欲和性欲,会有人际之爱和对集体的感情;但是这些经验的媒介又和我们所知道的一切那么不同,以至于极其难以分辨清楚。

比如说,性生活就极为复杂。每一朵鸟云都是双性的,拥有几百个特化的雄性和雌性单元[1]。它们彼此之间并没有什么冲动,但是

---

① 作者在此处,以及下文中,用单元(unit)指单个的有机体(如一只鸟),而用个体(individual)指一个多身体生物本身(如智能鸟云)。

其他的鸟云一来，就激情勃发了。我们发现在这些奇特的群体生物中，不仅仅是通过特化两性单元之间真正的交配活动才能获得身体接触的快乐与羞涩，而是当两朵鸟云在空中表演求爱的舞蹈，相互楔入时，便已经有至纯至妙的性爱体验了。

比起这种与我们表面上的相似之处，对我们来说，更重要的是其基础的精神等级也堪相当。事实上，若不是因为他们的进化阶段与我们自己所熟悉的世界所处的阶段本质上相差无几，我们也不可能获得进入这个世界的机会。因为这些具有心灵的飘移鸟云事实上是和我们的精神位阶大致相当的个体，是一种非常"人性"的存在，他们也被野兽与天使的两面所撕裂，能够对其他的鸟云爱到极致也能恨入骨髓，能聪明绝顶也能愚不可及，拥有范围广大的人类情感，从猪一样的浑浑噩噩到冥思的神游之喜。

在不断摸索的尝试之下，我们总算能够超越让我们接触鸟云的表面精神相似性，而不无痛苦地学习如何同时用一百万双眼睛观看世界，如何用一百万对翅膀感受大气的纹理。我们学会了如何理解复多性的规则，分辨泥浆地、沼泽和一天被潮汐灌溉两次的大型农业区域；我们十分仰慕以潮汐驱动的大型涡轮以及电力的货运系统。我们发现高耸的水泥柱或者塔楼之林，以及一些立在潮汐最浅处的高杆上的平台，是照顾还不会飞的幼鸟的托儿所。

我们一点点地学会了部分理解这些奇特生灵的古怪思维。这种思维在具体的构造上和我们的大相径庭，但是总体的模式和意义又如此相似。时间有限,还有那么多重要的事要说,我就不具体介绍这些世界中最发达的一些社会是如何伟大而复杂的了。我只说一点,因为鸟云的个体性比起人类的来更不稳定,却也因此更容易进行深入理解和公正评价。

鸟云的一种恒久危险在于生理上和心理上的解体问题。因此在他们的各种文化中,最为突出的是统一自我的理念。另一方面,鸟云的自我还可能被其邻居在心理上入侵和破坏,就好像一个广播电台被另一个电台干扰一样。这种危险就迫使这些生灵比我们更加小心地提防集体的诱惑,因为在"云海"之中,单朵鸟云的自我是会溺亡的。不过反过来说,恰因为这种危险已经被有效地防止了,世界共同体的理念也就顺利发展起来了,并不需要和我们所亲知的神神道道的部落主义来一场生死较量。实际上,主要是个体主义和世界共同体–世界心灵这一双生理想之间的斗争。

在我们来访的时期,世界范围内的两大党派冲突已经在这颗行星的各地区爆发。在某个半球是个体主义党占优,他们正在杀戮一切世界心灵党的追随者,并纠合党羽攻击另一半球。另一半球是世界心灵党掌权,但不是靠武器,而是单靠所谓的"广播轰炸"就可以了。这一派发出的电波的震荡模式极具威力,对所有的顽固敌人如泰山压顶。一切反叛者或者在电波轰炸中精神解体,或者整个被吸收进了公共广播系统。

接下来的战争更令我们惊诧不已。个体主义党用大炮和毒气进攻。世界心灵党则很少用这些武器，而主要用广播，他们能够操作广播产生无法抵御的效果，而其敌人则不谙此道。广播系统被大为加强，极适用于鸟形单元的生理接收装置，所以个体主义党在造成大的破坏之前，就发现自己已经可以说是被如滔天洪水般的电波刺激所吞没了。他们的个体性被彻底碾碎。组成其多合一身体的鸟形单元或者被毁灭了（如果是被特化用于战争的话），或者是被重组进新的鸟云，自此忠于世界心灵。

在个体主义党被击败之后不久，我们就失去了和这一种族的联系。世界心灵既建立，其生活经验也好，社会问题也罢，都已经是我们无法理解的了。直到游历的后期阶段，我们才再次和他们产生了联系。

其他鸟云之族所在的世界就没有那么幸运了。其中大部分都因为各种原因以悲惨告终。在许多这类行星上，工业化或者社会动荡的压力令精神性的瘟疫流行，或者令鸟云疯狂，或者令个体解体，成为一群只有反射性的动物。这些可怜的小生灵们已无独立的智能，虽有亿万之群，也只得被自然力量或者捕猎的野兽屠戮净尽。进化的阶梯一旦被清空，只有等某种蠕虫或变形虫再次开启伟大的生物进化历程，去登上智慧的位阶。

在探险历程中，我们也曾遇到其他种类的多身体生物。比如说，我们发现有些非常干旱的行星,有时候居住着类似昆虫的生命,其无数窝巢中的任何一个,都是拥有一个单独心灵的多个身体。这些行星巨大之极,任何可移动的有机体都大不过甲虫,能够飞的更是比蚂蚁还要小。这种虫群在其星球上的地位与人类的相仿,其中昆虫形生物单元的微小脑部被特化了,用以在群体中承担细微的功能,就好像一整窝蚂蚁分别被特化来进行工作、战斗、繁殖等。一切都是可移动的,但是每种单元类别都实现了整体生命中的"神经学"功能。事实上,它们就像是神经系统中的特殊类型细胞那样活动。

在这些世界里,就像在鸟云的世界中一样,我们必须让自己习惯于进入巨大虫群的统一意识。我们以不计其数的小足在小人国般的微型混凝土通道里爬行,以不计其数的操作触角参与难以理解的工业或农业生产,或者登上玩具般的船,在这些平坦世界的运河和湖泊中远航。通过不计其数的复眼,我们看到平原上覆盖着苔藓一般的植被,或者用迷你的望远镜和分光镜去研究星星。

智慧虫群的生活是一种极完美的组织,乃至从其视角来看,一般常规的工农业生产活动已经是下意识进行的,就好像人体的消化过程一样。细小的昆虫形单元本身进行这些操作是稍有意识的,但并不明白其意义所在;而虫群的总和心灵已经失去了影响这些过程的力量。它主要关心需要统一意识进行控制的活动,具体就是各种实践和理论的发明以及物理和精神上的探索。

一次,我们拜访了这些昆虫世界中最为惊人的一个,这个世界包含许多伟大的国家，它们都是由虫群组成的。每一个独立的虫群都有自己的窝巢，自己的微型城市，方圆大约一英亩（4050平方米）。^①这片土地被挖掘成了蜂窝状，有各种房间和通道，大约两英尺（0.61米）深。周围的地带用来种植类似苔藓的粮食作物。当虫群在规模上不断扩大时，就会在原虫群的生理电波系统的范围外建立殖民地。因此，产生出了新的虫群个体。但是无论在这一种族还是在鸟云一族中，都没有什么对应于地球人个体心灵的"世代更替"概念。在统一心灵的虫群中，昆虫形单元不断死亡，让位给新生的单元，但是其心灵本身具备永生之能。一个单元替换另一个单元，但作为群体的自我却持存下来。它的记忆可以追溯到不计其数的单元世代之前，不过越往前就越模糊，最后消失在远古时代，那时候获得"人性"的虫群刚刚从"前人性"中脱颖而出。所以文明的虫群具有每一个历史时代的记忆，虽然是模糊和断裂的。

　　文明令古老而混乱的窑洞村落变成了仔细规划过的地下都市；将旧的灌溉水渠转化为覆盖面很广的水道网，以便将货物从一个区域运到另一个区域；通过燃烧植物引进机械的力量；从露天矿石和沉积淤泥中冶炼出金属；生产出极为精细，甚至可说是微观的机器部件，这些机器使发达地区的生活更加舒适和健康；它生产出了不计其数的微型交通工具，相当于我们的卡车、火车和轮船；它也在主要

---

　　① 原文中全部使用英制单位，译者保留其原貌，为便于读者直观理解，在括号中注出对应的公制单位数据。

务农的虫群个体、主要做工的虫群个体和专门对地方的活动进行智能协调的虫群个体之间制造了阶级差别。后者随着时间推移，成为统治国家的官僚和僭主。

由于行星极为巨大，而像昆虫形单元这样细小的生灵要长途旅行有很大困难，文明是在几十个孤立的地区独立发展起来的；当最后他们发生接触时，其中的许多种族都是高度工业化的，装备有更为"现代"的武器。诸位读者应当很容易想象，不同的生物物种，而且无论如何在习俗、思想和理想方面都完全陌生的各种族一旦相遇，发生冲突会是什么样子。若详述后面的疯狂战争过程，那将十分枯燥乏味。但是有一点很有意思，就是我们这些从时空深处来的心灵感应访客，能够和这些交战中的虫群进行交流，而他们彼此之间反而难以沟通。这种能力让我们实际上可以在这个世界的历史中起到重大作用。的确，或许正是因为我们的介入，才令这些种族摆脱了相互毁灭的命运。我们在冲突双方"关键"人物的心灵中找到了位置，并且耐心地引导我们的宿主对其敌人的精神生活有一些洞察。因为这些种族中每一个都早已远远超越了地球人的社会性层次，既然在和其自身种族的关系中，有意识的虫群能够建立起真正的共同体，故而一旦他们意识到敌人并非某种怪物，而本质上也是有人性的，就已经足够打消作战意志了。

两边的"关键"心灵，既然被"神的使者"所启示，也就勇敢地呼吁和平。尽管其中许多个体都因此而被迅速杀害，但他们的事业成功了。诸种族彼此议和，只有两个力量强大但文化上落后的族群例外。我们无法说服他们；他们现在已经为战争而高度特化了，因此是很严峻的威胁。他们认为新的和平主义仅仅是敌人方面的软弱，所以决定趁机利用这一点，去征服全世界。

但是现在我们看到了一出在地球上无法想象的神剧。仅因为在这个世界上，每个种族内部都已经实现了高度的精神相互透明，才得以可能。和平的种族鼓起勇气解除军备。他们以最开诚布公和毫无疑义的方式毁灭了自己的武器和军工厂，也特意安排被俘虏的敌人虫群在现场目睹这场景，然后释放了这些俘虏，让他们回去报告自己的见闻。作为回应，敌军却入侵了距离最近的已解除武装的国家，并通过宣传和迫害，在那里实施冷酷的军事管制。但是虽有大规模的屠杀和酷刑，其结果却在意料之外。因为其统治种族在社会性方面并不明显比地球人更为发达，但被统治种族却是远超的。镇压只是加强了消极抵制的意志。僭政开始一点点地动摇起来，然后便忽然崩溃了。侵略者撤退了，却已被感染了和平主义。在短得令人惊讶的时间之内，整个世界就变成了一个联邦，而其成员则是不同的物种。

我悲伤地想到，在地球上，虽然所有的文明种族都属于同一个生物物种，这种冲突却是不可能以大团圆结局的。只因为依靠个人的心灵实现共同体的能力实在太弱。我也好奇地想知道，如果不是每个虫群都有永生不灭的意识，而是有整个年轻可塑的幼虫世代可以去教育, 那些统治种族侵略一个国家并强加其文化, 是否能取得更大的成功呢?

当这个虫族的世界度过这次危机之后, 它在社会结构和个人心灵发展方面也突飞猛进, 以至我们发现越来越难与其维持联系。最后我们失去了联系。但后来, 当我们自己也达到新境界后, 又再次和这个世界相遇了。

其他的昆虫形世界我就不说了, 因为其中没有一个能在银河系的历史上起重要作用的。

关于这类个体心灵拥有多个物理上分开的身体的种族, 我快要说完了, 但还要补充某个完全不同并且更奇怪的种类。这种生物的身体是一片由极为微小的、几乎谈不上有生命的单元所积聚成的云雾, 由一种共同的广播系统组织起来。其中一种现在就在我们的邻居行星火星上生活。因为我已经在另一本书里描述过这种生命, 以及在遥远的未来, 他们将和我们的后裔之间发生的悲剧之战[①], 在此就不必多说了。我们只有在游历的很后期才和他们有了联系, 那时候我们已经获得了一种技能, 可以接触到精神层面上和我们完全不同的存在。

----

① 此处是指《最后和最初的人》第八、九章中描述的火星人, 是由一种类似病毒的细微有机体组成的云团, 在人类之后进化为智能生物, 大约在一千万年后的将来侵略地球, 与当时的第二代人类发生了漫长的战争, 最终二者同归于尽。这两部作品同享一个世界观, 但是《最后和最初的人》中二十亿年的历史, 只是《造星主》中微不足道的一个断片。

3. 植物族人及其他①

在根据我的狭隘理解范围讲述银河系作为一个整体的故事之前，我必须要提到另一种非常怪诞的世界。这种世界我们没发现几个例子，而且大部分都未幸存到银河系的历史进入百川归海的时代。但是至少其中有一个曾经（或将要）对这一波澜壮阔的时代精神发展产生重大影响。

一些小的行星，因为其太阳十分巨大，或者十分接近其太阳，而被烤得很热，进化就采取了一条我们极感陌生的路径。植物和动物的不同功能并没有被分开塞进不同的有机体里，而是每一种有机体既是植物又是动物。

在这些世界上，高等生物类似巨型的草，但可以移动。强烈而普遍的太阳辐射让其生命节律比我们的植物要快得多。说它们像是草类，也许有些误导，因为它们看起来也很像动物。它们有形态固定的身体和特定数量的手脚，但皮肤都是绿色的，或者有绿色的条纹，而且身上长有大量的叶片，叶片的位置根据物种的不同而不同。

---

① 原文为"Plant men"，直译为"植物人"，为了避免歧义和无关联想，译为植物族人。

因为这些小行星引力较弱, 植-动物们经常在细长的主干或分肢上长有庞大的上层"树冠"。一般来说, 运动能力强的生物比起喜欢原地栖息的生物, 叶片要少一些。

在这些小而炎热的世界上, 紊乱湍急的水和大气循环令地上的环境每天都有剧变。暴风骤雨时至, 滔滔洪水不绝, 这些世界的有机体也就亟须从一处移动到另一处的能力。因此早期的植物, 因为丰富的太阳辐射而很容易储存能量, 足以供应少许的肌肉运动, 遂进化出了感知和位移的能力。植物的眼睛与耳朵, 以及味觉、嗅觉和触觉器官, 在它们的茎干或叶子上出现。要进行移动, 其中一些只是将原始根须从地下拔出, 向各种方向挪移, 就像是一只毛虫在蠕动一样。另一些则张开叶片, 在风中滑翔。许多岁月之后, 这种生物就发展出了真正的飞行能力。同时, 步行的物种将一些根变成长肌肉的腿部, 有的四足, 有的六足, 甚至如马陆般的百足的都有。剩下的根上装备有钻孔工具, 抵达新地点就能迅速钻到地底下。

另一种有根须但能位移的方法或许更值得注意。有机体长在地上的部分可以和地下埋藏的根相分离, 令它能够通过步行或飞行去另一片未开发的土地重新扎根。当第二个地点的养分枯竭时, 这个生物或者去寻找第三、第四片土地, 或者回到本来的根基处, 那里经过一段时间或许已经恢复了肥力。在那里, 它可以再次将自己连到旧根须上, 让它们醒过来, 重新为自己工作。

当然, 许多物种发展出了捕猎的能力, 也长出了特殊的攻击器

官,比如说肌肉发达的枝,可以用来勒死猎物,就像巨蟒一样有力,还有爪子、角以及可怕的锯齿钳子。在这些"食肉"生物中,叶片的覆盖面积大为减少,而所有的叶子都能够顺溜地沿着背部收起来。在最为特化的植物猛兽中,叶子都已萎缩,只有装饰的价值。我们惊奇地看到,环境赋予这些外星生物的形式,竟与地球上的虎狼不无相似。看到过度特化的攻击力和过度适应这种攻击的防守是如何毁掉一个又一个物种的,也颇有趣味;更有趣的是,我们看到,当"人性的"智能最终出现时,实现它的是一种其貌不扬也无攻击性的生灵,其唯一的天赋就是智能和感受能力,既作用于物质世界,也作用于其同胞身上。

在描述人性在这类世界中繁荣兴旺之前,我必须提到一个严重问题,这是所有小型行星上的生物进化都必须面对的,而且通常是在进化的早期。这个问题在另一个地球上我们已经遇到过了:因为引力的弱小和太阳热力的不断干扰,大气分子很容易逃逸到外太空去。当然,大部分小世界远在生命能达到"人性"阶段之前就失去了所有的空气和水,有时候甚至在生命萌生之前就失去了大气。其他世界稍微大一点儿,可能在早期阶段大气尚还完备,但是在很久以后,因为其缓慢而稳定收缩的轨道,它们或许会变得太热,从而无法保有激荡跳动的气体分子。

在一些这样的行星上,许许多多的生命早在亘古时代就开始进化,最终却还是在行星长年累月的大气流失和水分蒸发中,落得被烤焦或者窒息而死的下场。但是在比较理想的情况下，生命能够逐渐适应越来越恶化的环境。比如在一些世界上建立起了一种生物机制：这个世界上活着的生物产生出了一种强有力的电磁场，将剩下的大气牢牢地束缚住。在另一些世界上，生物进化到完全不需要大气，光合作用和整个生命的新陈代谢只需液体就可以了。最后残存的气体被保存在溶液里，而溶液被储存于根部上密密麻麻的肥大海绵状管道中，上面还覆盖着防止渗透的薄膜。

在达到"人性"级别的动-植物世界，上述两种自然生物策略都存在。篇幅有限，我只能单举一个例子，也是这种奇妙超凡的世界中最重要的一个。在这个世界上，所有的自由空气在智能生命出现前很久就已经流失了。

要进入这个世界，透过本土居民奇异的感官和性情去体验它，在某种意义上是比我们之前的任何探索都更加混乱迷惑的冒险。因为空气完全缺失，即便在阳光普照下，天空也是一片黑暗，那是来自星际空间的黑暗，群星在其中闪耀。因为重力微弱，也没有空气、水和霜的塑形作用，大地上是层层叠叠的山脉、已熄灭的原始火山口、冻结的洪水、岩浆形成的隆起，还有巨大的流星撞击形成的环形山。这些地貌特征都没怎么被大气和冰川的作用抚平。并且，不断变化的地壳压力让许多山脉支离破碎，变成了冰山般的奇形怪状。在我们的地球上，重力正如一条永不疲劳的猎犬，以更大的力量将其猎物扑倒，这些细长的尖峰，或者上宽下窄的峭壁，根本不可能存在。因为没有大气，岩石暴露的表面明亮刺眼，而其裂隙和阴影则暗如黑夜。

许多山谷都变成了水库，看起来如牛奶般发白。因为这些湖水的表面都覆盖了厚厚的一层白色胶质，以防蒸发。湖水周边密集着这种奇特植物族人的根部，就好像是一片森林都被砍伐清空，只剩下树桩了。每个树桩也都用白色的胶体密封起来。每一片土壤都被利用。我们也了解到，虽然有些土壤是在过去的岁月中经水和风力作用的自然结果，但大部分是人造的，是通过规模巨大的采矿和磨粉过程制造出来的。在原始时期，实际上是在"前人类"的整个进化史上，产生智慧的一种主要动力就是为了争夺这个岩石星球上稀缺的土壤。

可走动的植物族人白天经常聚集在山谷里，身上的叶子向着太阳展开。只有在夜里我们才能看到他们行动，在岩石上步行，或者摆弄机器和其他人造物品，展现其文明。这里没有建筑物，没有防范坏天气的密闭空间，因为根本没有天气。但是岩石的平台和梯级上，密密麻麻地摆满了各种我们难以理解的人造物。

典型的植物族人是一种像我们一样直立的有机体。他的头上长着绿色的羽毛，形成巨大的冠。这个头冠既能合拢成一个笔挺的大莴笋，也能张开来捕捉阳光。头冠下方伸出了三只复眼，复眼下方是三只手臂一样的操作肢体，如同青蛇一样，在末端分叉。修长的躯干十分柔软,嵌在一系列硬环中,当身体弯曲时,这些环就彼此嵌套进去,躯干下面再分成三条用以移动的腿。其中两条是口部,它既能够通过根来啜吸,也能吞下外部的物质。第三条腿是排泄器官。珍贵的粪肥从未被浪费,而是通过一种特殊的连接管道,从第三条腿通到根部。脚上还有味觉器官和耳朵。但因为没有空气,声音只能通过地面传播。

白天,这些奇怪的生命主要过着植物生活,晚上则过动物生活。每天早上,在度过漫长而寒冷的夜晚后,所有人都蜂拥回到根部去休息。每个人都找到自己的根,把自己固定上去,在酷热的白天一直站在那里,叶子片片张开。他一直睡到日落时分,但并非睡得死沉,而是一种半睡半醒的状态,沉思冥冥,惟恍惟惚。在未来的岁月里,这种状态将是许许多多世界保持和平的源泉。当他沉睡时,树液在他的茎干里上上下下,在根和叶之间运载各种化学物质,提供给他充沛的压缩氧气,并移除代谢分解后的产物。太阳再次在悬崖后消失,最后一瞬间展现出狂暴的日珥后[①],他会醒来,收起叶片,关闭和根部连接的管道,起身走开,开始文明的生活。这个世界的夜晚比我们的月夜还要明亮,因为星星没有大气的遮蔽,而许多大型星团悬挂在深夜的天空中。不过也有人造光源为细致的操作照明,但主要的缺陷是,有光会令工人们容易睡着。

---

① 在没有大气的星球上,阳光没有空气散射,当太阳的主体被山头挡住后,日珥就会清晰可见。

在此我甚至无法尝试描绘出这些生灵们奇异丰富的社会生活。只能说，在这里，就像在别的地方一样，我们发现了一切地球上的文化主题，但在这个移动植物的世界里，一切又被颠倒转变成一种奇特的样貌，极度令人迷惑。在这里，就像在别的地方一样，我们发现人们非常关注如何让自己和自己的社会生存下来。在这里，我们发现了自卫、仇恨、爱、乌合之众的癫狂、知识分子的好奇心，诸如此类。在这里，就像在我们之前造访过的其他世界一样，我们发现这个种族处于巨大的精神危机的阵痛中，这也是我们在自己的世界中感受到的，并成为令我们能通过心灵感应前往其他世界的渠道。但在这里，这种危机呈现出一种和我们之前遇到过的任何情况都不同的风格。实际上，进入这个世界，说明我们已经开始拓展想象探索的能力了。

余事不提，在此我要讲述这一危机，它能让我们理解一些远超出这个小小世界的真理，因此是极为重要的。

直到我们学会理解这一种族动、植物二性的双重精神状态后，才开始弄明白它的故事。简言之，植物族人的精神，在任何时代都是一种不断变化的张力的表达，这种张力位于其本性的两面——即活跃、自信、客观讨论、道德上积极的动物本性和被动、主观沉思、默默顺从的植物本性——之间。当然，通过动物的勇猛本能和人类的实践智能，这一种族才在很久以前就统治了这个世界。但是每时每刻,这种实践的意志又会被另一种经验所调和与丰富,这种经验在地球人中是十分罕见的。

多少岁月以来,这种生物每一天都要放下其狂野的动物本性,不仅是为了没有意识或仅有迷梦的睡眠——这些地球上的动物也有——更是为了一种特殊的觉醒意识,我们了解到,这是属于植物的意识。只要张开叶子,植物就直接获得生命的灵药,而动物只能在猎物模糊的血肉中间接取得。因此看起来,植物与宇宙万有的源泉保持着直接的身体接触。这种状态虽然是身体上的,但某种意义上也是精神的。这对其所有行为都有直接的影响。如果能够用神学语言表达的话,完全可以称为与神的灵性接触。在繁忙的夜间,植物族人作为孤立的个体,忙碌于世事,无法直接体验到其根基处的统一;但是一般来说,他们只需留存白昼生活的记忆,就总能避免最坏的极端个人主义。

我们花了很久才了解到,他们白昼的特殊状态并不是统一为一个集体心灵,不管是部落的还是种族的。他们的状态并非鸟云中那些单元的状态,也不是超距感应所构成的世界心灵——后面会讲到,这些世界心灵在银河系的历史中扮演了极重要的角色。植物族人在其白昼生活中并没有获得其同胞的感知与思想,也没有因此醒来和进入一种觉醒意识,使得其对周围环境和种族的多重身体全都统摄在内同时又剖析分明。相反,除了浸润其叶片的阳光倾泻之外,他变得对于周围一切客观状况都漠然不应。这种经验给予他一种持续的神游状态,在此出神入定中,主体与客体合二为一,并在主观上融入了一切有限存在的隐秘源泉,其质感几乎像是性高潮。在这种状态中,植物族人能够沉思其活泼的夜生活,也能够比在深夜时更加清楚地意识到自身行为动机的错综复杂。在这种白昼模式中,他并不对自身或其他人下道德判断。他在精神上观照每一种人性行为,带着冥思的超脱之乐将其视为宇宙中的一个因素。但当夜晚再次降临,带来了活动的夜间心境,这种白昼时对自我和他人的冷静的洞察,就被褒贬的道德火焰点燃了。

纵观这一种族的历史,在其本性中两种基本的冲动之间有一种特定的张力。它最好的文化成就是在两种冲动都充满活力而且没有一种能压倒对方的情况下做出的。但是,就像在其他许多世界中一样,自然科学的发展和利用热带阳光进行机器生产,引发了严重的精神错乱。制造出无数生活用具和奢侈品的工业生产、电气铁路在整个世界的扩张、无线电通信的发展、对天文学和机械论生物化学的研究[1]、对战争和社会革命的迫切要求,这些影响都强化了实践的精神而弱化了沉思的精神。当人们发现有可能从根本上摆脱白昼的睡眠时,这一趋势到达了顶点。人工的光合作用产物可以在每天早上迅速地注射到身体里,因此植物族人也就能够终日进行工作活动了。很快人们的根须就被挖出来,当成一种工业原料。这些根须的

---

[1] 此处特指近代生物学中与活力论对立的机械论解释。二十世纪初,随着对发酵与胚胎发育等生物过程的深入研究,该学说获得了决定性的胜利。

自然目的已经被废弃了。

　　我实在无法多花时间描述这个世界现在坠入的可怕困境。人工光合作用虽然能够让身体保持活力，但似乎不能为精神提供一种关键的维生素。一种"机器病"在人间扩散，这是想让生活完全机械化的病态。这里面当然有一种对工业生产的狂热。植物族人驾驶着各种机械动力的交通工具在行星上横冲直撞，用最新合成的产品装饰自己，从中央火山的热量中索取能量，使尽智谋自相残杀，还有其他上千种狂热的追求。他们以此来寻找幸福，却总是远离幸福。

　　在数不清的挫败之后，他们开始意识到，自己整个的生活方式都是和自身本性中的植物性相抵触的。领袖和先知们找到了勇气，斥责机械化和主流的理智主义科学文化，也反对人工光合作用。此时，几乎所有的种族之根都已被毁灭了，但是目前生物科学承担起了再生的任务，利用剩下的一点点标本，他们为所有人恢复了根部。渐渐地，全族人都能够回到自然的光合作用中。这个世界的工业化生活消失了，如同冰霜在阳光下消融。回到古老的动物与植物的交替生活中后，早已被工业主义的狂热折腾得疲惫不堪也困扰不已的植物族人，发现白昼时光的平静体验真是世间至福。他们最近生活中的苦痛更是从反面加强了植物体验的神游之乐。他们中最聪明的头脑在科学分析中获取的智力敏锐，加上复兴的植物生活的特殊质感，令他们的整个经验拥有了全新的澄明。短时间内，他们便达到了一种精神澄明的境，这将是未来银河系亿万斯年的典范与财富。

不过，即便是最为精神化的生活也面临着诱惑。过分狂热的工业主义和理智主义如此深入地毒害了植物族人，乃至当他们最后拨乱反正时，又走得太远，就像当初坠入单方面动物生活的陷阱那样，他们又坠入了单方面的植物生活。他们一点点地逐渐减少了分配给"动物"追求的精力和时间，直到最后，他们的夜间生活也和日间生活一样，完全变成树了。活动的、探索的、操作的、动物的智能在他们身上永远地死去了。

有一阵子，这个种族生活在越来越模糊混乱的神游状态中，这是和宇宙存在之源被动融合的结果。将行星上宝贵的气体保存在溶液中这一古老的生物机制根基牢固，自动运行，长久以来它一直持续发挥作用，也并不引人注目。但是工业化令世界人口增加到超过了一定的限度，在那限度之内，少量的水和气的供应本来是可以很容易发挥作用的。但物质的循环太快了，带来了危险。随着时间流逝，这一机制变得过分紧张了。出现了气体泄漏，也没人能修好；一点接一点，珍贵的水分和其他挥发性物质从行星上流失了；一点接一点，水库也干涸了，令海绵状的根部变得焦干，叶子变得枯萎；一个接一个，这个世界上享受着至福也不再像人的居民们，从神游之乐堕向疾病、沮丧、难以理解的困惑，就这么走入死亡。但是，正如我将要讲的，他们的成就并非没有对银河系的生命产生作用。

我们发现，植物一类的人——如果我能这么称呼的话——是非常罕见的情况。他们中有一些种族住在一种非常奇特的世界上，我迄今还没有提到过。许多人都知道，一颗小的行星如果靠近其太阳，就很容易通过其太阳的潮汐作用放慢自转。它的昼夜变得越来越长，直到最后它的一面永远朝向恒星[①]。遍银河系内外，这种行星中有生命的不少，而好几个都进化出了植物一类的人。

所有这些"无日夜"的世界都非常不适合生命生存，因为一个半球永远酷热，另一个半球永远极寒。被阳光照射的一面，可能会达到令铅融化的温度；而在黑暗的一面，没有任何物质能够保持液态，因为温度只不过比绝对零度高一两度而已[②]。在两个半球之间，有一条狭窄的地带，或者不如说仅仅是一条细线，只有在这里，温度才能说是适中的。在这里，那巨大的火球太阳总是一部分沉入地平线以下，在这条丝带较冷的一边，已经看不到太阳圆盘那热死人的光线，但还被它的日冕照亮，而地面也因向阳一面的热力传过来而温暖。在这里，生命倒也不是绝不可能产生的。

这种有生命的世界，总是在其失去昼夜自转前很久就达到了生

[①] 即"潮汐锁定"。当一个天体围绕另一天体运转时，因为两面距离该天体距离不同，所受到的引力也就不同，其正面所受到的较大引力会对自转产生阻碍，最终会令其自转与公转周期相同，也就是永远以同一面朝向大天体。月球就是被地球潮汐锁定的。

[②] 铅的熔点为327℃，绝对零度为−273℃。不过，这里的数字并不很精确，只能提示温差的大致范围。水星上的最高温度为427℃，而冥王星上的温度也仅为−223℃，远高于绝对零度。

物进化的较高阶段。当一天不断延长，生命被迫要适应日夜间更为极端的温度交替。这些行星的极点，只要不是太过倒向黄道面，就一直能保持稳定的温度，因此成了庇护所，供各种生命形式逃离不太宜居的家乡而前往。许多物种在白天和夜里都把自己埋起来"休眠"，只有在日出和日落时分才出来过激烈活动的生活，通过这种简单的方式向赤道扩展。但当一天延长到了数月之长，一些善于迅速位移的物种，便跟着日出和日落地带的移动而行进，绕着行星转圈。看到赤道上最迅捷的物种在清晨或黄昏与地面平行的阳光中，成群结队地奔驰着扫过平原，是何等奇妙！它们的腿部通常和帆船的桅杆一样高而细长，它们会不时转向，伸长脖子去啄一些慌忙逃窜的小动物，或者扯下一把叶子吃。在阳光没有那么丰富的世界上，这种持续而快速的迁移是不可能的。

看起来，这些世界发展不出人类的智能，除非是在昼与夜变得太长、温差变得太大之前智慧生命就已经出现了。在一些世界上，植物族人或者其他生灵在自转变得过于缓慢之前就达到了文明与科学，他们做出了卓绝的努力，来对付越来越恶化的环境。有时候，文明仅仅撤退到两极，放弃行星的其他部分；有时候，人们在其他地段建起地下聚居地，仅仅在日出和日落时出去耕种土地；有时候，人们建起一组纬度上平行的铁路系统，载着一大批人跟随着晨光，从一个农业中心赶到另一个去。

不过最后，当自转完全停止后，文明地带将簇拥在昼夜分割线的整个圆环附近定居。那时候，或许更早一些时候，大气也将完全消失。可以想象，在这个字面意义上被"拉直"的环境里，智能种族挣扎着只图生存，也就不能保持任何精神生活的丰富和精细了。

第八章　探索者之变

　　布瓦赫尔图和我，以及越来越多的探索者同伴们，相互陪伴着，访问了千奇百怪的独特世界。在其中一些星球上，我们只花了几个星期（按本地时间来算）；而在另一个星球上则逗留了几个世纪，或者在兴趣的驱使下，从历史上的一个节点快进到另一个节点。我们像是一群蝗虫，降落到一个新发现的世界，每个人都找到一名合适的宿主。在经过了一段时间的观察后，或早或晚，我们会离去，但也许是再落到同一个世界的另一个时代，或者是分成几队，分别去往在时空中相隔遥远的不同世界。

　　这种奇特的生活让我不再是那个在人类历史的某一特定日期的夜间登上山顶的英格兰人，而变成了一种完全不同的存在。不仅我自己的直接经验暴涨，远超过正常的年龄，而且通过和我的同伴们之间特殊的亲密融合，我自己也可以说变成了许多个。在某种意义上，此刻我既是那个英格兰人，也是布瓦赫尔图，还是我的每一个旅伴。

这种在我们身上发生的变化，值得仔细道来。不只因为它本身就很有意思，也是因为它提供给我们一把钥匙，让我们能够理解许多宇宙性的生命，而它们的本性我们本来是无缘得窥的。

在这种新的条件下，我们的共同体是如此完美，乃至每个人的体验都能和其他人共享。因此我，这个新的大我，以同样的轻松方式，同时参与到那个英格兰人、布瓦赫尔图和其他人的探险历程之中。我也拥有他们之前在其故乡世界封闭生活时的所有记忆。

一些通晓哲学的读者也许会问："你的意思是，那许多体验着的个体成了一个单独的个体？拥有单单一条体验之流？或者你的意思是，仍然有许多体验着的个体，有许多个数量上可以区分的体验，但这些体验都是相等同的？"答案是——我不知道。但是我知道这一点：我这个英格兰人，和我的每一个旅伴一样，逐渐地"醒来"，获得了彼此的经验，也进入更加澄明的心智之中。至于作为体验的主体，我们是一个还是多个，我实在不知道。但是我怀疑，这个问题是不可能真正被回答的，因为若分析到最后，它是无意义的。

在"我"对许多世界的共同观察中，也在"我"对我自己共同精神过程的内省之中，时有一个或另一个个体的探索者，又或者是一组探索者，将形成主要的注意之工具，通过其特定的本性与经验，为所有人的思考提供材料。有时候,当我们特别警醒和渴望时,每个人都觉醒过来,进入一种特殊模式,其感知、思维、想象和意志都无比清明,远超过我们作为个体的任何体验。如此,尽管我们每一个人与自己的每一个朋友在某种意义上是等同的,却也以某种方式成为比我们中任何一个在孤立状态下都更高阶的心灵。但是这种"觉醒"也并不是什么神秘莫测的东西,这和我们在日常生活中的很多情况下心中一动,兴奋地把许多本来彼此隔绝的经验联系了起来,或者在混乱的事物中发现之前没有注意到的某种模式或意义,性质上是如出一辙的。

请不要以为,这种奇特的精神共同体会清除掉每个探索者的个体人格。人类的语言中没有合适的词汇表达我们的特殊关系。说我们丧失了个体性是不对的,说融入一种共同的个体性不对,说同时还是彼此独立的个体,也不对。尽管人称代词"我"可以用来形容我们的集体,但是代词"我们"也是适用的。一方面,从意识的统一方面来说,我们自然是一个进行体验的单独个体;然而同时,我们在一种非常重要和可喜的方面又彼此区分。尽管只有单独的、共同的"我",但又有多元的、参差变化的"我们",这是许多种被观察到的不同人格的组合,每一种都创造性地表达了其对于整个宇宙探索事业的独特贡献,而所有人格又捆绑在一起,成为一种精妙的个体关系的网络组织。我清楚地意识到,这种对事情的说明,在我的读者看来一定是自我矛盾的,在我看来也是一样。但是我找不到别的方法,去描述这个我记忆犹新的事实:我既是共同体的一个特殊成员,又是这个共同体所汇聚的所有经验的拥有者。

换一种方式来说,虽然就我们的意识同一性来说,我们是单独的个体,但就我们千差万别的、不同创造性的特质来说,我们又是共同的"我"所能看到的不同人格。每个人,作为共同的"我",体验到的是包括他自己的个体在内的许多个体组成的群体,并且是将他们当成一组现实存在、性情和个人经验彼此相去甚远的人物来体验的。我们中的每一个人都感到,我们在整体上是一个真正的共同体,被相互的关爱和不时的批评等关系黏合在一起,就像布瓦赫尔图和我之间一样。

但是在另一种体验层面上,在创造性思维和想象的层面上,能够从这种个体关系的组织中抽出一种共同的关注。个体关系网络不见了,取而代之的是整个共同体完全投身于对宇宙的探索。这么说或许有部分的真理:当涉及爱的时候,我们是独特的;但涉及知识、智慧和敬拜的时候,我们是同一的。接下来的几章中,当涉及这一共同的"我"关于宇宙的经验时,逻辑上正确的方式是对于这个探索宇宙的心灵用单数表达,用代词"我",只需要说"我干了什么什么""我如何如何想"就行了;不过,代词"我们"还是会经常使用,让读者不要忘记这是一个共同的事业,避免那种错误的印象,以为探索者仅仅是这本书的人类作者而已。

我们中的每一个，都在大千世界中的这个或那个世界上展开过个人的生活活动。对于每个作为个体的生灵来说，他在自己遥远的故乡世界那幼稚莽撞、微不足道的个人生涯将一直塑造他具体的自我，赋予他魅力光彩，就好像是成年人回忆童年往事时找到的鲜活印象一样。不仅如此，而且作为个人，他会认为自己之前的私生活具有一种迫切性和重要性，而在他所获得的共同能力中，这种东西会被对宇宙更具有意义的事情所压倒。现在，这种每个人渺小的私生活的具体自我和光彩魅力，这种迫切性和重要性，对于每个人都参与其中的共同之"我"来说也具有重要意义了。具体自我以其生动鲜活的感染力照耀共同的经验。因为，只有在一个人自己作为某个世界原住民的生活中，我们中的每一个才可以说是身处生活的战争中，作为一个孤单的士兵去与敌人短兵相接，进行真正的战斗。这种个体性是被束缚、被监禁、盲目无知、充满渴望的私生活，但恰是对此的回忆，能够让我们在观看宇宙历史的纵横开阔时，不仅仅是将其当成一种猎奇的景观，也带着来自个体生活的辛酸感慨，注视着它的兴亡变迁。

因此，我这个英格兰人，将自己持久而鲜活的个人记忆奉献给了共同心灵，那记忆包括我在自己积弊丛生的星球上一切徒劳的努力；我那盲目的人类生活，仅因为其中还有不算完美的微小共同体的宝石，才得到救赎，其真正的意义对我——公共的"我"——来说才得以昭彰，其理解的澄明清澈，那个英格兰人当初在其原始的昏梦中永远也无法获得，而如今回到地球后也无力再重新把捉了。我如今能够记起的只是，作为公共的"我"，我回首自己的地球生涯时，比起在孤立个人的状态中，能既带着更多批判的目光，又拥有较少的负罪之感。而看待我在地球生涯中的那位伴侣时，既带着对我们彼此之影响更为清晰冷峻的理解，又带着更加慷慨无私的爱意。

我还要提及，在探索者的共同经验中有一个重要方面。我们中的每一个之所以最初开始这场壮游，主要是希望发现共同体在作为整体的宇宙中起到了怎样的作用。这一问题尚未得到回答，但是同时，另一个问题开始变得越来越引人注目了。我们在许多世界中的丰富经验，以及我们最新的心灵之澄明，在每个人的心中滋生着理智与感受的尖锐冲突。从理智上来说，某种"神祇"超越于宇宙本身，却创造了宇宙，这种观念对我们来说是越来越不可信了。在理智上，我们毫不怀疑，宇宙是自给自足的，这个体系不需要逻辑上的前提，也不需要创造者。但是，正如当人们在物理上看到一个爱人或者看到一个敌人时，会感到一种心灵中的实体，我们发现在宇宙的物理呈现中，也有一种心灵的呈现，被呈现的就被我们称为"造星主"。

暂且不管理智，我们知道整个宇宙远远小于存在的整体，那存在的无限性就隐藏在这宇宙的每一个瞬间中。我们怀着非理性的激情，一直努力要看透宇宙中每一个具体而微的细小事件，要看到无限者的特征，而那无限者既然缺乏一个真正的名字，我们就叫它作造星主。但是我们无论怎么看，也看不到任何东西。尽管在整个宇宙，以及每件具体的事物中，那可怖的在场者都不容置疑地和我们照面，但其无限性本身却让我们无法为它指派任何特征。

有时候，我们倾向于将它设想为纯粹的力量，为了让我们自己理解，通过我们的大千世界中恒河沙数、力大无穷的神祇去给它一个符号。有时候，我们笃定地感觉，它是纯粹的理性，而宇宙不是别的什么，就是这位神圣的数学家在进行演算。有时候在我们看来，爱是其最本质的属性，我们以一切世界中所有救世主的形象去想象它：人类的救世主、棘皮人和航海船族的救世主、共生族的二元救世主、虫族的虫群救世主……但是它又同样对我们显现为理智难以理解的创造性，它同时既盲目又精妙，既残酷又温柔，它只关心繁衍，但却繁衍出了无限多元的存在，造出无尽空旷，又时而在这里或那里创造出一点脆弱的可爱之地。这些地方，它也许会怀着母亲般的关爱抚育一段时间，但又忽然妒忌起它自己的造物太聪明俊秀，便将创造的一切摧毁净尽。

但是我们清楚地知道，这些构想都是向壁虚构。我们虽感知到造星主的在场，却无法理解它，即便它越来越照亮这宇宙。就好像是黎明时太阳还未出现，却已彩霞满天。

第九章　银河世界共同体

1. 乌托邦纪略

这一刻到来了：我们那新造就的共同心灵，已经如此清澈澄明，乃至可以和那些远远超越地球人心智的世界保持联系。但对这些极为崇高的体验，我在再一次被贬为一个单独的地球人之后，也只有极为混乱的记忆了。我像是那样一个人，在极度的精神困乏中试着回忆起之前头脑最清醒时所获得的敏锐思想，所能复现的顶多也只是微弱的回声和模糊的印象而已。但是对于在澄明状态中我所感受到的宇宙体验，哪怕是最支离破碎的回忆，也值得记录下来。

能够成功觉醒的那些世界，大体上是按这样的过程进行的：其出发点，读者应该记得是一种困境，就像目前我们的地球所陷入的困境一样。世界历史的辩证发展让整个种族面临着一个新问题，传统的意识形态根本无法驾驭。世界的形势对于低级的心智来说已经发展得过于复杂，它要求领导人和民众都有某种程度的整全之心，但目前还只是极少数心灵能够达到。意识已经从原始的迷梦中被粗暴地唤醒，进入一种带来痛苦的个人主义，其中已孕育着自我觉醒，但仍可怜巴巴地被束缚着。而个人主义，与传统的部落精神结合起来，已成为毁坏世界的威胁。只有在长期经济低迷和疯狂战争的折磨之后，一个更幸福世界的魅影逐渐出现和清晰，觉醒的第二阶段才可能实现。而在大部分情况下却从未实现过。"人性"，或者说许多世界中各智慧种族的本性，是无法改变的，环境也不能够再造其本性。

但在极少数世界上，精神面对其绝望的困境时，却迸发出了奇迹——或者说环境奇迹般地重塑了精神，有些读者可能会更喜欢这种说法。觉醒在忽然之间发生了，并广泛传播，令意识达到了一种新的澄明之境，意志获得了新的整全。将这种变化称为"奇迹"，只是表达即便对于之前时代展现的"人性"有着最完整的知识，也无法在科学上预言它的到来；但在以后的世代看来，这算不上什么奇迹，只是很晚才苏醒过来，达到了寻常的神智清明，而之前那种昏沉麻木，才几乎是奇迹呢。

这一史无前例的通往理智的道路，首先表现为一种广泛传播的激情，想要寻找一种新的社会秩序，它应当是正义的，也应当普世推行。当然，这种社会激情并不是完全新颖的东西。一小部分人很久以前就在构想它了，也在克服犹豫，尝试着想为它献身。但是现在，精神已具有相应的潜力，加上环境的残酷鞭笞，这一社会意志就普及开来。在它仍然充满激情之时，新近觉醒、立足未稳的人们仍然能够及时采取英雄的行动，全世界的整个社会结构就被重新组织了。在一两代之后，这颗行星上每个个体都能获得充分的生活所需，有机会去完整地锻炼自己的能力，让自己获得快乐，也为整个世界共同体服务。现在就有可能让新世代的人民意识到，世界秩序并不是陌生的僭政，而是普遍意志的表达，他们生下来便继承了一份高贵的遗产，为其生、为其受苦和为其死都得其所。对于本书的读者来说，这种变化看起来也许是不可思议的奇迹，而这样一个国度简直就是乌托邦了。

我们中那些来自较不幸星球的成员，怀着既激动万分又辛酸杂陈的心境看着这一幕：一个接一个的世界从看似无法逃离的深渊中成功地浮出水面，一个个充斥着沮丧怨毒的生灵的世界消失了，而取而代之的世界上，每个个体都会被慷慨精心地抚育，再不会被无意识中的嫉妒仇恨所侵蚀。很快，虽然在生理上并无变化，新的社会环境却催生出了一代人口，看上去仿佛是属于另一个物种。无论是在生理、智能、独立精神，还是社会责任感等方面，都远超旧族类，其精神的完备和意志的整全就更不用说了。本来人们有时候还担心，如果消灭了一切严重的精神斗争的起源，心灵也会被剥夺一切创造性工作的动力，这将使下一代堕入平庸，但他们很快发现，种族的精神丝毫没有停滞，而是继续前进去发现新的斗争和胜利的领域。在剧变之后，世界上的居民都成了"精神贵族"，他们带着好奇与难以置信的心情回首之前的时代，发现极其难以想象那些纠结混乱、卑鄙下流和极为不智的动机，而自己的先祖中，哪怕是最幸运的那一部分成员，其行为动力的主要源泉也在于此。他们认识到，在这场革命之前，因精神上的营养不足以及过多毒素，全族类都得了严重的精神疾病，令妄想与狂热的瘟疫肆虐。随着对心理洞察的加深，他们对旧的心理学产生了一种兴趣，恰如现代的欧洲人对那些将世界各国扭曲到无法辨认地步的古代地图产生的兴趣一样。

我们倾向于将世界觉醒中的这一心理危机视为从青春期向成年的艰难过渡，因为在本质上，这是从少年时的兴趣中走出来，抛掉玩具和孩子气的游戏，发现成年生活的乐趣。部落的威望也好，个人的权柄也好，军事的光荣也好，工业的发展也好，都失去了令人着迷的光彩；相反，幸福的生灵们在文明的社会交往中、在文化活动中、在建设世界的共同事业中找到了快乐。

在紧接着克服精神危机之后的那个历史阶段，世界虽然觉醒，但种族主要的注意力还是集中在社会重建上。许多英雄之举不断涌现，因为需要建立的不仅是一个新的经济体系，也需要建立政治组织、普世法律和教育等方面的各种体系。在很多情况下，这一新精神指导之下的重建阶段本身就是一个冲突严重的时期。因为，即便人们都真诚地同意社会生活的目标，对于其实现手段还是有严重的分歧。引起的这些冲突虽然激烈，但和之前那些极端个人主义和群体仇恨所掀起的冲突在本质上却是完全不同的。

我们注意到，各种族的新世界秩序千差万别。这也是可以预期的，因为这些世界在生物性上、心理上和文化上都完全不同。棘皮人的完美世界秩序当然必定和鱼形–蛛形共生体的完美世界秩序大不相同，也不同于航海船族的完美世界秩序，等等。但是我们也注意到，在所有这些成功的世界上，都有一些令人瞩目的共同点。比如，在可能最为广泛的意义上，这些世界都是以公有思想为主导的。因为在所有这些世界中，生产工具都是公共享有的，没有个体能够操控他人的劳动去为自己的利益服务。并且，在某种意义上，所有这些社会秩序都是民主的，因为对于政策最终的认可来自全世界的民意。但是很多情况下，并没有民主投票，没有世界民意表达的合法渠道。相反，一种高度专门化的科层体制，甚至是一位世界独裁官，可能以法律上的绝对权力去组织全世界的活动。不过人民的意志一直通过广播表达，也能对其实施监管。我们很惊讶地看到，在一个真正觉醒的世界上，即便独断也可以在本质上是民主的。我们观察到一些难以置信的情景——某个"绝对的"世界政府，当面临一些特别重大和难以决断的政治事务时，曾经紧急呼吁各地做一个形式上的民主决议，但只从所有地方上收到如此回复："我们不能给你建议，你必须根据你的专业经验做决定，我们会遵从你的决定。"

在这些世界里，法律基于一种非常特殊的认可，无法想象这种认可方式能在地球上成功运作。没有任何人会试图用暴力去强制实行法律，只除了对付一些危险的疯子——偶尔也会发生这种回到较早时代的返祖现象。在一些世界中，有一整套复杂的"法律"体系规范群体的经济和社会生活，甚至个体的私人事务。在我们第一印象看来，这些世界好像不存在自由。但是稍后我们发现，居民们尊重这整套复杂的体系，就好像是尊重游戏规则，或者艺术的标准，或者任何历史悠久的社会都有的、法律之外的无数习俗。大体来说，个人遵守法律因为他相信法律作为行为指导的社会价值。但只要他感觉法律是不合适的，也会毫不犹豫地打破它。

他的行为可能会冒犯邻居，或者造成不便乃至更严重的损害。他们可能会怒气冲冲地抗议。但是永远不会有强制的问题。如果那些相关人等无法说服他承认自己的行为是有社会危害的，这个案件可能就会由一种世界政府以名誉支持的法庭去裁判。如果其决定是不利于这个被告的，而他仍然坚持其非法的行为，也没有人会阻止他。但是公众的责难和社会的排斥有极大的威慑力，因此极少有人会违反法庭的判决。被隔离的可怕感觉，对于违法者来说好像是被烈火灼烧般的折磨。如果他的动机不过是一己之私，那么他迟早都会崩溃。但如果法庭错误地判断了他的情况，或者其行为基于某种深刻价值观，超越其同胞的认知，他也可以坚持下去，直到最后令公众折服。

我提到这些奇特的社会制度，只是为了说明乌托邦的世界和本书读者所熟悉的世界，这两者的精神面貌有着极大的不同。读者很容易想象，在我们的游历中，遇到了千奇百怪的风俗习惯和社会制度，不过我没法停下来去讲述其中哪怕是最奇特的那些。勾勒出觉醒世界的典型活动对我来说就够了，这样我就能继续去讲这个故事，不只是个别世界的故事，而是我们的银河系作为整体的故事。

当一个觉醒世界经过了全面的社会重建阶段，获得了一种新的平衡之后，就将进入一种稳定的经济和文化发展中。机器，之前是统治身体与心灵的主人，如今是忠实的仆人，将确保每个个体都享有完满而丰富的生活，地球上的一切都比不上。通过电波通信和火箭旅行，人人都能深入地了解其他民族。无人化生产将不需要多少人工就能维持文明，一切残害心灵的苦役都会消失，每个世界公民最好的精力都能够自由地用来进行那些值得让一个心灵健全的智慧生命为之付出的社会服务。所谓"社会服务"应当从非常宽泛的意义上去理解。许多生命完全沉溺于古怪的、不对谁负责的自我表达，这似乎也是一种社会服务。共同体能够很好地负担起大量这样的浪费行为，因为偶尔从中也会出现富有创造性的无价之宝。

觉醒世界的这一稳定而繁荣的阶段，我们称为"乌托邦阶段"，可能是任何世界的生命在一切时代中最为幸福的一个时代。虽然仍然会有这样或那样的悲剧，但是不再有广泛而徒劳的苦难，并且我们注意到，在之前的那些时代，人们普遍觉得悲剧就是生理的痛苦或者早夭之类，现在它更加容易表现为不同人格之间的碰撞，或彼此渴求而又无法共处的苦闷；因为那种更加粗暴的灾难已经极为稀少，而人与人之间的关系又变得更为微妙和敏感。我们在战争与瘟疫中所经历的那种举目皆是的肉体苦难、整个民族的受难与灭绝等，在觉醒世界几乎是不可能有的，除了那种非常罕见的情况——大气消失、行星爆裂或者整个行星系统进入某种云团或尘埃团中的天文灾难，令整个种族都被毁灭。

因此，在这一延续几个世纪到千万年之久的幸福阶段，这个世界的全部精力都将用来令世界共同体变得更完美，并通过文化和优生学的方式，让种族的质量得以提升。

这些世界在优生学上的工程，恕我无法多说，因为如果不对这些非人类外星种族的生物学和生物化学特性有具体知识的话，绝大部分内容都是无法理解的。单说这点就够了，优生学家首要的任务，就是阻止遗传病的延续，以及身体和心理上的畸形。但在伟大的生理转变之前，即使这种基本的工作也经常导致滥用。各国政府试图在下一代清除若干性格，如精神之独立，这是它们所厌恶的。无知的狂热分子会鼓吹干预对配偶的选择，既不合人情，又充满误导；但在更加开明的时代，人们认识到了这些危险，并且避免了它们。即便如此，优生学的发展也经常导致灾难。我们看到有一个辉煌的智能鸟族，试图根除一种容易导致恶性精神疾病的因素，结果坠入了禽兽的层次。因为这种容易致病的因素，正好在基因上间接地与正常大脑发育的条件相关，但一般遗传到第五代子孙才会出事。

　　关于积极的优生工程，我只需提及对于感官范围和精确度的改进（主要是视觉和触觉），发明新的感官、改善记忆、提升智能以及强化时间的区分能力。这些种族开始能够区别时间绵延中越来越细微的时段，同时也延展其对时间的把握，能够将越来越长的时段作为"现在"。

　　许多世界最初将大量的精力投向这一类优生学的工作，但是后来发现，尽管这能够提供给他们丰富新颖的体验，但是必须延后，因为还有更紧要的事务。比如说，既然生活的复杂性不断提升，推迟个体头脑的成熟时间很快就很有必要了，这样才能更为彻底地消化早期的经验。曾有言道："在人生开始之前，应该用一生的时间来度过童年。"与此同时，人们也想方设法将成年期延长到自然长度的三四倍之多，并缩短老年期。在每一个优生学技术登峰造极的世界上，迟早都会出现一个公众热议的话题：生命最为合适的长度是多长？所有人都同意，人生必须延长，但是有一派希望仅仅延长三四倍就够了，其他人则坚持认为，至少得比正常的人生长一百倍，才能让每一个人都享有那些值得获取的人生体验的绵延无尽，深邃无极。还有一派甚至鼓吹永生，由永远不会老的不死者组成一个永恒的种族。他们论证，虽然明显有着头脑僵化、发展停滞的风险，但是只需设法让不死之族中成员的生理状态永久处于最青春鼎盛的时期，就能避免这个问题。

不同的世界为这个问题找到了不同的解决方案。有一些种族分配给每个成员按地球时间算不超过三百年的生命周期；另一些种族给人们五万年。棘皮人的某一种族决定原则上让人们获得永生，但又赐予他们一种天才的心理机制，如果长寿的古人开始与变化的时代境况脱节，他会很快注意到这一点，因此会主动要求执行安乐死，将自己的位置让给一名更现代类型的继承人。

众多世界中的其他许多优生学实验也硕果累累。一般的个体智能自然早已经提升到远超地球智人的水平。但即使是只能通过共同体在心理上统一而形成的超级智能，也在最高级的实践层面上大获发展，这正使整个世界成为一个意识体。当然，除非个体在世界共同体中的社会性融洽已经变得就像是神经系统中诸多神经元的统合那么紧密无间，这是绝不可能发生的。它要求心灵感应达到一种极高的发展水平。进一步来说，除非绝大多数个体获得了地球上无法想象的海量知识，这也是不可能的。

在乌托邦阶段，这些世界最后也最难获得的能力乃是超越时间与空间的心理自由，亦即一种力量，能够去直接观察甚至参与在时空上远离观察者的事件。而我们在整个探险中则一直非常疑惑：我们这种绝大多数成员都属于较低等层面的存在，竟能够获得这一自由，而我们现在发现，这种自由就连那些高度发达的世界也很难驾驭。现在我们有了解释。如果光凭自己，我们是绝不可能进行这样的漫游的。在我们的整个探索过程中，其实都在无意识中受到一个由众多世界组成的系统的影响,后者经过千百万年的研究才获得了这一自由。卓越的鱼形－蛛形共生种族在我们银河系的历史中担当了领头羊的角色,若没有他们的持续支持,我们是一步都无法迈出的。他们就是引领我们整个游历过程的幕后英雄,多亏了他们,我们才能在自己原始的故乡世界报告自己的所见所闻。

超越空间与时间的自由,进行宇宙探索以及通过心灵感应进行影响的力量,既是一个完全觉醒的乌托邦世界最为强大的资产,也是最危险的。许许多多融合为一个心灵的光辉种族,因为不明智地使用了这种力量而遭遇了灾难。有时候,世界心灵在冒险之中,通过心灵感应遇到了来自银河系各个角落的痛苦与绝望,它们如滚滚洪流倾泻而下,将其淹没,令它无法保持清醒理智。有时候,单单是所发现的细微环节难以索解,就能令它陷入精神崩溃而无法治愈。有时候,它因为太过迷恋心灵感应的漫游,而忘记了自己在故乡星球上的生活,因此世界共同体失去了指导他们的共同心灵,陷入混乱和败坏,而进行探索的心灵本身也因此死去。

2. 诸世界之战

在上文描述的那些繁忙的乌托邦之中,有一些甚至在另一个地球出现之前就建立起来了,一大部分繁荣昌盛于我们的地球成形之前，但是最为重要的乌托邦，许多还远在我们的未来，在最后的人类种族灭亡之后很久才隆重登场。这些觉醒世界中被毁灭的比例，自然远小于更为低阶、能力也更差的行星。因此，尽管每个时代都有许多星球陨落，银河系中觉醒世界的数量却随着时间的推移而稳定增加。行星的诞生需要既成熟但又未到老龄的恒星之间发生相遇，因此在银河系历史的后半部分才达到了（或者将会达到）峰值，然后便开始减少。但因为一个世界从纯粹动物性到成熟精神之间波浪状的发展平均也需要数十亿年，乌托邦和完全觉醒世界的数量峰值到来的就只有更晚，此时银河系在物理上已经过了全盛期。进而言之，虽然在较早的时期，几个觉醒世界之间通过星际旅行或者心灵感应的方式，有时候能够成功地建立联系，但直到银河系历史的较晚时期，诸世界之间的关系才成为觉醒世界注意的焦点。

在世界觉醒的过程中，有一个非常严肃、微妙而又很容易忽略的危险：兴趣也许会"固着"在某个当下努力的层面上，因此不会有进一步发展。这看上去很奇怪，因为心理学知识远远超过人类水平的生物，似乎不应该被困在这样的陷阱里。看来，在精神发展的每一个阶段，只要还没达到最高的层次，心灵的生长点总是十分柔弱和容易被误导的。

无论是怎么造成的，事实就是一些非常发达的世界，甚至有了共同的心灵，却以一种怪异的、我发现很难理解的方式被扭曲了，结果是灾难性的。对此我只能略述己见：看起来在这些世界中，对于真正共同体以及精神澄明的渴求，本身就变成了沉迷于排他的一意孤行，因此这些崇高的扭曲导致的行为可能会变质，而成为某种很像是部落主义和宗教狂热的东西。这种病症很快就导致了对一切异己元素的扼杀，只要看似是反对被普遍接受的世界共同体文化的就会被划为异己。当这样的世界学会了星际旅行，他们也许会构想出一种狂热的欲望，将自己的文化加诸整个银河之上。有时候，这种狂热的情绪充满暴戾，乃至将他们真正鼓动起来，去对一切抵抗他们的生灵发动残酷的宗教战争。

在通向乌托邦与澄明意识的道路上，任何一个阶段都存在着走火入魔的可能，即便不导致暴力毁灭，也可能在任何时候都让觉醒中的世界走上歪路，前功尽弃。超人的智能、勇气以及奉献者们的坚持，都可能推动世界朝向一个被误导而无价值的目标。因此，在极端的情况下，即使是一个乌托邦的世界，拥有超级个体的心灵也可能逾越清醒明智的界限。其体格既极为壮硕，头脑又陷入疯癫，则可能让邻居们深受其害。

此等悲剧，需等到行星际和恒星际的旅行普及开来之后才可能发生。很久以前，在银河系的早期，只有少数带着行星的恒星，达到乌托邦的世界也只有半打而已。他们分散在银河系的各个角落，相距极为遥远。每个世界都过着几乎与外部隔绝的生活，只是偶尔和其他智能世界以不甚稳定的心灵感应稍加接触，聊解孤独之苦。稍晚一些时候，但仍是在早期，这些银河系的头一批子女们完善了其社会和生物天性，一只脚已经踏进了超级个体的门槛，便开始行星之间的旅行。他们一个个利用火箭进行空间飞行，并且为了殖民附近的行星而培育出特化的种类。

又过了一段岁月，到了银河历史的中期，出现了比早期多得多的行星系统，也有越来越多的智能世界度过了其他无数世界难以克服的心理危机，崭露头角。同时，一些"上一代"的觉醒世界，已经超越了行星际旅行的阶段，正在面对和解决恒星际旅行的一系列艰难问题。这一全新力量不可避免地改变了银河系历史的面貌。在此之前，虽然最为觉醒的世界之间有一些试探性的心灵感应探索，但银河系的主要形态还是一系列孤立的世界各自过着小日子，互不打扰。但当恒星际旅行出现后，各个世界不同风格的个别传奇逐渐汇聚在一起，便成了一场囊括万方的群英会。

行星系中的旅行，最初是通过普通燃料推动的火箭飞船开展的。在所有早期探险中，一个很大的困难就是如何避免撞上流星体。即使是最高效的飞船，由最有经验的人员驾驶，在流星相对不多的区域行驶，由于其微不可见又有致命的危险，仍然可能随时撞毁或熔毁。直到发明并开发出原子里的能量宝藏，这一问题才得到解决。那时候可以隔着很远就发射出射程很大的能量弹，或者炸掉流星体，或者迫使其转向，以此来保护飞船。人们还费尽心思发明了一种类似的办法，保护宇宙飞船及其成员免受持久而致命的宇宙射线雨的袭击。

恒星际旅行与行星际旅行不同，在能够利用原子内能[1]之前是极不可行的。很幸运的是，一般直到一个世界发展的后期，当其精神已经足够成熟，才能获得这种能源，此时运用这种一切物理手段中最为危险的力量才可能避免发生灾难。但是仍然发生了一些灾难。好几个世界在事故中被炸得粉碎。在其他一些世界中，文明暂时被毁灭了。但是大部分统一心灵的世界迟早都能驯服这位强大的灯神[2]，让它提供充沛的能量为人们工作，不仅是在工业上，还能在改天换地的伟业中，如改变行星轨道以改善气候。这个危险而精密的工程是如此生效的：在特定的时间和地点，发射巨型的原子内能火箭装置，其反作用力就能逐渐积累，改变行星轨道，将其推到希望的方向上。

真正的星际旅行最初也是这么进行的：通过一系列时间和地点都被设计好的火箭推动，让一颗行星脱离自然轨道，以一种比正常的行星和恒星运动快得多的速度将其发射到外层空间去。不过还需要别的，因为如果行星没有太阳照耀，生命是无法存活的。对于短

---

①　sub-atomic energy，这是斯特普尔顿所设想的原子内部反应产生的能量，但与后来说的"原子能"不完全一样，不仅指核裂变和核聚变产生的能量，也包括某种电子与质子之间类似反物质湮灭的能量过程，因此这种能量比一般原子能要强大得多，而他设想中发现的过程也艰难得多。关于这种能量，本书作者在《最后和最初的人》第二章第二节及之后章节中有更详细的描述。

②　Djn，指一种伊斯兰信仰中的精怪，无形而充满宇宙之中，拥有神奇的力量。最为西方读者熟知的当为《一千零一夜》中阿拉丁从神灯中唤出的那位，故译为灯神。

程星际旅行来说,有时可以通过激发行星本身物质中的原子内能来克服困难;但对于或许要延续千万年之久的长途旅行来说,唯一的办法就是制造一个小型的人造太阳,将其作为一颗发光的卫星射入太空,照耀这个有生命的世界。为此,一颗无人的行星将会被带到故乡行星附近,让二者形成一个双星系统。然后设计一套机制,让这颗没有生命的行星进行原子的受控裂变,以产生光和热的持久源泉。这两个彼此旋转的星体将会被发射到群星之间。

也许有读者会觉得,这种精密的操作看起来是不太可能的。要是我有工夫描述在这一工程成功之前那些上百年的实验以及差点毁掉世界的事故,也许读者的怀疑就会冰释吧。但是我也只能用几句话打发掉这一整部由科学飞跃和勇士豪情构成的漫长史诗。只说这点就够了:在整个过程完成之前,许多人口众多的行星或者化为冰球,在宇宙空间中飘荡,或者被其自身的人工太阳烧成了焦土。

群星彼此相隔是如此遥远,以至我们用光年来衡量它们的距离。如果在星际间航行的诸行星仅仅以和恒星本身差不多的速度前进,即便最短的旅程也要持续好几百万年。但因为星际空间对于运动的物体几乎不会产生任何阻力,所以动量不会损失,因此一个航行的世界只需要最初花上许多年用火箭推进,就能让它的速度远远超过最快的星体。实际上,即便是沉重的自然行星进行早期的航行,在我们的标准看来也已经是伟大的奇观了,但我还要提到,后期航行中还有小型的人工行星以几乎一半光速进行远航!因为特定的

"相对论效应"无法再加速到更快了。但即使是这样一种航行速度，也让前往附近恒星的旅行变得相当可行，如果有任何其他的行星在这一范围内的话。我们也必须记住，一个完全觉醒的世界，根本无须将人的一生这么微不足道的时间纳入考虑。尽管其个体可能死去，但这个统一心灵的世界在本质上是永生的。它也习惯于用百万年为单位去制订计划。

在银河系的较早年代，从一颗星到另一颗星的远征是极为艰难、罕有成功的。但是到了后来的时期，已经有成千上万个世界产生了智能生命，其中几百个已经进入了乌托邦阶段，就出现一种非常严峻的情况。星际旅行此时已经是轻车熟路了。在太空中，以极为坚硬和轻盈的人造材料制造出了直径达许多英里长的巨型飞船，作为探索舰队。这些舰队以火箭发射出去，不断加速，直到其速度几乎达到光速的一半。即使这样，从银河系的一端到另一端，也需要二十万年。但是没有理由进行这么长时间的航行。超过这个时间十分之一长的寻找合适行星的星系之旅都十分罕见。大部分要短得多。那些获得和保持了一个共同意识的种族会毫不犹豫地派遣大量这样的探险队。最后他们可能会将自己的行星本身发射出去，穿越茫茫星海，泊入一个开路先锋所推荐的遥远星系。

星际旅行的问题在于它太令人着迷，有时候即使相当发达的乌托邦世界也会沉迷其中。发生这种事，只可能是因为在这个世界的构造中有某些不完整的地方，一些隐秘的、无法满足的渴望驱使着这些生灵去这么做。这个种族也许会疯狂地投入旅行当中。

为了新的共同事业，这个世界的社会组织将在斯巴达式的严格作风指导下重建。所有的成员也都沉溺于这种共同的爱好，渐渐忘记了之前曾主要关注的深度人际交往和创造性精神活动的生活。精神的整个发展历程，即以批判的理性和精细的感性去探索宇宙及其自身的本性，也将逐渐陷入僵局。情感和意志最深的根基，在觉醒世界是完全理智状态的时候，本来是被保护在精神内省的范围之内的，而此时也将变得日益模糊。在这样的世界上，共同心灵将越来越少地自我理解，而越来越多地追求幻影般的目标。以心灵感应去探索银河系的方式，此时已经完全被抛弃了。在物理上去探索宇宙的激情，如今则披上了宗教的外衣。共同心灵让自己确信，无论付出多大的代价，也要在整个银河系内传播自己文化的福音。尽管文化本身正在消失，但这个世界却把文化的理念捧到天上，作为对自己政策的辩护。

在此要自我反省一下，我也许给了读者以错误的印象。必须明确区分相对低层次精神发展中的疯狂世界，和那些几乎是最高层次的疯狂世界。较低层次的世界或许是单纯沉溺于星际旅行或者其技艺，所需的仅限于勇气和纪律。但有几个层次高得多的觉醒世界则更为悲剧，它们所沉迷的似乎是为了共同体和精神澄明本身，因此矢志传播其所引以为傲的这一类型的共同体及其特殊形态的精神。

对它们来说，星际旅行只是建立其文化和宗教帝国的手段而已。

照我刚才所说，仿佛我确信这些令人生畏的世界真的疯了，离开了心灵与精神成长的正轨。但它们的悲剧其实在于，尽管在其对手看来，它们看上去要么是疯了，要么是内心充满邪恶；但对它们自己来说，它们却显得极为理智、务实和有德性。有时候，我们这些被弄糊涂的探索者也几乎确信这就是真相了。我们和它们有极为亲密的接触，可以说，能够让我们看破其表面的疯狂，看到背后的理性；看破其表面的邪恶，看到核心之处的正直。这种疯狂或者邪恶，我只能用形容人类的疯癫或者恶意的词汇来指代，但事实上，它在某种意义上是人类望尘莫及的，因为它虽然包括了对一些天赋的滥用，但无论如何也不是人类的理智和德性可以比拟的。

当这样一个"疯狂"世界遇到一个理智的世界，它会真诚地表达自己最为理性和善良的意愿。它只希望进行文化的交流，也许还有经济的合作。它会一点一点地让对方了解自己的同理心、绝佳的社会秩序以及充满动力的奋斗目标，从而赢得尊重。每个世界都会把对方视为一种精神的高贵表现，虽然说十分陌生，有些地方也难以理解。但是正常的世界会一点点地意识到，在"疯狂"世界的文化中，有一些看似细微但影响深远的看法，似乎是完全错误、残酷和充满侵略性的，也与精神本身相敌对，但却是主导这个世界对外关系的动机。

同时，"疯狂"世界也会很遗憾地得出结论，另一个世界到底还是严重地缺乏感知力，无法获取最高的价值和最为英雄的德性，实际上，对方的整个生命在最深处都是败坏的，为了自身好也必须对其加以改变，否则还不如毁掉。因此，每个世界虽然对彼此还尚存一些尊重和不舍，但也会悲伤地谴责对方。但是"疯狂"的世界绝不会就此草草了结关系。它最终会带着信仰的狂热发动进攻，设法清除对方的文化流毒，甚至消灭其人民。

现在，在事情结束后，我要谴责这些"疯狂"的世界如何变态和堕落是很容易的，反正它们最终在精神上崩溃了。但是在这些冲突的早期，我们经常迷惑而绝望，因为分不清楚哪一边才是真正理智的。

在星际航行中，好几个疯狂世界都因为自己太过蛮干而折戟沉沙。另一些因为太长时间研究的压力，整个社会神经崩断了，陷入内部冲突。不过有一些成功地达到了目的，在几千年的远航之后，抵达了一些邻近的星系。此时的入侵者多半处于绝望的困境中。他们往往耗尽了人造小太阳中的大部分燃料，为了节约，他们必须大为削减光和热的配给，乃至当他们最后发现合适的行星系统的时候，自己的行星已经几乎完全冰冻起来。到达后，他们首先将会泊入一条合适的轨道，也许会花上几个世纪恢复元气。然后他们会探索邻近的世界，寻找最为宜居的，为了在上面生活而改造自身或者其后代。如果任何一颗行星上已经有智能生命了——这也是常有的事——这些入侵者或早或晚都会与之发生冲突，或者是简单粗暴地因为某颗行星矿藏的开采权而开战，或者更可能是因为入侵者执意要传播自己的文化。因为进行文明的传教，本来虽只是他们英勇远征的表面理由，现在也变成一种严格的执念了。他们会难以想象，此间的文明虽然不如他们自己的发达，但却更适合本地的生命。他们也无法意识到，自己的文明之前虽然是一个觉醒世界的光辉表现，却可能已经在精神生活的最本质方面堕落了，尽管还拥有机械强力和狂热的宗教情怀，却尚不如本地人较为简朴的文化。

我们见过许多次绝望的抵抗：有一些像地球人那样较低位阶的世界对抗疯狂的超人所组成的种族。后者不仅有不可战胜的原子内能的武装，也有高级得多的智力、知识和奉献精神，并且还有一种巨大的优势——其所有的个体都参与到了种族的统一心灵中。双方的力量天差地别。尽管我们一开始最看重精神性的发展，因此也存有偏见而站在觉醒但却倒行逆施的入侵者一边，我们的同情心却很快分裂了，然后几乎完全过渡到了本地人一边，无论其文化是何等原始。虽然他们愚昧无知、充满迷信、自相残杀、在精神上迟钝而粗野，但我们在他们身上认出了一种力量、一种虽稚嫩但平衡的智慧、一种动物般的机敏、一种精神上发展的可能性，这恰是另一方已经失去的。另一边的入侵者们无论多么卓异不凡，但终究是倒错堕落的。我们渐渐地将这种冲突看成是一个全副武装、丧心病狂的宗教狂人去袭击尚未驯服但潜力无限的野孩子。

当入侵者将这个新发现的行星系统中的每一个星球都榨干之后，他们会再次感觉到传播教义的渴望。他们说服自己，将在银河系范围内扩张其宗教帝国看作是自己的责任，把一些先锋部队放在几颗行星上，再推动这些行星飞到宇宙深处去。甚至可能把整个星系都拆掉，带着传教的狂热让它的诸多行星散射到四面八方去。有时候，他们在旅行中也会遇到来自另一个高级疯狂世界的种族。然后就会发生战争，其中一方或者另一方——又或许是两个同时——会被摧毁。

有时候，这些疯狂世界也会遇到某种和自己同一层面，但没有大建宗教帝国狂想的世界。本地居民最初虽会以理性的礼节来欢迎入侵者，但逐渐会意识到他们碰到了疯子。他们会迅速改造自己的文明，以应对战争。问题就看哪一方的武器更先进，战术更精明。但是如果这场相争漫长而悲惨，本地居民即便是获胜，也可能会在战争岁月受到精神重创，而永远无法恢复神智了。

那些被宗教帝国主义的狂热所统治的世界，将远在经济压力要求进行星际旅行之前就开始着手扩张。另一方面，那些更为明智的世界之精神，迟早总是能发现一个极限，物质和人口的增加超越了这个点以后，对于练习更高级的精神能力就无甚裨益了。因此，它们会满足于停留在故乡的行星系中，令经济和社会永远保持稳定。因此，它们能够将大部分用于实践的智能贡献给对宇宙的心灵感应式探索。世界之间的心灵感应交流如今也变得更为精确和可靠了。

银河系已经过了它的原始时代,那时候每个世界都在独自生活,在光荣孤立中开展其宏图大业。事实上,就像地球人所感受到的那样,地球如今已经"缩小"为一个国家,在我们银河系生活的关键阶段,整个星系也"缩小"为一个星球的规模。那些在心灵感应探索中最为成功的世界精神,现在建立起了一种涵盖整个银河系的、相当精确的"精神地图",虽说还有一小部分反常世界,根本无法与之建立任何持久联系。还有一个非常发达的涵盖众多世界之系统,它在心灵感应交流中神秘地"退出"了——此事我稍后再说详情。

现在,诸疯狂世界和行星系之间的心灵感应能力已经大为削弱了。尽管它们经常是被更为成熟的世界精神用心灵感应进行观察的,甚至在一定程度上还被其影响,他们自己却十分志得意满,因此根本不愿费心去探索银河系的精神生活。对他们来说,物理旅行和神圣的帝国大军已经是和周围的宇宙进行交流的足够手段了。

随着时间推移,出现了若干个疯狂世界的大帝国,它们相互争斗,每一个都宣称自己负有使命,要去统一和唤醒整个银河系。这些帝国的意识形态其实相差无几,但它们每一个都带着宗教狂热而相互敌对。这些帝国诞生在银河系中彼此远离的不同地带,能够轻松地征服其势力范围内任何乌托邦水平以下的世界。因此,他们从一个行星系扩散到另一个,直到最后帝国之间发生接触。

接下来的一场场战争是之前在我们的星系中从未发生过的。自然行星和人造行星组成舰队，在群星间迂回，相互斗智，并且用原子内能的远程喷射摧毁彼此。战争狂潮横扫过宇宙空间，整个整个的行星系统被连根拔起。许多世界之灵骤然间不复存在。许多低等的种族本来根本没有参与争斗，也因四周爆发的宇宙大战而被殃及，屠灭净尽。

但是银河系实在太过广袤，这些世界之间的战争，虽然极为可怕，最初却被看成是少见的事故，仅仅是文明在高歌猛进中的不幸插曲。但是瘟疫在蔓延。越来越多的理智世界在被疯狂的帝国攻击时，开始重新组织军事力量保卫自己。他们正确地认识到，目前的处境光靠非暴力理想是不可能对付的，因为敌人并不像是任何一种"人"的群体，他们已经完全被清洗掉了"人性"而无法再拥有同理心。但是，他们期望可以靠武器拯救自己的想法同样是错的。即便在接踵而来的战争中，自卫一方也许最后能够获胜，但这斗争实在太长、太充满毁灭性，乃至胜利者自己的精神也被损伤，无法再修复了。

银河系历史后期的某一阶段可能是最为恐怖的时代，在其中我不由自主地想起了我在地球上有过的那种困惑和焦虑。整个银河系，差不多九万光年方圆，包含三百亿颗恒星，此时已经有超过十万个行星系，数千个智能种族，一点点地全都瘫痪在战争的恐惧之下，并且周期性地受到战争爆发的折磨。

不过，在某一方面，银河系的状况比起今天我们的小小地球还更加令人绝望。地球上的任何一个国家都还不是觉醒的超级个体

（super-individual）。即便是那些被集体癫狂统治的民族也是由个体组成的，而这些个体在私人生活中还是有理智的。如果命运稍有变化，也许这些民族就不会那么疯狂了。或者如果有富于技巧的宣传，传播人道统一的理念，也可能令局面改变。但是在这个银河系的恐怖时代，那些疯狂的世界几乎从其存在的根基来说，就是疯狂的。每个疯狂世界都是一个超级个体，其整个生理和心理的组成，包括个体成员的身体与心灵单位，现在都为了一个疯狂的目的而被重新组织起来了。要说服这样一个受限制的个体去反对其种族神圣而疯狂的目的，并不比说服一个疯子的脑细胞为了保持温文尔雅去反抗整个大脑更为可行。

在这样的日子里，生活在一个不算最为高阶也不能洞察一切，但是已觉醒且还有理智的世界上，就会感受到（或者将会感受到）银河系的困境是绝望之极的。这些中等的理智世界组成了一个联盟去抵抗侵略，但是因为它们在军事组织上比起疯狂世界来要欠发达得多，也不愿意将个体成员纳入军事专制体制下，也就处于非常不利的地步。

并且，敌人也都联合起来了，因为一个帝国已经完全凌驾于其他帝国之上，让所有的疯狂世界都染上了相同的宗教帝国主义激情。尽管疯狂世界组成的"合众帝国"（United Empires）仅仅包括银河系中的一小部分世界，但理智世界却也无从期盼速胜。因为它们是一盘散沙，也不擅长战争。与此同时，战争也在侵蚀联盟成员自己的精神生活。紧急事务以及惊怕恐惧等开始遮蔽他们心灵中更精细、更高端的思维能力。它们仍然咬牙坚持认为，人际沟通和文化创新等才是真正的生活方式，但却越来越缺少进行这样活动的能力了。

联盟中的大部分世界，发现自己堕入了一个陷阱而无力挣脱，它们绝望地感到，自己认为是神圣的那种精神，那种寻求真正的公共体和真正觉醒的精神，最终无法取胜，因此也就不是真正的宇宙精神。一种谣言开始传播：统治世间万物的是盲目的运气，甚至可能是一种邪恶的神灵。有一些世界开始想象，造星主创造一切，仅仅是为了满足毁灭的邪欲。他们被这个恐怖的猜想吓到，自己也陷入了疯癫。他们害怕地想，也许敌人正如其所声称的，是神之愤怒的使者，因为自己过于狂妄，竟然想要将整个银河系，甚至整个宇宙，变成完全觉醒、慷慨大度的生命之天堂，所以特来惩罚自己。

随着人们越来越感觉到主宰一切的最终是撒旦之力，对于其自身理想正当性的怀疑也水涨船高。这一点更具有杀伤力，最终让联盟的成员陷入绝望。有一些投降了敌人；另一些因内部矛盾而崩溃，失去了精神的统一性。这场银河战争似乎即将以疯狂一方的胜利而告终。的确，这本来也是必然之势，但此时有一个遥远而卓越的行星系统出手干预了。如我们之前提过的，那个系统已经有很长时间离群索居，与银河系的其他部分断绝了心灵感应的交流——即是在银河系的青春岁月里,共生的鱼形族和蛛形族所建立的行星系统。

3. 银河历史的危机

在这一帝国扩张期间,始终有几个行星系统,虽然觉醒程度不如亚星系的共生族,但也非常高阶,他们从远处通过心灵感应的方式观察着事态的进展。他们看到,帝国的前线稳定地朝自己推进,知道自己很快也会被卷入其中,他们有知识和能力,足以在战争中击败敌人,也收到了绝望的求救信号,但是他们什么也没有做。这些世界从头到脚,都是为了在和平安定中进行觉醒世界自身的活动而组织起来的。他们清楚,如果他们决定重塑整个社会结构,调整其心灵,他们就能确保军事上获胜。他们知道因此可以拯救许多个世界免遭征服、压迫和其中最美好部分的毁灭。但是他们也知道,如果重组自身、拼命投入战争而在这战乱岁月中完全忽略那些应有的活动,那么不等敌人来压迫和毁灭,他们自己就会先毁掉自己最美好的东西了。而毁掉了这些,他们也就杀死了自己所认为的银河系中最有生命力的萌芽。因此,他们放弃采取军事行动。

最后,当疯狂的宗教分子侵入更为发达的行星系统之一时,本地人热烈欢迎入侵者,调整了他们所有行星的轨道,让那些入侵的行星安顿下来,邀请外来者把其中一部分人送到行星上居住,为他们提供更合适的气候条件。然后在这个新组建的星系中，他们秘密地逐渐对整个疯狂种族进行一种心灵感应式的催眠。这种催眠力量极为强大，令对方的共同心灵很快就解体了。入侵者变成了无法协调的个人，就像普通的地球人一样。因此他们不知所措，目光短浅，陷入内部纷争，也没有更高的目的，更沉醉于自己的事情而不是投入共同体。人们曾经希望，当疯狂的共同心灵被废弃后，入侵种族的个人们很快会受到引导，去发现和追求更为高贵的理想。不幸的是，这一更高级种族的心灵感应技巧不足以了解入侵者早已被埋葬的精神之蛹，赋予其空气、温暖和光明。因为这些孤独无助的个体的天性自身就是一个疯狂世界的产物，他们也就无法得到拯救，无法回归为理智的共同体。因此，高级种族将他们隔离开来，让他们自己去走完不幸的命运之路，于是又有了持续许多年月的部落纷争和文化衰落，最后灭绝——生物一旦无法适应新的环境，其灭绝也就不可避免了。

好几次的入侵远征就这么被机智地消灭了，疯狂帝国的诸世界上也有了一种说法，说一些看似和平的世界实际上比一切其他敌人都要危险，因为他们显然有一种"毒害灵魂"的特殊力量。帝国主义者决定消灭这些可怕的对手。他们指示攻击部队避开一切心灵感应的会谈，远程把敌人轰成齑粉。他们发现，最好的办法就是将这个要毁灭的行星系统的太阳给引爆。如果以一种强大的射线激发，其光球层的原子会开始分解，这种狂暴的反应会迅速扩散，很快让整个恒星进入"新星"①状态,将其所有行星烤得熟透。

　　命运让我们目睹了这些世界的命运,他们并没有拉低自己进行抵抗,而是带着极度的平静——不,是一种欣喜和欢乐——接受了被彻底消灭的前景。后来我们会看到将我们的银河系从灾难中拯救出来的奇特事件。不过,首先看到的是悲剧。

　　我们从攻击者和被攻击者的视角进行观察,看到不止一次——而是三次——对于我们所遇到的最为高贵的种族的大屠杀,不过,这些堕落的入侵者本身的天然精神等级也几乎与之相当。我们看到三个世界——更确切地说是三个行星系统,每一个系统都由各种各样特化的亚种组成——灰飞烟灭了。在那些被判死刑的行星上,我们真切地看到太阳炸开了,出现了猛烈的喷发,迅速地膨胀变大。通过我们的宿主,我们真切地感受到热力在迅速增加;通过他们的眼睛,我们看到了致盲的强光。我们看到草木枯萎,大海沸腾。我们听到也感受到狂暴的飓风袭来,在他们面前摧毁建筑,卷起废墟。我们带着震惊与敬畏,体验着这即将死去的天使一般的种族,迎接最后时刻时内心的某种宁谧与欢欣。

　　实际上,恰是在悲剧时刻感到了这种天使般的欢欣,才让我们

---

　　①新星是指一颗暗星忽然由暗变亮,仿佛新出现的恒星,其亮度可以增加数万到数百万倍。按今天的认识,新星基本上都发生在双星系统中,是白矮星吸积太多伴星气体引起核聚变所导致的间歇爆发引起的。斯特普尔顿所描述的分解的链式反应,更像是核裂变。

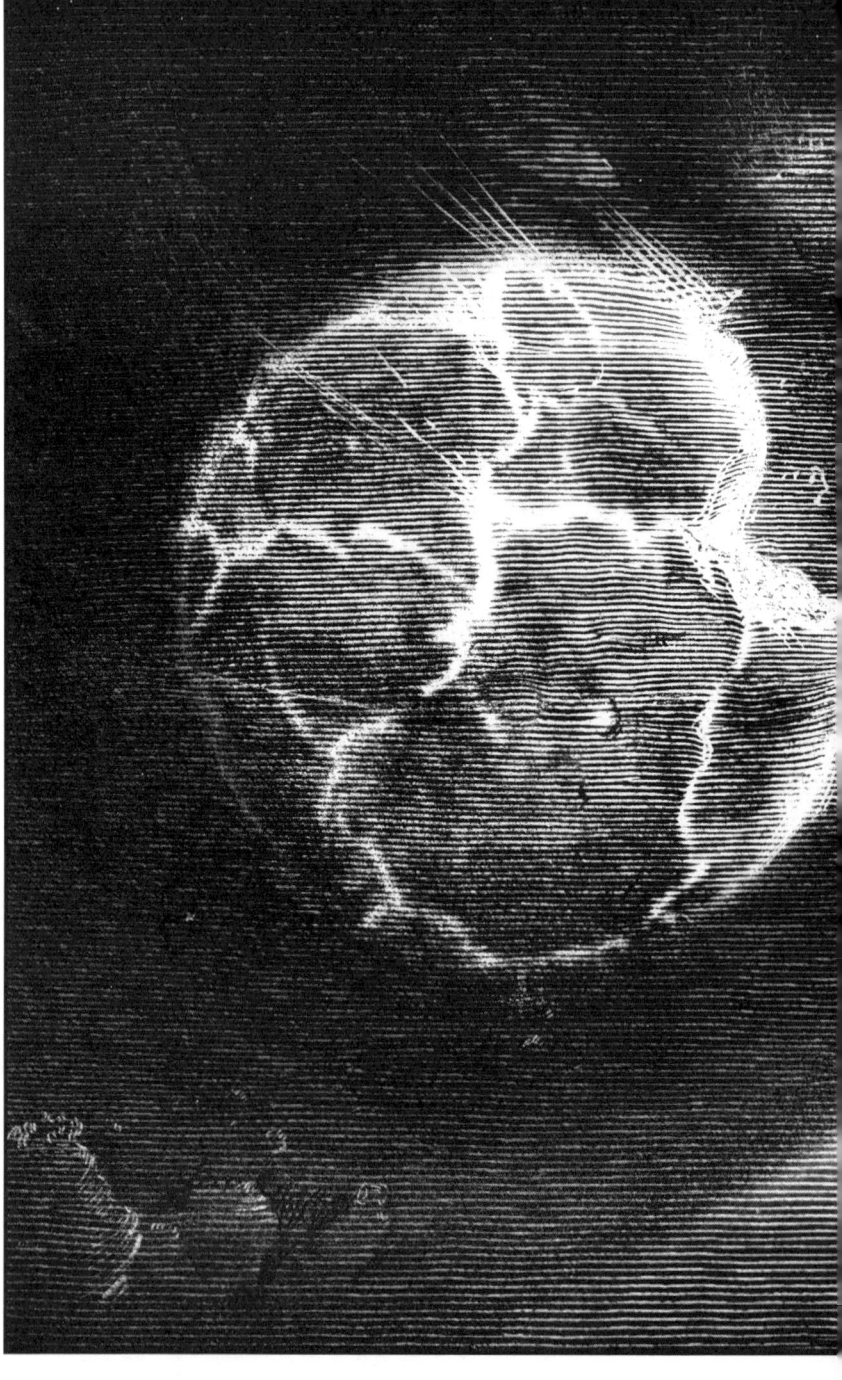

第一次清晰地了解到,面对命运,什么才是最具有精神力量的态度。灾难带来的单纯的肉体痛苦很快就让我们无法忍受,因此被迫从这些殉难的世界上撤退。但我们虽然离去,那些注定灭亡的种族本身却不仅接受了这种折磨,而且欣然接受了他们那光荣的共同体的彻底毁灭,连带无数希望的破灭;接受了这种苦涩的命运,就好像这不是致命的毒药,而是永生的金丹一样。我们直到这次壮游的末尾,才有那么一刻完全理解了这种神游状态的意义。

当时我们感到很奇怪,这三个受害的种族竟没有一个试图抵抗对方的进攻。实际上,在这些世界上,任何一个居民在任何时候都没有考虑过抵抗的可能。每一次,他们面对灾难的态度看起来都是这样的:"如果进行报复,必将深深地伤害我们的共同精神,令其毁坏而无法治愈。我们宁愿选择去死。无论是因为侵略者的残忍还是因为我们自己而去拿起武器,我们所创造的精神追求都将无可避免地被击碎。与其荼毒精神而胜利,还不如毁灭。如果这样,则我们所达到的精神才能不朽,它已被编织进宇宙的经纬中,永不会毁灭。我们在死去时,也赞美这宇宙,至少在其中可能涌现像我们一样的成就;我们在死去时,也知道在我们身后还有更大的荣光将出现于其他的星系中;我们在死去时,也赞美造星主,而他亦是灭星主(Star Destroyer)。"

4. 亚星系的成就

在这三个行星系统毁灭后，第四个也将面临末日时，一个奇迹或者看似奇迹的现象改变了银河系的整个历史。在讲述这一命运转折点之前，我先要回顾一下故事的线索，追溯一个行星系统的历史，此时它在银河系的历史中起到了关键作用。

请回忆一下，在银河系的"大陆"之外，有一个"岛屿"，在其中生活着鱼形和蛛形的共生种族。这个种族建立了几乎是银河系历史上最古老的文明。他们远在另种人之前就在精神发展中达到了人类的层面。虽然几经盛衰兴亡，但在几十亿年中，他们取得了伟大的成就。我上次最后提到，蛛形族的一些特化种族已经占领了其行星系中的所有行星，而鱼形族则仍在故乡行星的海洋中生活，二者之间有着永存的心灵感应联系。一个个时代过去了，他们几次都濒临灭亡，有时是因为太鲁莽的物理学实验，有时是因为心灵感应的探险太过冒进。但随着时间推移，他们获得了在银河系中无可匹敌的精神发展。

他们那小小的"岛宇宙"，那在银河之外的星团，已经完全为其所控制，其中包含许多天然的行星系统。有一些行星系统，当蛛形族探索者通过心灵感应的方式去造访时，已经发现住满了本地的种族，但还未发展到乌托邦阶段。共生族让他们自己去创造自己的命运，只是在其历史的一些危机时期，秘密地通过心灵感应从远处给他们一些影响，也许能帮助他们提升精神活力，更好地应对困难。因此，当其中一个世界进入现在地球人所面临的危机时，它似乎自然轻松地就度过了危机，直接进入世界共同体和乌托邦的构建。共生族小心翼翼地隐藏自己，不让原始种族发现，唯恐他们因此失去了心灵的独立。因此，即便当共生族乘坐火箭飞船在这些世界间漫游，开采附近无人居住的行星上的矿产资源时，也不会去打扰前乌托邦等级的智能世界。直到这些世界本身也完全进入乌托邦时期，开始探索附近的行星，共生族才让他们知晓真相。那时候，他们才能欣喜地接受此事，而不会感到沮丧和恐惧。在那以后，这个年轻的乌托邦世界通过实体和心灵感应的沟通方式，将会迅速提升到共生族本身的精神位阶，他们也将在平等基础上合作共建一个共生世界。

有一些前乌托邦世界，虽然本性不坏，但难以进一步发展，共生族就把他们保护起来，不去打扰，供科学研究之用，就像我们在国家公园里保护野生动物一样。千千万万年过去了，这些生灵被自己的天资所束缚，徒劳无益地挣扎着，试图应对类似当代欧洲的危机。在一个接一个的循环里，文明从野蛮中崛起，机械化让不同族群进入令人不安的接触，国家和阶级间的战争催生出对更好的世界秩序的渴望，但却总是徒劳无功。一个接一个的灾难又毁掉了文明的组织。渐渐地，野蛮再度回归。亿兆斯年，这一过程来回往复，共生族用心灵感应的冷静目光观察着他们，而那些在他们注视之下的原始造物却从未猜疑到他们的存在。就好像是我们自己俯视某个岩潭，看着里面的低等生物以原始的冲动重复着其祖先亿万年前就学会了的生命活动。

　　共生族无须触碰这些活化石一样的世界，他们手头有好几十个行星系可以用。并且，因为他们掌握了高度发达的物理学，拥有了原子内能，就能够在太空中建造可永久居住的人造行星。这些伟大的空心球体是由人造的超级金属和人造透明刚玉等构成的，其大小多种多样，最早也最小的结构和一颗微型的小行星差不多，但也有比地球还大得多的巨球。它们没有外在的大气层，因为它们的质量一般非常小，无法阻止气体逃逸。有一层防护力场保护它们免遭流星和宇宙射线的侵害。行星的外表面是完全透明的，用来封闭大气。就在那下面，悬浮着光合作用站以及太阳能发电装置。这一外壳的一部分被用作天文台和行星轨道控制器、行星际通航飞船的码头。

　　这些世界的内部是一连串同心球体，用巨型的大梁和拱形支撑起来。球体之间点缀着大气调节装置、巨型水库、食品工厂、日用品工厂、工程车间、废品转化带、居住与休闲区域，还有大量的研究实验室、图书馆和文化中心。因为共生族最初是海洋生物，其中便有一片中心海洋，居住着鱼形族的后裔，他们已经被深入改造过了，身体不爱动弹但精神却极为活跃，因此构成了这个智能世界的"最高大脑群"。在那里，就像在母星的原始海洋中一样，共生伴侣们寻找彼此，两个物种的幼儿也茁壮成长。亚星系的其他一些种族最初并不是生于海洋，所以他们建造的人造行星，虽然大体类型上是一样的，但当然也会有适合自己特殊天性的设计。不过，所有的种族都感到有必要彻底重塑自己的本性，去适应新的生活条件。

数不清的岁月过去，人们建造了几十万个小世界，都是这种类型，但是型号越来越大，复杂度也逐渐增加。许多恒星本来没有天然行星，也被人造世界的同心环所包围。在一些情况下，内部的环包含几十个有生命的人造球，而外部的环包括几千个，都处于与恒星保持特定距离的位置上。即便是同一个环上的诸世界，也有巨大的差异，无论是在实体上还是精神上。有时候一个相对较老的世界，甚至是一个世界之环，会感到自己在精神的卓越性上被年轻的世界和种族超越了，那些世界的物理构造，或者种族的生物结构，表现出了精益求精的技巧。所以一个老迈的世界，要么是一潭死水地延续其文明，那些年轻的世界会容忍它、爱戴它或者研究它；要么就是选择报废，将其材料用于建造新的人造行星。

有一种小小的人造世界，属于非常罕见的类型，几乎完全由水构成，就像是一个硕大无朋的金鱼缸。外壳是透明的，上面分布着火箭推进装置和行星际飞船码头，下面是一个球形的海洋，其间贯穿着支撑外壳的大梁，并持续有氧气注入。有一个很小的固体核心充当海底。这个带壳的巨型水滴中，群居着鱼形族和到访的蛛形族。

每个鱼形族先后差不多有二十个伴侣来访,他们都在其他的世界上工作。鱼形族的生活是很奇特的,他们既被监禁,又超越一切空间的限制。鱼形族从来不离开自己生长的海洋,但却通过心灵感应与整个亚星系的共生族进行交流。并且,鱼形族还进行着一种实践活动——天文学。天文台就紧贴在这个人造行星的玻璃外壳之下,天文学家们在那里游动着,研究着恒星的组成和星系的分布。

不过,这些"金鱼缸"世界也只是过渡性的。在疯狂帝国的时代到来前不久,共生族开始试验,要创造一个世界,仅仅由一个有机体组成。在许多年月的实验之后,他们制造出了一种新的"金鱼缸"世界,其中的整个海洋都被一种固定的网络贯穿,那是由个体的鱼形族之间直接进行神经连接而组成的。这个遍布世界的、珊瑚一样的活体组织与这个世界的机械装置和天文台等也有永久的连接。因此它是一个真正的世界有机体,因为鱼形族协调一致,共同构成了一个完美统一的心灵。每个这样的世界,也就在完全意义上是一个有心灵的个体生物,就像是一个人一样。其中还保留了与过去的一个关键连接:蛛形族也适应了这种新的共生关系,他们从遥远的行星上来造访时,会在这水下的长廊中游曳,找到自己被固定的伴侣,进行融合。

在这个银河系外围的星团或者亚星系中,越来越多的恒星套上了一圈圈的世界之环,而其中这种新的有机体世界也越来越多。亚星系的居民中,大部分都是原来的鱼形族或蛛形族的后裔,但也有许多居民的天然祖先是人形生物,从鸟云、虫群或者植物族人进化来的也不少见。在诸世界之间、诸世界环之间以及诸多太阳系之间,也有持续的交流,无论是通过心灵感应还是真身造访。小型的火箭飞船在每个行星系间定期来往。大型飞船或者高速的人造行星,从一个行星系飞到另一个行星系,探索整个亚星系,甚至尝试横跨广袤的虚空,进入银河系本部,那里还有亿万颗恒星没有行星,可以给它们套上世界之环。

奇怪的是,此时,物质文明和殖民事业的胜利进军却缓慢下来了,甚至陷入了僵局。亚星系诸世界之间的实体交流继续保留着,但没有再增加。而对于毗邻亚星系的银河"大陆"边缘地带,人们也放弃了真身进行探索。在亚星系内部,没有再建立新的世界,工业生产仍然继续,但需求在逐步减少,就物质舒适程度来说也没有进一步的发展。实际上,生活方式与习惯正在逐渐减少对物质辅助的依赖。在共生族的世界中,蛛形族的人口在数量上减少了,鱼形族在海里的固定位置上充满热情地生活在一种永久性的专注思考中,这自然也通过心灵感应被其伴侣们所享有。

在这一时期,发达的亚星系与银河系中少数几个觉醒世界之间的心灵感应交流被完全废弃了。在此之前的很长时间里,交流早已是断断续续而难以维持了。很明显,亚星系人已经远远超过了银河系的邻居,他们对于这些原始地带也只剩下考古的兴趣,而且这种兴趣也越来越不如他们自己的世界共同体的迷人生活或者对遥远星系进行心灵感应探索更有吸引力。

对我们这组探索者来说，我们一直在拼命设法维持我们的共同心灵与这些世界的心灵之间的联系，但我们还不到其发达的程度之万一。目前，亚星系人那些最为精妙的活动我们也无法触及了。我们只观察到这些行星系统在较为明显的实体和精神活动方面出现了停滞。最初，这种停滞看似是因为其天性中某种隐秘的缺陷所引起的，或许这是其无可挽回的衰落的第一步？

但是，稍后我们开始发现，这种表面的停滞并非死亡的征兆，反而是更有活力的生命表现。人们不再关心物质的发展，只是因为他们打开了精神发现和成长的全新领域。事实上，这个伟大的多世界共同体由成千上万个世界心灵组成，正忙于消化漫长的物质生活进展的果实时，又发现自己能够进行未曾预料过的全新精神活动。最初，我们对这些活动的性质完全一无所知。但是随着时间推移，我们学会了如何让自己的神识被这些超人的生灵集中起来，借此稍微瞥上一眼是什么令他们如此着迷。看起来，他们一方面正在向上千万个河外星系进行心灵感应式探索；另一方面还在研究一种磨炼心灵的技术，让他们能够设法对宇宙的本性有更为透彻的洞察，洞见一种更为精妙的创造性。我们发现，这又是因为他们完美的多世界共同体正逐渐开始朦胧的新觉醒，要进入存在的更高境界，作为整个亚星系中所有世界单一的共同心灵而存在。

尽管我们无法参与到这种崇高存在的生命中,但我们猜想它那吸纳一切的激情也许和人类中最为高贵的灵魂渴望着"与上帝面对面相见"不无相似。这一全新的存在渴望拥有至高的洞察力和坚韧性,让自己能够直接面对一切光明、生命和爱的源泉。事实上,这一行星系中所有的生灵都全神贯注,要进行这次漫长而神秘的朝圣。

5. 狂乱者的悲剧

当银河系主体"大陆"上疯狂的联合帝国集中火力,对几个不仅神志清楚而且在精神等级上也胜过他们的世界发动进攻时,亚星系中的情况正如上所述。在坐拥至高文明的亚星系中,共生族及其同侪早已不再关注"大陆"上的琐屑事务。他们只集中注意在宇宙整体上,以及进行精神的内在修炼。但是联合帝国犯下的三起大屠杀的第一起,毁灭了一个比自己发达得多的种族,这看起来引起了波动深远的大震荡,可以说,在整个更高的存在层面上产生了回响。即便亚星系人正在全力以赴其宏图大业,也曾对此稍加留意。他们再度以心灵感应关注邻近的星系大陆。

当他们正在研究局势时,第二起杀戮发生了。亚星系人知道自己有能力阻止任何进一步的灾难。但是令我们十分惊讶、恐惧和不解的是，他们淡漠地等待着第三起发生。更为奇怪的是，虽然被毁灭的世界本身是与亚星系有着心灵感应交流的，但并没有发出求救。受害者和旁观者一样淡然地研究着形势，甚至带着一种明快的欢欣之情，几乎像是一种娱乐。

从我们较低层面的角度来看，这种超脱，这种看上去的轻快，最初似乎不像是天使般的高高在上，更像是缺乏人性。这是一整个世界，充满了有感受、有智慧的生灵，正在热切地追求生活和共同体的事业。这里有刚刚相爱的情侣、有专心研究深奥难题的科学家、有致力于新颖而精妙的理解形式的艺术家、有千万个社会实践行业的工作者，这些行业的工作人类一无所知，这里事实上有着个人生活的一切丰富形式，也是一个高度发达世界的运行方式。每一个个体的心灵都参与到所有人的共同心灵之中；每一个人不仅是作为个人，也是作为其种族的灵明本身去进行体验。但是这些生灵如此淡定地面对世界末日，其痛苦之轻微，就好像是我们要提早离开一场有趣的游戏一样。在观察者的心灵中，这一迫在眉睫的悲剧也没有引起痛心疾首的同情，只是有一点儿惋惜，还带着点儿滑稽，就好像我们看到一位出类拔萃的网球选手因为些许小事故——比如扭伤脚踝——而在某次锦标赛第一轮就出局一般。

最终，我们艰难地理解了这种奇特的平静由何而来。旁观者和受害者都专注于对宇宙的研究，深深地意识到了宇宙的丰富和潜能，最为重要的是沉醉于一种精神冥思，即便是受害者自己，看待毁灭的出发点，也是一种人类会称为神圣的视角。他们那种看上去有点儿轻浮的兴高采烈深深地扎根于这一事实：对他们来说，个人的生命，甚至个别世界的生与死，主要也只是为宇宙本身的生命贡献一曲生动的旋律。从宇宙的视角来看，灾难也只是细碎小事，虽然很令人沉痛。甚至可以说，如果通过一系列世界的牺牲，即便是非常辉煌的觉醒世界，能够让人们更清楚地认识到疯狂帝国的非理性本质，这牺牲也是非常值得的。

因此，第三起杀戮也发生了。然后奇迹出现了，亚星系的心灵感应之能远远胜过银河"大陆"上散布的几个高阶世界。它无须正常交流方式的辅助，就能够击溃任何抵抗。它能够进入狂乱分子的心中，直抵埋葬已久的精神之蛹。这不仅是一种毁灭的力量，不仅是用催眠的方式抹掉共同心灵的作用，也是一种唤醒的力量，点燃心中的火焰，直指每个人心中那沉睡的理智之心。这一技能现在被用在银河"大陆"上，效果摧枯拉朽，但也造成了许多悲剧。因为这种能力也并非无所不能。

在疯狂世界的一些角落，有一种奇怪的精神"疾病"开始蔓延。对于那些世界的正统帝国主义者来说，这看起来是疯症。但实际上，这是在那些本性已经完全被疯狂的环境所改造了的生灵身上，所发生的一种迟到而效应不显的觉醒，试图回归理智。

这种疯狂世界中的理智之"疾病"往往是这么发展的：在个别地方，有些个体在尊奉这个世界的共同思想并执行其严格训练的行为时，发现对于他们生活的世界认为是最宝贵的思想认识，心中却有私下的怀疑和反感在发出嘲弄，他们怀疑破纪录的帝国和破纪录的航行有什么意义，也反感对机械成就的崇拜、对智识的奴役以及种族本身的神圣性。当这些令人烦恼的思想增长时，这些个体感到困惑，反倒开始害怕自己失去了"理智"。然后他们会小心地跟邻居探讨。慢慢地，这些怀疑传播开去，声音也越来越大，直到最后，每个世界都出现了不算太少的少数派。这些人虽然仍在履行公共职务，但渐渐与公共心灵失去了联系，变成了孤立的个体。但是这些个体虽孤立，在内心却比他们所脱离的高高在上的共同心灵更有理智。正统的多数派害怕这种精神解体，会使用熟悉的残酷方法去对抗，这些方法在帝国尚未文明化的军事前哨一直成功地运用着。异议分子会被逮捕，要么让他尸骨无存，要么被集中放逐到最不宜居的星球上，希望这种残酷刑罚能够有力地以儆效尤。

但这种政策失败了。这种特殊的精神疾病传播得越来越广，直到"疯子"在人数上超过了"正常人"。之后发生了内战，投入其中的和平主义者大规模殉难，在帝国主义者内部也出现了分歧，在每个属于帝国的星球，"疯狂"都在与日俱增。整个帝国的组织分崩离析。帝国的主干是一些精英行星，若没有臣民行星的服务与供奉，他们就像兵蚁一样无法养活自己，失去帝国就注定了他们的灭亡。

当几乎所有这类世界上的几乎所有人口都恢复了理智，他们将付出艰辛的努力去重构自己的生活，达到自足与和平。你也许会觉得，这一任务虽然艰巨，但是应该难不倒这些种族，因为单论智能和社会忠诚度，地球人所知道的和他们相比完全不在一个层次上。但仍有意想不到的困难，并非在经济上，而是在心理上。这些生灵曾经是为了战争、僭政和帝国的目的设计出来的。尽管高阶心灵的远程感应刺激能够激活沉睡在他们身上的精神萌芽，让他们意识到，他们所属世界的整个目的都是狗苟蝇营，但心灵感应的影响不能够彻底重塑他们的天性，令他们从此抛弃旧日生活，完全为精神而活。虽然有英雄主义的自我磨炼，但他们仍易于沉入懒惰中，就像是养在家里的野兽；或者爆发狂性，在彼此身上施加那些统治的冲动，这在之前本来是用在那些臣民行星上的。他们虽然做出这样的事，却也都怀着沉重的罪恶感。

对我们来说，看到这些世界的苦痛，也感到心碎。这些刚刚觉醒的生灵一直保留着真正共同体和精神生活的印象，虽然这种印象时常萦绕在心，但他们却已经失去了在具体细节中实现它的力量。并且有时候，心灵的转变对他们来说实际上变得更糟。在此之前，一切个体都完美地服从和执行共同意志，而不用受到个体良心的检讨。但是现在，个体就仅仅是个体，所有人都被彼此怀疑和寻找自我的剧烈冲动折磨得奄奄一息。

这些前帝国主义者心中的挣扎有多么激烈，依赖于为帝国主义打造的专门化影响他们有多深。有一些年轻的世界，专门化的程度还不深，在一段时间的混乱后，就会又有一段时间的重新调整，展开新的世界计划，待时机到来，又会成为理智的乌托邦。但是在大部分这样的世界上，是不可能有这种出路的。要么是混乱持续下去，直到种族的衰退到来，世界沉入个体人类的状态，或者猿人的状态，甚至回到动物；又或者，理想和现实之间的冲突如此令人悲恸，乃至整个种族都选择自杀。但这仅是个别情况。

我们无法在此过多描述看到的几十个星球堕入心理颓废的具体情况。但是作为始作俑者的亚星系人看着自己造成的后果，却并不退缩，仍继续运用自己的力量清扫和摧毁这些心灵。他们也会感到怜悯，就好像我们怜悯一个玩具被打碎了的孩子一样，但并不会因其命运而感到义愤。

只过了几千年，所有的帝国星球，或者改造了自身，或者堕入野蛮，或者就是选择了自杀。

6. 银河乌托邦

我所描述的这些事件，发生在——或者从人类的角度来说，将要发生在——对我们来说非常遥远的未来，相当于我们距离最早的恒星形成时代一样遥远①。银河历史的下一个阶段，覆盖了从疯狂帝

---

①按照斯塔普尔顿的"附录二　时间图表"图表一，恒星形成大概发生在两百亿年前，银河战争将发生在两百亿年后。

国的覆灭到全银河的各个多世界共同体成立乌托邦的时期。这一过渡时期本身在某种意义上也算是乌托邦了，因为它是一个胜利大发展的时代，参与的众生灵本性丰富而和谐，也受到了完美无缺的教育，而不断扩张的银河共同体（Galactic Community）也极为理想，令人甘心效忠。不过，银河社会还在扩张，其结构也时时变动，以适应经济上或精神上的新需求，仅就还需要改进这一情况而言，它还不是乌托邦。在这一时期的末尾，出现了一个彻底的乌托邦时代，在其中已臻完美的银河共同体开始将注意力指向自身之外的其他星系。此事我将会在适当处详述，也会讲述那些始料未及的事件，它们将如狂风暴雨般摧残这美妙的福祉。

目前，我们必须先关注扩张的时代。亚星系的那些世界，既认识到要想在文化上取得巨大的进展，就要大幅扩充觉醒世界的数量，使其包罗万象，此时也开始积极参与重建银河"大陆"的工作。他们通过心灵感应的交流，将他们已创立成功社会的消息传递给整个银河系中所有的觉醒世界，并且召唤所有人前来加入他们，共建一个银河乌托邦。他们说，全银河中的每一个世界都必须是一个有强烈意识的个体，每一个都应该贡献其个体的特性及其丰富的经验，让所有世界的经验百川归海。他们说，当这个共同体最终完成时，它必须继续推进到所有恒星系组成的更伟大无比的共同体中，去实现其功能，参与到目前还只是猜测阶段的更高阶的精神活动中。

在较早的沉思时期，亚星系的那些世界，或者说亚星系间或醒来的单一心灵,似乎有过一些发现,这些发现恰好对银河社会的奠基有重要影响。因为他们现在提出一个要求:银河系中有心灵的世界的数量必须比目前增加至少一万倍之多。他们说,为了让一切精神的潜能得到实现,世界类型的多样性必须大大提升,每种类型的世界至少要有几千个之多。他们在较小的亚星系共同体中已经学到了很多,意识到只有一个大得多的共同体才能探索宇宙的各个领域,他们自己已经瞥见了一小部分,但只是遥遥地望上一眼而已。

银河"大陆"的诸自然世界被这一计划的宏伟规模惊呆了,也不无疑虑。他们觉得,按现在范围进行的生活就已经很好了。他们相信,精神并不喜欢过于庞大和复多。亚星系人回复此意见说,提出这样的反对意见岂非乖谬? 恰是因为成员千差万别,才让你们的世界取得今天的成就。在银河系的层面上,诸世界的多种多样,就像在某一个世界里个体生灵的多种多样,或者个体生灵的层面上神经细胞的多种多样,同样是有必要的。

最后,这些自然世界在银河系生活的发展中起到的作用渐趋减少。有一些仅仅停留在自己孤立发展的成就上;另一些加入了大型的合作,但是既没有热情也没有多少才能;但也有一些衷心地加入了这一事业,也起到了作用。的确,其中有一个还起到了重要作用。这也是一个共生种族,但是和建立亚星系共同体的共生族不属于同一类。这一共生族由两个种族构成,他们本来生活在同一个行星系的不同行星上。其中一个是智能鸟族,因为母星变得越来越缺水而陷入绝境,不得不设法入侵一颗邻近的行星,上面居住着人形族的物种。不知过了多少世代,他们时而斗争,时而合作,在此我无法细说,但最后他们建立了一种彻底的经济与心理共生关系。

银河世界共同体的建设已经远远超出了本书作者的理解能力。当时是通过探索者的共同心灵,我才能以一种加强过的澄明意识了解到这些晦涩艰深的事物,而现在我根本无法清晰回忆起这些了。即便在当时,我也感到要理解这个紧密结合的多世界共同体的宏伟目标,是十分艰难的。

如果我的记忆还稍有可信,我记得在银河历史的这一阶段,诸多有意识的世界主要从事三种活动。主要的实践工作是让银河系自身的生活变得更加丰富与和谐,增加完全觉醒的世界的数量和多元性,让他们在精神上更加统一,以达到一个临界点。他们相信,达到这个临界点后,会催生出比之前的一切都更为警醒的经验模式。第二种活动是通过物理学和心灵感应的研究,寻求与其他星系更密切的接触。第三是一种精神锻炼,为世界心灵等级的生命体而打造。第三点看起来主要是(或者将主要是)一边加深世界精神个体的自我意识,一边将其意志和仅仅是私下的追求相分离。但这还不够。因为在这种精神上升的较高层面,就像在我们这种精神中最为低下的层面一样,需要更为彻底地将个体追求与整个宇宙中心灵与生命的历程相分离。因为当精神觉醒时,它就日益渴求不仅仅是从一个造物的眼中观看一切存在，而是以一种普遍的视角去观照，仿佛是从造物主的眼中去看一样。

最初，建立银河乌托邦的任务占用了觉醒世界几乎所有的能源。越来越多的星辰戴上了同心的珍珠项链，虽然是人造的，却完美无瑕。每一颗珍珠都是一个独特的世界，生活着一个独特的种族。自此以后，最高层次的持存个体就并非一个世界，而是千百个世界组成的系统。在不同的系统间，有轻松和愉悦的对话，就好像不同的人之间一样。

在这些条件下，成为一个有意识的个体就能够直接享受一个行星系统内的所有种族居民的统一感官印象。因为世界本身的感官不只是通过生物的肉体去体验，也会通过感受范围极广和精细程度极高的人造工具去感知，有意识的个体也就不只是感知到几百个行星各自的结构，也会感知到整个行星系统簇拥着其太阳运转的整体构造。他也能感知到其他的太阳系，就好像人们能够你看见我、我看见你一样；在远方，像他一样由其他"众多世界"组成的"人"也正闪闪发光，在太空中旋转与漂流。

在有意识的行星系统之间有着无穷无尽、变化万千的人际交流。就像在两个人类之间一样，他们有爱有恨，有同情有讨厌，有欢乐的亲密也有冤家的聚头，有合作也有使绊，无论是对于个人的事业还是对于建设银河乌托邦的共同伟业。

就像在共生的伴侣中一样，在不同的行星系统之间，有时候也会有一种几乎类似调情的暧昧关系，当然实际的性爱是不可能发生的。相邻的系统会发射人造小世界，或者更大的世界，甚至一连串世界，穿越虚空之海，去绕着对方的太阳旋转，进入彼此的私生活，共组一种共生的或者不如说是"共心灵"（sympsychic）的关系。偶尔会有整个的行星系统移居到另一个系统，将其世界之环插入对方的一个个环间空隙中。

心灵感应交流让整个银河系联合起来，虽然心灵感应具有不受距离影响的巨大优势，但其他方面看起来就没那么完美了。只要有可能，还是需要补充以真身的旅行。贯穿整个银河系，在每一个方向上，游动的小世界汇成洪流，往来不息。

在银河系建立乌托邦的任务并非没有遇到过摩擦。不同的种族倾向于不同的星系管理政策。尽管战争目前来说是难以想象的了，如我们熟悉的一个国家之内人际冲突或者组织间的冲突是很普遍的。比如说，在主要对建设乌托邦感兴趣的行星系统、主要关注与其他星系联系的行星系统和主要关注于精神事务的行星系统之间就有长期的斗争。在这些大型党派之外，也有一些行星系统的小组织，它们倾向于将个别行星系统的福祉放在全银河事业的发展之上。它们更关注心灵交流的爱恨情仇，更关注实现诸行星与系统的私己能力，而不是组织或者探索精神的净化。尽管它们的存在经常会激怒那些激进人士，但这是健康的现象，能够制衡过度与僭政。

在银河系的这一乌托邦时代，另一种健康的影响开始在忙碌的诸世界上表现出来。心灵感应的研究将视线投向了那些早已灭绝的植物族人——他们因为自己的神秘主义静默走火入魔而走向消亡。现在乌托邦世界从这些古老但非常独特善感的生灵中学到了很多。从那以后,体验的植物模式就被完整而安全地嵌入了银河心灵的机制之中。

第十章　银河全景

　　在我们看来，银河系中诸多世界的麻烦最后已结束，现在银河乌托邦已经获得普遍支持，未来必然会带来一个接一个新的荣耀。我们肯定，在别的银河中也会出现这样的过程。我们天真地期待，在全宇宙中，奋斗不息的精神很快会迎来完全和最终的胜利。我们甚至设想，造星主也会欢喜于其事功的完美结局。我们竭尽所能地运用下面的语言去表达那无法表达的东西：我们想，在宇宙开始前，造星主是孤独的，因为爱，也为了共同体，他决定创造一个完美的造物，作为自己的配偶。我们想象着，他出于对美的渴求和对爱的意愿，创造了她；但又在制造过程中鞭笞她、折磨她，为了她最后能够战胜一切敌手，成就其完美，他虽有全能，却无法自己达到这种完美。我们想，宇宙就是那样一个造物。我们天真地想，我们已目睹了宇宙成长的大部分历程，剩下的也就是最后的高潮，一切星系通过心灵感应融合起来，成为这宇宙中唯我独尊、完全觉醒的精神，完美无缺，足够永远成为造星主思考与欣赏的对象。

这一切，在我们看来是正大光明的王道。不过，我们已兴趣淡薄。我们已经满足于银河系后期岁月中持久的成功发展，有太多奇景缤纷，对于其他恒河沙数的星系也就不再好奇了。几乎可以肯定，它们和银河系也是大同小异。事实上，我们已经看得太多，不免审美疲劳，甚至有些失望了。亘古时光以来，我们一直观察着这么多世界的命运。那些世界的激情，对它们固然是新颖无伦，对我们却是早已经历，老调重弹。我们分担过所有的苦难与屈辱，也分享过所有的荣光。现在，宇宙之理想，精神之彻底觉醒，似乎已经唾手可得。但我们已经感到疲倦了。臻于完美的精神，能否总揽存在之千变万化并且享受之，又有何要紧？我们自己是否能完成朝圣，又有何关系？

在亿万年中，我们的探索者同伴们被分遣到银河各处，艰难地维系着单一的共同心灵。每时每刻，"我们"虽然说是我和许多旅伴组成，事实上却只是一个"我"，是唯一的观察者在观察许多世界；但是维系这一融合体本身也是一件苦差。"我"渐渐地感到昏昏欲睡；分而言之的"我们"也各自思念起小小的故乡世界，我们的家园，我们的巢穴；思念那种动物性的迟钝，让我们可以远离宇宙的无限广大。具体来说，我这个英格兰人，渴望着安全地睡在自己的房间里，与她同枕，白昼的忙碌都被抹去，只剩下安眠，以及平静而模糊地意识到，爱侣就在身边。

我虽然已经疲乏至极，却无法入眠。我必须和我的同伴们在一起，畅游千万繁荣的世界。一个新发现让我们逐渐从睡意中清醒过来。我们渐渐感到，这乌托邦的无数行星系统中，主流的心态远远不是觉得胜利在望。在每一个世界，我们都发现人们深深地相信，一切有限的存在都是渺小而无力的，不管看起来多么高大上。在某一个世界，有一位（某种意义上的）诗人。当我们告诉他我们对宇宙目标的构想时，他说："如果宇宙终有一日会醒来，那么当她醒来时，她也会发现自己不是造物主唯一的爱人，而仅仅是一个小小的泡沫，漂浮在无涯也无底的存在之海上。"

我们最初以为，众神一般的诸世界之灵既拥有全宇宙的资源在手，也有永恒的生命在前，他们的远征必然是无可抵挡的，但现在逐渐发现事情还有另一面。他们精神能力的进步，以及横跨宇宙组建共同心灵，导致其对于时间的体验也有了变化。心灵对于时间的把握范围已经激增。千年万载，在觉醒世界的体验中也不过是繁忙的一天。他们对于时间流逝的意识，就好像一个人坐在独木舟中，观看身边的河流，在上游最远处似乎流动缓慢，但下游就转为激流，变得越来越快，而前方不远处是一个大瀑布，河流将从那里飞流直下，汇入海洋——这是指生命永久的终结，群星熄灭之日。

他们渴望着完成那伟大的工作，亦即宇宙精神的完全觉醒，但却只剩下一点喘息的时间！他们发现，在最好的情况下也要分秒必争，而更可能的是，要完成这桩伟业，已经太迟了。他们有一种奇特的预感，在前方仍有不可预测的灾难在等待着他们。他们有时说："我们不知道群星还将给我们带来什么，更不用说造星主是什么了。"有时还会说："我们一刻也不要认为我们最为牢靠的知识就是真理。这只不过是看到我们自己的视觉绘在某个泡泡表面的颜色，而这个泡泡又在一大堆泡沫中，漂浮于存在之海上。"

一切造物以及它们的一切成就，都注定是不可能完满的，这种感觉给了银河世界联合体一种吸引力，一种物哀，仿佛它是一枝娇美而易谢的鲜花。我们自己也越来越带着对转瞬即逝的美的欣赏，去看待这个遥远未来的乌托邦。怀着这样的心绪，我们有了一种奇妙的体验。

我们暂时停止了探索，开始一段度假，在太空中进行无身体地飞行作为休闲。我们将所有的旅伴从各个世界召回，重新汇集在同一个视点中。然后，作为单一的存在，我们在群星和星云间滑翔盘旋，又一时兴起，要进入外层空间。我们不停地加速，直到前方的星群变成紫色，后方的变成红色，直到前方和后方的星体都消失了，直到我们狂野的飞行速度让一切都沉入无差别的黑暗。在绝对的暗夜中，我们思索着星系的起源与命运，思索着宇宙的广袤和我们渴望返回的家庭生活的细微，这是何等令人恐惧的对比！

我们停下来休息了一阵。这时候，我们发现自己的位置并不是本来所以为的。我们确实已经离开了银河系，它远在我们身后，和一片长云差不多大。但是它却没有本来应该有的旋涡形了。我们困惑了一阵，才明白我们看到的是银河系早期的样貌，事实上，是在它成为一个星系之前。这片云，也并不是恒星构成的，而是绵绵不尽的光雾。在其核心处有一个朦胧的光体，越往外则光亮越暗，最后融入黑暗的天空中而没有明晰的边界。即便天空本身也显得非常陌生。尽管没有星辰，它却布满了大量苍白的云团。所有的云团看起来都比原始的银河云团更远离我们，但也有几片像地球上的猎户座那么巨大，十分显眼。这些云团如此拥挤在一起，以至于其中许多在稀薄的边缘都彼此重合，也有许多只是隔着狭窄的虚空，而在这深空间亦闪烁着更多遥远星云的景象，其中一些远得小如光点。

很明显，我们在时间中穿梭到了一个极古老的时代。那时候，庞大的星云还彼此相邻；那时候，宇宙的爆炸之力刚刚把它们从一整块壅塞的原始实体中分离开来，还没有分得太远。

我们观察了一会儿，发现变化正以梦幻般的速度进行着。可以看到每一朵云都在收缩，退向远方，并且改变形状。每一团模糊的云球都在变得扁平，形状也更为固定。那些星云退缩和变小了，看起来像是透镜形状的雾块，倾斜成各种角度。但就在我们观看的时候，它们退到了宇宙空间的深处，已经很难再观察其变化了。只有我们自己的星云还在边上，那是覆盖了半个天空的椭球形。我们现在将注意力集中在它上面。

星云内部开始出现了差别，有一些部位的雾气变得更亮；另一些变得较暗，出现了淡淡的条纹和涡旋，好像是海浪上的泡沫一样。这些朦胧的特征开始缓慢移动，仿佛是云彩在山坡上移动。很快就可以看清，星云内部的湍流整体上是按照特定模式分布的，这个伟大的云气世界实际上在缓慢地旋转，几乎像是旋风。它一边转，一边变平。此时，它像是一块带模糊条纹的平整卵石，几乎可以用来打水漂，但是又离得太近，看不分明。现在，我们以新颖神奇的视觉注意到，星云的各个角落里都出现了细微如尘的明亮光点，但主要在其外部区域。随着我们的观看，它们的数量增长起来，彼此之间的空间也变得黑暗。星辰就这样诞生了。

巨云仍在扩张和变平，它很快就变成了圆盘状，有好几条星辰之旋臂，以及若干缕未压缩气体的云带，这是原始星云最后一些还未解体的组织。它们继续在整体的圆盘中移动，进行一种半独立的运动，一边变幻形体，一边像活物一样爬动着，伸展出像足一样的气须，而就像云彩散去一般，这些白气也在明显地消散，这是在给新一代恒星让路。星云的核心现在正在收缩为一个小的团块，边界更加清晰了。这是一个光明灼目的巨大球体。在整个圆盘各处，都有一些节点团块在熠熠发光，这是胚胎中的星团。整片星云中，处处都是这些花团状、羽毛状的闪闪发亮、宛如仙境的装饰品，其中每一个实际上都孕育着一个满是恒星的小小宇宙。

银河系——如今它可以叫这名字了——以显著的速度旋转着，周转不息，令人晕眩。诸星辰之臂纠缠在一起，在黑暗中伸展开来。此时它看上去像是一顶边缘很宽的白帽子，核心处是一团明光，帽檐处是薄薄的一圈星辰。这是一顶旋转的主教帽[1]。边缘处两根长长的盘绕的穗带，是两条弧形的旋臂。它们的末端已经被磨损了，掉落下来，变成了亚星系，围绕着主要的星系转动。整个星系像一个转动的陀螺般东摇西晃，当它在我们面前仰起时，外缘就变得越来越窄，直到仅存一线，它最外层的周沿是由不发光的物质组成的，成为一条细长、暗黑而时有凸起的线，横在灿烂的星云、群星等内部物质之前。[2]

我们屏息观看，想竭力看清楚这颗光彩熠熠的明珠有着怎样的纹理质地，它是宇宙中各种各样可观看对象中最大的一个。此时，我们发现自己的新视力即便在观看整个银河系以及遥远星系的同时，也能够看清楚每一颗恒星了。它们像是一个个微小的圆盘，与最近的邻居被太空分隔开来，相距之遥远，宛如漂在北冰洋上的一个木塞与南冰洋上的另一个木塞之间的距离。所以，虽然银河系整体上如云雾缭绕，莹白美丽，但在我们看来，同样也是一片浩渺的虚空，只是点缀着稀疏的光点。

---

[1] 即 Galero，是一种供天主教神职人员戴的、阔边、扁平、带穗的帽子。

[2] 这一部分的星系演化历程描述，当直接或间接取自哈勃的研究。哈勃在 1936 年出版了《星云王国》（*The Realm of the Nebulae*）一书，总结了此前十年间提出的星系从圆形到椭圆形、透镜形及旋涡状的演变历程。

　　我们更细致地观看群星，看到当它们成群结队如鱼群游动时，涌起的星潮有时候会相互交错，然后，属于不同潮流的星辰会越过彼此的路径，相互吸引，当从一个邻居的引力中逃离、奔向另一个邻居处时，便划出长长的弧线。因此，虽然它们仍然相距遥远，但群星看起来有些奇怪地像是小动物从远处看到彼此一样有所感应。有时候，它们以双曲线的方式围绕彼此打一个转，然后飞走，但在少数的情况下，它们组成了一对双星。

　　时光极快地在我们面前飞逝，眼皮一眨，洪荒岁月便过去了。我们看到，第一批由星云物质收缩而成的恒星是红色的巨星，尽管从遥远处看去细小得几不可见。其中相当多的一批，也许是通过其自转的离心作用，把自己甩成了两半，组成了双星。所以太空中这些翩翩起舞的伴侣就越来越多了。同时，巨星缓慢地收缩，光度增加。它们从红色过渡到了黄色，进一步到了灼目的白色和蓝色。当其他的年轻巨星在周边形成时，它们就进一步收缩，颜色再一次转变成了黄色以及暗红色。现在，我们看到最古老的星辰一个接一个地熄灭了，仿佛只是火焰中迸出的火星。这些死亡不断增加，虽缓慢但却在稳定进行。有时候，一颗"新星"闪耀出现，刹那间比千万颗邻近的恒星都要明亮，却又迅速暗下去。在此处或彼处，常有一颗"变星"如脉搏跳动般明暗交替，速度快得不可思议。在此时或彼时，我们还看到一对双星和另一颗恒星相互靠近，导致双星中的某颗喷出了细丝状的内部物质，飘向其伴侣。我们竭力集中这超自然的目光，看到这些细丝碎裂开来，又凝聚为行星。在毫无生命的星辰之海中，得睹这些既极珍奇又细小无比的生命之种，令我们敬畏有加。

不过，星辰本身给我们一种充满生命力的强烈印象。奇哉！这些东西仅仅是物理的产物，不过是火球而已，根据最小粒子都要遵循的几何法则才能够漂移和转动，但其运动又显得那么充满生命，如在探索。不过整个银河系本身不也显得充满生命，像是一个活物吗？那精致的星辰旋臂，不就像是一个活细胞体内的物质流吗？向外伸出的盘旋状，几乎就像是触角，还有一个光芒四射的核心。这伟大而可爱的造物，一定是活的，也一定对自身以及自身之外的事物，有着智性的体验。

我们在狂野的思潮中，遏制了自己的幻想，记起唯有行星这种罕见的颗粒才能孕育生命，而一切运动不息，如珠如宝的星辰之海，不过是白白燃烧的火焰而已。

我们的情感与渴望陡然而生，立刻将注意力更加仔细地指向最早的行星颗粒，从它们刚刚自旋转的火焰丝中凝聚成形时开始，看到它们最初是旋转跳动的岩浆球，然后长出了岩石外壳，有了薄薄的海洋和大气层。我们贯穿一切的视线，看到了它们浅浅的海洋中孕育出了生命，后者很快充满海洋和陆地。我们看到，几个这样的早期世界觉醒了，登上人类的位阶，又很快陷入剧烈精神斗争的阵痛中，其中又只有一小部分能够成功过关。

与此同时，又有新的行星诞生，虽然在恒星中仍然很罕见，但是恒星本身乃是恒河沙数，也就有千千万万个新的行星出现，开始新的生命历程。我们看到了另一个地球，其光荣与耻辱周而复始地循环，最后因窒息而亡。我们看到许多类似人类的世界，棘皮人、半马人等。我们看到了人类在小小的地球上蹒跚而行，时而愚钝无知，时而神智清明，然后又陷入愚昧。从一个时代到另一个时代，他的身体外貌不断变化，如云朵改变着形状。我们看到他与火星入侵者进行着拼死搏杀；过了片刻——其中又包含了黑暗与光明交替的漫长时代——我们看到他被月球坠落的恐怖灾难所驱赶，逃到了不适合居住的金星；再然后，又过了几亿年——这在宇宙的生命中不过是一声叹息的时间而已——他在太阳爆发前逃到了海王星，在那里又堕落为动物，度过了亿万年的岁月。但他再次站起来，攀爬到了自己最巅峰的智能水平，却又被无法抵挡的灾难毁灭，如一只飞蛾在火焰中烧尽。①

这一整个漫长的人类的故事，活生生地向我们展现，看似最为激情洋溢、感人肺腑，但也不过是一段毫不重要且乏味无趣、完全可以忽略的努力，在银河系的历史中仅仅是一闪而过。当它结束时，宇宙中那无数行星系统仍然继续存在，不过是这里出现一起意外，

①斯特普尔顿在此简要地复述了《最后和最初的人》中讲述的人类历史，时间跨度达二十亿年之久。我们熟悉的从猿猴到今天的人类历史仅仅是其历史微不足道的开端，斯特普尔顿略去不谈。

那里又诞生一颗新行星，然后又出现新的灾难而已。

在人类麻烦缠身的历史开始前以及结束后，我们看到其他的类人种族有成百上千例之多，其中也仅有寥寥几个幸运儿能够超越人类最高的精神范围，获得觉醒，加入银河世界共同体中。我们从远处遥遥看到，在散布于旋臂星群中、类似地球的小小行星上，这些种族在挣扎着，解决自己世界上的难题，包括社会以及精神问题。这些问题人类在"现代"时期才刚刚遇到。同样，我们再次看到许多其他类型的种族：航海船族、海底种族、类鸟族、多身体生物以及罕见的共生族和甚至更为罕见的植物族。每一类中，要么根本没有，即使有也仅有几个能够进入乌托邦，参与到诸多世界的共同事业中。其他的都于半途沦没了。

我们从遥远的视角看去，现在看到在一个岛屿般的亚星系上，共生族取得了胜利。这里最终出现了真正世界共同体的萌芽。此时，这个小岛宇宙中的群星开始戴上有生命的珍珠项链，最后整个亚星系都充满了有生命的世界。同时在银河系本部，罪恶昭彰的帝国疯病在不断蔓延，这我们之前已经详细观察过了。不过之前看上去仿佛是巨神之战，一个个宏伟的星球以不可思议的速度在宇宙中飞驰冲击，屠灭对方的亿万生灵，但现在看来也只不过是亿万广漠冷淡的星群中，猛然迸出的几点火花、几只乱飞的萤火虫而已。

但是现在，我们看到一颗恒星爆炸了，摧毁了自己的行星。帝国毁灭了比自己更为高贵的生灵。还有第二场屠戮，接着是第三场。

然后，在亚星系的影响下，帝国的疯狂减退了，帝国也化为废墟。很快，我们本来已经疲惫的精神又因为泛银河乌托邦气势万钧的到来而振奋起来。其主要的可见特征是，人造行星的数量在稳步增加。一颗又一颗恒星，一个接一个的轨道圈，都戴上了生机勃勃的行星项链，如鲜花绽放。这些花朵中孕育着精神。一个接一个的星区被改造，亿万活跃的世界登场，整个银河系已经明显充满了生命。每一个世界都居住着独特而又多元的种族，智能敏锐的个体在其中融合成真正的共同体，世界本身也就是一个活物，拥有一个共同的心灵了。每个轨道都有许多世界居住，每个拥有许多轨道的系统本身也是一种共同的生命。而整个银河系，依靠一种共同的心灵感应网络相互连接为一个整体，是一个单一的智慧而热情的生命、一种共同的精神，是其中所有数不胜数、千差万别又短暂易逝的个体共同的"大我"。它决意去至为广大的浩瀚宇宙中追寻生命与精神的历程，与其他星系保持心灵感应的交流。与此同时，它设想出千奇百怪的实践计划，以之前无法想象的规模来利用能量满足自己。现在，每一颗恒星身周都披上了纱网，那是捕获光能的装置，将散射的恒星能量用来为智慧的目的服务，因此整个银河系反而暗淡了下去。不过许多恒星并不适合做此用途，因此被分解开来，将其巨大储量的原子内能汲取运走。

忽然间，我们的注意力被一件事情吸引了，即便在遥远的距离外也能看出，这不像是乌托邦中会发生的事情。一颗围绕有许多人造行星的恒星爆炸了，毁灭了所有的世界之环，然后暗淡下去，成为熄灭的死星。然后又有另一颗发生了同样的事，然后是第三颗……在银河系的各个角落里，都发生了同样的灾变。

为了探究这些可怕灾难的原因，我们再一次集中意念，分为几队，前往银河系中各自的目的地。

第十一章　星辰与虫豸

1. 亿万个星系

银河世界联合体曾经试图完善与其他星系的交流。比较简单的接触方式是心灵感应,但是如果能跨越星系之间广袤的虚空,以真身进行接触看起来也非常好。联合体正是因为派遣使者踏上这一旅途,才惹上了恒星连环爆炸的麻烦。

在描述这一系列灾难之前,我要略说一下其他星系的情况,我们通过参与到银河系的共同体验中,对此已有所了解。

长久以来,通过心灵感应探索,我们发现至少在某些星系中也有智能世界。经过长期的实验,银河系的众世界如今已统一为一个银河心灵而运行,获得了宇宙作为整体的许多具体知识。获得这些知识是相当困难的，因为原来每个星系中都有一种地方主义，这让我们始料未及。星系之间，在基本物理和生物构成上并没有太大的差别。在每一个星系中，都有种族的多元性，而其中每个种族所属的类型在银河系中都可以找到。但是在文化层面上，每一个星系社会各自的发展趋势产生了重要的不同特质，又常常是深深地潜伏于意识底层的。因此，在最初，发达星系之间相互联系也十分困难。我们自己的银河系文化中，幸福的亚星系所发展出来的共生族文化占主导地位，所以虽有帝国时代的恐怖，但银河系的文化总体上是纯真温柔的，很难和那些充满悲剧的星系建立心灵感应联系。进而，我们的银河社会所接受的基本概念和价值观，其诸多细节大致也是亚星系海洋文化发展的结果。虽然在银河"大陆"上，主要居民是类人的种族，但他们自己的文化也都被海洋性的精神深深地影响。因为海洋性精神的特质在诸星系社会中是比较罕见的，我们的银河系因此也和大部分星系都有隔阂。

不过，经过长期耐心的工作，我们的银河社会成功地对全宇宙各星系进行了基本涵盖的考察。结果发现，此时许多星系在物理上和精神上都处于不同的发展阶段。有一些星系非常年轻，在其中星云物质还占多数，只有少数恒星，没有行星。另外一些星系虽然已有行星播散，生命衍生，但都没有达到人类的层面。有一些星系虽然在物理上已经进入成熟期，却完全没有行星系统，这也许是纯属巧合，也许是因为其中恒星分布得过于稀疏。在数百万星系中，有那么几个出现了某个智能世界，开始在星系中散播其种族与文化，将整个星系组织起来，好像鸡蛋中的胚胎将蛋壳里所有的物质都吸收进自身一样。很自然，在这些星系中，泛星系文化的基石是这一假设：单独的一枚种子将会繁衍众多，充满宇宙。当他们偶然发现和其他星系之间可以进行心灵感应交流后，其效果一开始会令他们大惑不解。另外有不少星系，其中两个或多个这样的种子开始独立发展，最后相互接触。有时候结果是共生，有时候是冲突，甚至相互毁灭。

到目前为止，最为常见的星系社会类型就是许多行星系统在其中独立发展，发生冲突，彼此屠戮，兴起广袤的联邦和帝国，又一再进入社会动乱，断断续续地向着全星系的乌托邦前进，中间又充满斗争波折。有一些已经达到了这一目标，却已历经苦难，筋疲力尽；更多的还在苦苦挣扎。许多星系都被战火折磨，几乎没有恢复的指望。如果不是幸运地有共生族及时出手的话，我们的银河系想必也是其中之一。

对这一星系纵览还应该补充两点。首先，有一些非常发达的星系社会，他们在以心灵感应的方式观看着我们的历史以及其他星系的一切历史；其次，在不少星系中，有些恒星最近开始毫无预兆地爆炸，摧毁了其星环上的许多世界。

2. 银河奇灾

当我们的银河世界联合体在完善心灵感应的视野，并同时改进自身的社会与物质条件时，发生了我们已经从远处看到的突发灾难，这迫使它必须将精力集中在保护自身诸多世界生命安全的任务上。

第一次事故的起因，是它想要让一颗恒星脱离自然的轨道，朝另一个星系飞去，进行远航。与最近一些河外星系的心灵感应交流虽然还比较顺畅，但是正如我说过的，它认为进行实体星球的交换对于相互理解和合作具有无量价值。于是计划被制订出来：若干颗恒星及其附属的系统将被投射出去，渡过虚空的大海，抵达另一个漂浮的文明之岛。这次航行当然要耗费比之前任何探索都多几千倍的时间。等到它完成时，每个星系中都有许多恒星早已熄灭，而宇宙中一切生命的终点也隐隐可见了。但它还是觉得，将两个星系越过宇宙以这种方式联系起来是一件伟业，因为两大星系对彼此的了解会获得激增，在宇宙生命最后也最艰难的阶段，这将是大有裨益的。

在许多传奇的实验和计算之后，跨星系航行的第一次尝试开始了。某颗没有行星的恒星被用作能量库存，包括一般能量和原子内能。他们通过一种极为高明但我无法理解的技术,将这种能量源指向一颗被选中的、带有许多行星环的恒星,令它摆动起来,逐渐朝那个河外星系的方向移动。在这种操作中,要保证其行星留在本来的轨道上,此后的恒星加速中也留在它身边,是一项极为复杂精密的任务,不过这一点侥幸成功了,没有毁掉那超过一打的世界。但不幸的是,正当这颗恒星找到正确方向并开始加速时,它爆炸了。一个白热的光球,以难以置信的速度从恒星向外扩张,吞掉了每一圈的行星,将其毁灭,然后恒星才暗了下去。

在银河系的历史中,这种突如其来的猛然变亮、随即暗淡的变化,对恒星来说也是很常见的现象。人们知道这是由于恒星表层中发生原子内能爆炸导致的。这有时候是因为某种通常不比小行星大的游荡天体撞击其表面所致;有时候又是恒星自身的物理演化因素引起的。无论哪种情况,银河世界联合体都能够精确地预言事件,预先采取措施,或者改变入侵物体的轨道,或者将岌岌可危的行星系统移动到损害发生的范围之外。但这次的特殊灾难是完全无法预见的,无法查明原因。它破坏了牢不可破的物理法则。

就在世界联合体尝试弄清楚发生了什么之际,另一颗恒星又爆炸了。这是某一个先进的行星系统的太阳。联合体最近尝试增加这颗恒星的辐射输出,它觉得灾难一定是这些实验引起的。过了一阵子,第三颗、第四颗恒星也爆炸了,毁灭了其所有的世界。在不少情况下,联合体之前曾做出努力,或者改变这个太阳的轨道,或者榨取其存储的能量。

麻烦还在传播。一个又一个行星系统毁灭了。现在，一切对恒星进行的实验都被叫停了，但是这种"新星"的瘟疫还在继续传播，甚至速度还加快了，每一次爆炸的恒星都带着整套的行星系统。

按一般所知，正常的"新星"现象，也就是恒星内部运动而非外部撞击导致的爆炸，发生在恒星的幼年或青年阶段，在每颗恒星的演化中也极少，甚至可能根本不会发生两次以上。在银河系的这一后期阶段，绝大部分恒星已经发生过天然的"新星"爆发。因此，世界联合体可以将整套的行星系统从危险的年轻恒星边上移开，把它们安置在较为年老的星体周边。虽然要耗费极为巨大的能量，但这种操作也有过好几次。甚至还制订了一个宏伟计划，要将整个银河社会都迁移到安全的恒星周围，而对那些行星轨道无法再容纳的过剩世界，就将予以安乐死。

这一计划正在展开的时候，却被一系列新灾难挫败了。那些已经爆发过的恒星似乎具有了某种能力，只要周围环上了人造行星，就会一再爆发。并且，另外一种灾难也开始发生了。一些非常年迈的恒星，早已超越了可能发生爆炸的阶段，也出现了一种怪异的活动。它们会从光球层中喷出一束白热物质，随着恒星的自转，像一团蔓延的旋风一样向外横扫。有时候，这条猛烈的火龙会灼烧所有轨道上每颗行星的表面，杀死一切生命。有时候，如果这条火龙并不完全在行星运行的黄道面上，不少行星暂时能躲过一劫。但是很多情况下，如果一开始没有完成全面的毁灭，火龙会逐渐让自己更精准地进入黄道面，摧毁剩下的世界。

很快情况便显而易见，如果不搞清楚这两种恒星活动是怎么回事，文明将会丧失根基，也许全银河系的生命都会灭绝。对这一问题，天文学的知识提供不了什么线索。恒星演化的理论早已完美无缺，但无法解释这些孤立的现象。

此前，世界联合体已经在进行一项任务，人工引爆所有还未自动渡过"新星"阶段的恒星。这是为了让它们能达到相对的安全状态，以便将它们作为人造行星的太阳再次使用。但现在，任何种类的恒星都已同样危险，这一工作也就中止了。取而代之的是另一项安排：从不再发光的恒星中获取必要的辐射，以滋养生命。通过人工控制它们的原子分解，将它们变成安全的太阳，至少能照耀一阵子。不幸的是，狂暴的恒星喷发如瘟疫般加速蔓延。一个系统接一个系统，有生命的世界被一一灭亡。世界联合体拼命研究，最后总算找到一个方法，转变火龙的方向，让它远离黄道面。但这个方法也远远不算可靠。并且，即便能够成功，恒星也迟早会喷射出另一道炽热的物质。

银河系的状况陡然间发生巨变。此前本来有数不胜数的能量储备，但现在这些能量正在流散，有如雷霆之下，暴雨倾盆。虽然单独一次爆发尚不至于严重影响恒星的活力，但不断重复，成百上千次之后，恒星能量就会被耗尽。许多年轻的恒星转眼便衰老。大部分的恒星如今已经越过了鼎盛时期，其中许多只是暗红的煤炭，或者只剩黑暗的灰烬。具有心灵的世界的数目也锐减了，因为虽然联合体想出各种巧计加以防御，但仍然伤亡惨重。在银河世界联合体的鼎盛期，它有着非常精密的组织，某种意义上更像一个大脑而不是一个协会，因此世界数量的锐减才显得更为严重。灾难几乎抹去了若干高等的"大脑中枢"，而整体的生命力也大为衰减。由于每个系统都要集中精力到自己面临的紧急问题上，设法防御自己的太阳将会发起的攻击，因此行星系统之间的心灵感应网络便严重地损坏了。世界联合体的共同心灵，如今也就停止了运作。

众世界的情感态度也发生了变化。建立一个宇宙乌托邦的热情已消逝，也不再渴望通过知识的充实和创造力的实现完成精神的跃升。现在看起来，在短时间内全体灭绝已经不可避免，而如此的意愿也就越来越强烈——带着宗教的平静去迎接命运的安排。本来，所有觉醒世界的最高动机，就是实现宇宙的大觉醒，现在看起来这已是非分之想，甚至是僭妄渎神了。所谓的觉醒世界，亦无非渺小的造物，如何能够获得整个宇宙的知识，甚至参透神圣？实际上，他们只能在宇宙大戏中演好自己有限的角色，以神明般的超脱和期待迎接自己的悲剧结局。

但是，这种顺应不可避免的灾难并满怀欣欣地放弃抵抗的态度，又因为一个新发现而迅速改变了。在银河系中的一些地方，早已有一种怀疑，认为群星的异常活动并不是自然反应，而是有意为之，实际上，群星皆有生命，很可能是恒星正在设法让自己摆脱行星这种害虫。这种可能性最初看来简直是异想天开，但逐渐变得明显，因为只要一颗恒星的行星系统被彻底毁灭，这种异常的活动也就不再继续。当然，有可能是因为物理学上有一种难以解释但纯粹是天然的作用，使得行星环的存在会导致恒星的爆炸或者火龙的喷发。但天体物理学上找不到能产生这种结果的物理机制。

世界联合体开展了心灵感应研究，以检验恒星有意识的理论是否正确，如果可能的话，他们希望和群星的心灵直接对话。这种研究一开始完全没有收获。这种恒星的心灵如果存在的话，必然和联合体的心灵完全不同，差异大到无法想象，而诸世界完全不知道有什么办法能够进入这些心灵。看起来在诸行星的心灵中，很可能没有任何因素与恒星的心灵足够相似，能够搭建某种联系。尽管诸世界竭尽所能运用其想象力，可以说探索了自身心灵中的每一处潜意识的深底，到处试探敲打以求答案，但却没有任何结果。恒星有意摧毁行星的推论看起来是不可信的了。诸世界再一次死心，重新接受命运以自我安慰，不，甚至感到快慰。

然而，有几个专精于心理技艺的行星系统却仍在坚持其研究。他们坚信，如果他们能够和群星相互交流，就能达成银河系中两个伟大心灵体系之间的某种相互理解与和谐。很久之后，他们终于达成了渴望已久的交流，进入了恒星的心灵。但这不是由我们银河系中的诸世界心灵单打独斗地完成的，而是通过另一个星系的中介，在那个星系中，诸行星与恒星之间已经开始相互了解了。

即便对于完全觉醒的世界心灵来说，恒星的心灵也太过陌生，太难以设想了。如今，对于我这个渺小的人类个体来说，其中最为特别的那些部分已经是无法索解的了。不过，我现在必须尽我所能，简要地归纳一些简单的方面，这对于整个故事来说至关重要。诸世界心灵与群星在星辰之体验的更高层面上进行了第一次接触，但是我不必随着他们得到发现结果的时间顺序讲述。相反，我要从恒星的本性方面说起，只有在我们建立了一种比较牢固的交流方式后，才断断续续地获取了一些相关知识。通过恒星的生物学和生理学知识，读者才能最为方便地设想"星辰的精神生活"之类的东西。

3. 星辰秘闻

恒星，最好将其理解为一种活着的有机体，但这种有机体在生理和心理上都是极为特别的类型。一颗成熟恒星的外层和中层看起来是由炽热的对流气体构成的"组织"。这种气体组织截取了从恒星内部密集而暴烈的活动中奔涌而出的能量洪流，以此维持恒星的生命和意识。最内部的生命层一定是一种消化器官，它能够将粗糙的能量辐射转化为维持恒星生命所需要的形式。这一消化区域外，是某种调节层，也许可以视为恒星的大脑。最外面一层，包括日冕，负责对于周围宇宙空间中极为微弱的刺激——比如邻近恒星的光芒、宇宙射线、流星撞击、行星或其他恒星引力产生的潮汐压等——做出反应。当然，这些影响一般不可能产生任何清晰的印记，但恒星有一种奇特的气体感官组织，它能够在性质和方向上对这些影响做出区分，并将相关信息转送到与之相通的"大脑"层。

　　恒星的感官体验，虽然对我们来说极为陌生，但最后证明是相当可理解的。对我们来说，要通过心灵感应进入恒星的感知也不是难于登天，它能感受到来自银河环境中轻柔的挠痒、爱抚、弹拨和闪烁等。奇怪的是，虽然恒星的身体本身在发出强光，但这些向外发射的光线却不会对它的感官造成影响。它只能看见来自其他星体的微光，对围绕自己闪耀的群星产生感知。但这些星辰并非位于完全的黑暗中，其间流动着淡淡的、人类无法想象的颜色，那是宇宙射线的色彩。群星本身则根据其类型和年龄披上各种各样的颜色。

　　虽然在恒星的感觉这方面我们是相当容易理解的，但恒星生命的运动方面，一开始则是相当难理解的。我们必须让自己习惯用一种全新的方式看待物理事件。因为一颗恒星正常而自愿的动力活动，看起来也无非就是我们的科学所研究的正常的恒星物理活动，以及与其他恒星乃至银河系整体相联系的运动。必须设想，一颗恒星能够模糊地意识到整个银河系的引力，特别是意识到其附近邻居的"拉力"。尽管其影响一般来说过于微弱，人类的仪器根本测不出来。

但恒星通过自愿移动对这些影响做出反应,那些小小智能世界上的天文学家就认为这是完全的机械运动。但是星辰自己毫无疑问正确地感觉到,这种运动是其自身心理本性通过自由意志的表达[1]。至少银河世界联合体告诉我们的就是这个不可思议的结论。

因此,一颗恒星正常的体验就是感知到其宇宙环境,以及在自身体内和与其他恒星的位置关系方面持续而自愿地变化。位置的变化当然也就是自转和移动。恒星的生活运动几乎可以被设想为一种舞蹈,或者说是花样滑冰,以一种完美的技艺,并根据一种理想原则而进行。这种原则从恒星本性的内部浮现,进入意识,并且随着其心灵的成熟而变得越来越清楚。

人类无法理解这一理想原则,不过它在实际上表现为广为人知的物理学的"最小作用量原理"[2],或者说追求在各种重力和其他条件下最为精省的路线。看起来,恒星本身通过在宇宙电磁场中得到

---

① 虽然恒星运动是完全遵循物理定律的,因此是必然的,但既然是其出自本性的运动,也就是自由的。斯特普尔顿在此可能受到斯宾诺莎一段著名论述的启发:"当石头在继续运动时,它有思想,并且知道自己正尽最大的可能在继续运动。这块石头由于只意识到它自己的努力,并且一直在关注着,所以它将相信它是完全自由的,相信它之所以继续运动,不是因为其他的理由,而是因为它自己愿意这样。"(《斯宾诺莎书信集》,第58封)

② 原称费马原理,1662年由皮埃尔·德·费马提出。本指光线在媒介中实际运动的路径需时最少,后被广泛用于对机械运动的分析中,被认为是物理学的最基础原理之一。它是变分原理在动力学系统中的应用,可以用来得到体系的运动方程。最小作用量原理最令人不解之处在于运动的物体似乎"知道"采取何种路线作用量最小,这也是令斯特普尔顿着迷之处。后来特德·姜在《你一生的故事》中提供了另一个科幻的解释。

的指引，以意志令自己进行理想路线上的航行，心神合一，反应精妙，就好像是一名车手在曲折蜿蜒、车来车往的路上自如穿行，或者一名芭蕾舞者以最行云流水的方式完成最为复杂精细的动作。

几乎可以肯定，恒星的所有行动在正常情况下都被体验为一种对于形式之美的追求，充满欣乐，出神入化，永远成功。诸世界的心灵能够通过自己最具形式之美的体验发现这一点。实际上，它们也是通过这种经验才第一次和恒星的心灵接触。这里有一种神秘的章法，群星极为真诚地接受了它们，但其美学上（或宗教上？）之正确与否，仍然远远超越了诸世界心灵的精神范围，让他们无法感知。可以说，他们只能够靠信任接受这一点。很明显，这种美学章法在某种意义上象征着一些精神直觉，那些世界心灵们仍然无法触及。

一颗恒星的生活并不只是物理活动而已。在某种意义上，它也毫无疑问地拥有文化和精神生活。每颗恒星都以某种方式觉察到，其他的恒星同样是有意识的生命。这种彼此的觉察可能是通过一种直觉或者心灵感应，但据推测，这也是通过观察其他恒星的活动推出的。群星彼此之间的心理关系奠定了一整个社会经验的世界，对此众行星的心灵是极感陌生的，因此知识几乎是零。

有一些理由可以推测，决定个体恒星自由行为的，不只是舞蹈的严格章法，也包括与其他恒星相互合作的社会意图。当然，恒星之间是一种完美的社会关系。它令我想起交响乐团演奏者之间的关联，虽说交响乐团是由完全致力于同一任务的队友所组成的。每一颗星有可能——但非必然——在展开自己特别的旋律时，并不只是被纯粹的美学或宗教目的所推动，也是被一种意志推动，想要尽可能多地给予同伴们自我表达的正当机会。如果是这样，那么一颗星的生命就不只是形式美的完美实现，也是爱的完美表达。不过，在人类的意义上将情爱啊、友谊啊这些性质赋予众星辰是非常不智的。保险起见，最多只能说比起完全否定它们之间存在情感关系，而说它们确实有爱的能力，要更接近真相一点。心灵感应研究揭示出，恒星的意识体验比起有心灵的世界，完全是另一种质感。即便说它们具有思想，或者有任何欲望，也可能过于拟人化了，但是并没有其他词汇足以形容其体验。

一颗恒星的精神生活，基本上可以确定是从一种模糊稚嫩的心灵朝向成熟清晰意识的发展。所有的恒星，无论年轻还是年老，在精神上都是"天使式"的，因为它们都自由而欢乐地行使其善良意志，只要明白了正确的行为方式就照此去做。不过，大而稀薄的青年恒星，尽管在银河的旋舞中完美地运行，但在某些精神方面，与更富有经验的长者相比是天真幼稚的。因此，尽管一般来说在星辰中并没有所谓的"罪"，因为只要知道终点是错误的地方，就没有谁会有意朝此前行。但却有"无知"，因此只有拥有更成熟精神的恒星对偏离理想的模式才会有所了解。但是这种青年恒星的偏离本身看起来又是被最为觉醒的一批星辰所接受的，认为这本身就是银河之舞中的一个可取要素。

从有心灵的世界所知的自然科学观点来看，年轻恒星的活动当然总是年轻阶段本性的精确反应，正如年老恒星的活动反映了年老阶段的本性。但最令人惊异的是，一颗恒星在其成长过程中的任何阶段的物理性质，总有一部分表达了所受的其他众星的心灵感应影响。无论任何时代，单靠物理学都是无法发现这一秘密的。恒星活动不只是正常物理作用的结果，也是之前从未想到的、其他恒星之心灵作用的结果，而科学家一直毫无察觉地根据这些活动资料去归纳恒星演化的物理法则。

在宇宙的早期阶段，第一"世代"的恒星没有长者的指点，被迫自己去找到从婴儿期到成年期的道路；但是较晚的"世代"就被前辈们以某种方式指导，因此它们才能更迅速、更彻底地从浑浑噩噩发展到完全澄明的意识，意识到自己是一种精神，而所居住的是有精神的宇宙。几乎可以确定，最晚从原始星云中凝聚而成的恒星发展得（或将要发展得）比其前辈要迅猛得多。众星辰普遍相信，等到未来的时机到来，当最年轻的恒星进入成熟期后，将远远超过其长辈们最高的精神洞察范围。

有理由认为，所有恒星中都有两种压倒性的欲望：一是意欲在共同的舞蹈中完美地踏出自己的舞步；二是努力去洞察宇宙，彻悟本源。后者是在恒星的精神活动中，诸世界心灵最容易理解的部分。

恒星生命的高潮在它自己漫长的青年时代结束时到来，其青年之时被人类天文学家称为"红巨星"。在这一时期结束时，它迅速收缩为矮星状态，我们的太阳今天便处于这一状态。这种身体上的巨变也伴随着影响深远的精神转化。在那以后，虽然这颗恒星在银河之舞的节奏中不再那么耀眼突出，但它却可能拥有更清晰、更透彻的意识。它不再对星辰之舞的外在仪式方面感兴趣，而更在意其应有的精神意义。

在这种非常漫长的物理成熟期之后，又出现了另一危机。此时，恒星已缩小到微不足道，密度却大得难以想象，我们的天文学家称之为"白矮星"。在这种实际的危机中，其精神生活是世界心灵的研究几乎怎么都无法参透的。看起来，这是一种绝望与希望相交替的危机。此后，恒星的心灵中越来越出现了一种张力，这是一种令人困惑甚至恐惧的否定性，一种冷淡的、犬儒般的万事不关心。但我们怀疑，这也许只是表象，背后隐藏的也许是其反面：某种激烈的剧变。不论那是什么，老迈的恒星仍然继续一丝不苟地完成自身的舞步，但其心境却已深深地变化了。青年时代对美的狂热，成年时代更加严肃但真诚的意志，整个成年时代奉献给对智慧的追寻，俱往矣。

也许自此恒星便满足于已获得的成就，带着它所赢获的超脱与洞见，愉悦地单纯欣赏周围的宇宙万物。也许吧，但是世界心灵们永远确定不了，年迈的恒星心灵为什么让它们无法理解，是单纯因为其成就远非自己所及，还是因为其精神早已模糊错乱。恒星在这种老年状态会停留很长时间，逐渐失去能量，心灵上越来越自我封闭，直到沉入一种无法再打破的呆滞中。最后它的星光熄灭，它的组织解体，进入死亡。此后，它将继续在空间中来去，但这已经是无意识的行为了，其他仍有意识的同伴也会自然地排斥它。

　　粗略地说，这基本上就是一般恒星正常的一生了。但在一般类型下，有许多变体。因为恒星在原本的体型和构成上千差万别，对其邻居的心理冲击也大不相同。一种最为常见的非正常类型就是双星，两个大火球一起在空间中对舞，有时候几乎要碰上。就像一切恒星的关系一样，它们的伴侣关系是完美的，宛如天使。不过很难确定它们是否能体验到某种可以恰当地称为相爱的情感，或者它们只不过将彼此视为完成共同任务的同伴。无疑，研究指出，这两个生灵的确是在彼此的喜悦中相互缠绕着转动，为在浩渺的银河中能有如此亲密的合作而喜悦。但是这是爱吗？说不清。终有一天，这两颗星会丧失动量，真正地碰在一起。然后在煎熬的烈焰中，它们带着欢乐与痛苦融为一体。在一段丧失意识的时期后，一颗伟大的新恒星将会产生新的活体组织，在天使般的群星间找到自己的位置。

　　古怪的造父变星是一切星辰类型中最令人迷惑的一种。看起来，造父变星和其他周期长得多的变星在激动和平静之间转换着精神状态，正与其物理节律一致。除此之外，就很难再知道什么了。

在恒星的旋舞生涯中，其中一小部分的身上会发生一种事件，它明显具有重大的心理意义。这就是两三颗恒星彼此的靠近，因此其中某个会朝对方喷射出一道火线。在这一"飞蛾之吻"的时刻，在火舌解体和行星诞生之前，每颗星都可能会感到一种强烈的身体性神游，人类无法理解。有过这种经验的恒星，似乎会得到一种特别生动的感受，明白身体与心灵的统一。不过"处子"之星，尽管不幸未有过这样的奇妙经历，看起来也并不想要违反神圣的舞蹈章法，为这种邂逅创造机会。它们都天使般地满足于坚守自己的本位，观看那些幸运的同伴神魂颠倒，也就够了。

要描绘出星辰的精神状态，当然也就是通过人类的隐喻去描绘不可理解的东西，虽然看似可以理解，但却是错误的理解。要讲述恒星与有心灵的行星之间戏剧化的关系，这个问题就越发严重了，因为在这些关系的压力下，群星看起来第一次体验到了表面上类似于人类的情感。只要星辰的共同体能够免于有心灵行星的干预，其中每一个成员都以一种完美的公正行为，在其自身本性和共同精神的完美表达中得到完美的幸福。即便衰老和死亡也被平静地接受，因为老与死普遍地是存在模态的一部分；每一颗星都想要的并不是永生（不管是自己的还是共同体的永生），而是星辰之本性的完美实现。不过，当世界心灵们——或者说那些人造行星——最终开始明显干预起恒星的能量和运动后，群星就可能开始感受到一种陌生、可怕而无法理解的东西。被侵害的恒星发现自己陷入了一种无法集中注意的精神冲突中。由于某种它们自己无法发现的原因，它们不仅走上了错误的路线，而且甚至是自己有意这么行动。事实上，它们犯下了原罪①。即便它们仍然崇尚正确的方向，却选择了一条错误的路线。

我曾说过，这种麻烦是史无前例的，但严格讲也不尽然。在几乎每一颗恒星的私体验中，也曾发生过一些事，颇为类似这种公然的耻辱。不过每颗倒霉的恒星都把这羞耻藏在心底，直到要么对这种羞耻之事习以为常，要么铲除其根源。这种很多方面和人类天差地远、几乎不可理解的存在，却在这一方面具有如此酷似的"人性"，倒也真令人啧啧称奇了。

在年轻恒星的外层结构中，生命并不只是以正常的方式出现，也有寄生虫的生命形式存在。它们是细小独立的有机体，看上去如同火焰，通常不比地球上的一朵云大多少，但有时候也有大如地球的个体。这些"火蝾螈"②或者像恒星自己的有机组织那样汲取恒星内部涌出的能量，或者干脆吃掉这些有机组织本身。就像在别处一样，在这里，生物进化的法则发挥了作用，随着时间推移，有可能产生出火焰般的智能生物。即使"火蝾螈"的生命尚未达到这一层

①Sin，斯特普尔顿使用了基督教神学的概念。群星本来的自由意志与理智合一，会永远选择正确的道路，但被行星世界干预后，并非表现为被强迫，而表现为自由意志的决定选择了错误方向，是自由意志的选择令原罪成立。

②Salamander，本指欧洲的一种蝾螈，色彩鲜丽，经常躲在木头的缝隙中，当人们拿木头去烧时会跑出来，仿佛是从火焰中诞生的，因此在中世纪被视为火元素的精灵。

面，它在恒星组织上留下的疤痕也会变得越来越明显，对于恒星来说，就像是一种皮肤病，或者感官疾病，甚至可能病入膏肓。恒星因此感觉到一种情绪，与人类的恐惧和羞耻也不无相似。他们将会焦躁起来，像人一样保护自己的秘密，不被其他恒星通过心灵感应探知到。

火蝶螈族从未能够有机会统治它们的火海世界。其中许多或迟或早都会倒下，要么是死于某种自然灾难，要么是死于内部的残杀，要么是被其强大宿主的自我清洁活动扫灭。另外一些幸存下来，但也是处于相对无害的状态，只是对其宿主星造成一些轻微的不适，令它们和其他恒星打交道时稍微有点儿遮遮掩掩。在群星的公共文化中，火蝶螈这种害虫是从来不提的。每颗星都以为自己就是整个银河系中唯一被它们所折腾的倒霉蛋和罪人。这种害虫对星辰的思想造成了一种间接影响。它带来了"纯洁"的观念。每颗星都非常珍视星辰共同体的完美，因为它们私下觉得自己是不洁的。

当智能行星们开始严重破坏恒星的能量和轨道时，其效果就不是一种私下的羞耻而是公开的丑闻了。对于所有星辰观察者来说，看起来是某些星犯下罪过，破坏了星辰之舞的规范。刚出现偏离轨道的现象时，周围群星都感到迷惑与害怕。在未与其他恒星接触过的处子众星中，流传着这样的说法：如果大家与看重的恒星接触——天然行星正由此而生——最后会变成这样令人羞耻的醉步乱

行，可能这种原始经验本身就是一种罪孽。偏离轨道的恒星则抗议说自己不是罪人，而是受害者，罪魁祸首是来自围绕他们转动的那些沙粒上的未知影响。不过它们私下也怀疑，会不会真是自己的问题。它们是否在很久以前那次欢愉之至的银汉暗渡中，就已经违反了舞蹈的章法了呢？它们进而怀疑，就造成此番公共丑闻的醉步乱行而言，如果它们有足够坚定的意志，也是能够控制自己，无视影响它们的干扰而保持正确轨道的。

与此同时，智能行星的力量增加了。这些寄生虫莽撞地操纵起自己的太阳为己所用。当然，对于恒星群体来说，这些乱跑的飞星就是危险的疯子了。当世界联合体将第一个信使射往邻近星系的时候，危机就到来了。那颗被扔出去的恒星，被自己疯狂的举动吓坏了，采取了唯一知道的反击措施。它爆炸为"新星"状态，并成功地摧毁了周围的行星。从正统恒星的角度来看，这种行为是犯下了死罪，因为干涉恒星生命的神圣秩序，乃是亵渎神明。但是它达成了想要的目的，其他无计可施的恒星也跟着效仿。

此后就出现了一个恐怖的时代，有关情况我已经从世界联合体的角度描述过了。从星辰的角度来说，也是同样可怕的，因为恒星社会的状况也很快变得令人窒息了。之前美好而完善的岁月一去不返。"上帝之城"堕落成为一个充满仇恨、指责和绝望的地方。大批年轻恒星还没长大，就变成了心怀怨念的矮星，而成年恒星绝大部分都变老了。舞蹈的节拍变得一片混乱。对于舞蹈的章法，仍有旧日的热情留存,但其具体内容则日益模糊,难以记起。精神生活已经让位给了必要的紧急行动。渴望看清宇宙本质的激情仍然存在,但所看到的东西却模糊不清了。进一步说,之前年轻恒星和成年恒星都有一种天真的信念,即相信宇宙的完美和其背后主宰力量的正当,但现在它们有的只是迷惘和绝望。

4. 银河共生体

当世界心灵们最初尝试与群星的心灵进行感应接触时,后者正处于上述境况中。我就不必再讲述单纯的接触如何一步步地发展为笨拙而危险的交流了。随着时间的推移,群星也一定已经开始认识到,影响它们的不是单纯物理的力量,也不是有恶魔在作祟,而是另一些生灵。这些生灵的天性虽极为复杂而陌生,但在根底处和自己的天性也完全可以相通。我们的心灵感应研究模糊地感受到了恒星族群中掀起的惊骇之情。它们中逐渐出现了两类观点、两种策略、两大派别。

其中一派相信,智能行星一边的种种声称是一派胡言。这些生灵的历史中充满了罪恶、争斗和屠杀,它们必然在本质上是邪恶的,与之谈判是自招祸尤。这一派一开始是占据多数的,它们要求继续进行作战,直到将所有的行星毁去。

少数派则呼吁和平。它们断言，诸行星是以自己的方式追求和恒星们一样的目标。它们甚至提出，这些微小的生灵，其经验既丰富多端，又一直在与邪恶打交道，可能有众星辰这些堕落天使所缺乏的深刻洞察。这两类生灵难道不能在一起创造一个辉煌灿烂的共生社会吗？既然双方都极为渴望精神的完全觉醒这一目标，难道不能共同努力去达到吗？很长时间内，多数一派都不愿意聆听这一建议。破坏在持续，银河系的宝贵能量被白白消耗了。一个又一个行星系统被毁灭，一颗又一颗恒星耗尽力量，沉入麻木。

与此同时，世界联合体则保持着和平主义的态度。他们不再榨取恒星的能量，也不再改变恒星的轨道，更不再人工引爆恒星。

众星辰的态度开始改变。大灭绝的圣战放缓了，最后中止。然后出现了一个"孤立主义"时期，此时群星开始集中精神修补自己千疮百孔的社会，不再理会之前的敌人。双方逐渐开始摸索，尝试着建立行星与其恒星之间的友好情谊。这两种存在，虽然如此陌生，乃至不能理解彼此的特性，但都已精神澄明，不会囿于种族之见。它们决意克服一切困难，建立某种共同体。很快，每一颗恒星都渴望着被人造行星环绕，与周围的小伙伴进入某种"心理共生"（sympsychic）的伙伴关系。现在，众星辰已经很清楚了，这些"虫豸"（vermin）能给自己带来很多东西。这两界生灵的经验在很多方面是互补的。恒星们仍然拥有其黄金时代的天使式智慧之精髓。行星们则在分析和微观方面占优，也更多慈悲心，这是了解其祖先的孱弱与苦难所致。进而，群星也深感迷惑，何以这些小伙伴们不仅认命接受一个明显被邪恶玷污过的宇宙，而且还能充满欢乐？

　　终于，恒星和行星系统的共生社会涵盖了全银河系。但最初这是一个伤痕累累的社会，因为整个银河系已经贫瘠不堪。万亿颗恒星中只有一小撮还能算壮盛。所有具有可能性的恒星都围上了行星。许多死去恒星的原子都被分解，用来制造人工恒星。其他死星也以更为经济的方式被利用。某些特殊的智能有机体种族被孕育或制造出来，让它们居住在这些死星表面。很快，在一千颗曾经光芒万丈的恒星上，住满了不计其数的种族，它们建立了简朴的文明，依靠着这些巨大世界的火山式能量维系生活。

　　这些微小的蠕虫状人造生物，奋力地在平原上爬着。这里巨大的引力压迫，令一块石头也无法凸于一般的平面。这引力是如此巨大，以至这些虫子的小小身体只需跌落半英寸（0.27厘米），便会粉身碎骨了。这些恒星世界上的居民生活在永久的黑暗中，唯有一点星光、火山喷发的火光以及自己身体的磷光现象。人造光源则另当别论。从地下的孔洞可以进入巨大的光合作用站，这里能够转化恒星内部被囚禁的能量，用于生命和智慧之需。在这些硕大无朋的世界上，智能当然不是任何孤立个体的本事，而来自整个虫群的心灵。就像昆虫形族一样，这些微小的造物，一旦和虫群分开，就只是靠本能生活的动物，完全被群居的渴念所驱动，只想着重返虫群。

若不是战争将有心灵的世界以及可以建设新行星系统的恒星的数量削减到了极为危险的、几乎维持不了一个多元共同体的程度，本来也无须在死星的表面殖民。世界联合体曾经是一个精密的组织，其中每一个单元都有特殊的功能。因此，既然已经损失的成员无法再复生，就有必要产生一些新世界代替它们的位置，至少大体上能行使其职能。

渐渐地，共生社会克服了再组织起来的重重艰难，开始将注意力转向追求一个目的，那也是一切觉醒心灵最终极的目的，它们无法逃避，也跃跃欲试地要达到这个目标，因为这位于它们本性最深的根基处。从此以后，共生社会将最主要致力于让精神进一步觉醒。

但是之前，天使般的星辰群体和雄心万丈的世界联合体都希望达成不仅是全银河系而且是全宇宙精神的觉醒，现在它们则感觉这个目标更加高不可攀了。群星和诸世界都认识到，不仅是银河系，而且全宇宙所有的星系团都在接近终结。物理的能量，曾经被认为是取之不尽的资源，现在已经越来越少，难以维持生命了。能量正在越来越平均地分布于整个宇宙中，仅仅在个别地方，获得了心灵的有机体才可能艰难地在能量从较高势能向较低势能下跌的过程中将其截取。很快，整个宇宙将在物理上衰竭①。因此，一切雄心勃勃

①此处是指宇宙的热寂（heat death），又称大冷却。即根据热力学第二定律，能量不断从高处流向低处，伴随着熵的增高，最终在整个宇宙中，能量将平均分布。生命能够截取流动的能量，在局部实现低熵状态的持续和扩大，但整体上无法扭转这一趋势。在十九世纪下半叶和二十世纪上半叶，这是最为主流的宇宙命运假设。

的计划都被放弃了。没人再提出星系之间的真身旅行。这种事业将消耗太多本钱，而经过之前亿万年的挥霍之后，本也没剩下几块"银元"了。即便在银河系内部，也没有任何多余的往来。诸世界依附于其恒星，恒星仍在稳步冷却。当它们冷却时，周围的世界之环就紧缩轨道，以便取暖。

虽然银河系的能源已经快被耗尽，但它在很多方面还是一个乌托邦。众恒星和行星的共生社会完美而和谐。两大种类之间的斗争也成了遥远的往事。二者都完全忠于其共同目标。他们充满热情地合作，友善地进行争论，并且追求共同利益，这样生活着。每一方都在探索和理解宇宙的共同任务中分担自己力所能及的部分。群星现在比之前死亡的速度加快了，因为大批成熟的恒星现在已经变成了大批年迈的白矮星。当它们死去时，就将自己的遗体捐赠给社会，或者用作原子内能的储备，或者用来制造人工太阳，或者让智慧的蠕虫一族住在自己身上。许多行星系统现在已围绕着人造太阳旋转。把天然恒星换成人造的，在物理上是可以接受的，但那些生灵们在精神上已经依赖于和一颗活的星辰的伙伴关系，对一个无生命的大火炉感到十分沮丧。诸行星预见到，共生关系即将不可避免地在全银河系内消亡，于是竭尽全力去汲取星辰们天使般的智慧。不过又过了区区几亿年，行星自己也开始削减数量。在冷却恒星的周围，已经无法再挤下恒河沙数的行星。银河系的精神力量，之前早已难以维持其峰值，现在则无可避免地开始衰减了。

但是，银河上下的情绪并非悲伤，而是欢乐的。共生关系已经极大地改进了远程沟通的技艺，最后，组成银河社会的各种心灵紧密地绑定在一起，相互洞察，从这种和谐的多元性中涌现出了真正的银河心灵。其精神超越群星与诸世界，正如后者超越组成它们的个体。

银河心灵不是别的什么，就是每一颗个体恒星的心灵，加上每一个单独世界的心灵，加上每个世界上那些微小生物的心灵，被所有同伴们所丰富，向着明察而觉醒，结果发现自己只能够再活一点点时间了。我们的银河心灵回顾银河史上的洪荒岁月，察看一幕幕时间中的景象，其中充满了千奇百怪、丰富热闹的生命。它发现自己的生平充满了无穷无尽的挣扎与痛苦，以及一个个破灭的希望。它看待过去被折磨过的一切心灵，并不是心怀怜悯或者悔恨，而是带着微笑与满足，就好像一个成人回想起童年时的艰辛时所感受到的一样。它在自身所有成员的心灵中说："他们的苦难，在他们看来只是单纯的恶，却是为我的未来到来而付出的微不足道的代价。这些事情发生在一个正当、甜蜜和美丽的整体中。因为我就是天堂，所有恒河沙数的先驱们从我这里得到补偿，发现我就是他们内心的愿望。因为在剩下的短短时间里，我会继续奋力，和全宇宙中的所有同道一起，以完美和欢乐的彻悟为宇宙加冕，用合适的赞词向众银河、星辰和世界的创造者致敬。"

第十二章　不成形的宇宙之灵

　　最后，我们的银河系已能够对全宇宙进行完整的心灵感应探索，却发现生命的状态在宇宙中是危机四伏的。只有极少数星系现在还算年轻，绝大多数早已盛年不再。全宇宙中，无光的死星在数量上也远远超过了还活着和发光的那些。许多星系中，恒星和行星的斗争甚至比银河系的更为酷烈。只有当双方已经退化到了再无希望恢复的时候，战争才告终止。不过，这种斗争在大部分年轻点的星系中尚未出现，那些最为觉醒的星系之灵便已经设法告知那些无知的恒星与行星社会彼此的存在，以免他们又鲁莽地冲突起来。

　　现在，银河系的共同心灵加入了一个小团体，由宇宙中最为觉醒的生灵，也就是分散在宇宙深处的各发达星系之灵所组成。它们的目标在于创造一个真正的宇宙共同体，拥有合众为一的心灵，也就是其亿亿万万个千差万别的世界和个体智能的共同精神。它们希望，宇宙之灵因而可以获得在星系层面上不可能达到的洞察力和创造力。

我们本来已经在银河系中结成了共同的心灵，现在又遇到了几十个其他的星系之灵，亲密地融为一体，不由得大喜过望。我们——或者毋宁说是"我"——现在体验到星系间缓慢的飘移，就像一个人感到自己手臂摆动一样。我从几十个视角静静地观照，看到亿万个星系如暴风雪般在宇宙中飘飞，它们流动和盘旋，并伴随着永不停息的空间的膨胀，彼此越行越远。尽管对于诸星系、恒星和行星来说，空间的广袤与日俱增，但我的身体也散落在宇宙中，与众多星系融为一体，这浩渺的空间仿佛不过是一个巨型的拱顶大厅。

我对于时间的体验也改变了。现在，就像在观看银河全景时那样，亿兆斯年对我来说不过是分分秒秒般短暂。宇宙的整个生命，在我看来并不是从一个遥远而模糊的起源，经过漫长无涯的时光，从容不迫地过渡到一个更加遥远而灿烂辉煌的未来，而只是在和飞驰的时光进行一场短暂的赛跑，无论如何咬牙猛冲，却孤单无助，终将落败。

我见到了许许多多滞后的星系，感觉自己像是一个孤独的智者，置身于一片充满蛮族和野兽的荒野上。现在，存在的神秘、徒劳与恐怖残酷地压倒了我。对于我，这一小撮觉醒星系的灵明来说，在宇宙最后的日子里，仍然被尚未觉醒也毫无希望的蛮荒群体所包围，说明在别的地方也没有任何胜利的希望了。对于我来说，存在的整个范围似乎已经揭晓，再也没有什么"别的地方"！我确切地知道全宇宙中物质的总和。尽管空间的膨胀已经让绝大部分星系相互远离，其速度比光能够相互交流的速度更快，但心灵感应的探索仍然能够让我在整个宇宙范围内进行接触。由于永不停息的宇宙膨胀所造成的鸿沟，在我之中，许多成员物理上已彼此远离，再无法相聚，但在心灵上仍然融为一体。

我，数十个星系共同的心灵，觉得自己就是宇宙本身的灵明，却已失败且残缺。组成我的恒河沙数的共同体应该扩展到能够拥抱存在的整个范围才对。在宇宙历史的最高点，宇宙完全觉醒的心灵本该能够获得完全的知识，值得完全的敬拜，但并非如此。即便是现在，在宇宙的晚期阶段，当物理的潜能几乎已经都消耗一空，我的精神成长也仍然处于初级状态。我在精神上仍然处于青春期，但在宇宙的肉体上却已经朽坏。我是宇宙之卵中挣扎的胚胎，但卵黄已经开始腐败了。

我回望亿兆岁月的诸多风景，印象最深刻的倒并非抵达此处的旅行是何等漫长，而是这次旅行的仓促、混乱甚至短暂。我望向无根时光的最初时期，在星辰诞生之前，在星云从混沌中形成之前，我仍然看不到任何清晰的起源，这仍是一个谜团。我的茫然困惑，也正如小小的地球人追寻自己的起源时一样。

同样，当我尝试探索自己存在的根基时，也发现了无法理解的谜团。尽管我的自我意识觉醒的程度与人类的自我意识相比，已经在三重天外：从简单的个人到世界心灵是第一重天；从世界心灵到银河心灵是第二重天；而从银河心灵到残缺的宇宙心灵是第三重天。但我的本质与根基仍然模糊不清。

尽管我的心灵中已经汇集了所有世界在所有时代的所有智慧，尽管我的宇宙之身的生命中包含了无穷无尽各不相同的世界中无穷无尽各不相同的个体生命，尽管我日常的生活体验是一种充满欢乐和创造力的事业，但这一切皆为虚幻。周围亿万个荒废的星系星罗棋布，我自己的肉身也早因其中无数星辰的死去而衰朽不堪。亿万年只在俯仰之间，眼看死之将至。很快我那宇宙之脑的组织就要解体了。我将不可避免地丧失那虽不够完美亦十分珍贵的澄明之心，将会跌落，再跌落，重返心灵之前的一切阶段，直到宇宙的死亡。

奇怪的是，我明明已掌握整个时空，记数众星如数羊群，绝无遗漏，我是一切存在中最为觉醒的一个，我是亿兆生灵牺牲了自己性命要建立的荣光，我是亿兆生民所仰望的存在，但我现在看着周围，却也同样感受到被某种力量所压倒的敬畏，同样有窘迫不安、说不出口的崇拜之情，就好像在沙漠里，人类的旅行者仰头看到群星时所感受到的那样。

第十三章　开端与结局

1. 重返星云

觉醒的诸星系，或者说作为残缺宇宙之灵的我，努力地利用着那时日无多的澄明意识，正在苦苦挣扎时，却忽然有了一种奇怪的新体验。在心灵感应中，我遇到了某个或者某些另一位阶的存在，但一开始我完全无法理解这种体验。

最初，我想大概是不小心和某颗原始时代的自然行星上亚于人类水平的生灵发生了接触，说不定是某种原始海洋上漂浮的极低端的微生物，譬如阿米巴虫。我仅仅感受到了一种粗糙的身体性饥渴，亦即吸收物理能量去维持生命的欲求、进行移动和接触的欲求以及对光明和温暖的欲求。

我不耐烦地想要丢开这种无关紧要的琐事。但这感觉持续袭扰着我，越来越侵入我的思维，也越来越清晰。渐渐地，它呈现出一种强度极高的活力和幸福感，以及一种神圣般的自信，自从星辰诞生以来，上下亿万斯年，还没有任何一种心灵表现出这样的气象。

我无须多说自己如何一步步最终理解了这种经验的意义。我逐渐发现，我接触到的并不是微生物，也不是世界心灵或星辰甚至星系之灵，而是大星云们的心灵！彼时，它们的本体尚未分裂为群星，更未组成星系。

现在我能够追溯它们的历史了。从它们第一次觉醒开始——那是在宇宙大爆炸之后，它们四处分散，第一次作为有形体的气体云团而存在——一直到众星辰从星云的本体中诞生之后，它们才沉入衰朽与死亡。

在它们最早的阶段，在物理上还是至为稀薄的云气，其精神性不过是一种对于行动的无形渴望，以及自身广袤实体中轻微至极的一点挤压感、一种半梦半醒的感知。我观察着它们收缩为边界比较清楚的紧密云球，然后变成了透镜般的圆盘，上面出现了较为明亮的气流和较为暗淡的裂隙。当它们进一步收缩时，每片星云都变得更加密实，结构上也越发具有组织。挤压感虽然轻微，却令其中的原子更密切地相互影响，虽然就体型而言，这些原子之间的距离相当于群星在宇宙中的距离那么遥远。每一片星云现在都是一个充满微弱辐射的池塘、一个单一的系统,在其中渗透一切的辐射波从一个原子传导到另一个原子。

此时,一切巨兽中至大至伟者——这些鲲鹏般的阿米巴虫开始觉醒,出现了模糊的统合体验。以人类的标准而言,甚至以世界心灵和群星的标准而言,星云的体验都是缓慢得不可思议的。因为它们宏伟无边的体型和其意识在物理上所依赖的波动传播速度缓慢至极,一千年的时光对它们来说只是短得无法觉察的瞬间。人类称为地质年代的时期,包含多少物种的兴衰,但在它们的体验中也只相当于我们感受到的几个小时而已。

每一朵这样的大星云都察觉到自己的透镜状身体是单独一团物质,能感觉到其中气脉流动。每片大星云都渴求实现自己身体的潜能,渴求平息一种涌自身体内部的物理能量的压力,与此同时渴求自由地实现所有自身进行运动的能力,还渴求更多的东西。

无论在生理上还是精神上,这些最为远古的生灵都奇怪地类似于行星上的原始微生物,但也有极为重大的不同。至少它们展现出一种特点,我这初级的宇宙心灵在微生物中并没有发现。这是一种意志或者偏好,其意蕴我只能通过勉强的隐喻来表达。

尽管这些造物即便在最为发达的时候,生理上和心智上的构造也都十分简单,它们却有一种天赋,我只能勉强形容为一种原始但又强烈的宗教意识。有两种渴望支配着它们,而二者本质上都是宗教性的。它们希望,毋宁说,它们有一种盲目的冲动去与彼此相互

融合,同时它们还有一种盲目的激情,渴求重新聚集在一起,并回到自己的母体。

它们所居住的宇宙当然也是一个非常简单,甚至贫瘠不堪的宇宙。对它们来说也十分狭小。对每一朵大星云来说,宇宙无非是由两种东西组成:自己几乎是均质的身体以及其他星云的身体。在宇宙的这一早期阶段,星云间彼此靠得很近,因为宇宙的容积此时对于其各部分来说是很小的,无论是对于星云还是电子。这个时代的星云,就好像是人类时代的鸟儿一样,本应该在天空上,却被关在了鸟笼里面。因此每朵星云都对同伴们施加了可见的影响。当每朵星云的组织逐渐成形,逐渐变成一个和谐的物理统一体时,它也就越来越明确地区分了自己本身的波动模式以及一些不规则现象,后者是邻居的影响加诸其自身造成的。通过一种自它从共同的原始云团中分离出来时就植入体内的天然秉性,它理解了这种影响,知道这意味着还存在其他有心灵的星云。

因此,诸星云在鼎盛时期就模糊而又强烈地察觉到彼此是不同的存在。它们虽然意识到彼此的存在,但是相互的交流却极为稀少和缓慢。正如单人囚室中的囚徒通过敲击室内的墙壁,让彼此了解有伙伴的存在,甚至如果有足够的时间还能发展出一套粗糙的信号交流系统,星云们也通过实施重力的吸引,通过漫长无尽的光波闪烁,让彼此明白它们本是兄弟姊妹。即便在其存在的早期,当诸星云相互靠得很近时,一条信息从头到尾也要经过几千年才能发送完毕,又经过好几百万年才能抵达目的地。在星云们的鼎盛时期,整个宇宙都回响着它们的交谈声。

在最为远古的时代,当这些巨大造物相互挨得很近,而都尚未成熟时,它们的交谈完全是试图要告诉对方自己在这里。它们带着孩童般的兴奋,竭力传达着自己生命中的欢乐、自己的饥饿与痛苦、自己的奇思妙想、自己的个性特点,以及对再次融入彼此的共同渴望,就像人类有时候说的,在上帝之中成为一体①。

但在早期的岁月里,只有极少数星云达到成熟,绝大多数的心灵还浑浑噩噩。即便在此时,较为觉醒的星云也已经很清楚,它们根本没有重新融合起来,而是仍然不断地越飘越远。当彼此的物理影响锐减之后,每一朵星云都感知到同伴们在远处越来越小。发送信息后,也需要越来越长的时间才能得到回答。

如果诸星云具有心灵感应交流的能力,那么或许它们在面对宇宙膨胀的时候,就不会感到绝望了。但是这些生灵显然过于简单,相互间无法进行直接而清晰的心灵接触。因此,它们发现彼此不得不分离开来。因为它们的生活节律是如此缓慢,所以会感到几乎刚刚发现彼此的存在,就必须要分开了。它们对童年时代的盲目感到后悔,因为当它们达到成熟时,它们一个个不仅构想出了我们称为"爱"的、为彼此而欢愉的激情,而且也深信,通过相互间的精神融

---

① 参见《新约·以弗所书》1:10:"(上帝)到了所计划的时机成熟,就使天上地下的万有,都在基督里同归于一。"

合, 方能与孕育并产生它们的源头达到融合。

很清楚, 别离已经无可避免了, 这些天真的造物好不容易建立了共同体, 却已经因为交流的困难而开始四五分裂。最遥远的星云之间已经高速地相互退却, 每一朵星云都不得不准备好在绝对的孤独中面对存在的奥秘。

然后出现了一个漫长的时期, 不过对这些生命节奏缓慢的造物来说也就是一会儿工夫, 在这段时间里, 它们通过控制自己的躯体以及精神上的训练, 试图去寻找至高的真理, 这是所有觉醒的生命在其本性深处都必须去寻找的。

但此时, 出现了一个新的麻烦。一些最年长的星云抱怨, 有一种奇怪的疾病严重妨害了它们的沉思。它们稀薄身体的外围开始凝结成一个个的小点。随着时间推移, 这些小点成了致密而剧烈燃烧的火粒。而在它们之间的虚空中, 除了一些游离的原子, 一无所有。最初, 这些抱怨不过像一个人有些皮肤发炎一样轻微, 但后来, 这发展成了星云的深层问题, 并伴随着严重的精神困扰。这些难逃一劫的造物决定将这种疾病视为来自神的、对精神的考验, 以此化疾病为健康, 但却是白费力气。尽管有一阵子, 它们似乎只要拿出英雄气概去蔑视这种疾病就能控制它, 但疾病肆虐最终压垮了它们的意志。现在对它们来说, 宇宙很显然是一个徒劳和恐怖的场所。

后来, 年轻的星云们看着那些长辈一个接一个地堕入迟钝和混乱的状态, 最后无一例外地进入被人类称为"死"的长眠。很快, 就算最为乐观的心灵也明白，这种疾病并非只是偶然的意外，而是星云本性中所固有的命运。

这些宇宙中的巨怪一个个地陨灭了，让位给了群星。

我，作为初等的宇宙心灵，从遥远的未来回望这些事件，尝试着想要让在遥远过去濒死的诸星云明白，它们的死亡远远不是终结，而只是宇宙生命的一个早期阶段。我希望能够给它们一些安慰，让它们能约略知晓广大而复杂的未来，以及我自己最后的觉醒。但是最后我发现无法和它们沟通。尽管在它们的日常经验中，它们拥有某种智能，但超越那个范围它们就几乎是愚痴了。这就好像一个人想要去安慰一个正在裂解的卵细胞，告诉它自己本人就是从它里面出来的，并且如今在人类社会中过得十分成功。

既然安慰是徒劳的，我也只能抑制同情心，观看星云共同体崩溃的最后结局。以人类标准来衡量，这痛苦漫长无边。它开始于最古老的星云解体，化为众星，而这个过程持续了（或者将要持续）很久，甚至当最后一代人类种族在海王星上覆灭后还未完结。实际上，最后的星云直到许多邻居的躯体都转化为群星和智能行星的共生体之后，意识才完全消失。但对于生命节奏迟缓的星云本身来说，这场瘟疫是一次迅猛的病症。这些虔诚的巨怪一个接一个地发现自己被细微不可见的敌人攫住，它们英勇地作战，却一再落败，直到陷入昏迷。没有任何一朵星云知道，自己被撕碎的血肉变成了许许多多年轻而迅捷的活恒星，也不知道在自己身体的各个角落已经撒上了许多小得无法比拟、快得无法比拟、也丰富得无法比拟的造物，比如说，人类。人类浩繁的历史变迁，不过发生在这些原始巨怪们最后痛苦煎熬的弥留之际。[①]

2. 至高时刻即将来临

对于星云生命的发现，令我这初等的宇宙心灵深深地动容。我耐心地研究着这些几乎无形无体的巨怪，将它们本性中那简单而又深邃的热情吸收进我自己的复多性存在中。这些简单的造物，一门心思，充满热情地追寻着自己的目标，竟忽视了所有的恒星与行星。我以这样诚挚的想象进入它们的历史，于是我自己，这宇宙之灵，也以某种方式被这些生灵的沉思所重新塑造了。

---

① 在《造星主》最初的一部草稿中，故事是从创世讲起，星云生物的部分被放在最前面，也有更多细节描绘。对于星云生物的描写，很可能受到柏格森《创造进化论》中这一段论述的影响："生命甚至并不一定要集中在严格意义的有机体中，也就是说，那些能够给能量的流动以有现成而有弹性通道的定形身体。可以想象（当然很难具体设想），能量能够被储备起来，然后通过可变之流的线路，穿过一种尚未凝固的物质而进行消耗。生命的一切本质仍然在这里，因为这里也有一种能量的缓慢集聚和突然释放。这种含糊朦胧的生命与我们所知道的定形生命，其区别几乎相当于在我们的生命心理学中迷梦状态与清醒状态的区别。如果当星云物质出现时，通过一种反向运动的效力，生命立刻就迸发出来，那么当物质的凝聚作用完成之前，星云的生命状态可能便是这样的。"（Œuvres, 6 é dition, Presses Universitaire de France, 2001, 712–713.）

我从星云的视角去思考诸多世界千变万化的复杂微妙，不由得心生怀疑：诸世界无尽的多样性，真的是因为存在本身的丰富吗？还是因为精神感知力的缺陷呢？真的是因为各个世界本性中无穷多样的潜能，还是因为缺乏任何一种强大的掌控经验？就像一根仅微弱磁化的指南针，会绕着东西南北晃荡很久，最后才找到正确的方向，而一根对磁性更敏感的针将立刻指向北方。是否每一个世界及其一群群细微而复杂的成员，它们的复杂性本身，仅仅是因为对一切精神恰当方向的感知都混淆不清了？是否最早期那些最为巨大的生物所具有的简朴与精神活力已有了某种最高价值，而诸多复杂微妙的世界却从未达到这一境界？

但是，不是这样！虽然星云的心灵以其特殊的方式卓异不凡，恒星和行星的心灵们也有其特性。而在三者之中，行星的心灵最为突出，因为唯有它能够最好地同时理解三者。

此时，我开始说服自己相信，因为我最后在自己的存在中融入了一种内在的觉识，不仅囊括诸多星系，也感应到了宇宙生命的最初阶段，所以我现在便有一定理由将自己视为整体宇宙的初级心灵了。

但是支撑我的那些觉醒星系仍然只是星系总数中的一小部分。通过心灵感应的影响，我一直在帮助其他许多在精神成熟瓶颈期的星系。如果我能够在觉醒星系的宇宙共同体中融入几百个而不是区区几十个成员，也许我这宇宙之灵便能够提升自己，从目前被锁定的精神婴儿期，一跃而至接近成熟的境界。对我来说，即便现在，在我的胚胎状态下，我已经足以发现某些新的启示了。那位在本书中用人类的语言称为"造星主"的创世者，如果我运气好的话，可能还有机会去拜见他的真容。

此时，我对于见到造星主的渴望已经成为完全征服了我的激情。我觉得，那片遮挡住一切星云、恒星和行星的源头和鹄的的面纱已经开始飘落。那位造星之主，曾激起无数生灵的敬拜之情，却从未对任何存在清晰地展露真容；所有的生灵都在盲目冲撞中想要找到他，他却只用亿万种神名在它们面前代表自己。但我感觉，现在他就要向我揭示他自己了，因为我虽然受到损坏，却仍然是不断成长的宇宙之灵。

我自己也被组成我的无数微小成员敬拜着，因我的成就早已远远超出他们的梦想，但我现在却深深地感受到自己的渺小和缺陷，倍感压抑无力。造星主的存在既经揭示，便已经以可怖的力量征服了我。我越在精神阶梯上攀升，在我面前的高度就越显得高不可攀。我曾以为是早已看清的山巅，现在看来仍然是山脚。在那上方，才是真正壁立千仞的冰崖，一直伸入黑暗的雾气中。我永永远远也爬不上那样的悬崖。但我仍然必须前进，无法抵御的渴望让我战胜了恐惧。

此时，在我的影响下，未成熟的诸星系一个个地获得了足够澄明的心灵,令它们得以加入宇宙的共同体,并以它们特别的经验让我变得更加丰富。但是,宇宙在物理上的衰弱仍在继续。当全部星系中的半数达到成熟后,很明显接下来能增加的也就没有多少了。

各个星系中活的恒星都已寥寥无几。大量死去的恒星,一些做了原子分解后被当成人造太阳使用,周围围上了成千上万颗人造行星。但是绝大部分的恒星现在已经结出了固体外壳,上面住满了居民。过了一阵子,就有必要疏散所有的行星了,因为人造太阳太过浪费能量。居住在行星上的种族因此一个个地毁灭了自己,将自己世界的材料和自己的智慧贡献出来,送给死去恒星上的居民们。因此本来宇宙中曾经满是闪耀的星系,每个星系中又满是星辰,现在却完全由死去恒星的尸体组成了。这些黑暗的珠子在黑暗的虚空中飘浮着,仿佛是火焰熄灭后、冉冉升起的极稀薄的黑烟。在这些尘埃——当然也是巨大的世界——之上,最后的居民在个别地方以人造光源产生出了一点点苍白的光辉,但即便从最内侧的荒废行星上也是看不见的。

此时,在这些恒星世界上,最为常见的生灵就是智能蠕虫群或者昆虫形族。不过也有许多种奇特的大型生物,它们适应了巨型世界上惊人的重力。这样的生物类型都是一种活的"毯子"。它的下表面有许多细微的腿脚,这些也是嘴巴。它们支撑起一个身体,虽然可能有十码(9.14米)长,二码(1.83米)宽,但绝不超过一英寸(2.54厘米)厚。在其前方,用于操作的"手臂"也有一组腿进行支撑。

其身体的上表面包含一个蜂巢状的呼吸孔和各种感觉器官。在上下两个表面之间，铺展着新陈代谢的器官以及面积巨大的脑。与蠕虫群或昆虫群相比，这些像百叶一样的生物具有一些优势：它们的心灵统一性更加稳定，器官分化也更为专门。但稍后，所有居民都被迫进入地下，这些体型大的生物较为笨拙，就不太适应地下生活。

这些巨大而黑暗的世界，其大气的重量极为惊人，海洋的宽广也令人难以置信。但是海水即便在最为狂暴的风浪中，掀起的波浪也不过是涟漪一般，就像是我们知道的水银一样。世界上很快就挤满了蜂巢状的蠕虫文明以及许多种类的昆虫形文明，百叶状生物也修建了避难所，但不怎么安全。这些世界上的生命就好像是活在二维的"平面国"里一样①。即便最坚硬的人造元素也无法让高层建筑立起来。

随着时光流逝，结壳恒星内部的热量也耗尽了，因此必须对星球的固体内核进行原子分解，以支撑文明。就这样，每一个恒星世界都逐渐地变成了一个越来越中空的球体，内部以一系列的巨型支墩撑住。一个个世界的居民，或者说之前的居民特化适应新环境的新型后代，都进入了燃尽恒星的内部居住。

这些居民们都被囚禁在这中空的世界里，身体上和宇宙的其他部分隔离开来，仅通过心灵感应支持着宇宙之灵。这些就是我的肉

---

① 指英国作家 Edwin Abott Abott 的数学幻想名著《平面国》(*Flatland*)，出版于1884年，该书极具想象力地描绘了二维世界的生活。

体了。在宇宙无可避免的膨胀中，熄灭的诸星系高速地四处飞散，时间长达亿兆斯年，就连光本身也无法再跨越它们之间的鸿沟。宇宙范围内的这种宏观解体也就罢了，对于最后的居民来说，更难过的是星与星之间的实体隔绝，因为一切星光的辐射以及星际旅行都终止了。各族居民，挤在亿万世界的地下长廊中，仍然保持着心灵感应的统一。他们虽然千差万别，但对彼此了如指掌。他们一起构成了共同心灵，令其深明宇宙曾活力四射、相互牵系的过去，永不疲惫地努力争取赶在熵的增加彻底摧毁它所依赖的文明构造之前达到自己的精神鹄的。

这就是此时宇宙的状况，它正朝向其生涯的至高时刻前进，要获得一切时代的一切生灵都在朦胧地为之奋斗的启示。奇怪的是，这些宇宙末世的居民，被束缚在地道里，被贫困压迫着，点数着最后的一点能量，竟然能够达成之前许多光明灿烂的时代无法达成的任务。这真是笨鸟力飞，高过雄鹰了。虽然它们的境况十分困窘，但仍然保持了宇宙共同体的基本结构，也仍拥有宇宙心灵。它们拥有一种天生的洞察力，能够运用过去的知识加深自己的智慧，但其深度远非任何过去的智慧可比。

宇宙的至高时刻，并不是(或者将不会是)以人类标准衡量的"时刻"，但以宇宙的标准来看，这的确是一个短促的瞬间。当稍微多于亿万星系中居民总数一半的人口完全进入宇宙共同体之后，很显然也不会有更多个体加入了，然后它们就进入了普遍沉思的时期。这些居民维持着困窘的乌托邦文明，过着个人工作和社会交往的生活，而与此同时，在公共层面上，它们重塑了宇宙文化的整个结构。对于这一阶段，我无法多说什么。只能说，每一个星系，每一个世界都被指派了一种特殊的、创造性的精神功能，而所有人都汲取了其他所有人的工作成果。当这一阶段结束时，我这个共同的心灵被重新构造了，宛如破茧而出。有一个短促的时刻——也就是这个宇宙的至高时刻——我与造星主照面了。

对于本书的人类作者来说，我作为宇宙心灵曾体验过的那绵延无尽的永恒瞬间，如今竟没有留下任何东西。只有一种带着苦涩的至高幸福感，伴随着这种幸福感的，还有一些关于这一体验的不连贯回忆。

关于这种体验，我必须得想个方式说点儿什么。面对这一任务，我不免又有一种深深的无力感。人类历史古往今来的那些最伟大的人物，都无法形容他们获得至深天启的时刻，我又如何敢尝试这个任务？但是我仍然必须去做。尽管要冒着受到嘲讽、鄙视以及道德责备的风险——这也是我该受的——我也必须结结巴巴地说出我曾看到的东西。如果一个水手在海难后，乘着木筏，无助地漂过一片神奇的海岸，然后回到了家，他会激动地对人诉说见到的奇观。有修养的人可能会在听到他粗鄙的口音和笨拙的言辞后，厌恶地转过身去，有学问的人可能会嘲笑他分不清楚事实和虚构，但是他必须说出来。

3. 至高时刻以及之后

在宇宙的至高时刻，我，作为宇宙之心灵，感到自己面对着一切有限存在的源泉和鹄的。

当然，那一刻我并不是在感官上捕捉到了无限的心灵，即那位造星之主。在感官上，除了我之前就有感知的、许多死去恒星充满居民的内部空间外，我没有察觉到别的任何东西。但是，通过本书中称为心灵感应的媒介，我被给予了更深的内向感知。我感到造星主直接的在场。正如我已经说过的，近来我已经被一种奇特的感觉所笼罩：感到某种我之外的存在被遮蔽的在场，在我宇宙的身体之外，也在宇宙心灵之外；在我有生命的成员之外，也在无穷无尽已熄灭的恒星之外。但现在，遮蔽的面纱颤动着，对精神的视觉变得半透明了。一切的源头和鹄的——造星主，作为一个的确在我的意识之外，对我的观看来说是对象性的存在，朦朦胧胧地对我现身了；但它又在我自己的本质深处，就好像是我自己，但又无限地超越了我自己。

我现在似乎在两个方面望见了造星主：一方面，它是产生了我——宇宙本身——的特殊的精神创造活动；但更可怖的是，它又是一种远远超过创造活动而无可比拟的存在,亦即绝对精神已经在永恒中达到的至为完美。

这些词汇是何等贫乏无力！但是我的体验却丰富至极。

这种无限性,比我能追溯的最深根基还要深,比我能达到的最高范围还要高。我这宇宙心灵,这一切星辰与世界的结晶,在面对它的时候也深为惊怖,就好像是原始人在闪电与雷霆面前瑟瑟发抖一样。当我在造星主面前低入尘埃之际,我的心灵中如滔滔洪水般涌入了无数意象。一切世界中一切种族所想象的神祇再次让我置身于万神殿中。它们象征着庄严与温柔,象征着无情的力量,象征着盲目的创造力,象征着洞察一切的智慧。虽然这些意象都不过是心灵创造出来的想象,但我感到,它们中任何一个的确也是某些特征的形象化,而这些特征正是造星主在造物身上的印记。

亿万神祇如来自亿万世界的烟云,笼罩了我,让我陷入沉思,但此时一个新的意象,无限精神的一个新象征,在我心灵中显形。尽管似乎是我自己的宇宙想象力所生发出来的,但却是一种比我更伟大的力量令我孕育。这种新视野令作为宇宙心灵的我,在局促不安中被拔擢到不胜寒之高处,但对本书的人类作者来说,几乎剩不下多少印象了。但我还是必须尽自己的努力,用孱弱的词语之网去捕捉它。

看起来,我已经沿着时光隧道,重返到创世的那一刻。我观看着宇宙的创生。

　　某种精神在运思。它虽无限而永恒,但自限在有限和有终结的事物上,它在思索着某种过去,但并不满意。它不满于过去创造的某种东西,是什么我无法得知;它也不满意于自己那变动不居的天性①。不满刺激着精神,开始了新的创造。

　　现在,就我的宇宙心灵所构想的画面来说,绝对的精神,为了创造而进行自我限制,从自身的无限潜能中抽出一个原子,赋予它客观存在。

　　这个小宇宙中包含了特定时间与空间的胚芽,还有宇宙中万事万物的胚芽。在这个针尖大的宇宙中,恒河沙数但并非无限的物理力的核心——也就是人类朦胧地设想为电子、质子等基本粒子的东西——最初彼此融合在一起。它们沉睡着。一千万个星系的物质在一个点上沉睡。

　　然后,造星主说:"要有光。"就有了光②。从一切力之核心的叠加点上,夺目的光芒一跃而出。宇宙爆炸了,将时空的潜能变为现实。力的诸核心,就好像是炸弹中的碎片,四散发射开来。但是每一个碎片在自身中都保持了整体的精神,作为一种记忆和渴望。每一个在自身中都反映出全宇宙时空里其他一切事物的各个方面。

　　宇宙不再是点状的了,现在是一团无法想象的密集物质,充满

---

　　① 绝对精神以完美永恒和不完美且在时间中演进的两种样式出现,参见下章。
　　② 暗引《旧约·创世纪》1:3:"神说:'要有光。'就有了光。"

了无法想象的能量暴射，而仍在膨胀中。现在它是在沉睡中已经解体为无穷碎片的精神。

但是说宇宙在膨胀，也就相当于说，它的各组成部分在收缩。最基础的力的核心，最初都和点状宇宙合一，它们彼此相分离时，就产生出了宇宙空间。整体宇宙的膨胀也就是它的物理单元的缩小，光的相对波长也在缩短。尽管宇宙永远只有有限的大小，但对细微的光波来说，它并没有边界，也没有中心。就像是一个膨胀球体的表面缺乏边界和中心一样，膨胀的宇宙空间也没有边界和中心。但正如球体表面围绕着一个在它之外、在"第三维度"上的点，宇宙的体积也围绕着一个"第四维度"上的点。

密集的火云在爆炸中不断变大，逐渐变成了行星大小、恒星大小、一个星系的大小……乃至一千万个星系的大小。它越是膨胀，就变得越稀薄、越暗淡，也越安静。目前，宇宙之云一方面受到膨胀的压力，一方面受到彼此相互的引力，二者相互冲突，将云团撕裂，变成了亿万片细小的云块，也就是大星云的族群。

有一段时间，它们彼此仍很靠近，就距离和体积的比例来说，相当于多云天空上的一朵朵云絮。但它们之间的鸿沟加深了，将它们越分越开，宛如灌木上的一丛野花，宛如蜂群中的一只只蜜蜂，宛如迁徙的鸟群，宛如海上的舰船。它们越来越快地从彼此身边退离，同时每一朵云都在缩小，首先变成了一个绒线球，然后是一枚旋转的透镜，最后是一个旋涡，带着星辰之旋臂转动。

宇宙仍在扩张，直到相距最为遥远的星系之间分开的速度已经如此之快，即便是宇宙中运动的光也无法再跨越彼此之间的鸿沟。但是我以想象的目光，仍然能够看到所有的星系。就好像有另外一种光，一种超宇宙的、速度无限的光，并不是从宇宙空间中任何地方发出，而是从内部照亮了一切。

我凭借这种全新、冷峻而穿透一切的光，再一次观看了一切恒星与行星的生活、诸多星系共同体的生活以及我自己的生活，一直看到我现在所在的这一刻，此时我见到了无限。这种无限人类称之为"上帝"，并且用人类自己的渴望去设想他的样子。

我现在同样试图以我自己虽然统冠宇宙但仍然有限的本性去设想出一种意象，以形容那无限的精神——造星主。现在我看似——仅仅是看似如此——忽然之间超出了所有造物所匹配的三维视野，真正地看到了造星主。虽然他并不在宇宙中任何地方，但我看到了那超宇宙光线闪耀的源泉，那好像是一个无限明亮的点、一颗星星、一个太阳，但却比一切太阳加起来都更强有力。在我看来，这颗光辉灿烂的星就是那四维球体的核心，它那弯曲的表面也就是三维宇宙。这颗群星之星，这颗作为造星主的星，的的确确被我这个宇宙的造物看到了，但只有一刹那，随即它的强光就让我的视野变盲。在那一刻，我知道自己的确看到了宇宙中一切光明、生命和心灵的源泉,除此之外还有何物,我就一无所知了。[1]

但是,我的宇宙心灵在无法想象的经验的推动下,虽勉强构想出了这一个意象,这一个符号,它却在我刚一进行构想时,就破碎和变形了,因为它要体现出的这种经验实在是太过不足。我在视线昏花中回想起见到造星主的那一刻,现在构想出了另一个意象:那颗造星主之星,那一切存在的内在核心,仿佛在他那无限的高处俯视着我——他的造物;当我一见到他,便奋力张开我那屏弱的精神之翼,高翔着飞向他,却被他灼盲,烤焦,打下云端。

在我亲见造星主的那一刻,我曾经感觉,一切有限的精神都希冀和渴求着与无限的精神融为一体,这种渴念支撑着我振翼飞向造星主。我曾经以为,那颗神星,既是我的创造者,一定会俯身来迎接我,将我抱起,包裹在他的光明中。因为我曾经以为我既然是如此多世界的统合心灵,是如此多岁月的结晶,已经是宇宙之教会,最后也自然能够成为上帝的新娘[2]。但相反,恐怖的光将我灼盲,烤焦,打下云端。

在那个我一生中的至高时刻,将我击落的并非只是物理上的光

---

[1] 斯特普尔顿对造星主的许多描写都受到但丁《神曲》的深刻影响,此处尤为明显。在《神曲》中,上帝仍以一个诸天球围绕的光点的形式出现,《天国篇》第二十八章:"当我转身向后,那重旋转的天中出现的事物接触到我的眼睛时,每次在其圈圈中凝视,我都看到一点放射着那样强烈的光芒,致使其所照射的眼睛由于其极大的强度,而不得不闭上。"(引文据田德望译本)

[2] 基督教中经常以夫妇关系比喻教会和基督之间的关系,如《新约·以弗所书》5:24-25:"教会怎样顺服基督,妻子也要怎样凡事顺服丈夫。你们做丈夫的,要爱你们的妻子,正如基督爱教会,为教会舍己。"

芒。而是在那一刻，我猜想到了实际上无限的精神到底是带着怎样的情怀，创造出这一宇宙，一直支持着它，并看着它在苦痛中成长。恰是这一发现让我陨落。

因为，迎面而来的并不是欢迎和仁慈的爱，而是一种完全不同的精神。我立刻明白了，造星主造出我来，并非让我成为他的新娘，也不是当他宠爱的孩子，而是有另外的目的。

我看到，他从其神性的高度俯视着我，虽然高高在上但也带着激情，好像是一个艺术家在判断他刚完成的作品。他为其成就而产生平静的愉悦，但最后发现，在最初的设想中就有一些无可弥补的缺陷。他看到之后就已经想要重新创造一个了。

他的目光以平静的技巧解剖了我，鄙夷了我的缺陷，而为了丰富他自己，吸收了我在多少岁月的挣扎中所获得的所有卓越之处，不过也只有一点点。

在痛苦中，我叫喊了起来，反对我那无情的创造者。我叫嚷着，无论如何，造物比创造者更为高贵，因为造物还有爱也渴求爱，甚至是来自造星主之星的爱；但是创造者，亦即造星主，既不爱也不需要爱。

但是，我在盲目的痛苦中刚一喊出来，羞耻就涌上心头，让我住口了。我忽然明白，创造者的德性并不是被创造者的德性。对于创造者来说，如果他爱自己的造物，那么他只是爱其中一小部分，而当造物赞颂创造者的时候，是在赞颂一种超越自身的无限。我看到了，被创造者的德性就是去爱和敬拜，但是创造者的德性则是去创造，去成为造物们所敬拜的无限鹄的，造物们无法实现也无法理解。

我带着羞耻和热爱，再一次对创造者叫了出来："如此可怖而又可慕的精神创造了我，这已经足够，甚至远远超过足够。你的潜能是无限的，你的本质超越了即便是全宇宙的心灵所能理解的范畴。被创造出来已经足够，有一刻能体现出无限而激荡的创造精神，已经足够。被当成某种完美造物粗糙的原型来使用，已经令我无限地心满意足了。"

就这样，我感受到了一种奇异的平静，奇异的欢愉。

我望向未来，看到我自己的衰落和毁灭，不再有忧虑，唯有平静的乐趣。我看到恒星世界的居民们使用越来越多的资源以维持其简朴的文明。他们分解了那么多恒星的内部物质，令他们的世界处于崩塌的危险中。有一些世界的确也因为中空过大而塌陷分裂了，杀死了居住在里面的所有人口。大部分恒星世界在达到临界点之前就被再造了，被耐心地拆解为一片片，又搭建起一个较小的世界。一颗颗恒星变成仅仅是行星规模的世界，有些比月球还小。而人口本身也缩减到了原来的百万分之一，在每一颗微小的沙粒中仅仅保持了文明的骨架，而生活条件也日益陷入窘困。

宇宙至高时刻过后，未来的亿万年中，人们仍然能够竭力保持古代文明的基本面貌，仍然能在个人的生活中热情地追求无尽的新颖活动，仍然在世界之间开展心灵感应的交流，仍然通过心灵感应分享各自的世界心灵中有价值的东西，仍然支撑着一个真正的宇宙共同体，以及一个单一的宇宙心灵。我看到我自己仍然在克服着越来越显著的困难，保持着澄明的意识。困倦与衰老已经开始，我和它们做着斗争，但不再希望进入某种之前想不到的伟大境界中，或者说为造星主献上更加有价值的祭品，仅仅是出于对体验的渴求，出于对绝对精神的忠诚才保持澄明。

但最后，衰败抓住了我。一个又一个世界遇到了越来越多的经济问题，不得不缩减其人口规模，最后人口数量已经少到不足以维持自己的共同心灵。然后就像是一个退化的大脑中枢，它已经无法在宇宙的意识中运行其功能。

我从宇宙至高时刻的所在向前望去，看到作为宇宙之心灵的我自己不断地沉入死亡。在我最后的漫长岁月中，虽然我的力量已经衰微，而朽坏身体的负担沉重地压迫了我那已衰弱的勇气，但是总还有一丝对过去澄明意识的模糊记忆，给我以安慰。我恍惚地知道，即便在我最后的、最可悲的耄耋之年中，造星主那虽遥远但热烈的目光仍然注视着我。

从我已经至为成熟而尚未萎缩的时刻继续向前看，我看到了自己的死亡，也就是我的存在所依赖的心灵感应联系最后断绝的时刻。此后，那些残存的世界生活在绝对的孤立中，退回到野蛮的状况——但以人类标准看仍是繁荣的文明。然后在一个个世界里，物质文明的基本技能也开始失效了，特别是原子分解和光合作用的技能。一个个世界或者在事故中令剩下的储存能源发生爆炸，变成一个明亮的火球，一边扩张一边变暗，最后消失在无边的黑暗中；或者在寒冷和饥饿中悲惨地死去。

此后，整个宇宙中已经没剩下什么了，只除了黑暗和黑暗中曾是星系的灰烬。又是无穷无尽的时光过去了。每一片尘沙般的灰烬通过各部分的重力作用，一点点收缩起来，其间还有这些游走的尘沙之间的激烈碰撞。最后，每片灰烬中的所有的物质都收缩起来，成为一个单独的团块。外部的巨大压力加热了每一个团块的核心，将其点亮，甚至出现了爆炸活动。但是这些宇宙最后的资源一点点辐射出去，令团块冷却下来。再剩不下什么了，除了石块和微弱之极的辐射涟漪，后者在永远膨胀的宇宙的各个方向上如爬行一般，太过缓慢而不足以跨越尘沙之岛间不断增大的鸿沟。

同时，因为每个岩石状的球体——它们都曾是星系——已经处于其同类任何可能的物理影响之外，也没有心灵能够在它们之间保持感应接触了，其中任一个球体事实上也是一个完全独立的宇宙。因为一切变化都已停止，每一个贫瘠的宇宙中实际的时间也就停止了。

既然这看起来就是宇宙静止而永恒的终点，我也就收回了已经疲惫的注意力，投向事实上仍是现在，或者说刚刚过去的至高时刻。我以最为成熟的思维力去思考，试图看得更加清楚，在刚刚过去的至高时刻中呈现给我的东西到底是什么。那一瞬间，当我看到那颗光芒四射的星，亦即造星主时，我也在那神光之眼中瞥见了奇特的存在之风景：在超越宇宙的过去和超越宇宙的未来之深处——或者说是并存于永恒之中——排列着一个又一个的宇宙。

第十四章　创世的神话

　　若有一个在多山地带的旅行者,迷路于雾霭中,摸索着在岩石上攀爬,可能从雾中一出来就发现,自己正身处悬崖的边缘。他看到,下方横陈着山谷丘陵、平原河流以及错综复杂的城市,远处大海上点缀着海岛,而上方是红日当空。就像这样,我在宇宙体验之流的至高时刻,从有限性的雾霭中出来,望见了一个接一个的宇宙,以及那不仅照亮一切而且给予一切生命的光。然后,雾气立刻再一次将我包围住了。

　　这一奇异的景观,任何有限的心灵都无法想象,即便是宇宙级的心灵。我自然也不可能描述。何况我现已复归小小的人类,距离它更是无限遥远了。即便对于宇宙心灵来说,这也是无比困惑的一幕。然而,我要是只字不提我在壮游历程中最为巅峰的时刻究竟看到了什么，也违背了整体的精神。尽管人类的语言，甚至人类的思维自身，按其本性来说都无力承载形而上学的真理，我也必须设法说出来一些东西，哪怕只是通过隐喻。

我所能做的只有尽力用我那贫弱的人类智能，记录卜这幕景象在我的宇宙想象力中所留下的奇特而混乱的印记。那时候，无法忍受的澄明之光已经让我变盲了，我只有挣扎摸索着去回忆刚才出现的到底是什么。在我的一片目盲中，那奇景从我那刚被蹂躏的心灵中召唤出了它自己的一剪想象的倒影、一道回声、一种符号、一则神话、一个疯狂的梦。其梦境自然是粗糙虚假、可耻可鄙，但又不是完全没有意义。这则可怜的神话，这则单纯的寓言，就是我要讲述的。我在渺小的人类状态下能回忆起多少就说多少，再多就无能为力了。但即便此事我也无法得体地完成。我曾不止一次，而是很多次写下这个梦境，然后又撕掉稿子，因为实在写得太过苍白无力。所以我在这里是带着一种完全的挫败感，结结巴巴地来报告其中几个相对好理解的特征。

我的神话以一种最令人困惑和不恰当的方式，表现出真实景观的一个特征。它显示出，我作为宇宙心灵所经历的至高时刻，实际上是在自身中体验到了永恒，而在永恒中排列着多重的时间序列，它们彼此之间毫无关系。因为尽管在永恒中所有时间都是现在，而无限的精神既然是完美的，也必然在自身中包含一切可能创造的全部成就，但这之所以可能，是因为无限和绝对的精神是在其有限性中,在时间性和创造性的样式下构想和执行了整个庞大的创造序列。为创造之故,永恒与无限的精神在自身的永恒中必然要产生时间,以时间来包含整个漫长无际的创造序列。

在我的梦中,造星主作为永恒与绝对的精神,在时间之外沉思着他的一切工作,但是同时作为绝对精神之有限和创造性的样式,他又赋予其创造以形体,令它们在一种适于自身发展和成长的时间序列中,一个接一个地出现。进一步来说,他的每一件作品,每一个宇宙,自身都被赋予了特殊的时间,这种时间是以如下方式出现的:任何单独宇宙的整个事件序列都能够被造星主所观看,不仅能在每个宇宙时间的内部去观看,而且能够从外部,从造星主自己的生命时间中观看,这时候宇宙中的一切时代都是同时并存的。根据占据了我心灵的那个奇怪的梦境或者神话,造星主在其有限和创造性的样式中,实际上是一个正在发展而不断觉醒的精神。他既是在时间中成长的,又是永恒完美的,这点从人类的角度当然无法设想。但是我的心灵既被这种超人类的景象所压垮,只能如此说,而无法找到表达创造之神秘的更好方式。

我的梦境对我宣布,造星主是永有、完美、绝对的;但在他进行创造的样式下,在相应时间的开头,他又是一个婴儿般的神,好动而饥渴,威力无穷,却没有清楚的意志。他具有一切创造的力量,他能够创造出具备各种各样物理和心理属性的宇宙。唯有逻辑才能限定他。因此,他能够颁布最为奇特的自然法则,但他并不能,譬如说,让二乘以二等于五。在他的早期阶段，他也被自己的未成熟所限制，仍然在婴儿期的迷梦中。尽管他有意识地进行探索和创造，其无意识的源泉仍是他自己永恒的本质，但他最初的意识还只是对创造性模糊而盲目的渴求。

最初，他直接开始探索自己的力量。他将自身中某种无意识的实体有形化，作为其艺术创造的介质，并且以有意识的目的去塑造它。然后他一次又一次地创造出一个个玩具宇宙。

然而，创造性的造星主所有无意识的实体，仅仅是永恒的精神本身，也就是在永恒与完美样式之下的造星主。因此在他未成熟的阶段，他从自身内部取来作为宇宙的毛坯实体，其本身并非毫无规定性，而是无论在逻辑方面、物理方面、生物方面，还是心理方面都具有丰富而确定的潜能。这些潜能有时候并不适合年轻的造星主有意识的目的所用。他并不是总能让它们都派上用场，更不用说实现它们了。在我看来，这种介质本身的特性总是让他的计划功亏一篑，但是它又一再提示造星主产生更丰富结果的创造方式。于是根据我的神话，造星主一再从他的造物中学习，因此超越了他的造物，并渴望着以一种更充分的计划开展创造工作。他一再将完成了的宇宙抛在一边，并在自身中激发出一种新的创造。

在我梦境的早期，我曾多次怀疑，造星主在创造中到底想要达到怎样的结果。我只得相信，他一开始并未设想清楚任何目的。很明显，他自己必须去逐渐地发现，而在我看来，他的作品经常是实验性的,其目的也十分含糊。但当他成长到最后时,就拥有了这样的意愿:尽可能充分地去创造,唤起其介质完全的潜能,塑造精细度不断增加、更加多元也更加和谐的作品。然后他的目标变得更为明确,其中便包括有意要创造这样一些宇宙,其中每一个都可能包含某种意识和表达方面的独特成就。造物在感知和意志上的成就,就好像是一种工具,通过它们,经由一个又一个宇宙,造星主自己得以不断觉醒,进入更为清澈的澄明之境。

所以,恰是通过连续的创造,造星主从婴儿期一步接一步地走近成熟的神性。

所以,他最后成了某种存在,但以永恒的视角而言,他在开端就已经是这样的了。此即万事万物的基础,也是万事万物的王冠。

这个从我心灵中升起的神话之梦代表了永恒的精神,但在梦非理性的形式下,它同时既是无穷无尽有限存在物的原因,也是其结果。以某种无法理解的方式,尽管一切有限的东西在某种意义上是绝对精神所虚构的,但对于绝对精神的存在来说,它们又是本质性的。除去它们之外,别无存在。但这种晦涩的关系到底是代表了某种重要的真理,还是纯属无意义的梦呓呢? 这我就说不上来了。

第十五章　造物主及其作品

1. 不成熟的创造

根据至高时刻的体验在我心灵中唤起的奇妙神话或梦境来看，目前这个我当成"自己"的具体宇宙，在漫长的创造序列中，既不算是早期，也还没有到晚期。看起来，在某种意义上这是造星主第一个成熟的作品，但比起后面一系列创造来，它又在很多方面显得精神稚嫩。

尽管早期的创造仅仅表达了造星主不成熟阶段的天性，但其大部分内容都处于一些在人类思想方向之外的重要方面，因此我现在无法再捕捉到它们了。它们留给我的基本上只是一种模糊的感觉：造星主的作品实在是千奇百怪，多种多样。但是仍然有几个人类可以理解的特征给我留下了印象，必须记录下来。

一切宇宙中的第一个，就出现在我梦境的粗糙媒介中的样子来说，是一种简单得惊人的东西。婴儿期的造星主被他尚未表达出的力量所激发，将自身中的两种特性构想出来，并变成对象。就用这两样东西，他制造了第一个玩具宇宙，这是一种时间性的节律，是声音与寂静的交替。这种简单的鼓点，是千万种创造的先声。从这中间，他以幼稚而又神圣的热情发展出一种闪烁的花纹，一种节奏的复杂变化。此时，他又反思了其创造物的简单形式，设想出一种更加精细创造的可能性。因此，最初的造物让它的创造者产生出了一种需求，而这种需求造物自己是永远无法满足的。因此，婴儿造星主终结了他的第一个宇宙。他从这一宇宙所产生的时间之外观看着它，将其整个历程都统摄为"现在"，虽然无论如何它仍然是一种流变过程。当他安静地评估完这个作品之后，就把他的注意力移开，去孕育下一个创造了。

此后，一个接一个的宇宙从他那热情洋溢的想象中跃出来，每一个都比上一个更为丰富和精细。在最早的一些创造中，造星主看起来仅仅关注他从自身中对象化的实体的物理方面，而对于其精神方面的潜能一无所知。但在一个早期宇宙中，他摆弄出了一些物理性的构造，能够模仿出个体和生命的样子，但其实它们并没有生命。又说不定它们的确有？

当然，在后来的某次创造中，真正的生命就以最为奇特的方式冒出来了。在那个宇宙中，造星主理解物理性的方式恰如人类理解音乐的方式。它是一系列丰富的性质，其强度和峰值各不相同。婴儿造星主对这个玩具爱不释手，发明出各种各样的旋律和对位法①。但在他开发出这个小小的、冰冷的数学音乐世界蕴含的所有微妙模式之前，在他创造出更多种类无生命的音乐造物之前，他的一些造物开始明显地展现出自己的生命特征，并起而抗拒造星主有意识的目的。音乐的主题开始展现出一些表现样式，与造星主为它们定好的规范不尽一致。我感觉，他带着强烈的兴趣观察着它们，而它们刺激他去产生新的构想，这些构想是造物的能力所无法实现的。因此他完成了这个宇宙，但却是以一种新的方式。他设法让这个宇宙的最后一个阶段重返第一个阶段，将其最后阶段在时间上和开端绑定起来。这样，整个宇宙的时间就构成了一个无始无终的循环。他在这个宇宙的时间之外思考着它，然后又把它丢到一边，去孕育新的创造了。

下一个宇宙，他有意识地投射出某些自己的洞见和意志，规定特定的模式和律动应为进行感知的心灵所能够感知到的身体。看起来，他打算让这些造物一起工作，产生出他为这个宇宙所设想的和谐，但相反，每一个造物都追求以自己的形式去塑造宇宙。这些造物不要命地打了起来，都坚信自己的正义。当它们遭到毁坏后，就

---

① 对位法（counterpoint）是复调音乐的写作技法，本义为"音符对音符"，即根据一定的规则以音对音，将不同的曲调同时结合，从而使音乐在横向上保持各声部本身的独立与相互间的对比联系，在纵向上又能构成和谐的效果。

感受到痛苦。这一点看起来是年轻的造星主从未体验过或设想过的。他感到十分惊奇，看得入迷，并感到（当然仅仅是我的感觉）恶魔般的幸灾乐祸。他看着这第一批有生命造物的种种荒唐可笑、痛苦煎熬的行径，直到在他们的相互争斗和屠杀中，整个宇宙都陷入了混乱。

此后，造星主就很少忽略其造物精神生活的潜能。但在我看来，他创造生命的许多早期实验都奇怪地转到了错误的方向，所以有时候他似乎会对生物方面感到恶心，又会有一阵子转过头来从事单纯的物理构造。

我只能简短地描述一下那许许多多的早期创造。它们从神圣但仍童稚的想象中一个接一个地被释放出来，就好像一串明亮而细小的泡泡，它们色彩艳丽，富有各种物理上的精妙细节，以及造星主早期那些实验性生灵的爱与恨、欲望与抱负，乃至共同的事业。它们如抒情诗般优美，却经常以悲剧结局。

这些早期宇宙中，许多都是非空间性的，虽然仍是物理性的。这些非空间性的宇宙中，有不少是"音乐"类型的，在其中一种类似于音高的维度奇异地代替了空间，它能够容纳亿万种不同的音调。其中的造物就表现为音调特征的复杂模式和韵律。它们能够在音高的维度上移动自己的音调身体，有时候也能在其他维度上移动，但这些维度人类是无法想象的。一个造物的身体是一种或多或少持续的音调模式,并具有和人体大致相仿的灵活性和小变化。同样,它也能够在音高维度上穿过其他活着的身体,就好像池塘里的水波能够穿过彼此一样。但是,尽管这些生灵能够相互穿过,它们却也能抓住和损害彼此的音质。实际上,有一些就靠吞噬其他的音乐生灵为生。因为更为复杂的生灵需要在自己的生命模式中吸收那些较为简单的模式,后者在宇宙各处直接产生自造星主的创造力。智慧的造物能够为了自己的目的从固定的音调环境中拧下一些特定的元素并加以操纵,以此来制成音调模式组成的人造工具。其中一些作为工具能够加强其天然食物的丰富性,从而提高"农业"活动的效率。

这些非空间类型的宇宙,虽然比起我们的宇宙来说简单和贫乏到不可比拟,但已经足够丰富,不仅能产生"农业"社会,还能产生"手工业"的社会,甚至产生了一种结合歌曲、舞蹈和诗句特点的纯粹的艺术。哲学就第一次出现在这种"音乐"类型的宇宙中,其主张往往很像毕达哥拉斯主义①。就我在梦中见到的造星主的几乎所有作品而言,时间都是比空间更为基本的属性。尽管在造星主最早的一些创造中,他摒除了时间,因此仅仅是一种静态的设计,但这种计划早就被放弃了。没有时间,就令他无从施展技艺。进而,因为这种宇宙排除了生命和心灵的可能,造星主只有在最早阶段才会对其感兴趣。

---

①产生自公元前六世纪的古希腊哲学流派,特点是非常重视音乐,认为音乐与数字互为表里,代表了宇宙中的神圣秩序,天体之运行就是宇宙的音乐。并且毕达哥拉斯首先发现,弦长的比例决定音高的比例。

我的梦境显示出,空间首先是由"音乐"宇宙中的非空间维度发展而来的。这个宇宙中的音调生物不仅能够沿着量级"上下"移动,而且还能向"边上"运动。在人类的音乐中,因为声音大小和音色的变化,一些旋律看起来是在前进或者后退;以一种相似的方式,"音乐"宇宙中的生物能够靠近彼此,或者远离,乃至最后从听觉中消失。在经过"边上"时,它们是在通过持续变化的音调环境。在下一个宇宙中,这种生物"走到边上"的运动,将会获得真正的空间体验,从而更为丰富。

然后,造星主创造了具有多维度空间的宇宙。有欧几里得几何的,也有非欧几何的宇宙[①]。这些创造证明了几何和物理原则的多样性。有时候,时间或者时空是宇宙的基本实在,而万物则只是其不断流变的式样。但更经常的是,具体事件是基础性的,它们通过时空联系在一起。在一些情况下,空间的关联是无限的;另一些情况下,有限但无边界。在一些情况下,空间的有限容量相对于组成宇宙的原子之体积来说,是一个常量;但另一些情况下,就像在我们自己的宇宙中那样,它表现为在很多方面"膨胀"。还有一些宇宙中,空间在"收缩"。因此这样一个宇宙,虽然也可能产生许多智能的共同体,但其终结是宇宙各部分的碰撞与挤压,最后一切重叠,消失,变成一

---

　　① 非欧几何一般是指罗巴切夫斯基双曲几何和黎曼的椭圆几何。它们与欧氏几何形式上的区别在于公理体系中采用了不同的平行公设。这在本质上是因为空间曲率不同。爱因斯坦的广义相对论即采纳了黎曼几何,将宇宙视为三维超球面。我们的宇宙也就是非欧几何的。

个没有维度的点。

在一些宇宙中，在膨胀和最终的寂灭后，随之而来的是收缩和全新的物理作用。比如说，有时候重力会变成反重力。一切大型的物质团块都倾向于炸开，小型的团块则是相互离散。在一个这样的宇宙中，熵增法则也都倒转过来了。能量并不是逐渐地在宇宙范围内平均分布，而是逐渐在最终的物质单元上积聚起来。我渐渐开始怀疑，我自己的宇宙后面就是这样一个倒转的宇宙，当然，其中生物的本性和人类能够设想的任何形态都彻底不同。但那是另一个话题了。我现在讨论的是早得多也简单得多的宇宙，许多宇宙在物质上是连续的流体，在其中游弋着固体的生物。另一些宇宙被造得像一圈圈的同心球，不同位阶的生物住在不同的球层上[①]。有一些早期宇宙已经像是天文学的宇宙了：在虚空中散布着稀少细小的力的核心。

有时候，造星主会造出一个没有任何独立、客观物理性质的宇宙。其造物彼此之间也没有任何影响，但是在造星主直接的激发下，每一个生灵都想象出一个自己的、虽虚幻但显得真实而有用的物质世界，并且想象出其他生灵放进其中。造星主以数学的天才将这些主观世界联结起来，使之成为完美的体系。[②]

关于我梦境中所见到的早期宇宙，其无尽的物理多样性我无法

---

① 这个宇宙可能取自托勒密的宇宙观，也是《神曲》中天球组成的宇宙模型。

② 这个宇宙来自贝克莱的学说，即认为世界没有任何客观真实性，对世界的一切感知都为上帝所制造，人的灵魂只存在于上帝心中，但上帝巧妙地安排灵魂感知之间的联系，使得人们以为有一个客观世界存在。

再多说了。只提一点就够了：一般来说，每一个宇宙都比上一个宇宙更为复杂，某种意义上容量也更大。在每一个宇宙中，最小的物理单元较之整体都比上一个宇宙更小，数量也更加繁多。并且，在每一个宇宙中，具有个体意识的造物在数量上往往比上一个宇宙更多，其种类也更为多元；而每一个宇宙中最为觉醒的造物，都会达到比上一个宇宙更为澄明的精神状态。

早期宇宙中，生命在生物和心理的方面极为多样。在一些情况下，会出现类似地球上的进化过程。极少数物种将在重重危机中朝向更独立的个体和更聪明的头脑攀登。在另一些宇宙中，诸物种在生物学上是固定不变的，进化如果发生的话，完全是文化上的演进。在一些更加古怪的宇宙中，整个宇宙最为觉醒的状态是在其开端，而造星主平静地看着这种澄明清朗的意识堕入混沌。

有时候，一个宇宙开始时是作为一个单独的低阶有机体，但体内有无机的环境。然后，它通过分裂来繁殖，变成越来越多的造物，它们也变得越来越小，越来越独立，也越来越觉醒。在某些这样的宇宙中，进化将如此继续下去，直到这些造物过于渺小，无法装备足够复杂的有机结构，也就不能支持有智能的心灵了。造星主将会看着这些宇宙级的社会竭力挣扎，试图避开其种族致命的退化。

在一些创造中，宇宙最伟大的成就是一些相互无法理解的社会之间陷入混战，每一个社会都致力于服务精神的一种模式，而对其他一切模式都充满敌意。在一些宇宙中，其高潮是不同的心灵共同建立单一的乌托邦社会。在其他的宇宙中,则是单独一个万物一体的宇宙心灵。

有时候,造星主会愉快地规定环境对于每一个造物的祖先和自身的影响,这将无可避免地决定它的一切行为表达。在另一些创造中,每一个造物都有某种随意做决定的力量,甚至还会分得些许造星主自身的创造性。至少我在梦中看来是有此区别。但即便在梦里,我也怀疑,如果更加仔细地加以观察,这两种情况可能事实上都是被决定的,而同时又都是自发的和具有创造性的。

一般而言,造星主一旦规定了宇宙的基本原理[1],并创造出开端状态后,就观看其发展而不再干预;但有时候,他也选择进行干预,或者违反他自己规定的自然法则,或者引入新涌现出来的构成性原理,或者直接进行启示以影响造物的心灵。根据我的梦境所见,进行这种安排有时候是为了促进宇宙范围内的大计划;但更经常的情况下,干预本身也被包括在最初的计划中了。

有时候,造星主会甩出一连串的创造,实际上是许多组相互连接的宇宙,它们在物理体系上完全是异类,差别显著。但同样的生灵在一个接一个的宇宙中连续生活下去,将这些宇宙联系起来。它们在每种环境中都采用了本地的生理形式,但经过宇宙间的转移,仍带有之前生命的微弱记忆,只是很容易被误解[2]。这一转移的原则

---

① 分别指决定论和自由意志的两种世界观。

② 可能来自佛教六道轮回、灵魂转世的宇宙观。

有时候也被用在另一种方式上。即便是并未连接为体系的宇宙，也可能包含一些生灵，它们会与某些其他宇宙中类似的生灵反复发生模糊不清的精神回响，以感知到其体验或性情。

一种非常戏剧化的方式在许多宇宙中都得到了应用。之前我提到，在我的梦中，不成熟的造星主似乎带着某种恶魔般的幸灾乐祸，观看着他的第一次生物实验以悲剧告终。在接下来的许多宇宙中，他也表现出双面的思绪。无论何时，当他从自己无意识的深处取出实体，将它变成客观对象后，若出现某种他都没有想到的潜能，并挫败了有意为之的创造性计划，此时他的情绪中似乎不只有沮丧感，也有带着惊讶的满足感，就好像有一种连他自己都不知道的饥渴被填饱了。

这种内心的双面性便产生了一种新的创造模式。如我的梦境所示，造星主的成长达到了一个新阶段，此时他设法让自己分解为两种独立的精神：一种是他本质的自我，这种精神寻找生命与精神形式的积极创造，以及永远更澄明的意识；而另一种则是反叛、毁灭和犬儒主义的精神，这种精神必须依附于前者的创造，以寄生的形式才能存在。

造星主一次又一次地解析出他身上的这两种情绪，将它们变成客观存在的精神，并允许它们在同一个宇宙中为了统治权而斗争。某一个这样的宇宙由三个分宇宙所组成，和正统基督教的学说不无相似。第一个分宇宙中，世世代代居住着一些生灵，其感性、智能和道德水平参差不齐。在此，两种精神做着争夺造物灵魂的游戏。"善"的精神进行着劝诫、帮助、奖励和惩罚；"恶"的精神则在进行欺骗、诱惑以及道德上的毁坏。在死亡后，造物进入另外两个次级宇宙中的一个或另一个——一个没有时间的天堂或一个没有时间的地狱。在那里，他们永永远远地体验着极乐的领悟与敬拜，或者极度悔恨的折磨。

当我的梦境中呈现出这样粗糙而野蛮的构造时，我最初感到惊恐且难以置信。造星之主，即便是在不成熟的时期，又怎会因为他自己给这些造物配置的软弱性而惩罚他们被痛苦折磨？我徒劳地告诉自己，一定是我的梦境完全虚构了事实，但我内心相信，在这一方面它不会是虚假的，而在某种意义上是真实的，至少是象征意义上。但是，即便我见到了这样残暴的行为，即便我因为怜悯和恐惧而感到恶心，我也仍要致敬造星主。

为了给我的崇敬之情辩白，我对自己说，这种可怖的神秘已远远地超过我的理解力。在某种意义上，即便是这种摆到明处的残忍，对造星主来说，也一定是正当的。也许这种野蛮仅仅是造星主不成熟时期的表现？将来，等他完全成长之后，他最终将会超越它？不！我已经深深地明了，这种无情即便在最终的宇宙中仍将显现。那么，是否有某种关键的事实能够解释这种看似的狭隘怀恨其实完全是正义的，但却被我忽略了？是否一切造物实际上都只是创造之力的虚构, 造星主表面上是在折磨自己的造物, 实际上乃是在表达自我的展开中自我磨炼? 又或者即便是造星主自己, 虽有无穷大能, 但在创造中也被特定的逻辑原理所限制, 而其中一条就是在半觉醒的精神中, 作恶与悔恨之间有无法解除的纽带关系? 他是否只是接受了这一自身技艺无可避免的限制, 并运用在这个奇特的宇宙中? 又或者, 我的尊敬是否是仅仅献给作为"善"之精神的造星主, 而不是其"恶"之精神? 他又是否在设法通过自我分裂的方式, 将恶从自身中排除出去呢?

这一宇宙奇特的进化也暗示其中一些解释是有道理的。因为其居民大部分智能和道德水准都十分低下, 地狱很快就过于拥挤了, 而天堂仍然几乎空置。但是造星主在其"善"的方面慈爱和怜悯着这些造物。"善"的精神因此降临到凡间, 去让自己受难, 以拯救那些罪人①。所以最后天堂中也充满了居民, 虽然地狱的囚徒并没有被放出去。

那么, 是否我敬拜的只是造星主身上"善"的那一面呢? 不! 也许并不理性, 但我坚信, 我将仰慕之情给予的是双重天性、两面俱有的造星主, 他既是善良又是邪恶, 既是温柔又是恐怖, 既是人性的理想又是不可理喻的非人性。像一个坠入爱河的人会拒绝承认或轻易原谅所爱者身上最为明显的缺陷, 我也试图为造星主的非人性而辩解, 不, 我甚至积极地称颂它。那么在我自己的本性中, 是否也有某

---

① 类比基督教中的圣子耶稣。

种残忍？或者，是否我心中模糊地认识到——爱，这被造物身上最高的德性，在造物主身上却并非绝对？

在我这场幻梦的始终，这个可怕而无解的问题一直困扰着我。譬如说，出现了一个宇宙，在其中两大精神能够以一种更加微妙的新奇方式进行斗争。在这个宇宙的早期阶段，它仅仅展现出物质特性；但是经造星主安排，生命的潜能应当在一些特定种类的活物中逐渐表现出来，这些造物当从纯粹的物质材料中涌现，并且经过一个个世代，朝向智慧和精神澄明的方向进化。在这个宇宙中，他允许"善"与"恶"两大精神在造物的产生过程中就开始竞争。

在漫长的早期岁月里，两大精神在不计其数的物种进化过程中反复斗争着。"善"的精神工作着，产生出的生物组织更为完善，个体更为独立，适应环境更精妙，行动技能更娴熟，对于世界、自身和他者的意识更加广泛而生动。而"恶"的精神则试图挫败这一事业。

每一个物种的器官和组织都在其结构中展现出这两种精神的冲突。有时候，"恶"的精神设计出一些看似不重要但潜伏起来、暗中致命的特性，最终让一种造物毁灭。它的本性中会包括一些吸引寄生虫的倾向、一些消化系统的弱点、一些神经组织的不稳定。另一些时候，"恶"的精神将会让一些低等生物配备上特殊的武器，以毁灭进化中的领先者。因此，这些领先者可能会死于某种新疾病，或者这个特定宇宙的微生物产生的瘟疫，或者被其同类中的蛮族干掉。

"恶"之精神有时候还使用一种更为天才的方法,效用十分显著。当"善"之精神发明出某种潜力很大的手段,且在其钟情的物种身上从细微的发端中创造出一些新的有机结构或者行为模式时,"恶"之精神则会图谋让进化的过程在达到最适应物种需要的完美调适之后,仍继续进行很长时间。这样,牙齿就会长得太长,让咀嚼变得困难;保护生物的壳就会太重,妨害它的移动;角就会太弯,对大脑构成压迫;对独立性的追求太唯我独尊,以至毁灭社会;或者社会性的冲动太不顾一切,让独立性荡然无存。

因此,这个宇宙的复杂性要远远胜过之前的一切创造。在这个宇宙里,一个接一个的星球上,几乎每一个物种,或早或晚,最后都下场悲惨。不过在一些世界中,某个单独的物种达到了"人类"水准的理智和精神情感。这样一种力量的组合应该能够让它战胜一切可能的攻击。但无论是理智还是情感,都被"恶"的精神最为巧妙地反转了。尽管就天性来说,它们是互补的,但它们也能产生冲突,或者其中一个,或者两个,都被大为强化,变成像早期物种中的巨角长牙那样的致命弱点。因此,理智一方面带来了对自然力的掌控,另一方面带来了认知上的精密。但如果和精神情感相分离,就可能导致灾难。对自然力的掌控经常带来对权力的狂热,并将社会分为两个相异的阶级:一个强力阶级,一个奴隶阶级。认知的精密可能带来对分析和抽象的狂热,而对理智无法分析的东西就完全盲目了。但是情感本身，如果拒斥理智的批评和日常生活的要求，也只是白日做梦，注定破灭。

2. 成熟的创造

根据我的宇宙心灵在至高时刻过后所构想出来的那个神话，造星主在很久之后，又进入了一个全神贯注的沉思时期，此时他自身的本性也经历了一次革命性的变化。至少，我根据他的创造行为中出现的巨变是这么判断的。

他以新的目光审视了所有的早期作品，似乎稍有些尊重，但又带着不耐，最后一个都不认可，同时自己又找到了一种更有潜力的新颖构想。

此时他所创造的宇宙，正是读者诸君和本书作者所在的宇宙。在创造它的时候，他使用了许多早期创造中所采纳的基本原理，但技法要更为娴熟。他将这些原理编织到一起，形成一种比以往任何宇宙都更为博大精深的统一体。

我在这梦境中，感觉到造星主是以一种全新的思绪开展这桩事业。每一个早期的宇宙看起来都是有意为之，要体现出特定的原理，物理原理、生物原理、心理原理等。正如之前提到的，在他的思想目的和他为了创造从自身朦胧存在的深处唤出的原材料之间，经常会出现一种冲突。但这次,他更加敏锐地处理用以创造的原料。他从自身隐匿的深处将天然的精神"材料"对象化,用以塑造新的造物,为适于他仍然在探索中的目的,他是带着更加同情的理智去塑造的,也更加尊重其本性与潜能,虽然说并不理会造物那些过分的要求。

如此讨论这种普遍的创造精神是有点儿幼稚地过于拟人化了。这样一种精神如果存在的话,其生命必然完全和人类的心智不同,因此也是人类完全不可设想的。不过,因为这种幼稚的象征在我心里冒出来,我就把它记录下来。虽然过于粗糙,也许它还是能反映出一些本来的真相,只是已经相当扭曲了。

在这次的新创造中,在造星主的时间和这个宇宙本身的时间之间,出现了一种奇特的断裂。之前,虽然他能够在一个宇宙的历史完成后,从这个宇宙的时间中抽离出来,并将整个宇宙所有的时代都当成"现在"来观照,但他必须要先创造一个宇宙的早期阶段,再创造出后期阶段;反之则不行。在这次的新创造中,他却不再受此限制。

因此,尽管这个新宇宙就是我的宇宙,我却从另一个奇特的视角去观看它。它不再是一串熟悉的历史事件序列,从开头的物理大爆炸开始,到最后的死亡为止。我不再是从宇宙时间之流内部去观看它,而是另辟蹊径,从造星主本身的时间中去观宇宙之生成。而造星主创造宇宙的顺序却和历史事件的顺序大不相同。

首先,他从自身存在的深处中构想出某种东西,非心非物,但充满发展的潜力,惚兮恍兮,其中有象,能供他展开创造性的想象力。他在这种精妙的实体上沉思了很长时间。这是一种介质,在其中"一"与"多"要求以最为微妙的方式相互依赖;在其中一切部分和一切特征都相互渗透;在其中每一件事物似乎都必然是对其他一切事物的影响;但是整体仍然不超过所有部分的总和,而每一个部分都是渗透在其他部分中的一种整体的规定性。这是一种宇宙性的实体,在其中任何个体精神都必须既是绝对的自我,同时也只是整体中的一个幻化,何其神秘!

于是,造星主就把这种最为精妙的介质斧凿成宇宙的基本形式了。然后他又做出一种尚未决定的时空,还没有几何形式;一种无定形的物质,没有明确的性质或方向,没有复杂的自然法则;一种较为明确的生命倾向和精神的史诗发展;以及澄明性极为确定的至高点与王冠。最后一条尽管在宇宙时间中出现的位置已经是很晚期了,但在创造顺序中,却远比宇宙中的其他要素更早地被赋予了相当精确的纲领。在我看来,这是因为最初的实体本身已经清晰地表明,其潜能适用于类似这样的精神形式。

所以,造星主一开始几乎完全忽略了其工作在物理方面的细节以及宇宙历史的早期时代,并几乎完全将其技艺用在塑造整个宇宙的精神至高点方面。直到他万无一失地锁定了这一宇宙精神最为觉醒的阶段为何样貌,才又沿着组成其心灵的各个脉络追溯其宇宙时间上的源头。直到他得出了宇宙精神成长中无数超乎想象的变奏旋律的纲要，才又将充分的注意力投向生物进化的建构以及物理和化学的复杂内在规律，以便更好地唤起仍然是粗糙的宇宙精神中隐藏的精微潜能。不过，当他为大宇赋形时，他也不时回头修改和深度加工精神的至高点本身。直到宇宙的几何和物理形式基本塑造完毕，他才能给予这种精神的至高点以具体的独立性。

他继续致力于制定无数蕴含潜力的个体生命的命运，如人类、鱼形族、航海船族及其他生灵，此时我开始相信，他对于这个宇宙中造物的态度是和之前的态度大不相同的。

他对他们，既不是冷漠无情，也不是简单地充满爱心。的确，他是爱着他们的，但他看起来又完全不想拯救他们逃离其有限性的后果以及环境对其的残酷打击。他虽爱他们，却并无怜悯。因为他看到，他们独特的德性就在于其有限性、具体而微的个性及其在愚钝和澄明之间的痛苦挣扎。让他们摆脱这些，反倒是毁灭他们了。

当他从至高时刻回溯最初的大爆炸，又向后推到最后的死亡，明了这一切宇宙沧桑并最后稍加修补以后，造星主的工作就完成了。他看这是好的。①

当他满怀爱意、也无不批判地检视我们的宇宙无数的细节和短暂的澄明阶段时，我感到他忽然之间对他所创造的——或者说是通

---

①《旧约·创世纪》中关于上帝创世的描述，几乎每一天都以"神看这是好的"（And God saw that it was good）结尾。此处仅将"神"换成了"他"。

过一种神圣的自我接生从自身隐秘的深处引出的——造物充满了敬意。他知道自己的造物虽然不完满，虽然仅仅是被创造的，仅仅是他自己创造力量的一种幻化，但仍然以某种方式比他自己还要真实。因为在这具体的荣光之外，他除了是一种抽象的创造力，还能是什么呢？并且，在另一方面，他所创造的东西已高于他，是他的老师。

因为当造星主在喜悦甚至敬畏中沉思其作品中最为可爱和精妙之处的时候，这种对他的冲击也改变了他，理清了他的意志，令其更加深刻。当他分辨其强项与弱项时，他自己的感知和技艺也变得成熟了。至少在困惑不安、战战兢兢的我看来是这样的。

因此，就像之前经常发生的那样，造星主一点点地超越了他的造物。他越来越对那些本来极为珍爱的可喜之处不太满意了。然后在尊重和不耐的矛盾中，他将我们的宇宙放到了其他的作品之间。

他再一次沉入了深深的思索，再一次被创造的需求所充满。

之后创造的许许多多个宇宙，我几乎无法再说什么，因为在大部分情况下，它们超出了我的精神的理解范围。我无法对它们有任何认识，只除了它们所包括的一些特征，这些特征虽然和许许多多无法想象的东西在一起，但仍是我已见过的一些原理的奇妙体现。然而这些宇宙所有最富有活力的新颖之处我已无法看到了。

的确，我还能说，所有这些创造都像我们自己的宇宙一样，无比广大，无比精微，并且以这样或那样奇特的方式存在，它们都有一个物质性的方面和一个精神性的方面。不过在许多宇宙中，其物质性的方面，无论对于精神的成长多么重要，都比我们宇宙中的更为透明轻盈。在一些情况下，甚至精神世界也是同样如此，因为这些生灵也很少受到其精神活动的不透明性的欺骗，而对于届时作为基础的精神统一体更为敏感。

我也能够说，在所有这些创造中，造星主的鹄的，在我看来，是要实现一切存在的丰富、精细、深邃与和谐。但这些字眼具体意味着什么呢？我发现很难表达。我看到，在一些宇宙中，他是通过一种进化历程来达到这一目标的，最后进化出一个觉醒的宇宙心灵，它设法在自身的意识中集聚了宇宙存在的一切财富，并且通过创造性的行为去增进这些财富，就像在我们的宇宙中一样。但在许多情况下，那些造物们达到这一鹄的所需要付出的努力和苦难却俭省到了无法相比的地步，并且也没有那些令我们肝肠寸断的灾祸，会让无数生灵毫无意义地白白死去。不过，在另一些宇宙中，苦难看起来至少是和我们的宇宙同样广泛而深重的。

在造星主的成熟时期，他构想出了许多奇特的时间形式。比如说，一些晚期宇宙中，时间是二维甚至多维的，而造物的生命存在于时间"面"或者时间"体"的某一个维度上。这些生灵以极其怪异的形式体验着他们的宇宙。他们在一条时间维度上度过短暂的时间，而在其生命的每一个时刻都同时感知到一束景象，虽然支离而又晦涩,但实际上它们看到了在其他维度中的一整束独特的"横向"宇宙进化。在某些情况下,一个生灵在宇宙的每一条时间维度上都有活跃的生命。这种神圣的技能将整个时间"体"安排得妥妥当当,一切生灵的一切无穷无尽的自发行为都相互配合,产生出一个协调的横向进化体系,远远地超过之前那个"前定和谐"①的实验。

在另一些创造中,一个生灵只被给予了一条生命,但却是"之"字形的。根据这一生灵所做出的选择,他会从一条时间维度切换到另一条。坚定的或者道德的选择走向一条时间维度,软弱的或者不道德的选择则走向另一条。

在一个复杂得不可思议的宇宙中,当一个生灵面对许多可能的行动路线时,他同时采纳所有的路线,因此创造出了许多独立的时间维度和宇宙独立的历史。因为在宇宙的每一条进化路线中都产生了许多生灵,而每一个生灵都持续面对着许多可能的路线,所有这些路线加起来是无法计数的,因此在这个宇宙每一条时间线上的每时每刻,都有无数相互区别的宇宙分离出来。

在一些创造中,每一种生灵都对整体的物理宇宙在许多空间点上,甚至是每一个可能的空间点上,进行感知。当然,对后者来说,

---

① 莱布尼茨哲学术语,指上帝在创造世界时,使每一最小的"单子"具有这样的本性,在此后的时间中,各个单子都各自遵循本身的规律发展变化,又自然地与其他一切单子的发展变化保持协调,犹如一个乐队中每一乐师各自演奏作曲家事先谱好的曲子,而令全乐队奏出和谐的乐曲。作者以此指代创造我们的宇宙时,造星主为达到精神的制高点而预先安排好了一切。

每个心灵的感知也就与空间范围本身相等同了,但每个心灵所见虽同,洞察与直觉却各不相同。这依赖于特定心灵的精神质素和秉性。有时候,这些生灵不只是有全面的感知,而且有全面的意志。他们能够在空间中的每一领域行动,不过其精度和强度是随着精神质素的不同而不同的。在某种意义上来说,他们也就是无形体的精神,在物质宇宙中相互厮杀,如对弈的棋手,或者说如特洛伊平原上的希腊众神[①]。

在其他一些创造中,虽然宇宙的确有物质性的方面,却没有任何东西与我们熟悉的物质宇宙体系对应。生灵的生理体验完全由他们对彼此的作用所决定。每一个都用感性的意象充满自己的同伴,并根据心灵之间相互冲击的心理法则决定这些意象的性质和后果。

还有一些创造,其中生灵的感知、记忆、思考甚至欲望和感受的过程都和我们的彻底相异,他们属于一种完全不同位阶的精神性。对于这些心灵,虽然我似乎还有一点点极模糊的印象,却什么都说不上来。

不过,虽然我说不出这些生灵陌生怪异的心理模式,但我记下了其中一个惊人的事实。无论他们基本的精神单元及其组合的模式是多么不可索解,但在一个方面这些生灵让我转瞬间就理解了。无论其生活对我来说何等陌生,在这个方面他们是我的同胞。这些

---

① 在《伊利亚特》及相关希腊神话中,希腊众神各自支持特洛伊战争中的一方,他们都对战场的一切了如指掌,并随时可以降临在任何地方。

宇宙的造物远比我高级，禀赋也更加丰富，他们一直以一种我正在设法勉力学习的方式面对着存在。即便在疼痛和悲苦中，即便在道德的挣扎和焦灼的怜悯中，他们也总是以欢乐回应命运的安排。也许在我一切的宇宙体验和超宇宙体验中，最令人惊奇和振奋的事实就是在纯粹的精神体验中，我和大部分宇宙的生灵有着亲缘性和相互的理解。但是我很快就会发现，在这一方面，我还有很多要学习之处。

3. 最终的宇宙，永恒的精神

我已疲惫不堪，饱受折磨，但仍然紧张地注意着越来越多的宇宙创生，根据我的梦境，这些都是造星主构想出来的。宇宙一个接一个地从他那热烈的想象中出现，每一个都有着完全与众不同、特立独行的精神，每一个在达到最完满的状态时，都比上一个更为觉醒，但我又更难以理解。我已经越来越跟不上了。

最后——至少是我的梦境或神话的最后——造星主创造出了他最终的、也最为精妙的宇宙。其他一切宇宙都不过是为这最终宇宙铺路的准备。对于这最终的造物，我只能说，它在自身的有机构造中囊括了此前一切造物的本质，且除此之外还要多得多。它就像是交响乐的最后一个乐章，可以通过其旋律的意蕴，概括早先乐章的精髓,除此之外,还更上一层楼。但这个隐喻是过分贬低了最终宇宙的精妙与复杂。它逐渐迫使我相信,它与每个早期宇宙的对比,大概相当于我们的宇宙和一个人,不,和单独一个原子的对比。到目前为止我观察过的每一个宇宙,现在都只是无限等级中的一个样本,就像是一个生物物种,或者每种元素所有原子的集合。每一个"原子"宇宙的内在生命,相对于最终宇宙的生命而言,就好像一个单独脑细胞中发生的事,或者该脑细胞的一个原子中发生的事相对于人的整体头脑而言,是同样重要或者说同样不重要的。但是,虽然有巨大的鸿沟,我却在这整个令人眩晕的宇宙等级秩序中,发现了惊人的精神统一性。在所有宇宙中,人们最终都意识到这样的鹄的:去建立共同体,获得澄明的心灵及其创造力。

我竭尽了自己越来越虚弱的智能,去把握最终宇宙形式的吉光片羽。我带着崇敬与憾恨,犹疑地瞥见了其中世界、肉体和心智最高的精妙,而诸多变化无穷、各自独化的生灵,既已完全觉醒,拥有完满的自我知识和相互的洞察,其所组成的共同体,神妙无方之处更登峰造极。

但是,当我努力向其内倾听那无尽世界中具体的精神乐章时,却不只是听到了无法言说的欢乐乐章的回响,也听到了无从慰藉的悲歌。因为有一些最终的造物并不只是在受苦,而是在黑暗中受苦。尽管被赋予了完全的洞察之力,他们的力量却是贫瘠的。他们看不到全面的图景。他们所感受到的痛苦,较为低下的心灵是不会感受到的。这种强烈而严酷的体验对我这个低等宇宙中脆弱的心灵来说，是无法承受的。在恐惧与怜悯的痛苦之下，我绝望地停止了聆听。渺小如我，亦对我的创造者喊道，永恒而绝对之物的光荣也无法弥补造物中这样的痛苦。即使我瞥见的痛苦事实上只是为了让金色织锦更加色彩鲜丽而添加的几条黑线，而其余一切都是极乐至福，但这种觉醒精神的悲苦也绝不应该、永不应该存在啊！我如是喊道。我问，是怎样魔鬼般的邪恶，让这些光辉的造物不只是被折磨，而且被剥夺了最大的安慰，亦即沉思和赞颂的喜悦呢？这可是一切完全觉醒的精神与生俱来的权利。

昔时，当我作为一个低等宇宙的共同心灵时，亦曾平静地看着组成我的那些小小成员们的种种挫折和悲伤，我意识到，这些半梦半醒的生灵所受的痛苦，相对于我自己奉献于实在的澄明意识，不过是小小的代价。最终宇宙中受苦的个体，尽管相对于许许多多快乐的造物来说数量上微不足道，但在我看来，他们是和我一样的宇宙级的精神存在，而不是将其愚钝的悲哀献给我、让我得以成就的、脆弱暗淡的小小生灵——这一点我无法忍受。

然而我仍模糊地看到，最终的宇宙无论如何是形式完美、可爱之极的，而其中任何一种挫败和痛苦，无论对于承受者来说是何等残酷，最终仍促成了宇宙之灵本身精益求精的澄明之心，没有任何半途而废的地方。在此意义上，至少没有任何个体的悲剧是白费的。

但这还不算什么。现在，透过同情与抗议之泪，我似乎看到了那最终的、最完善的宇宙之灵面对着她的创造者。看到她，我的同情与义愤又都被赞美所压倒。而造星主，那暗中的力量，那灵明的智能，在这一个具体可爱的造物身上获得自己欲求的满足。最为奇怪的是，在造星主与最终宇宙的交欢中，诞生了绝对精神本身，在其中，一切时间都是现在，一切存在都囊括在内。这一融合所流溢出来的精神，在我感到眩晕的理智看来，既是一切时间中有限事物的基础，又是其产物。

但对我来说，这种神秘而遥远的完美也不算什么。我同情着那些最终在受苦的生灵，我虽对这种非人类的完美世界有权感到欢喜，但又以一种人类的羞耻与愤怒，深深地鄙夷自己的欢喜。我重又渴求我那低等的宇宙，渴求那苦苦挣扎的人类世界，在其中我可以和自己那些未脱动物性的同胞一起肩并肩站立，去反抗黑暗的强权。是的，我们也要反抗这冷漠、残酷而不可战胜的僭主，他的一念起灭，便是一个个有感知的、在受苦受难的世界。

然后，就在这种反抗的姿态中，正当我关上门、将自己锁在我那黑暗的房间中之际，我自己的墙壁却都撼动起来，被那不可抵挡的光压向内推倒。我裸露的视野再一次被无法忍受的强烈光明所烧灼。

再一次？不，我是在这个阐释性的梦境中，回到了那个至为光明的时刻，我似乎正张开羽翼，去迎接造星主，却被恐怖的强光打落，以致盲而告终。但是现在，我更清楚地想明白了，压倒我的到底是什么。我的确面对了造星主，但我现在发现，造星主不只是那种创造的、因此也是有限的精神。他现在作为永恒、完美的精神现身，包罗万象，涵盖万古，超越时间地沉思着构成它的无限多元的事物。那将我淹没、让我什么都看不见、唯有崇敬的光明，在我看来，正是永恒精神自身穿透一切之体验的一闪。

有痛苦，有恐惧，但也有赞同，甚至有着赞美——这就是当永恒精神在超越时间的直观中抓住我们的全部生命时，我在其本性中所感受到或者似乎感受到的东西。这里没有怜悯，没有谁会带来救赎，也没有好心的帮助。或者说，也处处都有怜悯与爱，但主导一切的却是一种冰冷的神游态。我们破碎的生命、我们的爱恋、我们的愚蠢、我们的背叛、我们的被弃和英勇的自卫，一切都被冷静地分析着，评估着，排列着。的确，这些都在全面的理解、洞察和完全的同情中被体验着，甚至还带有激情。但是在永恒精神的本性中，最终极的并非同情，而是沉思；绝对的并不是爱，而是沉思。尽管组成其本性的有爱，但也有恨，因为在对每种恐惧的沉思中，有着残酷的欢欣；在对有德者堕落的沉思中，亦有愉悦。一切的激情似乎都存在于精神的本性里，但却在沉思那冷静、清楚、明晰的出神入定中，被冷酷地把握和操纵。

这应当就是我们一切生命的终极，这种科学家的——不，艺术家的——敏锐的评判。但是我仍敬拜。

但这并不是最糟的。因为当我说精神的本性在于沉思时,我是将一种有限的人类经验与激情放入其中,所以也算是一种自我安慰,尽管只是一种冰冷的抚慰。事实上,永恒精神是无法言说的。关于它,无法说出任何真正的话语来。即便称之为"精神"也可能是说得超出了允许的界限。不过,要说它并非精神,也同样是误导性的。无论它是什么,它总是多于而非少于精神,多于而非少于人类用这个词所能表达的任何可能的意义。从人类的层面,甚至从宇宙心灵的层面来看,对这种"多于"也只能模糊而痛苦地一瞥,感受到它是一种恐怖的神秘,迫使我们敬拜。

第十六章　尾声: 重返地球

我在山丘上醒来。城郊的街灯亮过群星。

钟声仍在回荡,而后面又响了十一下①。我认出了自家的窗户。欢喜油然而生,一股狂喜如潮水般扫过心灵,复归平静。

地球上渺小而密集的事物又回来了。俱往矣! 超越宇宙的实在、喷涌的创造之泉以及喷射出的一个个世界,在一瞬间都被抛却。它们消失了,化为幻想,虽高远无极,却与我无关了。

渺小而又密集的,是这整整一颗岩石微粒,带着薄薄的海洋圈和空气圈,以及四处散布、多种多样而又轻薄易扰的生物圈; 是阴影中的山丘、模糊又无垠的大海; 是变星般闪烁不已的灯塔; 是轰隆隆驶过的载货列车。我的手拂过石楠粗糙而又可爱的枝叶。

---

① 对应于第一章中"教堂午夜的钟声轻鸣,模糊而遥远地敲响了第一下"。

消失了，那超宇宙的幻象。实在必然并非如我所梦想的那样，而是无限倍地更加精细，更加可怕，更加卓越，而也无限地更接近家。

无论这出幻视在结构的细节上如何虚假，甚至整体的形式都可能是错的，但本质上，这景象关联着真实，甚至也许是真确的。必然是实在本身驱使我构想出了这样一幅图景，在每个主题和方面都是错的，但在精神上是真的。

群星在街灯上方苍白地闪烁着。它们是伟大的太阳，抑或是夜空中微弱的火花？是太阳，模糊的传言说道。这些光点，至少能够在大地的滚滚红尘中引导和召唤心灵，却又以它们冷冷的光箭刺透人心。

我坐于石楠之上，也就是在地球这颗微粒之上，想到上下、前后、左右以及未来都是张开大口的深渊，不由得一阵畏缩。沉默的黑暗，完全的未知，比任何想象力曾召唤而来的恐怖都更可怕。心灵凝望着，却看不到任何确定之物，看不到任何能够以人类的经验作为确定性把握的事物，只除了不确定性本身。除了厚厚的理论之霾滋生的朦胧意念外，一无所有。人的科学只是数字的烟云，人的哲学只是词语的迷雾。他对于这颗岩石微粒及其一切奇妙之处的感知，也不过是变化而惑人的幻影。即便作为个体的自己，看起来是最核心的事实，也只不过是幽灵魅影。其自欺欺人之处，令最诚实的人也要拷问自己是否真诚；其自性本空之处，令人不得不怀疑自己的存在本身。还有我们的忠诚！全都是自我欺骗，所知既错，所想亦错，用仇恨来包裹，以野蛮去追求。我们的爱本身，纵然在完满而慷慨的情爱中，也必须因其盲目、自恋乃至自我感动而被谴责。

还有呢？我找到了我们的窗户。我们曾在一起幸福生活！我们曾经发现，或者曾经缔造过我们小小的共同体的宝藏。这是混乱的尘世体验中的一块礁石。是它，而不是宇宙和超宇宙的浩瀚无垠，甚至不是地球这颗微粒，而是它，唯有它，是经验稳定的基础。

在它的每一边都是混乱，都是风暴将至，都有巨浪已经打湿了礁石。周围，在黑暗混沌中，有面孔和求助的手，半隐半现，正在消逝。

未来呢？这世界的疯狂如暴风雨即将到来，一片黑暗，尽管同时也有一个新的、粗暴的希望，一个明智、理性、更为快乐的世界在电光中闪现。在我们的时代和那样的未来之间，还有多少恐惧在等着我们？压迫者不会温和地让路。而我们两个，习惯于安全和温柔，也只适合于一个善良的世界。在那里，没有人会受苦，没有人会绝望。我们只适合晴好的天气，适合在一个安全与正当的社会中，进行友好而不过于艰难的实践，也无须拥有英雄的德性。然而，我们却发现自己处于一个巨神之战的时代，残酷的黑暗强权与因绝望而同样无情的光明强权，在世界被撕裂的心脏部位，正在开始进行一场殊死的搏杀[1]。在一个接一个的危机中，要做出艰难的抉择，没有

---

[1] 指当时在欧洲正在形成的轴心国与同盟国两大军事集团。

任何简单熟悉的原理能够适用。

在我们的河口对岸,红色的火光从铸造厂中喷出,在这一边,金雀花幽暗的轮廓给城郊脚印纵横的沼泽地增添了几分神秘。

在想象中,我看到在这座山顶的后面,还有更远的不可见的山丘。我看到平原、树林和所有的原野,处处都披着千千万万各不相同的绿叶。我看到整片大地在我面前弯为弧形,从地球的肩膀上落下去。诸多村庄在道路、铁轨和繁忙的电线组成的网络中串连起来,宛如蛛网上的露珠。这里或那里,还有一个个小镇显现为一团团光晕,如同发光的星云,上面点缀着群星。

越过平原,是灯红酒绿的伦敦,人声鼎沸,就像从污水中取出的样本,放在玻璃片上,置于显微镜下,便可看到上面挤满了爬来爬去的微生物。微生物! 无疑,在群星的眼中,这些造物只是虫豸而已。但是每个人对他自己而言,有时候也是对另一个人而言,却比所有的星辰都更真实。

越过伦敦,我的想象力看到了波光暗淡、一衣带水的英吉利海峡,然后是整片欧洲大陆。农田和沉睡的工业区交错分布。在白杨林挺立的诺曼底后面,伸展着巴黎。由于地球曲面的缘故,巴黎圣母院的塔尖显得微微倾斜。再往外,西班牙的夜空被正遭到屠戮与焚烧的城市照亮。在左边是德国,森林繁茂,工厂密集,音乐迷人,钢盔闪亮。在教堂前的广场上,我仿佛看到成千上万的年轻人排成队列,兴奋而迷狂地向着探照灯下的元首敬礼。在意大利也是一样,在这记忆与幻梦之地,暴民的偶像用咒语蛊惑了青年。[①]

远在更左方,俄罗斯,一大块明显地凸出在我们的星球上,在黑夜中也显出雪白。在群星和云带下伸展开去。我的目光被克里姆林宫的尖塔所吸引,它们正对着红场,在那里列宁沉睡于胜利之中。远处,在乌拉尔山脚下,我在想象中看到了磁山钢铁厂那火红的烟囱和浓黑的烟幕[②]。在山的另一边,黎明已经隐隐闪现。因为在英格兰的午夜,白昼已经扫过亚洲,向西方挺进,那披着金色与玫瑰色的晨线已经赶上了冒着黑烟的小毛毛虫——穿过西伯利亚的特快列车。在北方,冷硬如铁的北极让流放者蜷缩在他们的营地里。在南方很远处,是富饶的河谷和平原,它们曾一度抚育了我们这个物种[③]。但现在,我看到铁路在雪地中纵横。在每一个苏联村庄,亚洲的孩子们已经醒来,准备上学,去学习列宁的传奇。

再往南就是喜马拉雅山脉了,从山腰到山顶都是白雪皑皑。它们俯视着山脚下的民众,一直望到人口繁多的印度。我看到棉花起舞,小麦摇曳,还有那条圣河,带着喀美特峰的雪水,穿过稻田和鳄

---

① 分别指西班牙内战、希特勒统治的德国和墨索里尼治下的意大利。

② Magnetostroy,直译为"磁之建设",指苏联于1929年在乌拉尔山南麓建立的城市马格尼托格尔斯克(Magnitogorsk,一名磁山城)的工业基地。在1930年代,马格尼托格尔斯克是斯大林五年计划的重点,要将其建设成苏联的钢铁中心和世界上最大的钢铁基地。自"十月革命"之后,斯特普尔顿对苏联的成就一向十分关注,不难看出他对于苏联的社会主义实践寄予厚望。

③ 此处语义不明,疑指当时流行的一种进化学说,认为智人是欧亚大陆的猿人进化出来的。

鱼出没的浅滩，穿过加尔各答的码头和办公楼，汇入海洋。[①]

在我的午夜，我看到了中国。清晨的阳光拂过洪水淹没的田地，为祖先的坟墓镀上金辉。扬子江像一条闪光的线条，百转千回，冲出三峡。朝鲜的群山后面，大海的另一边，屹立着富士山，它死寂而凝重。但在它的周围，如火山般活跃的人群在那片狭窄的土地上涌动沸腾，就像火山口的岩浆。它已经将军队和贸易的洪水向亚洲倾泻。[②]

我收回目光，又转向非洲。我看到人造的水道，将东方与西方连通。[③]我看到宣礼塔、金字塔和永远在守望的斯芬克斯。远古的孟菲斯城，现在也回荡着关于磁山钢铁厂的传说。更远的南方，黑人在一个个大湖边沉睡着，任大象践踏着庄稼[④]。更远处，荷兰人和

---

①　指恒河。喀美特峰是恒河上游阿勒格嫩达河畔的一座高峰，海拔7756米，在1931年英国探险队成功首次登顶时，它是当时人类攀登的最高峰，斯特普尔顿可能因此而印象深刻。加尔各答在恒河三角洲西部，不过恒河主要的入海口在孟加拉国境内。

②　主要指日本自1931年以来对中国东北的军事占领和殖民掠夺。

③　指苏伊士运河，斯特普尔顿幼年就住在那里。

④　指维多利亚湖、坦噶尼喀湖、马拉维湖等非洲中部的大湖。另按，这段话经过彻底的改写，意义显得有些模糊。最初手稿中的原文为："我更望向远方，越过地球的肩头，望见了那些群山，在山中最后一批自由的黑人用步枪和长矛绝望地保卫家园，抵抗着意大利的机枪和飞机。他们绝望而徒劳，却又并非全然无功：因为他们的抵抗与屠戮的传言传遍了非洲。骆驼驮着它穿过撒哈拉的沙暴。诸大湖边的黑工人们窃窃私语，从一旁偷瞥着他们自己的白主人，任野象践踏着庄稼。狩猎者在大猩猩出没的丛林中，或者在草原上庞大的野兽群之间，也讲述着同样的传奇。在最南方，那里的英国人和荷兰人靠着千百万黑人兴旺发达，我听到了耳语：'黑人正在觉醒。'"这里因提及意大利入侵埃塞俄比亚等时事，观点尖锐，斯特普尔顿在好友迈尔斯（见作者自序）的劝说下删除了大部分内容。克劳斯利认为这是对原文境界的一大损害（ *Stapledon: Speaking for the Future*, 241）。

英国人剥削着千百万黑人，而黑人们已被朦胧的自由之梦挑动。望穿整个非洲大陆，越过白云缭绕的桌山①，我看到了南冰洋，在一片漆黑的风暴中，漂浮着冰山，上面有海豹和企鹅，然后是那无人大陆的冰雪高地。我的想象看到了午夜的太阳，然后越过了南极点，又越过了埃里伯斯火山②——它正吐出炽热的岩浆，淌过白鼬皮般的雪坡。它的北方伸展着正处于夏日的海洋。越过新西兰——那个更为自由，但意识落后的不列颠——便抵达了澳大利亚，在那里，目光清澈的骑马人正驱赶着他们的羊群。

从我的山头继续往东看，我看到了太平洋，那里散布着座座岛屿。然后看到了南北美洲，在那里通过使用枪支的优势，以及枪支带来的傲慢，欧洲人的后裔在很久以前就统治了亚洲人的后裔③。在另一片大洋之畔，已陈旧的新世界横亘南北：拉普拉塔河与里约热内卢，新英格兰诸城市，乃是已陈旧的新生活方式和思想的辐射中心。纽约，正值日落时分，渐沉入黑暗，它是摩天玻璃大楼的丛林，是现代人营造的巨石阵。围绕着这些大楼，巨大的邮轮聚在一起。就像是鱼群在涉水者的脚下啃食。在海上我也看到邮轮往来，以及颠簸的货轮在日落中缓缓地航行，舷窗和甲板上都映照着红光。司炉工人在炉子边汗流浃背，瞭望员在瞭望台上冷得发抖，从敞开的

---

　　① Table Mountain，一座位于非洲最南端的开普敦市市郊的平顶山，海拔约1000米，俯视开普敦市和大西洋。山顶经常被云雾笼罩。

　　② Erebus Volcano，在南极洲的罗斯岛上，是地球上最南端的火山。

　　③ 指源出于亚洲蒙古人种的印第安人。

舱门中传来舞蹈的乐声，又淹没于风中。

现在，在这整个行星上，整颗岩石微粒上，我于亿万熙熙攘攘的人群中看到了一个竞技场，宇宙中的两大主角，已经准备好在此进行殊死的搏杀，它们已经披上了地球本地模样的伪装，前来争夺我们半觉醒的心灵。一座又一座城市，一个又一个村庄，以及在不计其数单独的农舍、小楼、茅屋、棚户、陋室之中，在所有这些人类栖身其间，但求小小舒适自在以逃避现实的缝隙里，我们时代的大斗争正在孕育着。

其中一位主角表现为这样的意志：要追求所渴望的崭新世界，这世界理性而欢乐，在其中每一名男性和女性都能获得充分的生活，并且也是为人类服务而生活。另一位主角看起来本质上是一种对未知者短视的恐惧，或者这恐惧中还有更邪恶的一面？它是否包括追求个人权柄的狡诈意志，这种意志为了自己的目的，煽动起古老的部落狂热，仇视理性而矢志报复？

看起来，在即将到来的暴风雨中，一切最宝贵的东西都必然被摧毁。一切个人的幸福，一切爱恋，一切艺术、科学和哲学上创造性的工作，一切知识的反省和思辨的想象，一切创造性的社会建设……实际上是一切人们正常情况下应该为之而生活的东西，在来日大难的面前，看上去都显得愚蠢可笑，只不过是个人的沉迷。但如果我们不能保存这些，它们何时才能复兴？

如何面对这样的时代？身为平凡的人，如何激起斗争的勇气？如何一边斗争，一边仍然保持心灵的正直，永远不让斗争在人的内心毁掉人本来是为之斗争的精神完整？

对此有两点光芒指引。一是我们虽微小却温暖光明的原子共同体，以及它所赋予意义的一切；二是群星冷峻的清辉，象征着那超越宇宙的实在，及其水晶般的神游状态。奇妙的是，在那光辉中，即使最热烈的爱也被最冷静地审视。即使我们这半觉醒的世界可能就此一蹶不振，在那沉思中也仍会加以褒奖，但人类的危机并没有失去意义，反而赢得了意义。奇妙的是，想到这不过是一群微生物短暂的挣扎，并没有减弱斗争的紧迫性，反而催促我们多尽自己的一份力，要在最终的黑暗降临前，为自己的种族多赢得一些澄明的辉光。

附录一

量级说明

宏大本身不见得是好事。一个活着的人比一个毫无生命的星系更有价值。但是宏大通过促进精神的丰富与多元，可以有间接的重要性。事物的大小当然是就彼此的关系而言的。说一个宇宙是巨大的，只是说相对于宇宙而言，它的某些成分是微小的；说它的历史漫长，只是说在其中发生了很多事情。但尽管宇宙时空的宏大并没有内在价值，它们却是一种为我们所珍视的精神丰富性的基础。物质的广大打开了产生复杂物质构造的可能性，而这又为复杂的有心灵的有机体提供了发展空间。至少对于我们这类宇宙而言，物质是心灵出现的条件，情况就是这样的。

我们宇宙可能的范围也许能通过下面的类比方式非常粗略地

加以设想，这是借鉴自W.J.鲁坦的《星辰的汇演》[1]并略加改动。假设威尔士是我们银河系的大小，大约10万光年。而据说银河系周围被七个小得多的亚星系和球状星团的系统所环绕，而所有这些都位于100万光年的半径之内。在我们的模型中，它们会伸展到大西洋和欧洲。太空中处处都有这样的系统，平均间隔可以用从威尔士到北美洲的距离来表示。以同样的尺度而论，通过100英寸（2.54米）的望远镜可以看到的最远星系，大概在5亿光年之外，也就是在6万英里（9.67万千米）外，大概是地月距离的四分之一。即将建成的200英寸（5.08米）望远镜无疑还将看到远得多的范围。[2]在这个模型中，宇宙的总长度将达到大约1100万英里（1770万千米）的直径，或者说地球到太阳距离的八分之一。在这个模型中，太阳到最近恒星的距离（4.5光年）将是大概13英尺（3.96米），一光年本身将略少于3英尺（0.9米）。恒星运动的平均速度（20英里/秒，32.2千米/秒）会呈现为每一百年挪动4英寸（0.1米）。地球轨道的直径将是

---

[1] Willem Jacob Luyten（1899—1994），荷兰裔美国天文学家，主要研究恒星的运动。《星辰的汇演》（*The pageant of the Stars*）是他于1929年出版的一部科普著作。

[2] 指海耳望远镜，即美国天文学家乔治·埃勒里·海耳（John Ellery Hale，1868—1938）募款建造的天文望远镜。前述100英寸天文望远镜也是海耳于1917年建于威尔逊山天文台，是当时世界上最大的天文望远镜，帮助哈勃测定了星系的距离，并发现了河外星系的红移。1928年，海耳从洛克菲勒基金会获得600万美元的捐款，用于200英寸天文望远镜的建造。在《造星主》写作时期，工程刚刚选定地址（圣地亚哥帕洛马天文台）并开始施工，但由于二战的影响，直到1949年才最终建成，海耳生前不及见。在1949至1976年间，海耳望远镜都是世界上最大的天文望远镜。

千分之一英寸（0.00254厘米）。而太阳的直径将是百万分之六英寸（0.000152毫米）。至于地球这粒灰尘，直径仅仅是两千万分之一英寸（0.0000012 7毫米）。

附录二

时间图表

图表一

说明: 这张图表上的每一事项所在的位置仅仅是为了清楚表示本书的虚构内容。许多科学家反对人类会在恒星诞生后那么久才出现，不过我认为如此假设也能自圆其说。

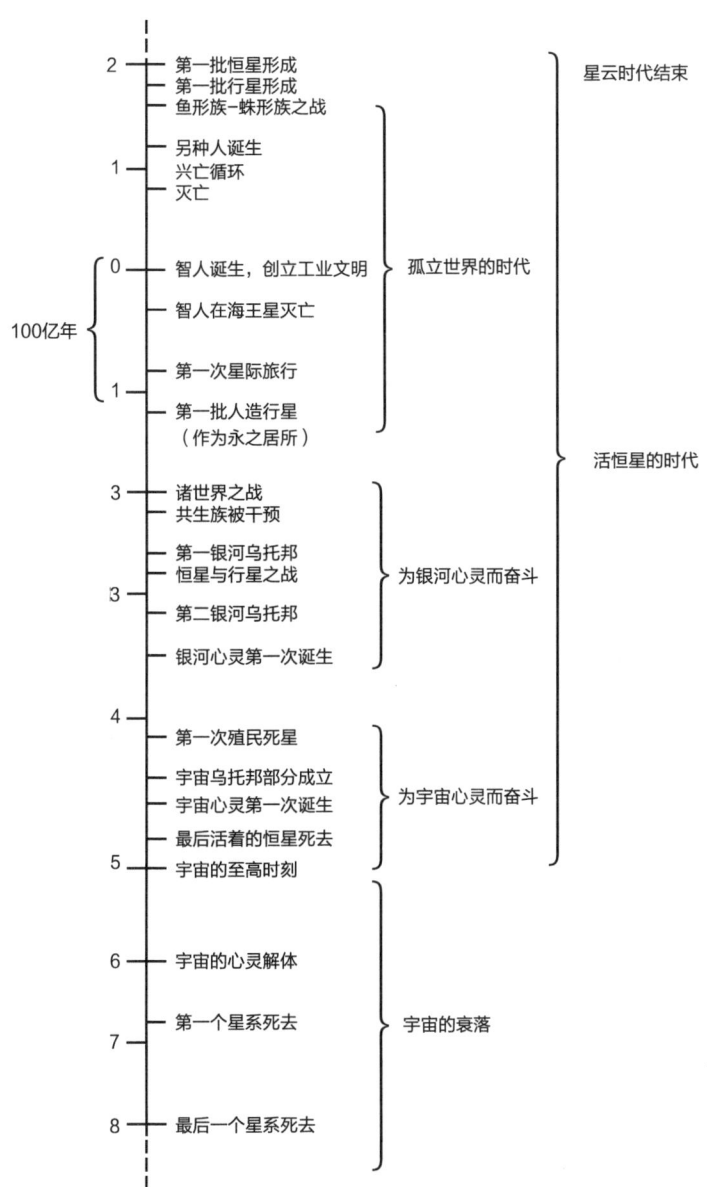

图表二

说明: 这张图表上, 宇宙的年龄比目前的宇宙膨胀理论所允许的大得多。我们可能比在本书中所设想的更远为接近万物开端。

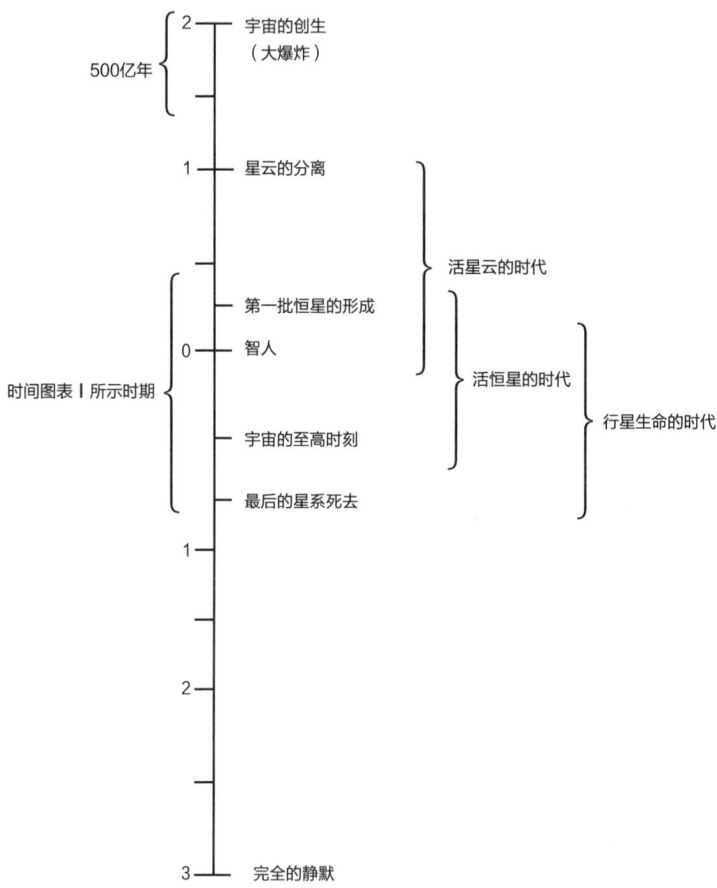

图表三

说明: 这个环形代表了造星主作为创造者本身所经历的时间。最上方的点是造星主时间的开始与结束。时间的流逝是沿着顺时针方向的。这个轮子的每一根"断开的轴"都代表某一个宇宙的时间。当然, 宇宙时间之间是无法通约的。但随着创造变得日益成熟, 宇宙的时间线也不断被拉长, 以表示造星主创造活动的进展。长度的拉长, 代表了连续的创造中, 复杂性和精细度的增长。"永恒的视角"代表了造星主在其永恒绝对的精神力量中, 对一切存在"超时间"的把握。创造精神的鹄的, 是完全实现自己的能力, 并通过最终的宇宙的巅峰, 获得永恒的视野。早期的创造逐渐接近这一巅峰, 但无法到达。每一个宇宙的历史都被表现为与造星主自己的时间呈直角的维度。当然, 他能够"经历过"整个宇宙的历史, 但也能够同时把握其整体。一些宇宙的历史可以用环形表示, 因为某些时间就是环形的。其他的可能是平面的, 因为它们有不止一个时间维度。在此我只画出了所创造的无数宇宙中的几个。

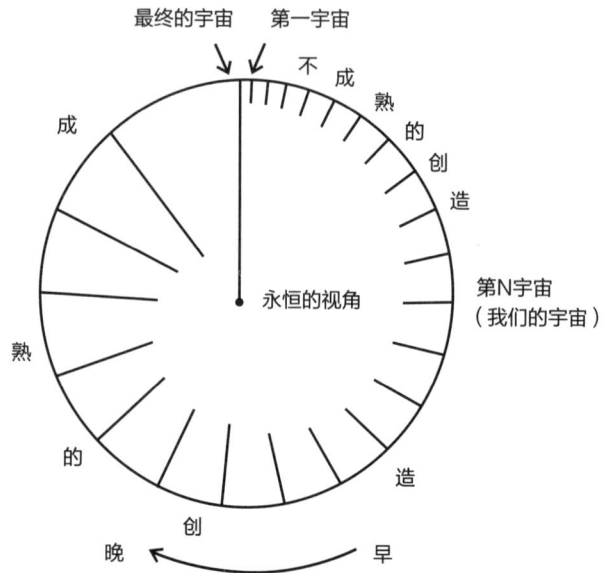

附录三

术语释义 ①

Awake
唤醒

见"Waking"。

Awakened World
觉醒的世界

指一个获得了共同意识的世界。为了达到这一
阶段，它必须远远地超过目前的人类阶段而经
过乌托邦阶段。

---

① 译者按：本文出自斯特普尔顿去世后发现的一份打印稿，内容为《造星主》中
若干重要术语的解释。据推测，这可能是斯特普尔顿作为《造星主》附录撰写的，
但出版商觉得太累赘或太学究气而建议作者删去，最终唯有一小部分经修订保
存在"量级说明"中。这份文稿被附于Gollancz出版社1999年版《造星主》文末，
因为对理解《造星主》具有重要意义，故译出以供参考。"量级说明"中已包括
"Galaxy"和"Size"的条目大意，内容重复而略有出入，为免繁冗，不再单独列出。
因为是草稿，部分条目明显并不完备，个别地方还有拼写错误，译者视情况保留
原貌，在注释中说明或直接改正。原文按英文字母顺序排列，今仍按此顺序呈现，
相关术语皆列出英文和中文翻译。不过，由于中英语言的差异，以及行文自然通
顺的考虑，这些术语在正文翻译中无法也不必严格一一对应。

Communal Consciousness
共同意识

或共同精神、共同心灵。这一概念可能引起哲学上严肃的反对意见，但它是有意义的，并且可能包含某种目前还没有被融贯思考过的真理。它包含一个虽然共有但却是单一进行体验的心灵，抑或仅仅是许多心灵中的同一"内容"，对我的目的来说区别不大，这也可能是一个虚假的区分。在本书中，至少是在一些形式下，共同意识并不必然需要排除经验或性情的个体差异，但必须服从一种统一的意识本身，在一切公共问题上，它为所有个体所享有。进而，通过这种公共经验的共享，每一个个体心灵都会被提升，拥有一种较高的精神性"力量"。共同意识被认为具有许多不同的程度，从两个个体之间短暂而不稳定的认同，到整个有心灵的宇宙之包罗万象、牢固统一的意识，都在其中。

Community
共同体

这个词有两种意义：

（1）任何一种生物个体相互联系的群体。在此意义上，一个国族就是一个共同体；（2）一个群体，在其中一切个体都有意识地合作，过着一种所有人都赞同的共同生活。在此意义上，如果其中一部分拥有强大的力量和更好的机会，而代价是损耗另一部分，或者违背另一部分的意志，这样一个群体是不能称为共同体的。一切共同体的典范是小型群体的人际接触。每个个体都必须认识到基础的和谐关系以及他人特殊的个性。每个个体都必须尊重他者的人格，将他们看成是目的，而不仅仅是实现其他目的——如群体的财富或荣耀等——的手段。每个个体都必须丰富他者的精神生活，也被他者的精神生活所丰富。每个个体都必须珍视共同文化和群体的生活方式，努力让一切冲突服从于整体的幸福。在较大的群体中，显然无法维持每个人之间的互动，但是个人可以将其经验普遍化，并以这样的原则来行动——所有的个体，无论是自己认识还是不认识的，都应当被视为目的。

Cosmos
宇宙

任何能够自足的存在整体。一般来说，同时有着物理和精神属性。通常包含一定数量的个体心灵，有时候会有整体的宇宙心灵，但这些绝非必要。

Create
创生[1]

我发现使用造物主（creator）的神话概念是很适宜的。这是一种有限的创造精神，其本身是永恒无限精神的一个方面，并且是其他一切有限事物的源泉。造星主（Star Maker）被设想为从自身无意识的本性中唤出用以工作的粗糙原料，并有意识地去塑造它，以满足某种有意识的目的。

Creation
创造

（1）进行创造的活动；（2）经常用作"宇宙"的同义词。用"诸创造"代替"宇宙"的复数形式很方便。

Creature
造物/生灵

任何被创造的东西。但这个词一般用于宇宙中有生命的事物。

Crisis, the
Familiar
熟悉的危机

人类种族目前正在经历的社会发展阶段，亦即从一个个人主义的、未经调节的世界秩序向一个为了世界共同体而有意识设计的世界秩序过渡而产生的斗争。

---

① 此处疑拼写有误，从定义看当为Creator（创造者/造物主）。

Dialectic 辩证法	我偶尔用这个词来表示一些根据其本性中内在的必然性而产生将来的事件。这种必然性也包括精神事件中的心理联系。
Eternal 永恒的	不仅仅是在时间中一直延续下去，而是非时间性的，或者说是超时间性的，并且在其中以同时呈现的方式构造时间序列。如果时间像对我们所展示的那样是绝对的，这就是胡言乱语。但是并没有理由假定，我们的时间体验是最为根本的。
Expansion of the Universe 宇宙膨胀	这一物理学理论尽管还有很严重的反对意见，也可能虽被承认但还需要修正，或者随时都被废弃，但可能有相当持久的意义。无论如何，其情感意义与我的主题正相吻合。因此我使用它，尽管我意识到，这么做我可能会让这本书明显"过时"，就好像我因为没有预测到法西斯主义让早先一本书"过时"一样①。粗略地描述这个理论，可以说是有限无界的物质宇宙的总范围，

---

① 指《最后和最初的人》讨论近未来地球历史的第一章中未预测到法西斯主义上台。

就其与一切不大于星系的对象的关系而言，是在持续增加的。

**Individual
个体**

尽管严格说来，共同心灵就其具有单一的意识而言，也可以说是一个个体，但我倾向于仅将这个词用于一个单一身体的意识。因此一个人是一个个体。共同心灵可以被称为具有"超个体性"（super-individuality）。但是每一个世界如果有着共同心灵的话，就其与该星系世界联合体的关系而言，也可能被视为个体；有意识的星系就和宇宙星系联合体的关系而言，也可算是个体。

**Light Year
光年**

光在一年时间里旅行过的距离，大概是6万亿英里（9.46万亿千米）。

**Mentality
心智**

具有心灵。心灵的类型。

**Mind
心灵**

任何自我维持的体验系统。任何一种统一的意识，不论是阿米巴虫的、人类的，还是宇宙的。

Minded 有心灵的	具有自己的单独心灵。
Myth 神话	具有深远的心智和情感意义的故事。神话一定会以象征方式向其所应用的时代和人群表达重要的观念和情感。它们必须通过一种次级的观念去表达，但这些观念本身对于神话的公共性是很重要的。故事并不需要在文学意义上完全可信，但越是可信就越好。我这整本书就是一个相当粗糙的神话，而第十四和十五章构成了神话中的神话。
Nebula 星云	在天文学中，这个词有两种不同的意义。这是因为有两种星云都显现为云状的光斑。（1）大星云，或者"旋涡星云"或者"外星系星云"，或者就是一个星系，或者是诞生星系的气云；（2）任何处于星系内部的气云都被称为星云。我从未单纯将这个词当成"星系"的同义词来使用。
Religion 宗教	（1）在共产主义理论中，这个词意味着一种特殊的资本主义毒品，也就是一些精心算计的教条和实践，用以将注意力从革命的需要上移开，

固定到一个幻想的非真实世界上，以此来让这个"宗教的"人豁免为革命服务的道德责任。一些读者可能会以这种贬义谴责本书是"宗教的"。（2）在另一种意义上，宗教包括了共产主义本身一切最好的情感态度，也就是说一种完全把生活献给为人类服务的决断之意志。在此意义上，宗教也包括了一种信念：这种意志不仅有尘世的意义，而且以某种方式有着宇宙性的意义。进而，它还包括这样一种感觉：即使是在生命的战役中与死亡之力搏杀，也应当补充以一种终极的虔诚，朝向某种超人类甚至超生命的事物。这种虔诚朝向命运、存在整体，或某种不可思议的神性（diety）。这一态度，斯宾诺莎表达得极为精当[①]，当代共产主义对此却是陌生的。但它不能与资本主义的毒品相混淆，因为最强烈地感觉到这种宗教的人，投身于为人类服务的事业时也在最积极者之列。（参见"Spiritual"和"Worship"）

---

① 可参见荷兰哲学家巴鲁赫·斯宾诺莎创作的哲学著作《伦理学》第五部分。

Spirit
精神/心灵/灵

这个词感情强烈又模糊不清，十分危险，我至少在三种意义上使用，一般通过上下文可以知道我所意指的意义。如果仍有模糊之处，则是我有意为之。（1）或许最为普遍的意义是，任何一种进行体验的主体，任何一种位阶的体验者（experient）。我并未暗示一个spirit是一种形而上学的实体或者灵魂，或者必须要和其他的spirit不同。就我所知，所有的spirit可能只是同一个spirit的诸多差异状态。我也没有意指spirit是永恒的，当然从永恒的视角来说一切都是永恒的。（2）spirit一词也在更为抽象的含义上使用，比如"spirit的发展（the advance of spirit）"这个短语，此处的spirit是普遍性的，不论是一个个体，还是诸多个体的世代交替，还是有心灵的世界，还是有心灵的宇宙，其中都有它。在此意义上，这个词不单单是指意识，因为这种发展是朝向或者包括在"Spirituality（精神性，参见'Spiritual'）"进程之中的。（3）第三种意义如"我们时代的spirit""友谊的spirit"这类短语所昭示的，仅仅是指有意识的生灵的内心态度或者行为模式。[1]

Spiritual
精神的

在"精神的态度""精神的敏锐"等短语中，"精神的"这一形容词明显将该名词和其他非精神的、尽管也是心灵上的状态相区分。该词的任何一种用法都不可避免地涉及身体、心灵与精神的古老区分。我用"精神的"提示那种接近或达到人类心灵能力上限的活动。更为重要的是，它意味着一种兴趣、注意或意志的特定方向，这种方向在发展的较低层面上是不可能出现的。它涉及对一切利己欲望的超脱，但却不必然要自我禁欲。它也涉及从一切社会和种族的目的中超脱出来，事实上是从一切位阶的"造物"的目的中超脱出来。这种超脱并不是说拒绝为之工作，而是要努力从一个普遍的视角去看待一切事物作为本身的样子，并从事物与万物整体的关系中评价其价值。但若不以我们觉醒中的人性的英雄气概去愉快地接受命运，精神的态度

---

① 这一词条也表明了spirit翻译的困难。遵照汉语的习惯，一般而言译者将第一种意义上的spirit译为心灵或灵（为了与mind相区别），第二、三种意义上的译为精神。在模糊之处，通常仍译为精神。

也不过是装扮和陷阱而已。斯宾诺莎和一些贵格会①教友的人生是成功结合了这些对立面的范例。我曾提出，人类身上的精神性仅仅是一个漫长进程的最初的实验性发展。（参见"Religion"和"Worship"）

Star Maker
造星主

这个名称用于：（1）有限和创造的精神，被设想为一切存在物的源头；（2）永恒绝对的精神，在其中创造的精神只是一种抽出的模式。

Super-Individual
超个体

一群个体拥有了永久的共同心智后，就被称为拥有了"超个体性"。

Symbiosis
共生

两个不同物种的密切联合，产生相互有益的结果。这是一种相互都有益的"寄生性"，其中的每个物种的结构和功能都被调整，以适应共同的生活。

---

① 贵格会（Quakers），又名教友派，是一个倾向于神秘主义的新教教派，以和平和反暴力著称。斯特普尔顿在一战时期，曾加入过他们组建的"友人救护车队"，见本书译序。

Telepathy 心灵感应	心灵之间直接的、超感知的接触。一个心灵无须物质上的中介而直接通向另一个心灵。我不知道是否存在这种活动。对此有一些有力的证据，但科学家尚未普遍接受。我经常使用这个概念，部分是因为它显示出人类的科学还有很长的路要走。在"单向的"和"互动的"心灵感应之间还可以做一个区分。前者是只有一方能够进入另一方的体验中，其自身的体验对后者是不可通达的。
Universe 宇宙	有时候，我把这个词作为"Cosmos"的同义词来使用。不幸的是，这个词有歧义，因为一些天文学家曾用它作为"星系"的同义词。也许应当将这个词用作表示存在的总体，每一个宇宙都是它的一部分。
Utopian Stage 乌托邦阶段	或称乌托邦时期（phase），是臻于完美的社会秩序的幸福阶段。如果幸运的话，一个社会可以在克服"熟悉的危机"，又经历了长时间的经济、政治、教育的重建之后，进入这一阶段。"乌托邦阶段"对于我们来说是一个目标，但对于已经

建成乌托邦的世界来说，这只是在力争建立共同心智之前短暂的休息时期。

Waking
觉醒

我将这个词作为"心智之发展"实际上的同义词。它似乎包括三个方面：知道（knowing）、感到（feeling）与想要（willing）。或者用专业语言来说，认知（cognition）、感性（affection）与意动（conation）。觉醒中包括了认知——既是对物质和社会环境的认知，也是对个体内心生活的认知，以及任何一种认知模式——的精确度、洞察性和全面性的增长；在对环境和自我的感觉中，也将出现越来越多精细的模式和区分。对于被认知的世界和自我，感觉与行动之间的适当性也在增长。在行动方面，这意味着将一切相关事务纳入考虑以及适当权衡一切相关的动机的能力增加了，其形式表现为：如果一种新起、难以发生和较弱的心理驱动力正好对于实际处境更为适当，就不会允许它被熟悉、易发和更强的驱动力所推翻。"适当"（appropriate）引起过许多哲学上的困难，但实践中，我们承认特定的行动对于特定的处境是适当的。在分析的最后，这种适当性是直觉发现的。用一个低端的例子来说，当胃里空空时，我们直觉到适当的行为就是——去吃饭。

World
世界

（1）任何一种或多或少能够自我维持的物质自然系统，被设想为是有居住者或可居住的。在此意义上，宇宙、星系、行星、大海、池塘、长了寄生虫或者感染微生物的人，都是"世界"。（2）我一般在更专门的意义上使用这个词，以指自然行星或人造行星。有时候恒星也被称为"世界"，要么是指它们上面居住着本地的火蝾螈生物，要么是指当恒星冷却和结壳后，它们被行星居民的后裔种族所殖民。

Worship
敬拜/崇敬

我冒着令左翼大发雷霆的危险，用这个词指称一种我相信是极为重要的情感态度或活动。这也是"敬拜"的本质意义，而通常情况下，它的意义被一般鄙俗的用法所模糊了。一切情感都是一种态度或活动，因将这个、那个，或者是真实享受的，或者仅仅是需要的东西视为有价值而发生。有时候被视为有价值的只是一种简单的身体活动。有时候是某种需要更为发达的理解力才能把握的东西,比如个人的成就,比如另一个人的幸福,或者一个共同体的幸福。更为发达的情感,尽管总是由对原始环境的简单情感反应如饥饿感和危险感等所交织而成的,在对于人际和社会关系等更微妙环境的合适认知之下,却变得极为复杂和精细。现在,我们可以采纳,或者说努力去采纳一种情感态度,它不仅对人际和社会关系是适当的,而且对我们和我们体验到的宇宙之整体的关系也是适当的。我以为这种态度,当它的确适当的时候,正是"敬拜"一词最为重要的意义。我应当将"敬拜"的本质描述为一种努力,努力不仅仅从私人的甚至种族的视角,而是从普遍的视角去看和感知一切被体验到的事物。这是把握万物整体(至少是已经被揭示的整体)的价值——不是作为个人或种族发展的工具的价值,而是因其自身已有的价值。"万物整体"也需要限定一下。也许我称为"敬拜"的活动并不是精确地对于所体验到的一切事物的欣赏,而是对于所体验到的,一切特殊存在物共有的某种属性或本质的欣赏。在形而上学上，这一本质也许能够称为"整体的精神"（spirit of the whole）。（参见"Religion"和"Spiritual"）

译后记

对于本书的译者来说,《造星主》奇妙地把两个相去不算太远,但已物是人非的时空联结在一起。

第一次得知和读到这本书,是大约十年前。2010年前后,我在比利时的鲁汶大学留学,彼时学业上没有什么长进,反而越发懒散,经常在宿舍楼旁的一个小公园里读闲书。那里有一道小山坡,绿化很好,小山顶上是一个可以眺望景致的平台。芳草萋萋,微风拂面,在蓝天白云下翻开书卷,读累了就抬头望望不远处的教堂和市政厅,分外惬意。

当时我刚刚重拾起少时对科幻小说的热情,手头的书也以科幻为多。我时常光顾当地的一两家旧书店,以低廉的价格买到了不少二手书。但《造星主》这本书并非来自旧书店,因为读科幻既多,自然接触到 Olaf Stapledon 的名字，可惜之前竟从未听说过这位去世已一甲子的英国科幻大师，于是好奇地从网上买了两部他的代表作，Gollancz 出版社"科幻名著丛书"版《最后和最初的人》及《造星主》，但也没想即刻阅读。毕竟作为一部科幻作品来说，二十世纪三十年代已相当古远，而我手头还有好几部近年的新鲜小说等着我大快朵颐。

不过终有一次，也许是某天突然想起来，也许只是随手拿错，我终于带了这本《造星主》去小山坡上阅读。书一翻开，读到开端的场景，就有一种强烈的亲和感。同样是一个痴迷于宇宙和幻想的大男孩，同样是在一座欧洲小城，同样是在城郊的小山上……我追随着奥拉夫的叙述飞向茫茫宇宙。

还有一点巧合之处：当地空气质量很好，光污染也不严重，夏夜的繁星铺满天空，当时我正好买了一部 Celestron 牌的天文望远镜，经常在深夜扛着它（将近四十斤重）爬到山坡顶部的平台上，对准各种天体进行观测，巡视银河，神游太虚，乐此不疲。因此，读到《造星主》的时候，那种在深夜的山丘上飞向群星的梦幻之感，在我内心的共鸣大概要胜过绝大多数读者。

说是巧合，但其实并非偶然。也许，对群星、宇宙和所谓脱离实际之事物感兴趣的灵魂往往也会彼此相似。奥拉夫灵魂飞升般的宇宙之旅，放到别的科幻小说里也许会被骂写得太似玄幻，却以其至真至诚的热爱，满足了我内心最原始、最直接的欲望: ad astra（飞向星空)！

　　我花了一两周的山顶时光读完了《造星主》，掩卷长叹，深深地为其宏伟庄严而又深邃悲悯的宇宙观所震撼。那几年我自己的部分科幻创作中，也不难看出《造星主》的一些影响，比如《时间之墟》中的阿赖耶云和最后的神。但其实，2010年的我，还不足以理解1937年的奥拉夫，虽然读完了整个故事，但也只看明白了作者一半的关注。以为星辰大海、奇思妙想便是全部。

　　后来我开始正式从事科幻创作，写作之余，也颇留意这部作品的译介情况。当时尚无译本，偶尔想过或许可以亲笔把它翻成中文，但过了一两年，就在网上看到一部中译本，于是丢下了这个念头。孰料数年后，这个网络译本并未正式出版，仍然很少有读者关注近百年前的一部科幻老书。因此，十年后，我和奥拉夫以及《造星主》结下了更深的缘分。

　　这本书所联结的另一个时空，便是2020年的当下。我回国后几经变迁，如今苟在西安的一所蜗居里。这部小说的翻译时间是从2020年2月到6月之间的四五个月，此时，百年一遇的大疫正肆虐全球，世界范围内，每天都有万千人死亡。不要说再无眺望宇宙星空的闲情和条件，就是出门，在很长时间内都成为奢望。疫情本身的负面消息已经数不胜数，还有衍生的各种国际政治矛盾和激化的社会问题，在一些国家甚至演变为暴乱……此时，我重新投入与《造星主》的邂逅，再度远飞于星空深处。地球上的种种，相比于百亿光年的浩瀚广宇，也不过是"暗淡蓝点"上的蜗角蚁国，我的焦虑似乎一下子缓解了不少。

但这并不是逃避现实，相反，我却因此理解了《造星主》的另一半意蕴。小说中，作者不厌其烦地强调，地球正处于精神危机的阵痛中，如果不能尽力克服这场危机，就再无指望攀升到更高的文明阶段。在2010年，读时只觉得是两次世界大战之间的时代症候，时人的恐惧与焦虑在二十一世纪的今天早为陈迹，并无多少触动。然而此后十年间，世界范围内的种种问题开始发酵，地区战乱的升温、难民迁徙的动荡、种族和宗教矛盾日益尖锐、大国贸易战愈演愈烈，乃至今日疫情排山倒海般的冲击……令2020年的世界与危机四伏的1930年代有了更深层的呼应。

百年短短，世事弈棋，乌托邦仍然缥缈难觅，我们何时走出过奥拉夫笔下的精神危机？相反，奥拉夫残酷地预言，在全面提升或者彻底毁灭之前，人类也许还将在文明的瓶颈处折返不知多少轮回。某种意义上，奥拉夫笔下的危机仍在继续，甚至——由于大规模杀伤性武器的发明——可能到了更加严峻的关口。因此，今日重读《造星主》，除去欣赏想象的奇妙外，也具有了更为冷峻的现实意义。或许，只有以遥远的星辰大海为参照，我们才能去思考2020年的世界、二十一世纪以来的世界，乃至工业革命以来的世界，对于人类和宇宙的命运来说承载着怎样的危险与机遇。

从个人情感上来说，我感到和作者之间或许还有一层特别的相通处。在本书一开头，奥拉夫说自己心情"苦闷"，于是在一天夜里，出门登上山丘。他感叹道：

> 这苦闷不只是从外部世界入侵到我们之中，而亦是自我们自己美妙的小家庭里涌出。有一股恐惧，不只是对这世界之疯狂的恐惧，亦是对我们之无用的恐惧，对我们自身之虚无的恐惧，驱使我离家，登上山丘。

然而具体而言，这种苦闷从何而来？奥拉夫从未明说。当年闲读时，自然也只以为是作者随意的设定，但此番既然接手移译工作，我仔细阅读了克劳斯利撰写的斯特普尔顿传记，方明白小说创作时期（1933—1937）作者的家庭变故：奥拉夫的父亲去世于1932年，母亲去世于1935年。

特别是父亲，奥拉夫对父亲威廉极为敬爱，他对宇宙星辰的终生热情就来自父亲的启蒙。五岁以前的埃及生活，可以说是他人生失落的伊甸园。1891年，奥拉夫被迫离开父亲，跟着有些神经质的母亲回到英国生活，从此与父亲总是聚少离多，常常只能靠书信维系父子感情。直到差不多三十年后，奥拉夫成家后搬回西科尔比，他和父亲才又共处了十余年。其时奥拉夫中年困顿，拖儿带女，除去微薄的薪资，也多靠父亲的经济资助才能坚持下来，回到大学读博士。在威廉生命的最后一段时光，终于见到了儿子成名成家，老怀欣慰，但其时已百病缠身，不久后也就去世了。

此事对奥拉夫的打击可以想见——当然具体的苦痛煎熬，未经历过的人难以真正明了。翌年，奥拉夫一度中断了正在写的《怪杰约翰》，开始《造星主》的创作。或者其直接缘起，正是父亲去世后不久，某次夜间在卡尔迪山上的散步。后来母亲的过世，当然也是极沉重的打击。随着时间流逝，肝肠寸断的悲恸可能会淡去，但人生中的缺憾却已永远无法弥补，原有的共同体支离破碎，生命虚无的魅影渗透到了家庭内部。《造星主》中对生与死的惶惑，对生命和宇宙的思辨，乃至对创世主的追寻，其间也许都有父母已消逝的背影在焉——虽无明证，但我相信必然有此因素。

2019 年 10 月，我的父亲也因病遽尔过世。虽然具体的家庭情况毫无相似，但至亲物故，归于大化，对于世界和人生的体验也是同样的天翻地覆。记得父亲去世前一段时间，也预感到不久于人世，同我说起过一些生死的话头。我虽然熟读许多相关的文化典籍，笔下也写过不少生离死别的场景，但事到临头，才发现并无任何真正的理解，不过是人云亦云，只得用陈腐的虚言安慰他一定逢凶化吉。父亲从我这里并没有得到任何答案就离去了，甚至来不及好好地告别一场。翻译《造星主》中这些话语时，我几度感到泪湿眼眶：

是否我们错解了我们的整个存在？我们是否一直以来在依托错误的前提而生活？……（我的人生）是否只是一个沉溺于舒适家庭生活的小小旋涡，在万有之洪流的表面无效地盘旋，自身毫无存在的深度，也无意义？我们是否一直在欺骗自己？在这些专心过日子的窗户后面，我们，是否如芸芸众生一般，只是在梦中生活？

我们是远古星辰死去后的灰烬，是亿兆星河亘古以来恒河沙数的生灵之一，在地球这渺小的宇宙尘粒之上，我们的人生、亲情和事业又何止是微不足道，简直近乎虚无。"我们正如微风在静水上吹起的涟漪一样，很快便会消逝。"无论你喜欢仰望星空，还是建功立业，抑或专注于自己的小家庭，那些终极的问题、终极的时刻、和整个宇宙相关联的真相时间，终将到来。如果说，在传统宗教和神话之下，人们多少还能相信自己生活在一位充满慈爱的大神的庇护下，现代宇宙观的空漠与残忍，则将生命与虚无的矛盾推到了最为尖锐之处。《造星主》的答案（如果算得上答案的话），自然不会让所有人满意，但想必能让我们在欣赏小说之余，更加诚实地褪去世俗的面纱，去直面这些来自宇宙大爆炸，也来自我们自己生命本源的终极拷问。

最后谈一下译事的缘起。2019年秋，英雄互娱的成明先生（一位罕见的奥拉夫的中国粉丝）托人找到我，表示有意引进《造星主》，请我执笔翻译。之所以找我，大概因为我是科幻作者中极少数有哲学方面背景的，适合移译这部充满深邃哲理的作品。我不确定学科背景的相通是否真有翻译的优势，很可能反而翻出来更为呆板学究，令人费解。不过既然之前有过美好而深刻的一段缘分，我也深深希冀让更多国人能够欣赏这部科幻史上的奇书，因此在和成明先生一番长谈后，接受了这个邀请。

本来我还有诸多写作计划，因此相关翻译的工作排到很后面。不过疫情一起，有些项目不得不暂停，有些作品也暂时没有心情去写。翻译这部小说反而成了我疫情期间主要的消遣，翻译的进程整体而言十分顺遂。在此我要特别感谢成明、聂子英、陈虹羽和《科幻世界》主编拉兹、科幻世界图书部副主任陈曜等几位朋友，你们的信任、帮助和共同的努力，让我的名字有幸列在这样一部伟大作品的中文版封面上。因此，我们这些使用方块字的、百年之后的仰望星空者，也在某种精神感应中成为和奥拉夫一起探索宇宙的"共同体"。

当然，还要感谢我的母亲、妻子、小女以及永远和我们在一起的父亲，是这个爱的共同体赋予我生活和继续生活下去的勇气。

宝 树

2020年6月6日

STAR

作者简介:

　　威廉·奥拉夫·斯特普尔顿（1886–1950）：英国科幻小说家，毕业于牛津大学，曾在一战中救死扶伤，获得法国十字勋章，获哲学博士后转为专职作家。代表作有《造星主》《最后和最初的人》《怪杰约翰》《天狼星》等。他在科幻领域的多个主题上进行了创造性的开拓，影响深远。作品知识渊博，想象恣肆，哲理深邃，被誉为"科幻小说界的哲学家"。

译者简介:

　　宝树：科幻作家，译者。著有《观想之宙》《时间之墟》《七国银河》等五部长篇小说，中短篇选集多部，屡获中国科幻银河奖、华语科幻星云奖的主要奖项，多部作品被译为英、法、德、俄、日等外文出版。主要译作有《你的第一本哲学书》《冷酷的等式》《造星主》等。

MAKER